ज्ञान चतुर्वेदी

ज्ञान चतुर्वेदी का जन्म 2 अगस्त, 1952 को मऊरानीपुर (झाँसी), उत्तर प्रदेश में हुआ। उन्होंने चिकित्सा शिक्षा के दौरान सभी विषयों में स्वर्ण पदक प्राप्त करनेवाले छात्र का गौरव हासिल किया। भारत सरकार के एक संस्थान (बी.एच.ई.एल.) के चिकित्सालय में कोई तीन दशक से ऊपर सेवाएँ देने के पश्चात शीर्षपद से सेवानिवृत्त हुए। मध्य प्रदेश में हृदयरोग विशेषज्ञ के रूप में उनकी विशिष्ट पहचान है।

लेखन की शुरुआत सत्तर के दशक में 'धर्मयुग' से। भारतीय चिकित्सा-शिक्षा और व्यवस्था पर आधारित उनका प्रथम उपन्यास 'नरक-यात्रा' अत्यन्त चर्चित रहा। इसके पश्चात 'बारामासी', 'मरीचिका', 'हम न मरब', 'स्वाँग' और 'एक तानाशाह की प्रेमकथा' जैसे उपन्यास आए। 'प्रेत कथा', 'दंगे में मुर्गा', 'मेरी इक्यावन व्यंग्य रचनाएँ', 'बिसात बिछी है', 'ख़ामोश! नंगे हमाम में हैं', 'प्रत्यंचा' और 'बाराखड़ी' व्यंग्य-संग्रह प्रकाशित हुए। अभी तक तक़रीबन हज़ार व्यंग्य रचनाओं का प्रकाशन। स्वास्थ्य सम्बन्धी पुस्तक 'ज्ञान है तो जहान है' भी प्रकाशित। दस वर्षों तक 'इंडिया टुडे' तथा 'नया ज्ञानोदय' में नियमित स्तम्भ। इसके अतिरिक्त 'राजस्थान पत्रिका' और 'लोकमत समाचार' दैनिकों में भी काफ़ी समय तक व्यंग्य स्तम्भ-लेखन। शरद जोशी के 'प्रतिदिन' के प्रथम खंड का अंजनी चौहान के साथ सम्पादन किया।

भारत सरकार द्वारा 2015 में 'पद्मश्री' से अलंकृत। 'राष्ट्रीय शरद जोशी सम्मान', दिल्ली अकादमी के 'अकादमी सम्मान', 'अन्तरराष्ट्रीय इन्दु शर्मा कथा-सम्मान' तथा 'चकल्लस पुरस्कार' के अलावा कई विशिष्ट सम्मानों से सम्मानित।

ई-मेल : gyanchaturvedibpl@gmail.com

प्रेत कथा

ज़ान चतुर्वेदी

राजकमल पेपरबैक्स

पहला संस्करण 1985 में समान्तर प्रकाशन से प्रकाशित

राजकमल पेपरबैक्स में
पहला संस्करण : 2025

राजकमल पेपरबैक्स : उत्कृष्ट साहित्य के जनसुलभ संस्करण

राजकमल प्रकाशन प्रा. लि.
1-बी, नेताजी सुभाष मार्ग, दरियागंज
नई दिल्ली-110 002
द्वारा प्रकाशित

शाखाएँ : अशोक राजपथ, साइंस कॉलेज के सामने, पटना-800 006
पहली मंजिल, दरबारी बिल्डिंग, महात्मा गांधी मार्ग, प्रयागराज-211 001
1, अनमोल सोराबजी सन्तुक लेन, धोबी तलाव, मरीन लाइंस, मुम्बई-400 002
वेबसाइट : www.rajkamalprakashan.com
ई-मेल : info@rajkamalprakashan.com

विकास कंप्यूटर एंड प्रिंटर्स
ट्रॉनिका सिटी-201 102
द्वारा मुद्रित

मूल्य : ₹350

PRET KATHA
Satire by Gyan Chaturvedi

ISBN : 978-93-6086-614-3

‘प्रेत कथा’ के इस पुनर्जन्म का समर्पण

मेरे पुरखों के नाम
मेरे दादा जी श्री रामदास चतुर्वेदी और दादी
मेरे पिता स्वर्गीय डॉ. सत्य प्रकाश चतुर्वेदी
मेरी माँ स्वर्गीय सावित्री देवी चतुर्वेदी
मेरे नाना स्वर्गीय घनश्याम दास पांडेय
मेरे मामा स्वर्गीय नरोत्तमदास पांडेय
जो मुझमें कहीं हैं, और मुझे मैं
बनाने वाले रहे हैं

प्रथम संस्करण का समर्पण

डॉ. धर्मवीर भारती
और
माई, मामा, वेदू, बिन्नी, शशि, अंजनी, प्रभु
तथा मिट्ठू बुलबुल की भीड़ को,
जिनके कारण तथा जिनके लिए मैंने व्यंग्य लिखे
और मेरे कारण जिन्होंने ये सब सहे

क्रम

यह मेरी पहली किताब थी

यह किताब कभी मेरे मित्र अंजनी चौहान ने छापी थी। तत्कालीन मुख्यमंत्री निवास के चोर दरवाजों से उनकी आवाजाही थी। 'प्रेत कथा' का वह संस्करण अर्जुन सिंह की सरकार ने पूरा का पूरा खरीद लिया और आमतौर पर पाठकों तक पहुँचा ही नहीं जबकि इंडिया टुडे ने उसे वर्ष की दस महत्त्वपूर्ण पुस्तकों में शामिल किया था। अंजनी मनमौजी थे। मेरी इस किताब को छापने के बाद उन्होंने अपना 'समान्तर प्रकाशन' ही बन्द कर दिया।

इस तरह 'प्रेत कथा' इतिहास का हिस्सा बनकर रह गई। बहुत से पाठक, खासकर मुझ पर शोध करने वाले मुझसे इसकी उपलब्धता का पूछते और निराश होते। मैं यूँ निराश होता कि 'प्रेत कथा' में मेरी लम्बी रचनाएँ थीं—व्यंग्य आजकल छोटे-छोटे कलेवर के होते हैं, ये सामने आने से रह गई थीं। फिर ये मेरे लेखन के शुरुआती सालों की वे रचनाएँ थीं जो 'धर्मयुग' (और रविवार, साप्ताहिक हिन्दुस्तान वगैरह) में छपी थीं। धर्मवीर भारती जैसे बड़े सम्पादक ने जिन रचनाओं को छापकर मुझे व्यंग्यकार बनाया उनका महत्त्व मेरे लिए भी कुछ अलग था।

अशोक महेश्वरी जी का मुझसे कुछ अलग-सा नाता है जो लेखक और प्रकाशक के आपसी सम्बन्ध से थोड़ा अलग है। वे मुझे अलग तरह से प्रेम करते हैं। मेरी किताबों को वे बहुत मन से छापते हैं। उनके इसी प्रेम और आत्मीयता का नतीजा है 'प्रेत कथा' का यह पहला संस्करण, जो राजकमल से आ रहा है।

'प्रेत कथा' के ये व्यंग्य मेरी लम्बी व्यंग्य-यात्रा का महत्त्वपूर्ण प्रस्थान-बिन्दु बने। इन रचनाओं को पढ़कर आप ज्ञान चतुर्वेदी के व्यंग्य मानस

के जवानी वाले दिनों में उतरकर पाएँगे कि यार, यह आदमी शुरू से ही एक बढ़िया व्यंग्यकार रहा है। 'प्रेत कथा' से शुरू होकर मैं कहाँ तक पहुँचा—शोधार्थियों के लिए यह देखना दिलचस्प होगा तो मेरे आत्मीय पाठकों को इनका पढ़ना दूसरी तरह से मजा देगा।

तो पढ़िए।

मेरी पहली ही किताब थी 'प्रेत कथा'—पर अभी, इसे पढ़ते हुए लगेगा ही नहीं कि कुछ भी पुराना है; भाषा, विषय, शैली और प्रयोगात्मकता का मेरा जज्बा आपको हर रचना में मिलेगा।

पढ़कर बताइए।

—ज्ञान चतुर्वेदी

निवेदन

यह मेरा प्रथम व्यंग्य संग्रह है।

इसीलिए, निवेदन भी प्रथम ही मानिए। अन्य प्रकार के बहुत से निवेदन मैंने पहले भी अन्य स्थानों पर, अन्य सन्दर्भों में किये हैं और वे निवेदन प्रायः स्वीकार भी किये गए हैं। अपनी पुस्तक के सन्दर्भ में निवेदन लिखने का यह प्रथम अवसर है।

मैं सीधी-सादी भूमिका के खतरों को जानते हुए भी छोटा-सा निवेदन करके हट जाऊँगा। शेष विवाद मेरी रचनाएँ उठाएँगी, यह आशा है।

मैंने इसी एक किताब में अपनी इक्यावन रचनाएँ दे डाली हैं, तो उसके पीछे भी ठोस वजह है। एक तो यह भय कि न जाने दूसरा संग्रह फिर निकले, न निकले? और इस भय का भी एक स्पष्ट कारण है। मैं पिछले दस-पन्द्रह वर्षों से व्यंग्य के इस नक्कारखाने में अपनी कलम की तूती का कार्यक्रम पेश करता रहा हूँ। प्रशंसा भी बड़ी हुई। शुरू शुरू में, मैं इस सुखद आशा में बैठा रहा कि अब हिन्दी का कोई कर्तव्यपरायण, जागरूक प्रकाशक आएगा और मेरा व्यंग्य संग्रह सादर ले जाकर छापेगा। इसी प्रतीक्षा में लिखता रहा, लिखता रहा। रचनाएँ अच्छी पत्रिकाओं में छपती भी रहीं। कुछ समय बाद उनका एक ढेर सा बन गया घर में। एक छोटे-मोटे घूरे जैसा। पर कोई कर्तव्यपरायण प्रकाशक न आया। दरवाजे पर कुंडी बजती और मेरा हृदय कहता कि लो वह आया। हर ऐरा-गैरा मुझे प्रकाशक लगता, वह भी कर्तव्यपरायण प्रकाशक। पर वह ऐरा-गैरा ही निकलता। कोई प्रकाशक नहीं आया और उस घूरे की कम्पोस्ट खाद बनने का खतरा मँडराने लगा। परन्तु तब तक मैं भी तनिक होशियार हो चला था। मुझे पता चल गया था कि प्रकाशन का तिलिस्म दिल्ली में है और वहाँ की

लोहगढ़ी में घुसे बिना बात बनेगी नहीं। मैंने स्वयं ही इस कचरे को पांडुलिपि की टोकरी में बटोरा और प्रकाशकों की नगरी दिल्ली पहुँच गया। वहाँ मेरे एक व्यंग्यकार मित्र हुआ करते हैं। मेरा व्यंग्य संग्रह इन व्यंग्यकार मित्र ने रख लिया कि वे इसे शीघ्र ही एक प्रतिष्ठित प्रकाशक से छपवा देंगे। तीन वर्ष तक यह उनके पास पड़ा रहा और वे आश्वासन देते रहे। इसी बीच श्रेष्ठ रचनाओं का और भी करकट मेरे पास एकत्रित हो गया।

तब उमा चौहान सामने आईं।

वे वैसी ही कर्तव्यपरायण प्रकाशक निकलीं जैसा मैं चाहता था। वे मेरा व्यंग्य संग्रह छापना चाहती थीं। उन्हें घूरे से सोना बनाने की विधि पता थी या फिर वे अपना पैसा डुबोना चाहती थीं, पता नहीं। बहरहाल, वे मेरी रचनाओं के ढेर में से इक्यावन रत्न छाँटकर छाप रही हैं। ये रचनाएँ दस वर्ष के अन्तराल में फैले समय में लिखी गई हैं। फिलहाल इनको अब तक की मेरी प्रतिनिधि रचनाएँ भी यदि कह दिया जाए, तो मुझे आपत्ति नहीं। किसी तरह की कोई गलतफहमी नहीं है मुझे इन रचनाओं के विषय में। ये अद्वितीय रचनाएँ नहीं हैं। मेरे अग्रज तथा समकालीन इनसे बेहतर रचनाएँ दे चुके हैं। परन्तु, ये रचनाएँ मेरी हैं और यही इनकी अद्वितीयता है। वैसे, ये रोचक तथा महत्त्वपूर्ण व्यंग्य रचनाएँ जरूर साबित होंगी, ऐसा मुझे लगता है।

हिन्दी की मंडी में पिछले वर्षों में व्यंग्य की माँग में जो उछाल आया है, उसका सीधा परिणाम यह हुआ है कि जो भी शख्स हिन्दी में एम.ए. है, वही व्यंग्य लिख रहा है। दिल्ली तथा भोपाल में तो ऐसा रिवाज चला है कि यदि आप हिन्दी में कुछ हैं, तो हिन्दी व्यंग्य में भी कुछ न कुछ होंगे ही। डिग्री से मजबूर आदमी व्यंग्य के फटे में टाँग फँसाए लिखे जा रहा है। स्थानीय अखबार, प्रान्तीय अखबार, राष्ट्रीय अखबार, बड़ी पत्रिकाएँ, लघु पत्रिकाएँ, सरकारी पत्रिकाएँ—सबको व्यंग्य होना। यकायक समझदारों ने पाया है कि हिन्दी साहित्य में व्यंग्य की जगह खाली पड़ी है। लेट जाओ। जगह छेककर बैठ लो। बैठ गए हैं बहुतेरे। इस बढ़ी माँग से हिन्दी व्यंग्य का कितना फायदा हुआ यह तो शोध का विषय होगा, परन्तु हानि बहुत हुई है, यह बात व्यंग्य का

कोई भी सजग पाठक बता देगा। चुटकुलेबाजी और लोकरुचि समाचार ही व्यंग्य बन गए हैं। अब हालत यह है कि आज समाचार-पत्र में यह समाचार छपा कि राजस्थान में गधों का मेला लगा, और कल से आप डरने लगते हैं कि अब इस विषय पर व्यंग्य लेखों का मेला शुरू हुआ ही मानो। व्यंग्य लेख के नाम पर कुछ भी। शरद जोशी, परसाई, त्यागी और के. पी. सक्सेना की छाती पर मूँग सा कुछ दल देना है। बस। अखबार को स्पेस भरना है। वे व्यंग्य कॉलम के नाम पर जो छापते हैं उससे हिन्दी व्यंग्य का भट्ठा बैठ रहा है। हिन्दी में इतने व्यंग्यकार पैदा हो रहे हैं कि नसबन्दी कैम्प आयोजित करने की तबीयत होती है।

इन सबके बीच, आशा है कि मेरी ये रचनाएँ व्यंग्य के सजग पाठकों को पूरा आनन्द देंगी। हो सकता है कि ये आलोचकों को भी आनन्द दे जाएँ। इस दुनिया में हर बात सम्भव है। यदि ऐसा हुआ तो क्या कहने। पौ बारह होना शायद इसी स्थिति को कहेंगे।

पौ बारह की आशा से यह संग्रह सौंप रहा हूँ। लीजिए।

—ज्ञान चतुर्वेदी

वर्ष 1983 में लिखी भूमिका

आत्म-कथ्य (आत्म व्यंग्य)

मानव मात्र की आदत रही है (विशेषतौर पर लेखक-मानव की) कि वह स्वयं पर जब भी दृष्टि डाले तो आत्ममोह से तरबतर वाली डाले, डालकर ता-ता थैया करे और अपनी प्रशंसा का मनभावन एकल कार्यक्रम (पाठक) लोगों के सामने प्रस्तुत करे। ऐसी उचित परम्पराओं के बीच साहित्य की गादी पर लेटे ज्ञान चतुर्वेदी से स्वयं पर व्यंग्य लेख लिखने का आग्रह कितना हृदयविदारक है। व्यंग्य के साथ हिन्दी वालों ने हमेशा यह मजाक किया है। परन्तु व्यंग्यकार चालाक होता है। वह इस तरह के लेखन में भी अपनी महानता, बड़प्पन, बेलाग और ओढ़ा हुआ मस्तीपन स्थापित करने से नहीं चूकता। वैसे भी हिन्दी लेखक के आत्म-कथ्य पढ़-पढ़कर जवान हुए मुझ आतिश को हमेशा यह हीन-बोध हुआ है कि कैसे संघर्षशील, त्यागी-व्यागी महान लेखक थे ये और कहाँ मैं! हर आत्मकथ्य महानता से पगा सकरपारा-सा। हिन्दी में एक साथ इतने महापुरुष एकत्रित दिखते हैं, तब जाकर हिन्दी की वर्तमान दशा का सही कारण ज्ञात होता है। आत्मकथ्य लिखने का मेरा भी यही छोटा-सा उद्‌देश्य है कि यारो, हम भी पड़े हैं राहों में। एक महापुरुष इधर भी बैठा है भोपाल में और दुष्टों को भोपाल में ही खबर नहीं। यह बात ठीक नहीं।

तो शुरू करता हूँ।

मुझे सन्देह है कि मैं पैदा ही महान हुआ था, यद्यपि इस दुर्घटना का समाचार स्वयं मुझे भी बड़ी देर से मिला। मैं तब भांडेर के प्राइमरी स्कूल में सातवीं कक्षा का सामान्य-सा विद्यार्थी था। दिन मास्टरों द्वारा पिटाई और गाँव के कुत्तों की पूँछ सीधी करने के लोकप्रिय कार्य के बीच ठीक-ठाक ही गुजर रहे थे कि मैंने पाया कि मेरे भीतर एक कवि छुपा बैठा था और अब बाहर निकलने के लिए मरा जा रहा है। यहीं से ज्ञान चतुर्वेदी के भीतर के इस महान लेखक ने सीन में प्रवेश किया, जो अब आपके सामने प्रस्तुत चल रहा है। तो कवि बाहर आया। मैंने छुपकर एक कविता रची। तब मैं कविता को छुपाकर करने का कार्य ही मानता था, जो बहुत से हिन्दी कवियों की रचनाओं के विषय में अभी भी सही कदम होगा। खैर तो कविता कुछ यूँ थी कि, 'खेतों में देखो छायी है मन हरने वाली हरियाली' और इसके आगे

लाली, काली, जाली, नाली आदि तुकें मिलाकर शेष पंक्तियाँ सायास बनाई गई थीं। मैंने अपनी इस अमर रचना का पाठ अपने दो छोटे भाइयों के समक्ष छत पर किया। उन्होंने खुलकर वाह-वाह की। वे उस समय क्रमशः कच्ची पहली तथा तीसरी कक्षा में पढ़ते थे, परन्तु कविता की समझ उनमें थी, यह उनकी वाह-वाह से स्पष्ट था। प्रोत्साहित होकर मैंने वही कविता झाँसी से प्रकाशित होने वाले एक दैनिक समाचार-पत्र में भेज दी। अगले सप्ताह वही कविता छप भी गई। शायद मैंने सम्पादक को चरण स्पर्श लिख दिया था, इससे वे पिघल गए अथवा उनका काव्य-ज्ञान भी मेरे भाइयों के समकक्ष था, कहा नहीं जा सकता। बहरहाल, इस तरह मात्र ग्यारह वर्ष की उम्र में ही मैं भांडेर का स्थापित कवि हो गया था जिसकी छपी कविता ने गाँव तथा स्कूल में ज्ञान प्रकाश चतुर्वेदी का नाम जमा दिया था। मेरे पिताजी गाँव के सरकारी अस्पताल में डॉक्टर थे। वे डॉक्टरी से बचे समय में नौकरों को पीटते, अपने अफसरों को नई-नई गालियाँ देते तथा हमें डाँटते थे, व इन कार्यवाहियों से भी बचे समय में अंग्रेजी में अच्छी कविताएँ लिखते थे। मेरी कविता अखबार में पढ़कर वे तक प्रसन्न हो गए परन्तु बोले कि अंग्रेजी में लिखते तो बात ही और थी! उनकी मान्यता थी कि हिन्दी टुच्ची लैंग्वेज है। ऐसा वे शायद मेरी माँ को चिढ़ाने की गरज से कहते थे क्योंकि मेरे नानाजी घनश्यामदास पांडेय मैथिलीशरण गुप्त जी के समय में बड़े कवि माने जाते थे तथा मामा जी नरोत्तम पांडेय ओरछा राज्य के राजकवि रहे थे जो हिन्दी की खाते थे।

मेरी एक कविता क्या छपी, कविताओं के सैकड़ों परनाले मेरी कलम से फूट निकले। मैंने चिड़िया, पेड़, बसन्त, सुभाष बोस, स्कूल, हिमालय, चीनी हमले, सूर्योदय, गुलाब, गांधी जी—हर विषय पर कविताएँ लिखीं। कॉपियाँ भर गईं। मेरे छोटे भाई मुझसे कन्नी काटने लगे। आठवीं कक्षा तक आते-आते तो मेरे कवि ने हद कर दी और एक खंडकाव्य (हरदौल-चरित्र) घसीट मारा। इसमें सत्तर छन्द थे। यह रचना मूलतः मेरे नानाजी की थी, जिससे भाव तथा उपमाएँ टीप कर मैंने मैथिलीशरण जी गुप्त की 'पंचवटी' शैली में यह खंडकाव्य लिख मारा था। साहित्य में चोरी का महत्त्व तभी मेरी समझ में आ गया था, जिसने आगे चलकर मेरी बड़ी सहायता की। मेरा तथा हिन्दी साहित्य का यह सौभाग्य है कि ये सारी अमर काव्य रचनाएँ पिताजी के तबादलों में कहीं खो गईं, वरना आज मैं किसी को मुँह दिखाने लायक नहीं रहता।

इस तरह मेरा बचपन बीत चला।

मैंने पाया कि बचपन के साथ बचकानेपन की सारी हरकतें भी, जिनमें कविता भी शामिल थी, चली गई। मेरे साहित्यिक हृदय में खालीपन छा गया। परन्तु मैं खाली बैठने वाला शख्स नहीं था। साहित्य को मैंने अखाड़े की तरह लिया था, जहाँ हिन्दी की चिंदी का लँगोट बाँधे मैं बेकार घूमना उचित नहीं मानता था। मैंने

अखाड़ा गोड़ते हुए दो महत्त्वपूर्ण निर्णय लिये। एक तो, अच्छा-सा उपनाम रखने का निश्चय तथा दूसरा, हिन्दी गद्य के बीहड़ में कूदने की बात। उन दिनों उपनाम के बिना साहित्यकार लंडूरा माना जाता था। काव्य के क्षेत्र में तो सारा जोर ही अच्छे उपनाम पर था। मुझे लगा कि साहित्य में मेरे अब तक न जम पाने का कारण मेरा कोई उपनाम न होना ही है। मैंने उपनाम रखे, बदले, फिर नये रखे—मैंने ज्ञान प्रकाश चतुर्वेदी 'ज्ञान', ज्ञान प्रकाश 'ज्ञान', ज्ञान प्रकाश 'प्रकाश', बलराज विनय, ज्ञान प्रकाश चतुर्वेदी 'घायल' आदि विभिन्न नामों से कई रचनाएँ लिखीं। अन्तिम उपनाम (घायल) मैंने पिताजी की मृत्यु के बाद बनाया था। तब मैं ग्यारहवीं कक्षा का विद्यार्थी था। पिताजी की मृत्यु का धक्का यद्यपि पूरे परिवार को ही लगा था पर मुझे लगता था कि लेखक को बाप के मरने का दुख कुछ भिन्न ही होना चाहिए। मैंने यह दुख 'घायल', आसू-निराश आदि उपनामों से चन्द आँसू तोड़ कहानियाँ लिखकर प्रकट किया और अपने घटिया साहित्यिक अहम की तुष्टि की जो मुझे आम परिवारजन से ऊपर समझता था।

उपनामों का बंडल लादे मैं गद्य में आ तो गया, पर क्या लिखूँ यह तय न कर सका। उसी किंकर्तव्यविमूढ़ स्थिति में मैंने दो जासूसी उपन्यास लिख डाले। ग्यारहवीं की परीक्षा के बाद की गर्मियों की छुट्टियाँ थीं वे। सारा परिवार पिताजी की अकाल मृत्यु की छाया में जब नीचे बुझा-बुझा बैठा रहता तब मैं मऊरानीपुर के अपने मकान की छत पर बैठा उपन्यास लिखता था। उचित भी है कि सच्चे साहित्यकार को परिवार और समाज से क्या लेना-देना! उसे तो अपने चिन्तन से मतलब। तो मैंने दो जासूसी उपन्यास लिख डाले। ये बाद में इलाहाबाद की किसी प्रकाशन कम्पनी ने किसी और नाम से छाप दिये और इससे मिले पैसे मेरे एक रिश्तेदार की जेब में चले गए। प्रकाशन का दुष्कर बीजगणित मैं तब से जानने लगा था।

इसी बीच हमारा परिवार छतरपुर आ गया।

छतरपुर में उन दिनों साहित्य का वही खतरनाक वातावरण था, जो रवीन्द्रनाथ त्यागी ने सिन्दबाद की आखिरी यात्रा में वर्णन किया है। उन दिनों वहाँ का हर व्यक्ति या तो पहले ही कवि था या फिर होने की प्रक्रिया में चल रहा था। 'वाह-वाह' का शोर शहर के हर कोने से उठता रहता था। साइकिलों के कैरियर में रचनाओं के हजारों बंडल दबे हुए यहाँ से वहाँ आते-जाते रहते थे। मुंडन समारोह से लेकर छतरपुर की कबड्डी टीम के जीतने के अवसरों को लोग यूँ ही नहीं गँवा देते थे, जैसा दूसरे शहरों के असांस्कृतिक नागरिक करते थे। छतरपुरवासी इन अवसरों पर गली-गली में, छतों पर, मकान के अँधियारे कमरों में, बगियन में, या चाय की गुमटी पर ही काव्य गोष्ठी का आयोजन कर मारते। ऐसे घनघोर काव्यात्मक माहौल में मैं अपनी कहानियों की पुटलिया लादे छतरपुर के साहित्य जगत में दबे पाँव घुसा। मेरी सारी कहानियाँ कृश्नचन्दर से इस हद तक प्रभावित चल रही थीं कि प्राय:

उन्हीं जैसी प्रतीत होती थीं, बाद में मैंने पाया कि ये उन्हीं की थी भी; मैंने नकल मात्र की थी। पर इन कहानियों ने मुझे छतरपुर के साहित्यिक हलकों में जमा दिया क्योंकि उनमें से प्राय: साहित्यकार (?) साहित्य रचने में ही सारा समय लगाते थे, पढ़ने में समय जाया नहीं करते थे, अत: कृश्न चन्दर के साहित्य से अपरिचित थे।

पर धीरे-धीरे मैंने पाया कि मैं व्यंग्यकार में बदलता जा रहा हूँ। मैं कविता या कहानी लिखता और बीच में ही छोड़ देता। वो आनन्द ही न आता। अब सोचता हूँ तो लगता है कि मुझे व्यंग्यकार ही बनना था। मेरा यही हश्र होना था। इन्हीं दिनों मुझे बहुत सा व्यंग्य साहित्य पढ़ने को मिला। मैंने हिन्दी और उर्दू के हर व्यंग्यकार की हर रचना दसियों बार पढ़ी। मुझे लगा कि हाँ प्यारे, यही है तेरा रणक्षेत्र। मैं कूद पड़ा। फिर पिताजी की मृत्यु के बाद मैंने जीवन की विसंगतियों को बहुत पास से देखा, झेला। दस वर्ष तक हमारा अनाथ-सा परिवार धक्के खाता रहा। किसी रिश्तेदार या परिचित ने घास भी नहीं डाली। मेरी अपढ़ सी माँ ने सारे दुखों पर पैर रखकर हम तीन भाइयों को डॉक्टरी पढ़ाई। मेरे व्यंग्य में तीखापन और करुणा अगर कहीं है तो उसके पीछे मेरी माँ है। अभावों, असन्तोष और गरीबी के वे दिन मेरे भीतर कभी नहीं मरेंगे। मैं उन्हें मरने दूँगा भी नहीं क्योंकि उनसे ही मेरा व्यंग्य पैदा होता है। खैर, मैं पिछली कुछ पंक्तियों में यदि गम्भीर हो गया था तो यही बताने के लिए कि यारो हमने भी झेली हैं गर्दिशें। हम भी ताप के ताए हैं, तपे हैं अत: सोना हैं (हिन्दी में तो तपे हुए कोयले भी स्वर्ण का दावा लिये घूमते हैं।)

तो मैं व्यंग्यकार बन गया।

मैंने खूब-खूब व्यंग्य लिखे। जब मेरा मेडिकल कॉलेज, रीवा में प्रवेश हुआ, तब तक अप्रकाशित व्यंग्य रचनाओं के देश के सबसे बड़े संग्रह का मैं मालिक बन चुका था।

मेडिकल कॉलेज में मेरी मुलाकात अंजनी चौहान से हुई। वे युवा हिन्दी व्यंग्यकारों में सर्वाधिक सम्भावनाओं वाले रचनाकार हैं (दुर्भाग्यवश वे इस तथ्य को जानते हैं, सो लिखना बन्द किये बैठे हैं)। उन्होंने मेरी एक व्यंग्य रचना 'धर्मयुग' में भेज दी, जो किसी की लापरवाही से धर्मयुग के होली अंक में छप भी गई। मैं नाचा-नाचा फिरा। धर्मयुग की बहुत सी कॉपियाँ खरीदकर मैंने कॉलेज में लड़कियों में बाँट दीं और मानने लगा कि सभी मेरी दीवानी हो गई होंगी। फिर तो मैंने रचनाओं की तोप की दिशा धर्मयुग की तरफ करके जबर्दस्त गोलाबारी शुरू कर दी, जिसके माकूल जवाब में भारती जी ने मुस्तैदी से वे सारी (घटिया) रचनाएँ वापस कर दीं। मुझे व्यंग्यकार बनाने का दोष भारती जी पर ही जाता है। ये मेरी घटिया रचनाएँ वापस करते हुए भी उनमें अच्छी रचनाओं की सम्भावनाएँ देखते और मुझे और रचनाएँ भेजने की कहते। उन्होंने प्रोत्साहन नहीं छोड़ा और मैंने कलम। दुष्परिणाम आपके

समक्ष है। इसी बीच मेरी मुलाकात प्रभु जोशी तथा शशि मल्होत्रा से हुई। इनमें से प्रथम, मेरे बड़े गहरे दोस्त बने तथा द्वितीय, मेरी दुश्मन यानी पत्नी। मैं जब शशि के प्यार में कपड़े फाड़ता घूम रहा था, तब प्रभु मुझे लेखन के शास्त्रीय पक्षों में पारंगत करने का एकपक्षीय प्रयास कर रहा था। मैंने प्यार में कविताएँ न लिखकर व्यंग्य लिखे। प्यार और व्यंग्य शौकिया तौर पर प्रारम्भ किये थे, पर अन्ततः दोनों क्षेत्रों में प्रोफेशनल बनना पड़ा। दोनों जो गले पड़े, तो आज तक साथ हैं।

धीरे-धीरे मैंने पाया कि मैं व्यंग्यकार बन गया।

इस तरह आपने देखा कि किस तरह, खामखाह महान व्यक्ति पैदा हो जाते हैं। अपने बारे में लिखने का कोई अन्त नहीं। सो छाती पर पत्थर रखकर यह आत्मालाप बन्द करता हूँ। पर लेख समाप्त करने से पूर्व चन्द फुटकर सूचनाएँ ज्ञान चतुर्वेदी के विषय में।

मैं डॉक्टरी करता हूँ और व्यंग्य लिखता हूँ। साथी डॉक्टर मुझे बड़ा व्यंग्यकार और साथी व्यंग्यकार मुझे बड़ा डॉक्टर मानते हैं। इस तरह मैं दोनों ही क्षेत्रों में पिट रहा हूँ। मुझे स्वयं नहीं पता कि मैं पहले व्यंग्यकार हूँ या डॉक्टर? यह प्रश्न मुझसे कुछ लोगों ने पूछा भी है कि दोनों चीजें एक साथ कैसे चल सकती हैं? मेरा उत्तर यही है कि डॉक्टर होना मेरे व्यंग्यकार के लिए वरदान है। एक तो मैं भूखों नहीं मरूँगा, जो अक्सर हिन्दी लेखक की नियति रही है। दूसरे जीवन के इतने रंग और किस धन्धे में देखने को मिलेंगे? तीसरे, डॉक्टर हमेशा महान लेखक हुए हैं जैसे समरसेट मॉम, चेखव, आर्थर कानन डायल और मैं। मैं शरद जोशी को हिन्दी का सर्वश्रेष्ठ व्यंग्यकार मानता हूँ, भले ही लोग मेरा भोपाल में रहना कठिन कर दें। शादीशुदा हूँ परन्तु रूपवती स्त्रियाँ अभी भी अच्छी लगती हैं (सुधी पाठिकाएँ नोट करें ताकि सनद रहे और मुझसे मिलते समय मेरे काम आए)। घोर आलसी हूँ। घुन्ना हूँ। जम जाए तो अपने बाप को भी व्यंग्य से नहीं बख्शता। इसी बात ने बड़े दुश्मन पैदा किये हैं।

कुल मिलाकर ठीक-ठाक आदमी है ज्ञान चतुर्वेदी, जैसा कि आपने देखा। इति।

(भारतीजी ने कभी 'धर्मयुग' के लिए इसे लिखवाया था)

सुअर के बच्चे और आदमी के

झोंपड़पट्टी की उस बेतरतीब बस्ती के पास रेंगता हुआ एक नाला है। सुअर के तीन बच्चे प्राय: इस नाले में किलोल करते पाए जाते हैं। इनमें से एक किंचित बड़ा बच्चा है, शेष पिद्दीनुमा। वयस्क तथा बूढ़े सुअर भी उसी नाले में लोटते हैं अथवा किनारे की घास पर पड़े हुए अपने सुअर होने की नियति पर परिचर्चा आयोजित करते हैं। कीचड़ में लथपथ तीनों बच्चे, जब सुअर-सा मुँह उठाए नाले में एक-दूसरे को ठेलते, गुरगुराते इस छोर से उस छोर तक छपछप करते भागते हैं तब किनारे बैठे बूढ़े सुअर वात्सल्य रस में नहा जाते हैं (सुअर भी नहाते हैं।)। ये बूढ़े सुअर प्राय: दार्शनिक मुद्रा में बैठकर यह सोचा करते हैं कि इन नादान बच्चों को कोई यह बताए कि सुअर के बच्चो, उल्लू के पट्ठो, किस बात पर तुम इतनी किलोल कर रहे हो? नाले में ही कट जानी है तुम्हारी यह नश्वर जिन्दगी। इन झोंपड़पट्टी के आदमियों जैसी ही हो गई है तुम्हारी जिन्दगी—बूढ़े सुअर बस्ती की तरफ थूथन घुमाकर सोचते हैं। 'नादान तथा बेवकूफ नई पीढ़ी...' वे सोचते हैं और थूथन पर एक भद्दी मुस्कान लिये नाले के किनारे-किनारे टहलने निकल जाते हैं।

झोंपड़पट्टी के नाले वाले सिरे के पास से ही ऊँचे, भव्य तया सुन्दर मकानों और बँगलों का सिलसिला प्रारम्भ हो जाता है। नाले और इन मकानों के बीच तीन-चार कूड़े-कचरे के डिब्बे हैं। बँगलों का कचरा तथा जूठा इन डिब्बों में तथा उसके आसपास ही फेंका जाता है। घूरे का एक ढेर बन गया है वहाँ।

सुअर के इन तीन बच्चों का नाश्ता, लंच इत्यादि इन्हीं ढेरों पर होता है। भूख लगती है तो नाले से निकलकर वे इस ठसके से इन ढेरों की तरफ जाते हैं मानो बाथरूम से डायनिंग लॉबी में प्रवेश कर रहे हों। भरपेट कचरा खाकर कुदक्कड़ें लगाते वे पुन: नाले में गुलाटियाँ मारने लगते हैं। 'अहा सुअर जीवन भी क्या है...' इन्हें देखकर किसी कवि ने ये पंक्तियाँ उचित ही कही हैं, या कह दी होतीं यदि कवि भी सुअर होता, अथवा सुअरों में भी दुर्भाग्य से यदि कोई कवि होता तो कह डालता यद्यपि अभी सौभाग्य से उनके बीच ऐसा नहीं होता है और ठीक ही नहीं होता है, वरना सुअरों की जिन्दगी सुअर से भी बदतर हो जाती।

तात्पर्य यह कि सुअर के इन बच्चों की अच्छी कट रही थी।

अच्छी कट रही थी उनकी।

गन्दे नाले से कचरे के डिब्बे तक सीमित सुअर-जीवन, जिसमें संत्रास तथा कुंठा गली के कुत्तों द्वारा खदेड़ने पर पैदा होती और बेईमानी कचरे के डिब्बे के आसपास। प्रगतिवाद जहाँ नाले से डस्टबिन तक की यात्रा थी और प्रतिक्रियावाद कचरे में भोजन की तलाश को लेकर सिर फुटौवल। जहाँ सुअर अपने बच्चों को नाले में छोड़कर सुबह से गलियों में भटकने निकल जाते थे और सुअरनियाँ किसी पतिव्रता के ठसके से सुअरपति के पीछू-पीछू। सुबह से शाम, सुअरों की टोलियाँ इस झोंपड़पट्टी की बस्ती में यहाँ-वहाँ डोलकर भोजन तलाशतीं और बस्ती के आदमी शहर की गलियों में रोजी तलाशते घूमते। सुअर और आदमी, दोनों भटक रहे थे। अच्छी कट रही थी पट्ठों की। न भी कट रही हो पर शहर में आम राय यही थी कि अच्छी कट रही है।

खैर, बात सुअर के उन तीन बच्चों की चल रही थी। उनकी निश्चित ही अच्छी कट रही थी और आगे भी कटती रहती यदि आदमी के तीन बच्चे उनके जीवन में न आते।

आदमी के जीवन में तो हजारों सुअर आते रहते हैं और उस पर विशेष प्रभाव नहीं पैदा करते, पर सुअर के बच्चों का आदमी के बच्चों से यह सीधा साक्षात्कार उनके जीवन के कीचड़ में हलचल पैदा कर गया।

हुआ यूँ कि एक दिन सुअर के ये तीन बच्चे जब घूमते-घामते घूरे पर पहुँचे तो उन्होंने पाया कि आदमी के तीन बच्चे उस घूरे पर पहले से ही जमे हुए हैं। शुरू में तो, दूर से देखकर उन्हें यही लगा कि जैसे सुअर के ही तीन बच्चे हों, परन्तु पास पहुँचने पर उन्होंने पाया कि वे बच्चे सुअरों से भी अधिक गन्दे और किसी भी आम सुअर के बच्चे से अधिक दुबले-पतले थे। तब वे समझ गए कि हो न हो, ये आदमी के बच्चे हैं।

आदमी के बच्चे कचरे के ढेर को उलट-पुलटकर कुछ खोज रहे थे। सुअर की छोटी-सी खुपड़िया—उन्होंने सोचा कि यूँ ही कचरे से खेल रहे होंगे। हाँ भई, वरना आदमी के बच्चे का घूरे पर क्या काम? कोई सुअर है क्या कि लगा है घूरे पर! ऐसा सोचकर तीनों सुअर घूरे की तरफ बढ़े।

तभी वे एकदम से रुक गए।

उनका दिल धक्क रह गया। जो दृश्य उन्होंने देखा उसे वे अपने सम्पूर्ण सुअर जीवन में नहीं भुला सकते थे। उनके खाली पेट से खाली दिमाग तक एक बेचैन ऐंठन दौड़ गई। ये क्या देख रहे थे वे? जो अपेक्षाकृत बड़ा किशोर सुअर का बच्चा था, उसने दोनों छोटे सुअरों को पूँछ के इशारे से अपने पीछे आ जाने को कहा। दोनों छुटके, बँटानी सुअर सीनियर साथी के पीछे घुस गए और उसकी पिछली टाँगों के बीच से भयभीत नजरों से देखने लगे। बड़े सुअर ने आँखें मिचमिचाकर

देखा, फिर थूथन को घास पर रगड़कर आँखें साफ कीं। नहीं, यह सपना नहीं था, वह एकदम सही-सही देख रहा था।

उसने देखा कि आदमी के तीन बच्चे कचरे में से बीन-बीनकर कुछ खा रहे हैं। यह क्या मजाक हो रहा है सुअरों के साथ? यदि आदमी ही कचरा खाने लगेगा, तो हम सुअरों का क्या होगा? आदमी कब से सुअर हो गया? आदमी को यह क्या हो गया है—वह अपने अधिकारों के लिए न लड़कर हम सुअरों के अधिकारों पर अतिक्रमण कर रहा है? 'दुनिया के सुअर एक हो!' 'जो हमसे टकराएगा, नाली में घुस जाएगा।' 'सुअर का बच्चा जिन्दाबाद, आदमी मुर्दाबाद।' 'सुअर सुअर भाई-भाई, आदमी तेरे खेलों की देख लिया और देखेंगे। नाले-नाले लोटेंगे, सुअर के बच्चे जीतेंगे।' 'सुअर के बच्चेऽऽ—जिन्दाबादऽऽ' 'हर कीचड़ नाले-कचरे में, संघर्ष हमारा नारा है।' 'जात से न बात से, सुअर लड़ेगा लात से...'...ऐसे नारे और हजारों अन्य नारे, जो किशोर सुअर ने चुनाव के दिनों में गन्दे नाले की टूटी पुलिया पर से गुजरती जीपों से उछलते सुने थे, आज उसके दिमाग में गूँज उठे। उसे लगा जैसे वह भी एक नेता हो गया है जिसके कुछ कर्तव्य हैं। उसने पीछे की तरफ घूमकर नारा उछाला—

'सुअर के बच्चेऽऽ...'

किसी ने जिन्दाबाद नहीं कहा।

बल्कि उसके दो अनुयायी डरकर उसकी टाँगों के बीच और दुबक गए। उसे याद आया कि इन मासूमों ने तो चुनाव, नारेबाजी का वह माहौल देखा ही नहीं है। जब ये पैदा हुए थे तब अन्तिम चुनाव इस देश में हो चुके थे। उसे लोकतांत्रिक देश में पैदा हुए उन सुअरों पर तरस आया जिन्हें लोकतंत्र की रक्षा में नारेबाजी तथा हुल्लड़ का महत्त्व ज्ञात नहीं था। उसने एक संक्षिप्त वक्तव्य प्रसारित किया कि सुअरों का लोकतंत्र खतरे में है। आज आदमी कचरे पर अधिकार जता रहा है कल वह हमें इस नाले से ही खदेड़ देगा। उसने नारेबाजी का अर्थ और महत्त्व बताते हुए अन्त में जयहिन्द से पूर्व कहा कि वह नारे लगाता कचरे के ढेर की तरफ बढ़ेगा, वे नारे का जवाब नारे से देते पीछे-पीछे आएँ।

"सुअर के बच्चे..."

"जिन्दाबाद"

तीनों सुअरों का पिद्दी जुलूस घूरे की तरफ चल पड़ा।

"जिन्दाबाद-जिन्दाबाद..."

"घुर, घुर,...चीं-चीं..."

सुअर के बच्चों की टोली शोर मचाती डस्टबिन की तरफ चली। चीं-चीं या घुर-घुर के शोर से बस्ती गूँज उठी।

"अबे देख बे, सुअर के बच्चे..." शोर सुनकर कचरा बीनते आदमी के बच्चों

में से एक ने कहा। तीनों बच्चे कचरा बीनना छोड़कर खड़े हो गए और सुअरों की तरफ देखने लगे। सुअर के बच्चों की टोली डरकर ठिठक गई। नारेबाजी बन्द हो गई।

अब एक तरफ सुअर के बच्चे खड़े थे और दूसरी तरफ आदमी के।

"भाग स्साले..." आदमी के एक बच्चे ने कचरे से एक ढेला उठाकर मारा।

"यह क्या बदतमीजी है..." बड़ा सुअर भागता हुआ चिंचियाया। छोटे सुअर काफी दूर तक भाग निकले। बड़े सुअर के सुअरत्व तथा नेतागिरी ने जोर मारा। वह रुक गया। अनुयायियों को पीछे छोड़कर वह तेज चाल से पुनः घूरे की तरफ आया।

"बड़ा ढीठ है रे यह सुअर..."

"लगा स्साले को एक जूता..."

बच्चे बोले।

आदमी के एक बच्चे ने खाली हाथ से ही ढेला मारने की एक्टिंग की। बड़ा सुअर डरकर तीन-चार कदम पीछे भागा और रुक गया। आदमी के बच्चे सुअर को बेवकूफ बनाकर हँसने लगे। आदमियों के इस मजाक पर पीछे खड़े दोनों छोटे सुअर तक चीं-चीं करते हँस पड़े।

बड़ा सुअर अपने साथियों की अप्रतिबद्धता पर दुखी हुआ।

वह क्रोधित होकर चिंचियाता हुआ घूरे की तरफ दौड़ा, "क्या तमाशा मचा रखा है ये?" उसने आदमियों के बच्चों के ऐन सामने पहुँचकर थूथन ऊँची करके पूछा।

"देख तो रे इसकी हिम्मत।"

"हाँ है मेरे में हिम्मत। मैं आदमियों की तरह कायर नहीं?" उसने जवाब दिया।

"अबे चिंचियाए जा रहा है..."

"हाँ, चीख-चीखकर सारे जमाने के सामने चिंचिआऊँगा। तुम लोगों की तरह अन्याय नहीं सहूँगा। तुम इन बँगलों में न घुसकर हमारे कचरे में भोजन तलाशने घुस सकते हो? कायर कहीं के..." सुअर फिर चिंचियाया और आदमी के बच्चों के और करीब पहुँच गया।

"अबे, लगा तो इसको लात, घुसा ही आ रहा है?"

एक लौंडे ने घुमाकर एक लात सुअर के पिछवाड़े पर मारी। वह लुढ़कता हुआ अपने चिंयाँ अनुयायियों के पास जा गिरा। सारी क्रान्ति हवा हो गई।

तीनों सुअर 'बचाओ, बचाओ' करते नाले की तरफ भागे।

आदमी के बच्चे हँसते हुए फिर कचरे में से जूठन बीनकर खाने लगे।

उस दिन के बाद सुअर के बच्चे दुखी रहने लगे।

रोज बेचारे नाले से निकलकर छुप-छुपकर कचरे की तरफ जाते और पाते कि कोई न कोई आदमी या आदमी का बच्चा वहाँ डटा है। उन्होंने पहिचाना—सभी इन झोंपड़पट्टियों की बस्ती के रहने वाले आदमी थे। शुरू में दो-तीन सप्ताह देखने

के बाद उनकी आशा टूट गई और वे भी अपने माँ-बाप की तरह शहर की गलियों में भटककर कचरा तलाशने लगे। फिर भी कहीं कोई आशा थी, सो दिन में एकाध बार तीनों उन डिब्बों तक चक्कर मार आते।

एक दिन उनमें से एक ने अपने सुअर पिता को आदमी का यह अजीब व्यवहार बताया तो वह हँसने लगा (सुअरों के पिता आदमी के पिता से भिन्न होते हैं तथा अपने बच्चों से हँसकर भी बात कर लेते हैं)। उसने अपने बच्चे को बताया, "बेटा, खैर मनाओ कि तुमने सुअर का जन्म लिया। कचरा मिल जाता है, पेट पल जाता है। अभी तुम छोटे हो। जब बड़े होगे और इस झोंपड़बस्ती में घूमोगे तो पाओगे कि आदमी कितना दुखी है। दुबले-पतले, मरते अधमरे आदमी के बच्चों को देखकर तुम्हें ज्ञात होगा कि सुअर के बच्चे के रूप में तुमने कितनी ऐश की। न तुमने नन्हे हाथों से पालिश की पेटी ढोई, न हाथ-पाँव तुड़वाकर भीख माँगी। न तुमने होटल में प्लेटें धोकर मालिक के जूते खाए, न तुम डॉक्टर की दुकान के सामने दवाई के अभाव में मरे। न तुम मिलावटी कचरा खाकर बीमार हुए, न ही पैदा होते ही रेलवे स्टेशनों पर सामान ढोने लगे। तुम बहुत अच्छे रहे सुअर के बच्चों कि तुम आदमी के बच्चे नहीं हुए..."

उस बच्चे ने शेष सुअर के बच्चों को बताया कि आदमी का बच्चा होना कितना खतरनाक काम है। उन्हें कुछ सन्तोष तो हुआ पर कचरे के डिब्बों का स्वादिष्ट जूठन हाथ से निकल जाने का गम सताता रहा।

ऐसे ही दिन गुजरते रहे।

कि एक दिन बहुत सी पुलिस, बुलडोजरों के साथ उस झोंपड़पट्टी बस्ती में घुस आई। सारे छोटे-बड़े सुअर तो भागकर नाले के दूसरे किनारे पर आकर दुबक गए पर आदमी की बड़ी फजीहत हुई। बस्ती में बड़ी मारा-मारी हुई। पुलिस ने मार-मारकर आदमियों, औरतों तथा बच्चों को उस अवैध झोपड़ बस्ती से खदेड़ दिया। रोते-पीटते आदमियों के झुंड, नाले पर बने टूटे पुल पर से टूटा-फूटा सामान लिये बस्ती से भाग निकले। बुलडोजर ने घूमकर बस्ती साफ कर दी। बरसात होने लगी और सारी बस्ती कचरा बनकर सुअरों के सामने नाले में बहने लगी।

सुअरों की सहमी भीड़ भागते आदमियों को देखती रही।

सुअर के वे तीन बच्चे भी यह दृश्य देख रहे थे। एक ने अपने उसी बुद्धिमान सुअर पिता से जिज्ञासा की—"यह क्या हो रहा है, पापा?"

उन्होंने समझाया, "आदमी सुअर से अलग किस्म का प्राणी है बेटा। सुअर सारे एक जैसे होते हैं, पर आदमी नहीं। आदमी दो तरह का होता है—अमीर तथा गरीब। गरीब बड़ा गन्दा आदमी होता है, ऐसा अमीर मानते हैं। वे गन्दी बस्तियाँ बनाकर शहर की शोभा बिगाड़ते हैं। इसीलिए बीच-बीच में इनकी बस्तियाँ उजाड़ दी जाती

हैं। कुछ इस भागदौड़ में मरकर छुटकारा पा जाते हैं। जो बच जाते हैं, उनमें गजब की संघर्ष शक्ति होती है। वे पुनः बस्ती बना लेते हैं। फिर बुलडोजर आते हैं।... इनके साथ यही चलता रहता है। हम सुअरों से भी असुरक्षित भविष्य है इनका।"

बच्चों को एक बार पुनः प्रसन्नता हुई कि वे सुअर के बच्चे हैं। तभी उनको आदमियों की भागती भीड़ में आदमी के वे तीन बच्चे भी दिखाई दिये, जिन्होंने इन्हें घूरे से बेघूरा कर दिया था। टूटे डिब्बे, टीन आदि सर पर लादे भयभीत और बीमार से इन बच्चों को देखकर वे सुअर के बच्चे सहम गए। उन्हें उन पर दया आई।

तभी सबसे छोटा सुअर का बच्चा बोल उठा, "अब अच्छा रहेगा, ये बच्चे नहीं रहेंगे तो अपुन कचरे के डिब्बे पर फिर आराम से खा सकेंगे।"

किशोर सुअर के बच्चे ने घूरकर उसे देखा और डाँटा, "शर्म नहीं आती तेरे को? इन बेचारों पर मुसीबत पड़ी है और तुझे अपनी सूझ रही है। आदमी को शर्म और दया न आए, पर हम तो सुअर हैं..."

सुअरों की भीड़ स्तब्ध खड़ी रही और झोंपड़बस्ती की जगह बंजर रह गई।

आज भी कचरे के वे डिब्बे वहीं हैं।

कचरा, जूठन पड़ा रहता है पर सुअर के वे तीन बच्चे उस तरफ फटकते भी नहीं। आदमी के उन तीन बच्चों के साथ आदमी ने जो क्रूर व्यवहार किया, उसके विरोध में वे इतना ही कर सकते हैं। उन्हें दुख है कि वे सुअर हुए; यदि आदमी होते तो वे इस अन्याय से लड़ते।

परन्तु, वे अगर आदमी होते तो क्या वे सचमुच ही लड़ते?

छाती पर सवार दिल्ली

मेरे घर के पिछवाड़े रेलवे लाइन जाती है। इस पर ट्रेनें दौड़ती हुई दिल्ली जाती हैं। कम-से-कम मुझे तो यही सन्देह है कि वे दिल्ली जा रही हैं। मेरी छत के ऊपर एक अदद आसमान है जिसमें विमान उड़ते हैं। मुझे विश्वास है कि वे दिल्ली जाते हैं या वहाँ से आते हैं। मेरे शहर में हवा चलती है। वह दिल्ली से आती है। मेरे प्रदेश के गुलाब दिल्ली से निर्देश पाकर खिलते हैं। मैं प्राय: स्वयं से पूछता हूँ कि ये पुष्प क्यों महक रहे हैं? यह बादे सबा कमबख्त क्यों हौले-हौले बह रही है? इन झरनों को कलकल करने का आदेश कहाँ से 'इशू' हुआ? यह सरकारी मंचों पर कौओं की सांस्कृतिक काँव-काँव क्यों? उत्तर गूँजता है, या गूँजना चाहिए—दिल्ली के कारण, दिल्ली से।

मूढ़मति प्राय: पूछते पाए जाते हैं कि क्यों बार-बार जाते हैं वे दिल्ली? क्यों रोज उड़ते हैं सरकारी पुष्पक विमान दिल्ली की ओर? जो गुनी हैं, चश्मा लगाकर, कब्ज की टिकिया ले देश पर विचार कर लेते हैं, वे जानते हैं। आदमी दिल्ली जाता है ताकि आगे भी दिल्ली जाने योग्य रह सके। दिल्ली जा पाना भी अपने-आप में एक उपलब्धि है। बहुत से हैं जो इस विमान में बैठकर दिल्ली जाना चाहते हैं। पर चाहने से क्या होगा? दिल्ली ही तय करती है कि कौन आएगा दिल्ली। दिल्ली जानती है, दिल्ली आने वालों की औकात। दिल्ली तय करती है, दिल्ली आने वालों की औकात, दिल्ली पहनाती है, भीगी बिल्ली पर शेर की खाल। दिल्ली तमगा टाँकती है चूहों पर, सयानी बिल्ली का। दिल्ली फूँकती है हवा पंक्चर व्यक्तित्वों में। दिल्ली फोड़ती है महत्त्वाकांक्षी गुब्बारे मेरे प्रदेश के। दिल्ली धरती है अपनी रुचि की सिल्ली मेरे प्रदेश की छाती पर। दिल्ली दलती है मूँग और पकने देती है समाजवाद की बीरबली खिचड़ी। दिल्ली के डंडे का धक्का पाकर उछलती हैं अदनी गिल्लियाँ, राजनीति के काले आसमान में। दिल्ली की इल्ली लग गई है, मेरे प्रदेश की फसल में।

तुम क्यों नहीं जाते दिल्ली? पत्नी पूछती है प्राय:।

मैं तय करता हूँ कि मैं भी जाऊँगा दिल्ली। क्यों न जाऊँ दिल्ली? मैं भी जा सकता हूँ दिल्ली। क्या कहते हो, जाकर देखूँ दिल्ली? दिल्ली जाऊँ और दिल्ली का

होकर रह जाऊँ? दिल्ली, मेरी दिल्ली। मेरे बाप की दिल्ली। मैं आ रहा हूँ दिल्ली। मैं चुपके से जाऊँगा दिल्ली। वरना भोपाल वाले मुझे असन्तुष्ट गुट का बताकर जाने नहीं देंगे दिल्ली। यहाँ हर असन्तुष्ट दिल्ली जा रहा है। वह इसी में सन्तुष्ट है। वह कल दिल्ली में था। आज फिर जा रहा है। वे दिल्ली से आएँ तो फिर ये जाएँ। जगत मुसाफिरखाना। लगा है आना-जाना, दिल्ली का। तू दिल्ली से आ रहा है? मैं दिल्ली जा रहा हूँ। चल, मैं भी पुनः दिल्ली चलता हूँ। बेताल पुनः उड़कर दिल्ली की दीमकवती डाल पर लटकने को भटक रहा है।

हर प्रश्न का उत्तर है—दिल्ली चलो।

सूखा यहाँ पड़े तो दिल्ली में नहर तलाश करो। तुम्हें रोटी चाहिए? मुझे बोटी चाहिए। मैं दिल्ली जाकर बात करूँगा। मैंने दिल्ली में बात की है। हमें दिल्ली से आश्वासन मिला है। कल ही दिल्ली से लौटा। अच्छा, आप भी वहीं थे! मैं 'अशोका' में था। आपके विषय में भी चर्चा हुई थी। दिल्ली ने कह दिया है कि बात पक्की है। दिल्ली में यह चर्चा आम है। दिल्ली से लौटकर ही कुछ कह सकूँगा। ऐसा करिए, कि आप बुधवार को सचिवालय आ जाइए, रकम लेकर। तब तक वे भी दिल्ली से आ जाएँगे। वे दिल्ली में हैं और शहर बन्द है। वे आएँ तो काम शुरू हो। नहीं तो ऐसा करते हैं कि दिल्ली ही चले चलते हैं। हाँ, यही ठीक है। उनका ठीक नहीं कि कब तक दिल्ली में रहें। नहीं, नहीं, अपुन अभी ऐसा करते हैं। नहीं तो वैसा करते हैं। नहीं, फिलहाल कुछ नहीं करते हैं। वे दिल्ली में हैं। हम तब तक कुछ नहीं करते। प्रश्नों को अपने गलत उत्तरों के लिए भी अभी प्रतीक्षा करनी होगी। वे दिल्ली जा रहे हैं। वे दिल्ली में हैं। चल रहे हैं वे दिल्ली से। एक्चुअली चल पड़े थे वे दिल्ली से कि हुक्म हुआ कि अभी न जाएँ दिल्ली से। सो वे दिल्ली में हैं। कब तक टिकेंगे वे दिल्ली में? जब तक लात मारकर निकाले न जाएँ दिल्ली से।

वे आज दिल्ली से आ रहे हैं। इन्तजाम लगेगा। वर्कर, फूलमालाएँ, खुली जीप, पत्रकार, झंडे, डंडे तैयार। खादी का कुर्ता धोबी से आज ही मँगा लो। अरे भई, कल सुबह तो चाहिए। हाँ, जी.टी. से आ रहे हैं। पिछले हफ्ते एक टी. टी. पिट गया था प्लेटफार्म पर। स्वागत समारोह हो गया था बिचारे का, हा-हा-हा। हमें दुख है कि ऐसा हुआ, पर उसे भी ऐसे नाजुक मौके पर टिकट नहीं माँगना था। खैर। भई, अफजल मियाँ को रोकना। युवा नेता हैं, जल्दी मारपीट पर उतर आते हैं। हाँ, खुली जीप में उनके साथ कौन खड़ा होगा? पीछे कौन लटकेगा? नहीं। अभी तय हो जाना चाहिए, पिछले माह वाला गदर नहीं चलेगा। हर दफे बन्ने भाई, विजय बाबू और कमला बहन जीप पर चढ़ जाएँ, यह उचित नहीं। यही लोकतंत्र है क्या? भउसा नहीं चलेगा। इस बार हम चढ़ेंगे। वहीं हम थोड़ी चर्चा भी कर लेंगे, एस.डी.ओ. के ट्रांसफर की बाबत। लड़िए मत, सबको अवसर मिलेगा। अगले ही हफ्ते तो वे

पुनः दिल्ली पधारेंगे, तब आपको भी जीप पर लदवाय देंगे। नाराज न हों, एकता जरूरी है। हाथ न मजबूत करोगे नेता का? क्यों भाई। हाँ, पहली फूलमाला कौन डालेगा? नहीं, हर दफे दादा भाई नहीं। आप तो लिस्ट बना लीजिए, सर। उसी के हिसाब से मौका दीजिए, हम लोगों को इस तरह 'नेगलेक्ट' नहीं किया जा सकता। पाल्टी में क्षेत्रीयता न आने दें।

वे दिल्ली से आ गए हैं।

वे राजधानी में हैं। अफसर फाइलन के ढेर उठाए आगे-पीछे। जब तक हैं, काम करा लो। कल किसने देखा। वे फिर दिल्ली जाएँगे। वे चार दिनों से दिल्ली नहीं गए हैं। नहीं, लकवा नहीं मार गया। बस, यूँ ही। परन्तु शीघ्र ही वे दिल्ली जाएँगे। दिल्ली उन्हें पुकार रही है। वे हर आवश्यक, अतिआवश्यक कार्य को रद्दी में डालकर दिल्ली जाएँगे। उनका हवाई जहाज तैयार है। उनकी अटैची हमेशा सजी है। उनके बेटे को मार्केटिंग करनी है। जनता की सूखी चमड़ी बेचकर भी उनके लिए पेट्रोल खरीदना पड़े, तो खरीदो। भरो पेट्रोल चील गाड़ी में। ले चलो उन्हें फिर जुलूस बनाकर हवाई अड्डे। फिर एकत्रित करो वर्कर, झंडे, डंडे, पुलिस और अखबार के लिखैया। फिर लगन दो नारे। होवन दो जै-जैकार। खिंचन दो फोटू। निकलवाओ अखबारन में शुभकामनाएँ, यात्रा पर, वापसी पर। सब दुकान वाले पैसा निकार के फोटू वाले विज्ञापन निकालें उनके। जो न निकारें, सो मारो ससुरन पे छापा। बेंड़ दो सवा लाख की कुठरिया में। पीसें चक्की। मजाक बना रखी है? वे दिल्ली जा रहे हैं। वे दिल्ली से आ रहे हैं और तुम्हें दिल्लगी सूझती है।

वे दिल्ली जाते रहेंगे। दिल्ली से आते रहेंगे वे। कवि दिल्ली की तुक तिल्ली से मिलाकर सच ही कहता है कि हे सखी, वह नटखट, रासलीला का करैया कपटी आज पुनः मुझे समस्याओं की कुंजगलिन में छोड़, मेरे सिर पे से उड़ता पलायन कर गया। महत्त्वाकांक्षाओं के आकाश को ताकती नायिका, उसमें गोते मारते लीलाबाज को चुपचाप देखती रुदन कर रही है।

नायिका से निवेदन है कि उठे और ऐसे पापी नायक का परित्याग करे। पर नायिकाओं ने आज तक मेरी सुनी है?

यह देश शुक्ला जी का है

जो लोग इस बात को लेकर रोते हैं कि सरकार काम नहीं करती, वे भोले हैं। वे सरकार को नहीं जानते। दरअसल, वे शुक्ला जी को नहीं जानते। वे नहीं जानते कि सरकार काम करती है, बशर्ते शुक्ला जी उससे वैसा करने को कहें। हमारा तो सारा कस्बा जानता है कि शुक्ला जी बीच में हों, तभी कोई कार्य होगा। हर अंडी-बच्चे को विदित है कि शुक्ला जी कस्बे में उपलब्ध हों तो यहाँ का कोई काम नहीं रुकता। रुक नहीं सकता, बशर्ते शुक्ला जी उस काम के लिए दो दिन राजधानी में रुक जाएँ। ट्रांसफर, पोस्टिंग, चोरी-चकारी, नियुक्ति, बर्खास्तगी लाइसेंस, सीमेंट, चूना इत्यादि के मायाजाल में फँसे प्राणी के लिए शुक्ला जी मछंदरनाथ हैं। वे कस्बे के तारनहार हैं। वे कस्बे से राजधानी के बीच फैली एक सुरंग हैं, पोलमपोल हैं। वे दलाली की बजबजाती नाली हैं, जिसमें हर दफ्तर के भ्रष्टाचार का पानी बहता है, रुकता है, सड़ता है।

पिछले दिनों शुक्ला जी से राजधानी में मुलाकात हो गई। साथ एक भद्र महिला थीं। बोले, 'इनका काम कराने आया था। अपने गर्ल्स कॉलिज में भेनजी हैं।' भेनजी तबादलाकांक्षणी थीं। इसीलिए राजधानी में थीं। इसीलिए शुक्ला जी के साथ थीं। शुक्ला जी को देखकर मेरे पेट में पुनः वही प्रश्न उठा, जो उन्हें देखकर बार-बार उठा करता है कि क्या आवश्यकता है इस देश को शुक्ला जी की?

प्रश्न का उत्तर भी सर्वज्ञात है। स्वतंत्रता के बाद यह बात गहराई से अनुभव की गई कि हर शहर का अपना एक शुक्ला जी होना आवश्यक है—लोकतंत्र की टेबल पर एक अदद शुक्ला जी सर्व होना, भ्रष्टाचार की मलाई मार के। एक अदद बीच का आदमी। सरकार, अफसर और आदमी के बीच एक सुविधाजनक पुल। चालू चाय-सा चालू, राजनीतिक कार्यकर्ता। तबादले के महल में लटका जहाँगीरी घंटा। राजधानी का कमीशन एजेंट। ग्रामीण जनों की सेवा में निरन्तर तत्पर—भ्रष्टाचार का एक्सटेंशन काउंटर। अफसरों का बिचौलिया। लोकतंत्र की कब्र का बिज्जू। सतत भ्रम में रखने वाला बिजूका। स्वतंत्र देश के बेलगाम प्रशासनिक आकाश में उड़ती चील। अफसरतंत्र और राजनीति के खेल की ग्रामीण शाखा। बिचौलिया। लोकल सत्यनारायण भगवान, जिनकी गाथा दफ्तर-दफ्तर गाई जाए। तय हुआ कि स्वतंत्र

भारत में अब हर कार्य शुक्ला जी की मार्फत होगा। अब कोई गुलशन न उजड़े, बिना शुक्ला जी से पूछे। अब जो हो, वाया शुक्ला जी हो क्योंकि अब वतन आजाद है। शहीदों की चिताओं पर मेले लगाए जाएँ जिनकी व्यवस्था, मेला कमेटी इत्यादि शुक्ला जी के हाथ हो। जो हो, जहाँ हो, उसे शुक्ला जी के माध्यम से कराया जाए, यह थीम सांग बन गया स्वतंत्र देश का। देश में शुक्लाजियों तथा अन्य ऐसे ही बीच के कार्यकर्ताओं की प्रभातफेरी-सी निकल पड़ी, कोने कुंटे में। हर मुहल्ले में एक ऐसा सर्वशक्तिमान टुंइयाँ व्यक्तित्व सामने आया, जिसकी पहुँच अनन्त थी।

यह बीच का व्यक्ति, जिसे हम प्यार से घरू नाम शुक्ला जी कह रहे हैं, वर्तमान राजनीतिक-आर्थिक-सामाजिक क्षितिज पर छा गया है, धूमकेतु-सा। एक समानान्तर प्रशासनिक व्यवस्था बन गया है बिचौलियों का यह गिरोह।

शुक्ला जी से पुन: मुलाकात हुई, अभी।

बोले, "सी. एम. बँगले से आ रहा हूँ।"

वे सी. एम. बँगले से आते हैं, या वहाँ जाते हैं। वे सेक्रेटेरिएट से आते हैं या वहाँ जाते हैं। वे सतत आ-जा रहे हैं। लगा है आना-जाना इस तिलिस्मी मुसाफिरखाने में, जिसे राजधानी कहते हैं।

प्रश्न पुन: गुड़गुड़ाता है कि क्यों परेशान हैं शुक्ला जी दूसरों के कार्यों के लिए? क्यों आ-जा रहे हैं? क्यों संकटग्रस्तों के साथ बार-बार भागते हैं राजधानी? नहीं, विनोबा जी जैसी आत्मा वाला मामला यहाँ नहीं है। आत्मा का रगड़ा पाला ही नहीं शुक्ला जी ने (क्योंकि आत्मा को शरीर में पालकर भी रखो और यदा-कदा वह कचोट-कचाट भी दे, यह पसन्द नहीं उन्हें। इस धन्धे में आत्माबाजी नहीं चलती) फिर क्या बात है? पागल कुत्ते ने भी नहीं काटा है उन्हें (पागल कुत्ते इतने भी पागल नहीं होते!), हृदय के ऐसे कोमल भी नहीं। खासा काला दिल है उनका और आपकी दुआ से दिनोंदिन काला ही होता चला जा रहा है। फिर क्या चक्कर है यारो? छलकें, वे नेत्र भी नहीं। बरसों से नहीं छलकीं उनकी आँखें। खासी काँइयाँ आँखें हैं। दुखकातर हो, भर आए, वह गला नहीं। साँड़ जैसी गर्दन है उनकी।

फिर भी वे सर्वसाधारण की सेवा में प्रतिपल क्यों तत्पर हैं? उत्तर यही है कि दूसरों का काम कराने में ही इनका काम होना है। यही उनकी रोजी-रोटी, धर्म-ईमान, धन्धा-पानी, मक्खन-मलाई है। सारे जायज कार्य यदि सरकार नियमानुसार करने लगे तो मर जाएँ ये, फटाकदेनी से। सरकार का सम्पूर्ण प्रोत्साहन प्राप्त है, बिना पूँजी के इस लघु उद्योग को। सरकारी अनुदान-सा खुला खेल है यह। आप पैसे दो और शुक्ला जी आपका काम कराएँगे, सरकार की गर्दन पकड़कर। वे जमाने हवा हुए जब आप योग्यता, पढ़ाई, मेरिट आदि के फालतू आधारों पर नौकरी पाते थे। अब नौकरी शुक्ला जी की चेरी है और नियम-कायदे उनकी बाँदियाँ। वे दिलाएँगे

तो आप पाएँगे। सत्य तो ये है कि वे आपसे कुछ पाएँगे, तभी आपको दिलाएँगे। अब इस देश में कोई भी काम बिना रोकड़ा निकाले नहीं होगा। दसों दिशाओं में रोकड़िए हैं, रास्ता रोके, लेन-देन का बड़ा साफ-सुथरा तथा स्पष्ट वातावरण बन गया है। इंटरव्यू इत्यादि की अनिश्चितता का युग निबट गया। लद गए वे सुनहरे दिन जब आप इस घबराहट का आनन्द लेते थे कि मेरा सिलेक्शन हुआ कि नहीं? अब स्थिति स्पष्ट रहती है। आप किसी शुक्ला जी को साथ लिये थे? या बस गोल्ड मेडिल, 'सर्टीफिटिक' लिये बागते फिर रहे थे? कितना दिये रहे आप? कितने में तय किये हैं शुक्ला जी? हम तो नायब तहसीलदारी के लिए ट्राई किये हैं। पाँच हजार का रेट चल रहा है। दे दिये आप? खैर, फरक नहीं पड़ता। बन गए नायब साहब तो, किसानों की चरसी उतारकर दे देंगे। और आप? हम तो तबादले के चक्कर में लाए थे शुक्ला जी को। पहले बारह की कह रहे थे, अब पन्द्रह बताते हैं। कहते हैं कि डिरेक्टर बताते रहे कि बड़ी कमाऊ जगह है, सो पन्द्रह हजार देना होगा, वरना लोग बीस हजार लिये भाग रहे हैं। दे देंगे। पन्द्रह तो महीने भर में खेंच लेंगे। खरगी प्रोजेक्ट होने दो शुरू। कुछ भी कहिए, काम करा देते हैं शुक्ला जी। खर्च अवश्य होता है, सो उससे क्या। और आपके ब्रदर का क्या हुआ उस रेप वाले केस में? दब गया मामला। शुक्ला जी ने थानेदार से मिलवाय दिया था। थानेदार भी बांभन निकल आया था, सो सस्ते में निबट गए। और आपके साले साहब? अरे वही, जो नकल करते पकड़े गए थे और यूनिवर्सिटी से निकाल दिये गए थे? वो ठीक हो गया सब! शुक्ला जी रजिस्ट्रार साहेब को ही सस्पेंड करा दिये। अब बाग रहे हैं वे, पाँव छूते हमारे साले साहब के। वाह वा! वाह वा!

अब इस देश में वही होगा, जो शुक्ला जी चाहेंगे। वही होगा, जो शुक्ला जी करवाएँगे। यह देश शुक्ला जी का है। चारों शो में हाउसफुल खेल है यह शुक्ला जी का। जिन्होंने लोकतंत्र की कल्पना की थी, उठावना है यह उनका। अगर कहीं कोई भट्ठा है इस देश का, तो उसे बिठाने में पूरा सहयोग है शुक्ला जी का। भट्ठा बैठेगा। शुक्ला जी के रहते और कोई चारा भी तो नहीं।

पगारे बाबू के चार पत्र

1

आदरणीय डॉक्टर आशुतोष श्रीवास्तो जी,
सादर मिलन।

आप भोपाल तक पधारे और अभाग्यवश हम आपसे नहीं मिल पाए, सो इसका हार्दिक कष्ट हमारे हृदय में है। भानजे की शादी कालपी में लगी थी, सो आपको ज्ञात ही है। उसी की बारात में जाना पड़ गया, फिर बहुत सारी मेडिकल लीव पड़ी थीं, तो ज्यादा दिन लगाकर आए। आप भी बस्तर से आए, सो बिना पूर्व सूचना दिये। अतः मुलाकात न हो सकी। खैर, प्रभु इच्छा।

आप ऐसी शंका भी मन में न लाएँ कि हम आपका काम भूल गए हैं। जब से आपका तबादला बस्तर हुआ है, तब से हम अपने हृदय में बिचारे हैं और ठान लिये हैं कि भाईसाहब को तो उधर से निकालना ही है वरना धिक्कार है कि हम जो हैं सो सेक्रेटेरिएट में बाबू हुए। जब हम अपने ही आदमियों को बस्तर में सड़ने देंगे तो बाकी के ससुरे, जो न अपने रिश्तेदार हैं और न पैसे पहुँचाते हैं बदमाश, वे कहाँ सड़ाए जाएँगे सो बताइए! हम तो आज तक शरम के मारे पनियाये बैठे हैं कि हमारे होते आपका तबादला बस्तर हुआ तो हुआ कैसे और क्योंकर? आपको स्मरण होगा कि उन दिनों भी हम अपने एक भतीजे की शादी में मऊरानीपुर निकल गए थे और मौका ताड़कर मिश्रा जी ने भाँजी मार के आपको बस्तर फिंकवा दिया। मिश्रा जी आपसे बैर ठाने हुए हैं और यहाँ-वहाँ चिल्लाते फिरते हैं कि श्रीवास्तो डॉक्टर साहब तो बस पगारे बाबू को ही पैसे खिलाते रहते हैं। मैं तो कहता हूँ कि एकाध बार मिश्रा जी के मुँह पर सौ-दो सौ मार दीजिए तो बात खत्म हो जाए। चाहें, तो पैसे हमको भेज दें। हम मिश्रा जी को दे देंगे। फिर जैसा आप उचित समझें।

हम जानते हैं कि बस्तर ससुरा जंगली इलाका है और आप शहर के पढ़े-लिखे आला डॉक्टर, सो मन का न लगना लाजिमी है। आपको दिल्ली-सिल्ली में होना चाहिए था जहाँ ठाठ से दोनों टेम सनीमा फटकारते और होटल में गाना-साना सुनते। पर आप तनिक भी चिन्ता मन में न लाएँ। हम जल्दी ही आपकी फाइल का पता

निकालते हैं और अगले पत्र में ही सारी प्रोग्रेस बताते हैं। अब इस काम के पीछे लग ही जाना है। हम आपको बस्तर से निकलवाकर ही रहेंगे, सो आप जानते ही हैं। इस कार्य में कितना भी पैसा लग जाए, हम लोगों को चिन्ता नहीं करनी है। बस्तर से यदि आठ-नौ सौ में निकल आए, तो हमारे खयाल में सस्ते में निबटना ही कहलवाएगा। आप स्वयं सचिवालय की स्थिति जानते हैं। खर्चे की चिन्ता न हमें है, न आपको करनी है। हमें तो लोगों के मुँह पर रुपये फेंककर काम कराना है।

आप इस दफे घर में जो वाइफ को दौ सौ रुपये दे गए, सो उसकी क्या जरूरत थी भाईसाहब? तकल्लुफ की कोई बात आपके हमारे बीच यूँ भी नहीं है। आपका दिया ही खाते हैं और आवश्यकता होने पर यूँ भी आपसे माँग लेते। ये दो सौ रुपये मैंने गुप्ता जी (बाँदावाले) को दे दिये हैं। वे सारी स्थिति का पता लगाकर जल्दी ही बताएँगे। गुप्ता जी हेल्थ सेक्रेटरी के दाहिने हाथ हैं। वे ईमानदार आदमी हैं; पैसा लेते हैं परन्तु काम अवश्य कर देते हैं (अपनी तरफ के ही हैं)। आपको द्विवेदी जी वाला केस तो याद ही होगा, उस बेईमान को हमने आपके भाईसाहब के केस में पूरे हजार रुपये आपसे दिलवाये थे और तब भी उसने केस नहीं दबाया था, सो गुप्ता जी जैसे ईमानदार मिल जाना ही सौभाग्य है। (क्या भाईसाहब जेल से वापस आ गए? गबन के केस में छह-सात महीने से अधिक की जेल नहीं होती, ऐसा हमें अपने केस से याद है जिससे हम बाल-बाल बचे थे। हाँ भई, गबन ही तो किया है, किसी की जान तो नहीं ली?)

पत्र का उत्तर अवश्य दें। (उत्तर घर के पते पर दें। यहाँ दुश्मन लोग खोल लेते हैं और ऐसी-वैसी बातें करते हैं। जब से हमने अस्सी हजार का एम.आई.जी. खरीदा है, सभी साथी जलते हैं।)

पूज्य भाभी जी को प्रणाम दें और बाल-गोपालों को प्यार।

पूज्य पिताजी को भी मेरा शत-शत प्रणाम पहुँचाएँ। (कोई बता रहा था कि उनका स्वर्गवास हो गया, क्या यह खबर सही है?)

आपका अपना
मनोहर लाल पगारे
यू. डी. सी. (परमानेंट)

2

आदरणीय श्री डॉक्टर साहेब,
नमस्कार।

आपका कृपा-पत्र प्राप्त हो चुका था, परन्तु उत्तर प्रेषित करने में विलम्ब हुआ, कारण कि आपके कार्य में ही लगा था और समय नहीं मिला। आप बिला वजह ही

परेशान हो रहे हैं। आप मनगवाँ ट्रांसफर चाहते हैं, सो हो जाएगा। आपका सेवक यहाँ इसी काम से बिराजा है। फिर मनगवाँ में डॉ. चौहान हैं सो उनकी रिपुटेसन खराब चल रही है। डी. एच. ओ. से लेकर डिरेक्टर तक सभी उनसे नाखुश हैं, कारण कि मारपीट के केसन में वहाँ के थानेदार सिंह साहेब ने डॉक्टर साहेब को बहुत पैसा पिटवाया है, पर डॉ. चौहान ने अफसरों को घी का एक कनिस्तर भी नहीं पहुँचवाया, सो नाराजी है जो कि वाजिब भी है। आदमी को समय देखकर चलना चाहिए, यद्यपि घी महँगा है इन दिनों, यह सभी मानते हैं।

मैंने इस सिलसिले में डायरेक्टरेट में भी चर्चा चलाई थी तो जंगवीर सिंह जी के पी.ए. ने बताया कि आपकी फाइल वहाँ से नोटिंग के लिए सेक्रेटेरिएट भेजी जानी है। मेरा विचार था कि यदि आप चार-पाँच सौ रुपये बैंक ड्राफ्ट से भेज देते तो डायरेक्टरेट में खिला-पिलाकर फाइल जल्दी चलवाने की कोशिश करता, वरना यहाँ की हालत तो आप जानते ही हैं कि दबा देंगे किसी ढेर में। मैंने जंगवीर सिंह जी के पी.ए. को तो अपनी जेब से ही दो सौ रुपये थमा दिये ताकि काम शुरू तो हो जाए। आप सुविधानुसार ये रुपये भी ड्राफ्ट से प्रेषित कर देवें (ड्राफ्ट हमारे साले के नाम बनवाएँ, सो आप जानते ही हैं।)।

एक बार फाइल सेक्रेटेरिएट में आ गई तो समझिएगा कि काम हो गया, यद्यपि काम वहाँ भी आजकल कठिन ही हो गया है, कारण कि अखबारवालों ने छाप-छाप के चीफ मनिस्टर साहेब को नाराज कर दिया है। सुना है कि ट्रांसफरन पर बेन लगाने वाले हैं वे। पर हम इससे पहले ही ट्राई करेंगे और नीली छतरीवाले की कृपा रही तो ये गरमियाँ आप मनगवाँ में बिता पाएँगे।

सेक्रेटरी आजकल खत्री साहेब हैं, पर कलम के कच्चे हैं। वे अपनी जातवालों का ही काम नहीं करा पा रहे, सो इसी से उनकी गत समझ सकते हैं। आजकल सारा काम अंडरसेक्रेटरी रंगीलाल जी के हाथों में है। सारी फाइलों का फाइनल वे ही कर रहे हैं और सीधे चीफ मनिस्टर तक उनकी पहुँच है, कारण कि रंगीलाल जी के बाप मनिस्टर साहेब के गाँव में आन्दोलन के जमाने में तहसीलदार रह चुके हैं। सो सेक्रेटेरिएट में सभी रंगीलाल जी से डरते हैं। इधर बिना हजार-पाँच सौ दिये काम न होगा। हमने खुद अपने साढ़ू भाई को रीइंसटेट कराने के लिए रंगीलाल जी को हजार रुपये चढ़ाए। पैसा जरूर खर्च होगा पर काम की गारंटी है कि तुरन्त होगा। इसी ईमानदारी के कारण रंगीलाल जी का नाम है और सचिवालय में सब तरफ उनका मान है।

सो आप ये पैसे भी शीघ्रातिशीघ्र भेजें ताकि काम जल्दी शुरू हो सके और मौके पर पैसे की कमी न खल जाए।

बाकी सब ठीक है।

(आपके डिरेक्टर साहब अब चन्द दिनों के मेहमान हैं। कारण कि कुछ ऐमेले

लोगन को वे नराज कर दिये हैं कि उनका काम नहीं किये जबकि वे ऐमेले लोग केंडीडेटन से पैसा पहले ही उगा चुके थे। इससे इन लोगों की छवि को बड़ा नुकसान पहुँचा कि वे पैसा लेकर भी काम नहीं करा पाए, सो बात ऊपर तक पहुँची है। विधान सभा सैशन पास है, सो इन लोगन को नराज भी नहीं किया जा सकता। जल्दी ही शायद रीवा से द्विवेदी जी को लाकर डायरेक्टर बनाया जाए। देखो, क्या होता है!)

पैसे का मुँह मत देखिएगा और तुरन्त भेजिएगा।

पिताजी के देहान्त की खबर से सदमा पहुँचा यद्यपि वे अस्सी बरस के थे और मरने की उमर के ही थे। खैर।

आपका सेवक
मनोहर लाल पगारे
यू. डी. सी.

पुनश्च : क्या आप मनगवाँवाले डॉ. चौहान को किसी केस में नहीं फँसवा सकते? आपकी तो इधर बड़ी रिश्तेदारी है। न हो तो ससुर को किसी बलात्कार-सलात्कार में बिदवा दीजिए, और क्या?

फिर जैसा आप समझें और परिस्थितियाँ साथ दें, यद्यपि वैसा हो पाता तो काम बड़ा आसान हो जाता।

3

आदरणीय श्रीवास्तो डॉक्टर साहेब,
नमस्कार।

आपने टी. एम. ओ. से जो हजार रुपये पहुँचाए, समय पर प्राप्त हो गए थे, सो समझिए कि बड़े काम आ गए कारण कि ट्रांसफर लिस्ट तैयार हो गई थी और रंगीलाल जी बड़े नाराज थे कि कहकर भी हमने पैसे नहीं पहुँचाए। हमारी पोजीशन बड़ी 'ओड' हो गई थी, पर अब सब काम 'सोलिड' और सही-साट हो गया है।

लिस्ट सेक्रेटेरिएट से डायरेक्टर अग्रवाल साहब के पास चली गई है और बड़ी सीक्रेट रखी जा रही है। अग्रवाल साहब ने बँगले पर ही स्टेन्सिल कटवाए हैं और डायरेक्टरेट तक के बाबू परेशान फिर रहे हैं क्योंकि पता नहीं चल रहा है कि कौन कहाँ फेंका गया है? हमने सोचा कि एक बार कहीं से और आपका नाम लिस्ट में कनफर्म कर लेते तो तसल्ली हो जाती, सो ईश्वर की माया से स्टेन्सिल काटने वाले द्विवेदी जी अपने नन्दू बाबू के दामाद निकल आए। मात्र दो सौ रुपये खर्च करके मालूम हो गया कि रंगीलाल जी धोखा नहीं दिये हैं। आपका नाम लिस्ट में है, आप चिन्ता न करें।

शीघ्र ही ये दो सौ रुपये भी हमें भेज दें ताकि नन्दू बाबू के पैसे पटा दें। बिचारे शरीफ आदमी हैं और वायदे पर ही मान गए; कहने लगे, घर की ही बात है। आगे के लिए जुगाड़ बनाए रखने के लिए जरूरी है कि हम पैसे दे दें।

आपका, सदैव
मनोहर लाल पगारे।

4

पूज्यनीय डॉ. आशुतोष श्रीवास्तो जी,
चरण स्पर्श।

पत्र विलम्ब से दे सका, कारण कि पुन: अपनी एक भतीजी की शादी के सिलसिले में भोपाल से बाहर रहना पड़ा। लौटा तो पाया कि इसी बीच आपके चार-पाँच पत्र तथा एक तार पड़ा है। इनसे जाहिर हुआ कि आप बहुत गुस्सा हैं हमसे क्योंकि ट्रांसफर लिस्ट में आपका नाम नहीं आया।

आपकी नराजगी वाजिब है यद्यपि हमने अपनी तरफ से पूरी कोशिश की, सो ईश्वर साक्षी है। हमारी ही गाँठ से इस चक्कर में सौ-सवा सौ खर्च हो गए और भाईसाहब, आपने लिखा है कि हम आपके पैसे खा गए, सो पढ़कर हमको तथा आपकी भाभी को बड़ा धक्का पहुँचा। आपसे, जिसे हमने सदैव बड़ा भाई जैसा माना, हमें ऐसी आशा नहीं थी कि आप हमें ऐसा कहेंगे यद्यपि हम अब भी जानते हैं कि यह बात आपने लोगों के बहकावे में आकर लिखी है, सो हमने उसका बुरा नहीं माना। हम स्वयं बड़े आश्चर्य में रहे कि यह सब हुआ कैसे और क्योंकर? अब सारी बातें खुलासा हुई हैं सो बताने का फर्ज बनता है और बता रहा हूँ यद्यपि आप विश्वास नहीं करेंगे कारण कि आप नाराज हैं जो कि वाजिब ही है, पर ठीक नहीं।

मनगवाँ के डॉ. चौहान ने ऐन आखिरी मौके पर आकर ऊपर पैसे खिला दिये, सो आपका नाम छपी-छपाई फाइनल लिस्ट से उड़वा दिया। यह बात हमें खुद रंगीलाल जी ने बताई जो स्वयं इस बात से दुखी थे कि ऐसी बातों से तो उनका खुद का नाम भी बदनाम हो जाएगा कि पैसे खा गए, जो कि गलत है। उन्होंने प्रण किया है कि अगली लिस्ट में आपको मनगवाँ नहीं पहुँचाया तो कुछ नहीं किया, यद्यपि उसमें शायद फिर कुछ पैसे और लगें, पर उसकी हमें चिन्ता नहीं करनी है। काम होना चाहिए अपना तो, बस।

थोड़ी ढील आपकी तरफ से भी हो गई। यदि आप डॉ. चौहान साहेब को किसी मामले में फँसा देते तो उनका केस कमजोर हो जाता और वे स्वयं मनगवाँ से भागने के पैसे देते। पर आप मुरव्वत में पड़कर झोल खा गए, जो ठीक नहीं रहा।

फिर थोड़ा जातिवाद भी चल गया। फाइनल लिस्ट स्वयं हेल्थ मनिस्टर ने मँगा

ली और उन्होंने ठाकुरों का फेवर किया जो कि उचित भी था क्योंकि वे भी राजपूत हैं। बाकियों के नाम उन्होंने खुद अपनी कलम से काट दिये। बताइए भला। क्या कीजिएगा? इधर भी चौहान साहेब को ठाकुर होने का फायदा मिला।

खैर, जो हुआ सो प्रभु इच्छा। कोशिश करने का हमारा तथा आपका फर्ज बनता था सो दोनों ने खूब की। सफलता-असफलता चलती रहती है। न सही इस बार, अगली लिस्ट में आपका नाम पक्का है। लिस्ट कौनों कुम्भ का मेला तो है नहीं; अभी दो महीना बाद पुन: निकलेगी। हमने अभी से कोशिश शुरू कर दी है। आप किसी ऐमेले को पकड़ने की कोशिश करें और इधर हम सँभाले ही हैं।

आप चिन्ता न करें, अगली लिस्ट में आपका नाम विधाता भी नहीं रोक पाएँगे। काम होगा, यद्यपि कठिन है और थोड़ा-बहुत खर्च भी होगा ही, पर उसकी चिन्ता हमें नहीं करनी है। आप डॉ. चौहान को किसी केस में फाँसने की जुगत लगाइए। न हो तो अफीम-सफीम में फँसवा दीजिए न?

आपका चरण सेवक

पगारे।

पुनश्च : आपने नन्दू बाबू वाले दो सौ रुपये नहीं भेजे हैं अभी तक, सो शीघ्र भेजें कारण कि वे काम के आदमी हैं और आगे काम आएँगे।

रंगीलाल जी की जासूसी परम्परा

साहित्य समाज का दर्पण होता है, परन्तु, हिन्दी के जासूसी साहित्य में कोई दर्पणबाजी नहीं चलती। हिन्दी का जासूसी साहित्य, भारतीय जासूसों की स्थिति की सही तस्वीर पाठक के समक्ष कभी नहीं रखता। प्राय: जासूसी उपन्यास यूँ प्रारम्भ होते हैं, 'कर्नल विनोद की कैडिलेक (या लिंकन) साँय-साँय करती टीकमगढ़ की पहाड़ियों की तरफ भागी जा रही थी कि तभी ज़ोर का धमाका हुआ और एक अजीब रोशनी से पहाड़ियाँ नहा गईं'; अथवा, फिर यूँ, कि 'जय ने हेलीकाप्टर का लीवर दबाया (न जाने, वहाँ कोई कमबख्त लीवर होता भी है अथवा नहीं!) और अलफांसे के महल में उतर गया'; ऐसे वर्णनों पर मुझे सख्त एतराज है। जासूसी उपन्यासों को भी समाज में कार्यरत जासूसों की असली स्थिति का दर्पण होना चाहिए, ऐसा मेरा विनम्र मत है। जब भारतीय जासूस, आरक्षक बद्रीप्रसाद जी खैनी चबाते हुए, साइकिल उठाकर डकैती के सम्भावित स्थल की ओर प्रयाण करते पाते हैं कि साइकिल पंक्चर है, तब जासूसी उपन्यासों में वर्णित उपरोक्त कार तथा विमानयुक्त जासूसों की बात पढ़कर रोना आता है। हिन्दी का जासूसी साहित्य भी यथार्थ का रास्ता पकड़े, यह मेरी कामना है। उपन्यास कुछ यूँ शुरू हो कि, 'वरिष्ठ आरक्षक मोतीलाल ने भभकती लालटेन उठाई और डंडा हिलाते हुए शकूर का पीछा शुरू किया। तभी किसी अनजानी दिशा से पत्थर आया और लालटेन का काँच तड़ाक की भयानक आवाज के साथ टूट गया। अँधेरा छा गया, ऊपर से यह आवाज—आरक्षक मोतीलाल डरकर पास की नाली में घुसकर छुप गए और सोचने लगे कि किसका कुकृत्य हो सकता है यह?'

पर ऐसा नहीं होगा। जासूसी उपन्यासों के पात्र आम आदमियों से नहीं जुड़ेंगे। हाँ, मैं अपने दायित्व से मुक्त नहीं हो रहा। मुझे जासूसी साहित्य को घसीटकर सड़क पर लाना होगा, वरना मेरे प्रगतिवादी मित्र मुझे बख्शेंगे नहीं। अत: इस लेख द्वारा मैं अपने कस्बे के महान जासूस श्री रंगीलाल जी के कृत्यों का विवरण पाठकों के समक्ष प्रस्तुत करूँगा। यही हमारी भारतीय जासूसी की सही स्थिति है। यही हमारी सुनहरी जासूसी परम्परा है।

मेरे गाँव के जासूसी जीवन पर यदि विहंगम दृष्टि डालें, तो हम पाएँगे कि दूर-दूर तक बस रंगीलाल जी की परम्परा का बोलबाला है। उसी की सनसनी में सना हुआ है गाँव का अपराध जगत।

रंगीलाल जी स्थानीय जरायमपेशा लोगों के बीच अत्यन्त लोकप्रिय व्यक्तित्व थे। वे गाँव के थाने के घनघोर सक्रिय सिपाही थे। उन्हें प्रायः सुरागों की तलाश में यहाँ-वहाँ व्यस्त पाया जा सकता था। सुराग के लिए, बस अड्डे पर स्थित विजय होटल में बैठने के वे विशेष शौकीन थे। वर्दी बाँधकर वे थाने से निकलते और जासूसी के उद्देश्य से विजय होटल में आकर बैठ जाते। जिसे सुराग देना हो, इधर आकर दे, वरना भाड़ में जाए, हम तो चाय पी रहे हैं! वे दिन भर वहीं बैठे रहते और लोग उन्हें वहीं बैठे-बैठे सुराग दे भी जाते। होता दरअसल यह कि स्थानीय गुंडे भी कुछ देर में विजय होटल पहुँच जाते और हेड सा'ब को नमस्कार करके वहीं बैठ जाते। गुंडे रंगीलाल जी की पैनी निगाहों से बच नहीं पाते। वे तुरत जान जाते कि हो न हो, ये गुंडे लोग हैं। वैसे तो वे यूँ भी पहले से ही जानते थे कि ये गुंडे हैं, परन्तु फिर भी दृष्टि को पैना बनाने का कोई भी अवसर वे हाथों से नहीं गँवाते थे। अपराधों का सुराग लगाने का उनका तरीका एकदम साफ तथा सीधा था। वे सीधे गुंडों से ही बात करते और बात साफ कर लेते। कई दफे गुंडे ही उनसे बात करते। बातों-बातों में ही सुराग का पता कुछ इस प्रकार चलता :

"नमस्कार हेड सा'ब," गुंडे प्रणाम करते।

"नमस्कार," वे चाय सुड़कते जवाब देते।

"इधर कैसे हुजूर?" गुंडे पूछते।

"अर कुछ नहीं, वही जासूसी ड्यूटी पर हैं ससुरे..." वे विनम्र हो जाते।

"वो तो हम आपको विजय होटल पर देखते ही जान गए थे!"

"अच्छा कटारे बाबू, एक बात बताइए," वे कड़क हो जाते और पूछते, "यह बड़ी कुंजरेटी में चोरी किसने करी है?"

"हमें नहीं पता मालिक," गुंडे कहते।

"तो पता करो और हमें बताओ। यह मालिक-मालिक कहकर हमें चूतिया न बनाओ। थानेदार साहब विकट नाराज हैं कि उनका हिस्सा नहीं पहुँचाया चोट्टों ने, वे क्रोधित हुए तो...।"

"पता करेंगे, अन्नदाता।" गुंडे आश्वस्त करते।

"कर लेना पता, नहीं तो ये अन्नदाता तुमको ही अन्दर घुसेड़ देंगे।" वे विभोर से होकर चाय की प्याली पटककर आगे कहते, "किसी-न-किसी को तो हमें पकड़ना ही है। चोरी हुई है, यह बात पक्की है। हम खुद देखकर आए हैं। चाय पिलाई बिचारे कुँजड़े ने, पचास का नोट दिया सो अलग। अब, चोरी वाले घर में वह पचास से ज्यादा क्या देता! हमें चोर तो पकड़ने ही हैं। अब अगर तुम यह सोचते हो कि हम

चोरों के पीछे-पीछे भागकर उन्हें पकड़ेंगे, तो तुम मूर्ख हो। हमको चोर यहीं विजय होटल पर होना। हम यहीं विजय होटल पर चोर पकड़ेंगे। यहाँ जो मिलेगा, उसी को धरेंगे। क्या समझे, अन्नदाता के बच्चे?"

"समझ गया, परवरदिगार।" कटारे बाबू कहते।

"वैसे सच्ची-सच्ची बताना, तुमने वो बड़ी कुँजरेटी गली चोरी नहीं करी?" वे फुसलाकर पूछते और कसम दिलाते, "झूठ न बोलियो। तुम्हें हमारी सौं, हमारी इस फटी वर्दी की सौं।"

''नहीं हेड सा'ब, हम तो उस दिन कोलारस वाली डकैती पर गए थे आपकी बन्दूक ले के।"

कटारे बाबू नहीं कबूलते।

"पर तैने आज तक किराया नहीं चुकाया बन्दूक का?" वे आगबबूला हो जाते, "साले बन्दूक माँगते समय तो थाने में नाक रगड़ते हैं, पर डकैती डालने के बाद नोट देने में कलेजा फटता है तुम लोगों का। कल सारे पैसे लेके इधर आ जाना विजय होटल पर। बड़ी कुँजरेटी का भी पता करके अइयो, नहीं तो एक-एक की खाल खींचकर भूसा भर दूँगा। नोट नहीं है, तो भैया लट्ठ लेकर डकैती डालो, यह बन्दूक के फैशन में क्यों पड़ते हो? कल नोट हमें मिल ही जाएँ और चोरी का पता भी चल जाए, समझे, नहीं तो खाल खिंच जानी है और भूसा भर जाना है तुम सबके..."

खाल खींचकर भूसा भर देना अथवा मार-मारकर भुरकस बना देना—इन दो प्रभावशाली तरीकों द्वारा रंगीलाल ने बड़े से बड़े अपराधों का पता लगाया था। किसी भी चोरी, डकैती, बलात्कार अथवा हत्या की रिपोर्ट होते ही वे घटनास्थल की तरफ तीर की तरह निकल जाते और जो भी घटनास्थल पर खड़ा मिलता, उसे मारना शुरू कर देते। जो इन दो तरीकों से भी काबू न आते, उन मामलों में वे एक तीसरा तरीका अपनाते। वह नायाब तरीका था, मार-मारकर हड्डियों का सुरमा बना देना या चूरमा बना देना। जहाँ स्कॉटलैंड यार्ड वाले नादान लोग कैमरा खटकाते, उँगलियों के निशान उठाते घूमते, वहीं रंगीलाल जी मात्र डंडा घुमाते पहुँच जाते। डंडे में कोई कैमरा अथवा वायरलेस फिट न होते हुए भी वही उनका एकमात्र खोजी यंत्र था। उस डंडे की विशेष बात यह भी थी कि यह गरीब, फटेहाल जनता अर्थात आम आदमी की तरफ विशेष तौर पर खिंचता था। ठीक वही, सरकार तथा समान्तर कहानी वालों की फिलॉसफी। रंगीलाल जी को भारतीय दंड संहिता ने घुट्टी में पिलाया था कि चोरी, डकैती, बलात्कार आदि झोंपड़ियों में रहने वालों के शौक हैं। वे उनको ही पकड़ते तथा उनका डंडा इन लोगों की खाल को पकड़ता। इसी पकड़-धकड़ में वे मामला हल कर डालते। जब सामने कोई मामला न भी हो, तो भी वे डंडे को फालतू बिठाकर नाकारा नहीं होने देते थे। तब वे, उसी डंडे से

अपनी पत्नी की कुटाई, धुलाई, छिलाई इत्यादि किया करते थे। बच्चों के छोटे-मोटे मामले भी, मसलन पढ़ाई में मन न लगना, चोरी-छिपे चाट खाना, बाप की एक आवाज पर पानी नहीं लाना, अथवा छुप-छुपकर बाप की बीड़ी पी जाना—वे इसी डंडे से हल किया करते थे।

बीच-बीच में वे सादी पोशाक में भी जासूसी पर निकलते थे। बाद के वर्षों में तो वे विजय होटल पर भी सादी पोशाक में ही देखे जाते थे, क्योंकि उन्होंने अपनी वर्दी एक डकैती दल को अच्छे दामों पर बेच दी थी। वे प्राय: डकैतों की फिजूलखर्ची की आदत की बात चलने पर अपनी विशेषज्ञ राय देते हुए अपनी वर्दी का उदाहरण प्रस्तुत करते। कहते, "अब देखिए सुअरों की नवाबी के आलम, हमारी उस फटी वर्दी के भी दो हजार दे गए।" फिर हँसकर वे अपनी भविष्य की योजनाएँ बताते हुए कहते, "अबकी जैसे ही हमें नई वर्दी मिली, हम चिन्तामनी के गिरोह को बेच डालेंगे। चार हजार रुपैया देंगे वे। बताओ तो भला, कैसे-कैसे लोग पड़े हैं। ससुरी बोरी के कपड़ा के चार हजार..." वे ठहाका मारते और सादी पोशाक में, मुखबिर से बात करने निकल जाते।

बाद के वर्षों में, रंगीलाल जी ने गाँव में बहुत से मुखबिर बना छोड़े थे, जो उन्हें छुप-छुपकर डकैतों के विषय में गोपनीय सूचनाएँ देते थे। ये गोपनीय सूचनाएँ सारे गाँव को पहले से ही ज्ञात रहती थीं क्योंकि डकैत यूँ भी खुलेआम यहाँ-वहाँ घूमते-फिरते थे। फिर भी, रंगीलाल जी अपने मुखबिरों से अवश्य पूछते थे। कई बार, मुखबिर से मुलाकात न हो पाने की स्थिति में वे सीधे डकैतों से ही पूछ लिया करते थे कि आखिर असलियत क्या है! मुखबिरों से वे कृष्णपक्ष की अँधियारी रात में पीपल के पेड़ के नीचे मिला करते थे और यह तथ्य गाँव के सारे अपराधी जानते थे, क्योंकि दिन में स्वयं रंगीलाल जी यह बात, विजय होटल पर बैठकर सभी को रसपूर्वक बताते। वे कहते, "कल ससुरी बड़ी देर हो गई रात में, सो आज हमें चक्कर से आ रहे हैं। जरा बढ़िया सी चाय बनाइयो मास्टर।"

सदा उपस्थित कटारे बाबू प्रश्न परोस देते, "रात काहे में देर लग गई सरकार? किसी दबिश पर गए थे परवरदिगार?"

"नहीं यार, वही मुखबिरी का चक्कर। अपना नारायणदास मुखबिर है न, उसी से मिलने गए थे। आधी रात को छुपकर मिलना पड़ता है न, पीपल के नीचे..." वे बताते।

"आधी रात में ही क्यों अन्नदाता?"

"सरकार के आडर हैं भैया, क्या करें?"

"डर नहीं लगता हजूर को? इधर तो, रात के अँधेरे में हमारी पेशाब निकल जाए।" कटारे बाबू वीरचक्र प्रदान करते।

"पीपल के नीचे पेशाब हो जाए तो भूत चढ़ जाते हैं बेटा।"

"फिर भी..."

"बताया न, सरकार का आडर आज तक कोई समझ पाया है...?"

"पर बड़े सा'ब, नारायणदास आपको झूठ बता रहा था कि हमने वह कुँजरेटी वाली चोरी करी है।"

"तेरे को कैसे पता बे कि नारायणदास ने बताया है?"

"हम भी वहीं थे न। पीपल के पेड़ पर बैठे थे, अँधेरे में।"

"और कौन था?" कटारे बाबू से रंगीलाल जी सख्ती से पूछते।

"सभी थे। पूरे गाँव को पता था कि आप मुखबिर से मिल रहे हो।"

"पर अँधेरे में तो तुमको डर लगता है न, कटारे बाबू?"

"तभी तो आपको वहाँ पेशाब की बदबू आई होगी हजूर।"

आरक्षक रंगीलाल जी गाँव के रक्षक थे। वे कानून तथा व्यवस्था की काली बदरी थे, जो गाँव पर साल भर छाये रहते थे। वे भारतीय दंड संहिता के स्थानीय एजेंट थे। वे शरलॉक होम्स तथा ऐसी ही अन्य चुनौतियों का भारतीय जवाब थे। वे ग्रामीणों के भारत भाग्य विधाता थे और सारा गाँव उनकी जासूसी कार्यवाहियों से चमत्कृत होकर 'जय है', 'जय है' गाता घूमता था। जो नहीं गाता था, उसकी वे खाल खींच डालते थे। वे सारी जासूसी रिसर्च के मुकाबले खड़ा भारतीय पुलिस का ठेंगा थे। वे गिरधर कविराय की प्रसिद्ध लाठी थे जो झपटकर गुंडों तथा शरीफों, दोनों पर वार करती थी।

आज रंगीलाल जी हमारे बीच नहीं हैं।

वे नहीं हैं क्योंकि वे डकैतों से अपना हिस्सा वसूलने जंगल गए थे, जहाँ हिस्से को लेकर खटपट हो जाने पर डकैतों की गोली द्वारा वे यकायक शहीद हो गए। वे अपने हिस्से के अधिकार के धर्मयुद्ध में शहीद हो गए। पुलिस रिकॉर्ड में, यह मशहूर मारू, जासूसी हस्ती डाकुओं से घमासान मुठभेड़ में शहीद हुई, जिसे मरणोपरान्त न केवल पदक मिले, वरन डकैतों ने भी भूल का प्रायश्चित करते हुए उनका हिस्सा मरणोपरान्त घर पहुँचाया। रंगीलाल जी आज हमारे बीच नहीं हैं, परन्तु उनकी शानदार परम्परा भारतीय पुलिस में जीवित है। परम्परा मरती नहीं। यूँ तो, रंगीलाल भी कभी नहीं मरते। वे हर गाँव में आज भी हैं। रहेंगे भी।

हिन्दी कहानी में बाबूजी तथा अन्य पिता

हिन्दी कहानी में इन दिनों पिता (ओं) की मौज चल रही है। पिता के रहते कहानीकारों के भी ठाठ चल रहे हैं। सिद्धान्त की बात यह पकड़ ली है हिन्दी कहानीकार ने, कि जब गाँठ का बाप बगल में बैठा हो तो कहानी के लिए दूर क्यों जाएँ? और जो खटिया पर लेटा बाप ही प्राप्य हो तब तो क्या कहने। लेटा हुआ बाप बैठे हुए पिता पर भारी होता है क्योंकि वह कहानी के वातावरण को, बिना और किसी कारण के ही बोझिल तथा अवसादपूर्ण बना देता है। "बाबूजी ने पथराई, सूनी आँखों से दूर कहीं देखा और चारपाई पर कराहकर करवट ले ली। उनकी झुकी हुई कमर अब मेरी तरफ थी।" ऐसी वाक्य रचनाएँ आज हिन्दी कहानी में बॉक्स ऑफिस हिट हैं। पिता पास में हो तो कहानियों, वाक्यों, स्थितियों का कोई टोटा नहीं। एक कहानी में उसे रिटायर कराके गलियों में भटकाइए, दूसरी में रात भर खाँसने की नाइट ड्यूटी पर तैनात कर दीजिए। तीसरी में किसी नाली में ढकेल दीजिए। पिताजी चूँ नहीं कर सकते। हिन्दी कथा की प्रगतिशील नई-पुरानी, समान्तर इत्यादि की कँटीली बागड़ से घिरा बागड़बिल्ला पिता अपने कर्म के लिखे को झेलने को अभिशप्त है।

इधर मैंने पाया है कि हिन्दी की हर दूसरी कहानी का नायक बाप है। वह किसका बाप है, यह अभी तय नहीं है। पर वह किसी का बाप अवश्य है, यह पक्का है। यह पक्का है कि वह लेखक का भी बाप नहीं है, वरना उसे पकड़कर दस जूते मारता और सारा कहानी-लेखन निकाल देता, मेरे यार का। पर, वह बाप है, यही पर्याप्त है। इतना सा कच्चा माल मिल जाए कहानीकार को, वह कहानी की फैक्टरी डालकर बैठ जाएगा। क्यों भाई, तुम बाप हो क्या? तो उधर क्या मुँह उठाए खड़े हो। इधर चलो। हिन्दी कहानी तुम्हारी बाट जोह रही है और तुम यहाँ मजे मार रहे हो बाप! चलो, चलो। जल्दी करो। तुम्हें आना पड़ेगा, बाप। तुम क्या, तुम्हारा तो बाप भी आएगा, बाप। हिन्दी कहानी की भेड़िया धसान परम्परा चल पड़ी है अब बापों के पीछे। अब, जब तक कोई नया खिलौना, इन्हें आन्दोलन की चाबी भरकर नहीं थमाया जाता तब तक ये तुम्हीं से खेलेंगे, मेरे बाप। जब तक तुम्हारी भाप में भाप है, हिन्दी कथा का यह स्टीम इंजिन इस लूप लाइन पर शंटिंग करता रहेगा, मेरे भापयुक्त बाप।

हिन्दी कहानी किसी चपल आधुनिका की तरह हर पाँच-सात साल में अपना नायक बदलती रही है। जीवन के प्रारम्भ के कुछ वर्ष अवश्य इसने पतिव्रता जैसे बिताए। तब इसका नायक होरी-ब्रांड किसान था जो नंगा घूमता था और जमींदारों से पिटने के बहाने खोजता था। प्रेमचन्द ने किसानों पर क्या लिखा, लिक्खाड़ों की पूरी पलटन गाँवों पर टूट पड़ी। किसान पर ऐसी-ऐसी विपदाएँ हिन्दी कथा में ढाई गईं कि सत्यनारायण की कथा का आनन्द आने लगा। हिन्दी कहानी में किसान प्रगतिशीलता का बिल्ला बन गया। किसान पर कुछ भी लिखो और प्रगतिवादी बनो—कहानीकार बनने का यह चोर रास्ता हिन्दी साहित्य में खुला और खूब खुला। हिन्दी की मंडी में गाँव से माल लद-लदकर आने लगा और दलाल आलोचकों के मजे हो गए। यह किसान रैली हिन्दी कथा में बहुत लम्बी चली।

हिन्दी कहानी बहुत दिनों तक अपने गावदी किसान नायक के पीछे कछौटा कस के भागती रही। फिर कस्बे का आदमी हिन्दी कहानी पर डोरे डालने लगा और हिन्दी कहानी में कमलेश्वर इत्यादि का हाथ पकड़कर ऐसा घुसा कि निकाले नहीं निकला। यह नायक कुछ अजीब ही निकला। यह प्राय: बेरोजगार रहता था, बजबजाती नालियों वाली गलियों में मकान लेकर रहता था और मकान-मालिक की लड़की की याद में वेश्यालयों के चक्कर मारता था। वह वेश्या के पास शरीफों की तरह व्यवहार करता था और कस्बे की जवान होती छोकरियों को देखकर उनके भविष्य की चिन्ता में दुबला होता जाता था। इसके घर में एक अदद पिता, एक-दो अदद भाभियाँ तथा बहनें होती थीं, जिनके साथ मिलकर यह कहानी को पारिवारिक तथा माँ-बहनों के पढ़ने लायक बनाता था।

जल्दी ही हिन्दी कहानी इससे भी ऊब गई। अब उसने सार्त्र, काफ्का इत्यादि के उधार चिन्तन की पीठ पर लदकर महानगर में प्रवेश किया। महानगर तक आते-आते हमारे किसान नायक ने दाढ़ी बढ़ाकर इसमें जुएँ पालने शुरू कर दिये और कॉफी हाउस में घुसकर यह सोचना प्रारम्भ कर दिया कि मैं क्यों हूँ? चारों तरफ उसे संत्रास का रस टपकता लगने लगा। वह चरस, अकेलेपन, कुंठा, संत्रास, जाँघों, उरोजों, लम्बे बालों, अस्तित्ववाद, भीड़, अवैध सम्बन्धों, आवारगी, क्रान्ति की मीठी किताबों को ढोती कमजोर बाँहों, बहसबाजियों तथा गाली-गलौज में उलझ गया। कहानी कुछ समय को उसकी दाढ़ी में उलझकर रह गई। परन्तु हिन्दी कथा का यह कामशास्त्रीय नायक भी अधिक दिन न टिका।

और तब हिन्दी कहानी में पूज्य पिताजी का प्रवेश हुआ।

अब हर कहानी का नायक पिता या बाबूजी है। हिन्दी कहानी के पिता को प्राय: बाबूजी कहते हैं। "बाबूजी ने अपने डबल पावर के धुँधलाते चश्मे से देखा" अथवा "बाबूजी ने झोला उठाया और थके कदमों से बाजार चल दिये"—जैसे वाक्य आज भरत वाक्य हैं। किसी-किसी ने उनको पिताजी अथवा दद्दा कहकर भी कहानी में

स्थान दिया है। जो नये युवा क्रान्तिकारी कथाकार हैं, वे उसे सीधे बाप कहकर सम्बोधित करते हैं। पिता को कहानी का नायक पहले भी बनाया जाता था, पर तब ऐसा कोई पीनल कोड नहीं निकला था कि हर कहानी का नायक अब बाप ही होगा अथवा हर बाप को अब नायक बनना होगा। क्रान्तिकारी बनने का यह फटाफट नुस्खा हिन्दी के युवा कथाकारों को खासा रास आया है कि बाप को गरियाओ।

आज हिन्दी कथा की गलियों में बाप की धूम मची है। आम राय है कि बाप की छाप लगाएँगे, कहानी छपवाएँगे। विश्वास है कि हाथ में हो एक बाप, कहानी लो दस छाप। जानते हैं कि बाप चले डगर-मगर, कहानी दौड़े छकर-छकर। दिल्ली के मठ का आह्वान है कि बाप दो हमको, कहानी देंगे तुमको। बाप तुम्हारा, कलम हमारी। चर्चा आम शहर में कि जिसकी स्याही उसका बाप। कहानी के महर्षि ने कहा बताते हैं कि अपने बाप से प्यार करो क्योंकि वह कहानी देता है। बाप ने लेखक भी पैदा किया, कहानी भी। लेखक प्रसन्न है कि बाप का बाप और कहानी के दाम सो अलग।

मेरा निवेदन है कि क्रान्ति और कथा के और भी आयाम हैं, यारो। पर वे कहते हैं कि कथा के नये आयाम तलाशने से बेहतर है कि पिता की उँगली पकड़ो। उसकी धोती से लटको, उसकी बंडी की फटी जेब से कहानी का प्लॉट चुराओ और उसकी टोपी उतारो। उसकी रग-रग से कहानी टपक रही है। बटोरो। उसी-उसी स्थिति को बार-बार फेरो और पेश करो। बाबूजी की सारी बाबूगिरी निकाल डालो। हिन्दी की हर कहानी इधर बाबूमय है। तुम भी बाबूजी से प्रारम्भ करके उन्हीं पर अन्त कर दो। बाबूजी ऐसे, बाबूजी वैसे। बाबूजी जैसे भी, पर मेरे। मेरी कहानी के प्राण। मेरे तारनहार। कहानी के जंगल में रक्षक दुनाली, बाबूजी। हिन्दी साहित्य की कुर्सी पर चिपको सरेस, मेरे बाबूजी। बाबूजी, जैसे हिन्दी कहानीकार को बँधी-बँधाई फैमिली पेंशन प्राप्त हो गई हो। बेताल की तरह सदा सहायक बाबूजी के नाम की टेर लगाई और एक कहानी प्लेट में रखकर बैरे की विनम्र मुद्रा में उपस्थित। कहानीकार भेड़ है और बाबूजी चरवाहा, रखवाला—यह सुसमाचार हिन्दी कहानी में आज सर्वज्ञात है।

पूछने को दिल करता है मेरा।

कहो बाबू पिताजी या पिता बाबूजी, कैसी कट रही है तुम्हारी हिन्दी कहानी में? कब तक तुम हर कहानी में, थके कदमों से, एक ही स्थिति में कदमताल करोगे मेरे दद्दा? बाबूजियों, पिताओं, दद्दाओं, बापों इत्यादियों की यह पलटन कब तक उसी मैदान में वेदना के तम्बू गाड़े पड़ी रहेगी?

कब कहानीकार इनसे नये काम कराएगा?

कब कहानीकार नये काम करेगा?

डाकू न बनने पर

मैं शर्मिन्दा चल रहा हूँ, इन दिनों। अन्तिम समाचार प्राप्त होने तक शर्मिन्दा ही था। मध्य प्रदेश वासी हूँ और फिर भी डाकू नहीं हूँ—मध्य प्रदेश में रहकर भी कोई शख्स डाकू न हो, यह चकित कर डालने वाली चीज हो सकती है। है भी। पर मैं डाकू नहीं हूँ। समस्त शासकीय प्रोत्साहनों को नकारता हुआ मैं खामखाँ निष्क्रिय पड़ा हूँ। जिन सम्भावनापूर्ण दिनों में मुझे दुनाली टाँगे बीहड़ों में पुलिस के साथ यारबाजी करनी चाहिए थी, मैं कलम टाँगे लात खाता फिर रहा हूँ। इस राज्य में जो डाकू नहीं है, वह लात खाने के योग्य पात्र है। समय की पुकार थी कि मैं भी उठूँ और बन जाऊँ या लेटे-लेटे ही बन जाऊँ। पर बनूँ। बनकर दिखाऊँ, उन्हें। छोटा-मोटा सा डाकूनुमा कुछ। मैं बन सकता था। मैं बन सकता हूँ। यहाँ कोई भी बन सकता है। मैं बन गया होता। बनते-बनते चूका, मैं। बन ही गया था। पर नहीं बना मैं। न कुछ, एक टुइयाँ आत्मबल की कमी से मारा गया। मैं डाकू नहीं बना, मैं शर्मिन्दा हूँ।

जिन्होंने कभी मेरी फोटो देखी है, वे जानते हैं कि मैं बन सकता था। जिन्होंने मध्य प्रदेश देखा है वे आश्चर्यचकित हैं कि मैं क्यों नहीं बना? माना कि चश्मा पहनकर डाका डालना अजीब लगता, पर इससे डकैती क्रिया में एक बुद्धिजीवी स्पर्श भी तो आ जाता। मैं स्वीकार करता हूँ कि मैं बन सकता था, मैं चश्मा उतारकर बन जाता। मैं दाढ़ी बढ़ाकर बन सकता था। कंठीमाला डालकर धार्मिक डाकू बनता तो पत्रकार बॉक्स न्यूज बनाते। मैं अपने क्षेत्र के विधायक अथवा मंत्री से आशीर्वाद पाकर कर्मक्षेत्र में कूद सकता था। मैं मुख्यमंत्री को आत्मसमर्पण का आश्वासन देकर बन सकता था। मुझे स्थानीय थानेदार की बन्दूक किराये पर मिल सकती थी। आदमी कम पड़ते तो हाजिरी डालकर सिपाही साथ हो लिये होते। आदमियों का टोटा न था। मैं बन गया होता। इतनी सुविधाओं के होते कोई क्यों नहीं बनता? मुझे भी बन जाना था। अहा, मेरा भी अपना एक गिरोह होता। 'ज्ञानू बब्बा' नाम बजवा देता गिरोह का, चहुँओर 'जे चले ज्ञानू बब्बा।' 'ज्ञानू बब्बा ने शंकर जी पे घंटा चढ़ाया।' 'हमने ज्ञानू बब्बा पर सख्त घेरा डाला है।' 'ज्ञानू बब्बा फिर भग दिए'। 'ज्ञानू बब्बा कल थाने पे दिखे।' 'हओ, आए थे थानेदार की मोंड़ी की

पक्यात पर।' 'ज्ञानू बब्बा बच न पाएगा।' 'ज्ञानू बब्बा ने पकड़ करी।' 'समर्पण करबे वारे हैं ज्ञानू बब्बा'। 'अब नहीं कर रहे बब्बा।' 'शायद करें बब्बा,' तो ऐसी सनसनीखेज अटकलें लगतीं अपनी भी। पर मैं नहीं बना। बन नहीं सका। आजकल के पढ़े-लिखों में कायरता आ गई है—मेरे चाचाजी धिक्कारते हैं, यह कहकर। मैं कानून का पालन करने वाला, पढ़ा-लिखा कायर। मैं नहीं बन सका। मैं शर्मिन्दा हूँ।

बन जाता तो मजे रहते। पुलिस पीछे-पीछे हाथ जोड़कर चलती कि कोई ज्ञानू बब्बा का आत्मसमर्पण करा दे। मैं उन्हें दुत्कारता। मैं हुस्नबानो की तरह कठिन शर्तें रखता और हातिमताई पुलिस नची-नची घूमती। बीहड़ों में खजुराहो उत्सव-सा मन जाता पुलिस का। मैं शर्त रखता कि मेरी तुकबन्दियों की सौ पेजी किताब की पाँच हजार प्रतियाँ, पचास रुपये फी कॉपी के हिसाब से कला परिषद खरीदे। वे हँसते। कहते, यह तो हम यूँ भी कर रहे हैं। बहुतों का हुआ। तुम्हारा भी करा देंगे। मैं इस साहित्यिक डकैती के सामने शर्मिन्दा हो शर्त वापस ले लेता। फिर मैं माँग धरता कि मेरे छोटे भाई का ट्रांसफर सतना से छतरपुर किया जाए। वे पुनः हँसते मेरी नादानी पर। कहते, यह कार्य तो यूँ भी उचित रेट पर हो जाता। मैं शर्मिन्दा होकर शर्त वापस ले लेता और इस शासकीय डकैती के समक्ष नतमस्तक हो जाता। फिर मैं शर्त रखता कि समर्पण से पूर्व मुझे सरकारी डाकबँगले में ठहराकर मजे मारने दिये जाएँ। वे हँसते-हँसते दोहरे हो जाते। कहते कि सरकारी डाकबँगलों में तो यूँ भी डाकू ही ठहरते रहे हैं, प्रायः। हम ही कल से ठहरे हैं। मैं इस डकैत अफसरशाही को प्रणाम कर पुनः शर्मिन्दा हो जाता। शर्तें वापस ले लेता। मैं शर्मिन्दा होता रहता। मैं पाता कि डाकू कहाँ नहीं हैं? मेरी शर्तें, शर्तें न रहतीं। बिना शर्त मेरा भी होता। इधर सबका बिना शर्त ही हुआ है। मेरा भी हो जाता, आत्मसमर्पण। मेरे एक डाकू न होने से कितनी मधुर सम्भावनाएँ यूँ ही रह गईं। खामखाँ। मैं अपनी दुर्बलता पर नियमानुसार शर्मिन्दा हूँ।

मैंने विचारों के नाले में गोता मारकर प्रायः विचारा है कि क्यों न बन सका मैं डाकू? मध्य प्रदेश की पवित्र धरा पर जन्म पाकर भी मैंने अपने मुख्यमंत्री को समर्पण सुख से वंचित रखने का पाप क्यों किया? वे बिचारे टापते रह गए और मैं डाकू न बना। एक जिम्मेदार नागरिक की तरह मैं क्यों नहीं बीहड़ों की तरफ भाग गया? थानेदार अपने हिस्से की प्रतीक्षा में पलक-पाँवड़े बिछाये बैठे रहे और मैंने डाका नहीं डाला। स्थानीय लोहारों ने उत्तम कोटि के हथियार बनाये और वे मेरे कर-कमलों द्वारा अचालित ही रह गए। गाँव के बेरोजगार युवक देसी कट्टा जेब में और देसी नारंगी पेट में डाले मेरी प्रतीक्षा में पथराई आँखें लिये बैठे रहे और मैंने कोई गिरोह नहीं बनाया। हर पार्टी के छुटभैये बहिरंग में घूमते रहे कि चलकर बड़कों से अन्तरंग में मिलवाय दें ताकि दूसरी पाल्टी के केंडीडेट को उठवाय दिया जाए, पर मैं पक्षाघात के मरीज-सा सुन्न बैठा रहा। मेरी जाति के वयोवृद्ध

आशा पकड़े-पकड़े गोलोकवासी हो गए और मैंने कोई पकड़ नहीं की। शासन ने तम्बू-कनातें तानकर उत्तम मंच व्यवस्था की, पर मैंने समर्पण की नौटंकी नहीं होने दी। हवादार भव्य जेलें बनाई गईं और मैं नीच निष्क्रिय रहा। डाकू को जमीन देने का वायदा किया गया और छोटे-मोटे जेबकतरों को घर से घसीटकर मारा गया। मैं मूरख निष्क्रिय रहा। अखबारन के विद्वतजन कैमरा टाँगे, अपनी कलम भाँजने को तड़पते रहे और मैंने एक जंगशुदा तमंचा तक फैर नहीं किया। समस्त प्रोत्साहनों को अँगूठा दिखाता रहा, मैं। नहीं बना, तो बस नहीं बना। मैं स्वयं ही, स्वयं का मुँह टापता रहा और नहीं बना। मैं डाकू नहीं बना।

जैसा कि अब तक पर्याप्त रूप से स्पष्ट हो चुका है कि मैं शर्मिन्दा हूँ। इस लेख को यदि मैं आगे भी घसीटता तो आप पाते कि मैं शर्मिन्दा ही बना रहता। डाकू न बन पाने पर हर मध्य प्रदेश वासी का यह अशासकीय तथा नैतिक दायित्व हो जाता है कि वह न केवल शर्मिन्दा हो, बल्कि होता रहे। मैं शर्मिन्दा हूँ। मैं होता रहूँगा। मुझे अपनी अक्षमता पर खेद है। सरकार मुझे क्षमा करे। मैंने उनकी आशाओं पर तुषारापात किया, इस पर मैं शर्मिन्दा हूँ। होता रहूँगा मैं।

रामबाबू जी का बसन्त

मास्टर रामबाबू जी जैसा निबन्ध बसन्त पर कोई नहीं लिखवाता। कोई लिखवा भी नहीं सकता, ऐसा सारे छात्र कहते हैं। 'दीपावली', 'विज्ञान के चमत्कार', 'चाँदनी रात में नौका विहार' आदि पिटे हुए निबन्धों के बीच रामबाबू जी के लिखाए बसन्त वाले निबन्ध के तो कहने ही क्या! सही-सही रटा भर हो, फिर बोर्ड की 'परीक्षा' में काहे का डर। 'बसन्त' का नाम पर्चे में पढ़ते ही छात्र एक-दूसरे की तरफ आँख मारते हैं कि प्यारे आ गया अपना बसन्त। परीक्षा हॉल में जैसे कोयल कूकने लगती है। फिर मास्टर रामबाबू जी चौड़ी छाती उठाए, बुलबुल जैसे फुदकते सारे कमरों में घूम आते हैं और एक ही बात कहते हैं कि मैंने पहले ही कहा था न, कि इम्पोर्टेंट है। शेष अध्यापक प्रशंसा करते हुए कहते हैं कि रामबाबू जी, आपका फिर आ गया। क्या उत्तर दे सकते हैं रामबाबू जी, सिवाय इसके कि हम जानते ही थे कि आएगा क्योंकि इम्पोर्टेंट है। वैसे कुछ अध्यापक उनसे ईर्ष्या भी करते हैं तथा बसन्त और उनके बीच के इस अलौकिक सम्बन्ध का ठट्ठा भी करते हैं। पर रामबाबू जी को उसकी परवाह नहीं। वे बसन्त के होकर रह गए हैं।

रामबाबू जी कस्बे के प्राइमरी स्कूल में हिन्दी के अध्यापक हैं, पिछले पचीस वर्ष से। पैंतीस रुपयों पर लगे थे, अब डेढ़ सौ पाते हैं। उनके देखते-देखते शहर कितना आगे निकल गया, पर वे स्कूल की ढहती दीवारों के बीच डटे बसन्त पर निबन्ध लिखाते रहे। दाँत गिर गए, स्कूल की छत गिर गई, उन पर कर्जे बढ़ते गए, एक पुत्र मर गया, पत्नी को तपेदिक हो गया, हेडमास्टर ने उनके दो इंक्रीमेंट रुकवा दिये, घुटनों में गठिया हो गया—पर वे बसन्त पर अपने निबन्ध के सहारे चलते रहे। आठवीं कक्षा की परीक्षा बोर्ड की होती है। हँसी-ठट्ठा नहीं है बोर्ड की परीक्षा। छात्र घबराते हैं। कहते फिरते हैं कि बोर्ड की है। क्या होगा मास्साब! बोर्ड की परीक्षा में कैसे निकलेंगे? ऐसे में सभी लोग एक सलाह अवश्य देते हैं। हिन्दी में पास होना है तो रामबाबू जी से बसन्त पर निबन्ध लिखवा लो। लिखवा लिया? बस, तो बेड़ा पार! रामबाबू जी सुनते रहते हैं यह बात। उनके कान सुनना चाहते हैं यह बात। वे कान खड़े किये स्कूल में घूमते हैं। मार्च के महीने में तो जैसे चारों तरफ कोलाहल-सा उठता है, बसन्त, बसन्त, बसन्त। रामबाबू जी, रामबाबू जी।

यही सुनना भी चाहते हैं रामबाबू जी। वे बसन्त पर फिर-फिर लिखवाते हैं। फिर-फिर पढ़ते हैं हर वर्ष। फिर परीक्षा आती है। फिर बसन्त पर निबन्ध पूछा जाता है। फिर रामबाबू जी की तारीफ होती है। हेडमास्साब कहते हैं कि रामबाबू जी ने बढ़िया लिखवा दिया था, स्साले सब निकल जाएँगे।

रामबाबू जी हस्बेमामूल शरमा जाते हैं।

संक्षेप में कहें तो रामबाबू जी के जीवन में बसन्त ही बसन्त है, बस!

परन्तु, क्या सचमुच ही रामबाबू जी के जीवन में बसन्त है?

कई बार तो रामबाबू जी को स्वयं भी आश्चर्य होता है कि वे बसन्त पर इतना बढ़िया कैसे लिखवा लेते हैं। उन्होंने बसन्त कभी नहीं देखा। वे लिखवाते रहे कि 'गलियन में बगरो बसन्त है', पर उनकी गली तक बसन्त को आते उन्होंने कभी नहीं देखा। उनकी गली में जमादार वर्षों से नहीं आया। नालियाँ बजबजाती हैं। लोग घरों के सामने कचरा फेंकते हैं। मकान-मालिक के बच्चे सामने बैठकर पाखाना करते हैं। बसन्त कभी आए भी तो नाक दबाकर भाग ले। ऐसी गली में रहकर भी बसन्त पर इतना सुन्दर कैसे लिखवा लेते हैं वे? कैसे खिल उठते हैं चारों तरफ फूल, कैसे मँडराने लगते हैं गुनगुनाते भँवरे? कैसे इस बीमार घर में बैठकर वे स्वस्थ, सुडौल, पुष्ट स्तनों वाली सुन्दर नायिकाओं की कल्पना कर लेते हैं? वे स्वयं चकित हैं। ये बसन्त वाली गलियाँ नहीं। शहर की वे सड़कें अलग ही हैं जहाँ साल भर बसन्त रहता है। शहर के आला अफसर, व्यापारी, उनके स्कूल का मैनेजर उन सड़कों पर रहते हैं। वे प्राय: सोचते हैं कि बसन्त स्वयं ही यहाँ थम गया है या इन सड़कों की साजिश से यहाँ नाकाबन्दी हो गई है ताकि उनकी गलियों तक बसन्त न पहुँच सके। वे हमेशा यही सोचते हैं कि काश वे भी इन सड़कों के किनारे रहते। उन गलियों में रहने वाले सभी यही सपना देखते हैं। न जाने क्यों, उन्होंने यह कभी नहीं सोचा कि बसन्त को छीनकर वहाँ से अपनी गलियों तक ले आएँ। बस, वे प्रति वर्ष बसन्त पर निबन्ध पर निबन्ध लिखवाते रहे। उसी में बसन्त तलाशते रहे रामबाबू जी।

पर पिछले कुछ वर्षों से वह बात नहीं रही।

स्वयं रामबाबू जी ने यह बात नोटिस की कि बसन्त पर निबन्ध लिखवाने का जो उत्साह उनमें रहता था, वह अब नहीं रहा। नहीं रही वह ललक कि हर छात्र को बसन्त रटा दूँ और न रटे तो उसे चीरकर रख दूँ। बसन्त के पीछे कितने छात्रों को नहीं पीटा उन्होंने! कितनों का कचूमर नहीं बनाया। परन्तु पिछले वर्ष तो एक-आध को छोड़कर किसी को भी नहीं सूता उन्होंने। जिन्हें पीटा भी तो किसी और कारण से। बसन्त को लेकर उनकी मार-काट बन्द हो गई। मारने-पीटने के एक अच्छे-खासे बहाने के प्रति वे न जाने क्यों ढीले होते जा रहे थे। लड़के 'वीरों का कैसा हो बसन्त' जैसी मारू पंक्ति भूल जाते और वे उनका सर न फाड़ते। उन्हें लगने लगा

था कि काहे का बसन्त और काहे का निबन्ध। पढ़ाई, शिक्षा की यह चोंचलेबाजी क्या देगी? पहले वे पढ़ाते तो एक मिशन-सा लगता। अब पढ़ाते-पढ़ाते सोचने लगते—क्यों पढ़ रहे हैं ये मूर्ख? क्या करेंगे पढ़कर? सिफारिश, जोड़-तोड़ की इस बग़िया में इनके बसन्त की क्या दुर्गति होगी? उन्हें सपने आते, बुरे-बुरे। सपनों में पुराने छात्रों की टोलियाँ आतीं और उन्हें घेरकर गाली-गलौज करतीं। छात्र चिल्लाते कि बताओ बाबू रामबाबू, तुम्हारे इस बसन्त वाले निबन्ध का हम क्या करें? किस एप्लीकेशन में नत्थी कर दें इसे? कितने में बेच दें इसे कि नौकरी के लिए एक पोस्टल ऑर्डर ही खरीद सकें? क्या करें तेरे इस बसन्त का? क्यों रटाया था यह निबन्ध! पढ़ाकर क्या बनाने की सोच रहे थे हमें बच्चू? बेकार तो हम जंगल में भी रहकर बन सकते थे! वे घबराकर उठ जाते और रात-रात भर जागते रहते। शिक्षा जगत एक जंगल है और वे एक अतृप्त प्रेतात्मा, ऐसा लगता उन्हें।

रामबाबू जी जागते और सोचते रहते।

पचीस वर्ष पूर्व कितने गौरव से बने थे वे अध्यापक। देश नया-नया स्वाधीन हुआ था। उन्हें लगा कि वे अध्यापक बनकर नई पीढ़ी का निर्माण करेंगे। वे बच्चों को पढ़ाते हुए प्रसन्न होते कि इनमें ही कोई होगा गांधी। वे गांधी, गौतम तैयार करने के भ्रम में पचीस वर्ष तक खटते रहे और इधर देश ही बदल गया। आज उन्हें यह जानकर अजीब लगता है कि देश को गांधियों की आवश्यकता ही नहीं रही। उनके उत्पादित गांधी माँग के अभाव में मंडी तक नहीं पहुँच पाए। वे रोजगार दफ्तरों के गोदामों में सड़ रहे थे और कोई यह माल उठाने वाला न रहा। अब उन्हें लगता है कि ये पचीस वर्ष किसी मायावी झाँसे से निकल गए। कितने बसन्त खपा दिये रामबाबू जी ने उस डेढ़ सौ रुपल्ली की मास्टरी में। उनके दोस्तों ने चुंगी की बाबूगीरी में ही बिल्डिंगें तान डालीं और वे देश निर्माण के भ्रम में बसन्त पर निबन्ध रटाते रहे। वे उस कमबख्त बसन्त के बच्चे के चक्कर में पड़कर स्वयं के परिवार को पतझड़ में झोंकते रहे। अब लगता है कि काहे का ससुरा बसन्त। सब बेकार है। बोर्ड, बसन्त, परीक्षा, अन्धकार, भूख, पुण्य, धाँधली, सिफारिश, भँवरा, बहार, धक्के, बेकारी, बयार—सारे शब्द उन्हें पर्यायवाची लगने लगे थे और आपस में गड्डमड्ड हो रहे थे।

स्साला बसन्त—रामबाबू जी सोचने लगे थे।

स्टाफ रूम में बैठे थे रामबाबू जी।

उनके सामने अखबार था। अखबार में दो करोड़ की लॉटरी का रिजल्ट था। उनके हाथ में लॉटरी का टिकिट था। वे नम्बर मिलाते जाते और सोचते जाते।

पहले जब वे मूर्ख थे और मात्र अध्यापकी में ही कस्तूरी मृग होने पर उतारू थे, तब वे बोर्ड की परीक्षा के रिजल्ट को ही रिजल्ट मानते थे। हर छात्र का पास

होना ही उनके लिए करोड़ रुपये की लॉटरी जैसा था। पास होने वाला छात्र आकर जब चरण स्पर्श करके कहता कि साब, आपके बसन्त वाले निबन्ध ने पास करा दिया तो वे शिक्षा जगत के जंगल में मोर से नाचने लगते। बसन्त पर और भी दिलकश माल तैयार करते रामबाबू। पत्नी पैसे की किल्लत की बात करती तो वे उस बज्रमूर्खा को डपटकर कहते कि मास्टर का धन तो उसके छात्र हैं। आज जब हिसाब करते हैं तो उत्तर आता है कि बज्र गधे तो वे थे। पैसा ही उस देश में सब कुछ होने को था और वे समझ नहीं सके। पैसा ही उस देश में बसन्त हो गया था और वे बड़े बसन्त-स्पेशलिस्ट बने फिरते थे। किसी भी तरह कमाओ पैसा, यह ब्रह्म वाक्य होना था उस देश में। असली रिजल्ट लॉटरी का होता है, अब जाकर समझे थे वे। अध्यापकी से जैसे उन्हें वितृष्णा-सी हो गई थी। बसन्त के निबन्ध पर तो जूते मारने की तबीयत होती थी उनकी।

इस वर्ष उन्होंने बसन्त पर निबन्ध नहीं लिखवाया था।

परीक्षाएँ सर पर थीं और बसन्त पर निबन्ध रामबाबू जी ने लिखवाया नहीं था। स्पष्ट ही छात्र परेशान थे। रोज रामबाबू जी से कहते कि सर, बोर्ड में जरूर बसन्त पर पूछा जाएगा, लिखवा दीजिए, पर वे मुस्कराकर कल पर टाल जाते। रोज कह देते कि कल अवश्य पढ़ा दूँगा, पर दिल ही नहीं करता उनका, बसन्त पर बात करने को। वे लॉटरी का टिकिट खरीदते और उसके परिणाम की प्रतीक्षा करते। वे एक किराने की दुकान में देर रात तक लिखा-पढ़ी का काम देखते और माह के अन्त में दुकानदार से चालीस रुपये पाने की तमन्ना में जीते। छात्र उनके आगे-पीछे रिरियाते घूमते। बसन्त, बसन्त करते उनके पीछे लगे रहते। बसन्त नाम सुनते ही उनकी हार्दिक इच्छा होती कि दो-दो तगड़े झापड़ समस्त छात्रों को रसीद करें, पर जितना वे बसन्त से भागने का प्रयत्न कर रहे थे, वह उनके पीछे आ रहा था।

उन्होंने लॉटरी का रिजल्ट देखना शुरू किया। करोड़ से लेकर पचास रुपये तक के इनामों में उनका नम्बर कहीं नहीं था। वे बेचैन हो गए। उन्हें लगा कि जीवन की हर दौड़ में उनका नम्बर फिसड्डी ही रहा। इस सबके पीछे उन्हें बसन्त का षड्यंत्र लगता। बसन्त के भ्रम में उन्होंने कितने वर्ष गँवा दिये। वे वितृष्णा, क्रोध तथा लाचारी से बेचैन होकर कमरे में घूमने लगे। इस देश में बसन्त की बातें करने वालों का यही अन्त होना था क्या? उन्हें चिढ़ आने लगी। लगा कि कुछ न कर सकें तो यह अखबार ही फाड़कर फेंक दें।

इतने में कमरे में छात्रों की एक टोली घुस आई।

रामबाबू जी समझ गए।

ये सब पागल हो गए हैं और मुझे पागल करना चाहते हैं। वे क्रोध से फुफकार उठे।

"क्या बात है?"

"सर, वह बसन्त पर निबन्ध..."

वे फट पड़े। बरस पड़े। विफर उठे। लगा कि अभी तांडव प्रस्तुत कर देंगे। कपड़े फाड़ देंगे, आग लगा देंगे, आसमान गिरा देंगे। रामबाबू जी चीख पड़े, "भागो स्सालो। भागो यहाँ से। बसन्त, बसन्त, बसन्त। बसन्त न हो गया, तमाशा हो गया। आगे मेरे सामने बसन्त का नाम भी लिया तो एक-एक को चीरकर धर दूँगा।"

बच्चे पहले तो समझ नहीं पाए। पर रामबाबू जी को बेंत उठाते देखकर कुछ समझने को शेष न रहा। बच्चे भागे। रामबाबू जी उनके पीछे भागे। उन्हें लग रहा था कि हर बच्चा बसन्त है और उधेड़ा जाना चाहिए। बच्चे बस्ते फेंककर भागे। रामबाबू जी ने दूर तक उन्हें खदेड़ा।

पर बच्चे निकल भागे।

रामबाबू जी थके-थके से हाँफते वापस लौटे और स्टाफ रूम की कुर्सी पर आकर लेटे से बैठ गए। कुछ देर यूँ ही बैठे रहे। बिना हिले-डुले। फिर वे उठे। घिसटते कदमों से स्टाफ रूम के दरवाजे तक पहुँचे। दरवाजा बन्द करके वापस आए। जेब से टिकिट निकाला और अखबार के सामने बैठ गए।

वे अब दस रुपये वाली इनाम की पंक्ति में नम्बर तलाश रहे थे।

क्रिकेट में डूबा देश

दिन, पिटी हुई टीम-सा क्षितिज के पवेलियन में छुप गया था। शाम हो गई थी, शहर में। कल इस शहर में क्रिकेट का टेस्ट मैच है।

पर बात सुबह से शुरू करें। सूरज नई गेंद-सा चमकता निकला। किरणें फील्डिंग को चल दीं। ठंडी हवाएँ इस शहर में आम हैं। खासकर सुबह के समय। पर आज का दिन शहरवालों पर गर्म गुजरेगा क्योंकि कल ही इस शहर में टेस्ट मैच है। सुबह से ही रेडियोवाले मानकर बाबू परेशान हैं। दिन भर रहेंगे। सभी को अपना टुटहा ट्रांजिस्टर आज ही ठीक होना। स्टेडियम में खेल देखते टेम ट्रांजिस्टर कान पर होना। हर बड़े मैच में देखा है। बम्बई में होता है। यहाँ भी ऐसा ही होना। फैशन है। महानगर का फैशन इस शहर में आम है। देहाती नवयुवक छात्र भी, मानकर बाबू की रेडियो 'रिपेरिंग शॉप' के ऐन सामने, फारवर्ड शॉर्ट लेग यानी कि नाली पड़े पटिए पर सतर्कतापूर्वक जमे हैं, छापे की शर्ट डाटे। टिकट नहीं मिला, तो ब्लैक में खरीदकर देखेंगे। किसान बाप की अंटी ढीली करके लाए हैं नोट। किताबें खरीदनी हैं। 'बड़ी महँगी किताबें हैं ऐमे की'—बाप चौपाल पर ठिठुरते हुए बता रहा है।

टेस्ट मैच के एक दिन पहले की दोपहर। शहर गर्म है। सूरज खतरनाक बम्पर-सा सिर पर आ गया है। दफ्तरों में काम बन्द है। फाइलें किसी बोर मैच के स्कोर बोर्ड-सी थमी हैं और सारे क्लर्क हेडबाबू की मेज के चारों तरफ जमे हैं। कल आधे से अधिक स्टाफ को फ्रेंच लीव होना। बड़े सा'ब का तो स्वयं पास आ गया है। फैमिली पास। बड़े मियाँ कल कुर्सी पर नहीं। दफ्तर में किसी के बाप का डर नहीं। एक-एक करके जाना यार—श्रीवास्तो बाबू हिदायत देते हैं। वैसे डर की कोई बात नहीं, परन्तु फिर भी। ठीक रहता है, एक-एक करके जाना। कोई पीछे पूछे, तो ठीक रहता है। अब पिछले दफे के मैच की बात ही लो। बड़े साहब लंच तक का खेल देखकर ही लौट आए तो पाया कि दफ्तर खाली। पर उनकी दरियादिली की भी हद है। हँसने लगे। हँसकर अपने ड्राइवर से बोले कि 'बड़ा बोर गेम चल रहा था। यह हमारा स्टॉफ न मालूम कैसे वहाँ झेल रहा है। भई हम तो उठ आए।' किसी को कुछ नहीं कहा अगले दिन। वो तो ड्राइवर ने बताया सबको। बड़े साहब का इसीलिए बड़ा मान है, दफ्तर में। पर फिर भी। श्रीवास्तो बाबू तब से सतर्क

रहते हैं। कोई कभी पूछ ही ले, इसीलिए एकाध आदमी दफ्तर में रुकने का। कल मैच के पहले दिन चौबे जी रुक लें। परसों बाजपेयी जी रुक लेंगे। वैसे भी, परसों बाजपेयी जी की लड़की को देखने वाले आने को हैं, शाम को। तो वे बीच-बीच में थोड़ा दफ्तर भी झाँक लेंगे और घर में इंतजाम भी देखते रहेंगे। क्यों बाजपेयी जी? नहीं। बाजपेयी जी नहीं रुकेंगे। लड़के वाले दिन में मैच देखना चाहते हैं। बड़े साहब ने पवेलियन का पास दिला दिया है बाजपेयी जी को। लड़के वालों पर रुआब पड़ेगा, तो शायद वे लड़की के मुँहासों को न देखें। बाजपेयी जी कृतज्ञ हैं, बड़े साहब का मान है बड़ा।

स्कूल कॉलेज तो खैर आज से ही बन्द से हैं। ड्रिंक्स इंटरवल की-सी सुस्ती तथा स्टेडियम-सी अफरातफरी। सारे टीचर प्रिंसिपल त्रिवेदी जी के कमरे में टीम चयन पर बहस कर रहे हैं और लड़का-लड़की लोग मैदान में। छोटे-छोटे गुटों में। किताबों पर सर रखकर लेट गए हैं बहुत से लड़के। लड़कियाँ परम्परागत चुस्त पोशाकों में, उल्लासपूर्वक लज्जा तथा नाजुकता से भरी बल खाती, यहाँ-वहाँ टहल रही हैं और बेवजह जोर-जोर से हँस रही हैं। कुछ लड़के अंग्रेजी में जोर-जोर से क्रिकेट की बातें कर रहे हैं और लड़कियों पर प्रभाव डालने के प्रयास कर रहे हैं। हिन्दी वाले लड़कों की मौत है। वे अंग्रेजी अच्छी बोल पाते तो आज काम आती। हिन्दी से वे स्वयं शरमाते हैं, फिर लड़कियों का तो कहना ही क्या! चन्द लड़के, लड़कियों को हँसाने के लिए यहाँ-वहाँ बॉल फेंकने का अभिनय कर रहे हैं और लड़कियाँ हँस भी रही हैं। पर 'वो' नहीं हँस रही, जिसके लिए 'ये' बॉल फेंक-फेंक कर जी हल्कान कर रहे हैं। हँसेगी 'वो' भी। आशावादी हैं 'ये', भारतीय कप्तान की तरह। हँसेगी तो फँसेगी। कल वह भी मैच देखने जा रही है। वे पीछे की पंक्ति में जम लेंगे। पर वो न आई तो? नहीं-नहीं, क्यों नहीं आएगी। आएगी। विश्वस्त सूत्रों ने ख़बर पहुँचाई है। जरूर आएगी। अपनी चेकवाली लाल शर्ट जिन्दाबाद। कल भाग्य ने साथ दिया तो वह आएगी और भारत टॉस जीतेगा। अपनी टीम टॉस जीत ले तो लड़की प्रसन्न रहती है। ऐसे नाजुक मसलों में लड़की का प्रसन्न होना मायने रखता है। अच्छे मूड में, पीछे से 'ये' जो भी कमेंट मारेंगे, 'वह' हँसेगी। और जैसा कि पीछे उनकी आशावादिता की बात चली थी, ये विश्वस्त हैं कि हँसी सो फँसी। कुल मिलाकर, सब बढ़िया चल रहा है। पाँच दिन के टेस्ट मैच का कुछ नतीजा निकले, न निकले, ये कटिबद्ध हैं कि प्रेम के क्षेत्र में कुछ मधुर निर्णय निकाल ही लेंगे। पिछले टेस्ट मैच में, दो वर्ष पूर्व भी ये ऐसे ही कटिबद्ध थे, परन्तु लड़की के बाप ने ऐन मौके पर झापड़ मारकर इनकी गिल्लियाँ उखाड़ दी थीं। उनका बस चले तो लड़की के बाप को ड्रिंक्स का ठेला पकड़ाकर मैदान में भेज दें, पर उनकी कौन सुनता है। फिर भी इस बार पाँच दिनों में ये अवश्य कुछ करेंगे। फिर बीच में एक दिन विश्राम का भी तो है। उस दिन चेकवाली शर्ट फिर

धुलकर चमाचम हो जाएगी। आसार अच्छे हैं, अगर देखा जाए तो। भारतीय टीम के न भी हों, उनके तो अच्छे हैं।

शाम हो रही है। समय रहते दुकान से चेकवाली शर्ट उठा लें। नन्हे ने प्रेस कर दी होगी। उसे भी पता है कि कल मैच है।

कल मैच है और आज रात भी हो गई।

रात उतरी किसी संगठित टीम-सी, कि साथ में खेल अधिकारियों से नासपीटे, बेरहम, काले-कलूटे बादल भी घिर आए। जी धक्क हो गया शहर का। फिर एक-दो बार यहाँ-वहाँ बिजली चमकी, मानो किसी घटिया बल्लेबाज ने एक-दो अच्छे शॉट मार दिये हों। घबरा उठा सारा शहर। पानी बरसेगा क्या? पर गधी तो गधी ठहरी। गधी ने आसमान की तरफ देखा और मुदित मन लिये, मैदान में उदास खड़े गधे के निकट पहुँची। बोली—

"पानी बरसेगा।"

"यही तो डर है।" गधा चिन्तित होकर बोला।

"डर काहे का? हरी घास और उगेगी। हम खाएँगी" ठुमककर गधी ने कहा।

''पर कल, जो पिच पर पानी अधिक हो गया तो क्या होगा? मैच होगा या नहीं?" गधा चिन्तित था।

"कैसा पिच गदर्भनाथ?"

"तू गधी है न, नहीं समझेगी। पिच पर हरी घास के टुकड़ों का अर्थ समझती है नादान?" गधा नाराज हो चला।

"कहाँ है हरी घास? हम खाएँगी?"

"सारा शहर चिन्तित है बरसात के डर से, और तुझे खाने को मची है? अरे, एक साल घास न भी उगी तो क्या हम भारतीय गधे मर जाएँगे? पानी नहीं बरसना चाहिए। हम भारतीय गधों को क्रिकेट मैच होना, घास न भी मिले, चलेगा। पर भूखे गधों को क्रिकेट होना। दोनों टेम होना। एक दिन का भी होना। पाँच दिन का भी होना।" गधा बोलता रहा।

समझदार गधी की छाती पर भारी रोलर-सा चलता रहा। यह गधे को क्या हो गया? शहर में यह क्या हादसा होने वाला है कल, कि शहर के गधे, खाना-पीना छोड़कर उसकी प्रतीक्षा में बैठे हैं? गधी चुपचाप मैदान के एक कोने में जाकर बैठ गई। गधा चिन्तित हो आकाश ताकता रहा।

तभी कुछ हल्की-सी बूँदाबाँदी शुरू हो गई। आकाश से पृथ्वी के बीच बूँदें, पिद्‌दी टेल एंडर खिलाड़ियों सी "रनिंग विटवीन विकेट करने लगीं।"

''पानी बरसेगा क्या?" खिड़की से बाहर झाँकते हुए चिन्तित हो पप्पू ने कहा। लो पप्पू के बाबूजी भी घबराकर खिड़की पर आ गए। बाहर मैदान में गधा खड़ा

था और बूँदाबाँदी हो रही थी। कल मैच न हुआ तो नया खरीदा रंगीन टी.वी. बेकार गया समझो। वे घबराकर टहलने लगे। हल्ला सुनकर अन्दर से दादी निकल आईं, "क्या भवा बेटा, कोई आउट हो गया?"

"कोई नहीं हुआ," पोते ने खिड़की से टँगे-टँगे जवाब दिया।

"अब हमें का मालुम! तुम घबरा के इते-उते भागे तो हम समझे कि कोई आउट हो गया। अच्छा भैया, जे बताना कि गेंद कौन फेंक रहो है?"

"आज मैच नहीं है, माँ" बेटे ने खिड़की से झाँककर बताया। गधा अभी भी मैदान में था।

"जब हो, तब बताना। जब कपलदेव फेंके, तब बताना। हमहूँ देखेंगे। बड़ी तेज फेंके है गेंद, छोकरा। वा रे विधाता, वा..."

"इधर पानी के डर से मैच खत्म होने को है और आप अपनी लगाए हुए हैं," पोता और बेटा दोनों बिगड़ गए।

गधा अभी भी मैदान में था।

दोनों को चिन्तित देख दादी जान गईं कि बात गम्भीर है। वे भी चिन्तित होकर चौके में चली गईं। बाप-बेटे खिड़की पर खड़े रहे। बाप ने पप्पू से कहा, "बाहर जाओ और डंडा मारकर उस गधे को हकाल दो। साला—खड़ा-खड़ा अशगुन कर रहा है।"

आकाश पर बादल हैं और शहर चिन्तित है। आकाश से बूँदें गिरीं और देश चिन्तित है। आसमान में बिजली चमकी और गधे चिन्तित हैं। कल के मैच का क्या होगा? किसान खेतों में खड़ा बरसात की सम्भावना से मुदित है और उसका सुपुत्र होस्टल की छत पर खड़ा होकर बादलों को कोस रहा है। कल पानी नहीं बरसना चाहिए। कल मैच होना चाहिए। शहर ने महीनों से तैयारी की है। चेकवाली शर्ट प्रेस होकर आ गई है। ब्लैक में सीजन टिकिट मिल गए हैं किसान के बेटे को। बाजपेयी जी की लड़की का प्रश्न है। पूरा दफ्तर छुट्टी के मूड में है। पूरा देश पाँच दिन के लिए काम छोड़कर बैठा है। क्रिकेट में गले-गले तक डूबे उस देश को कल मैच होना। बरोबर होना।

कल मैच अवश्य होगा।

प्रेस-बिल और चूहे

बिल्ली न होने के बावजूद, चूहे मुझे विशेष प्रिय हैं। ऐसा उनकी दो आदतों के कारण है। उनमें से एक आदत यहाँ-वहाँ बिल बनाने की है और दूसरी हर चीज को कुतरने की। चूहा कुतरता है, तो बिल बनता है। फिर वह बिल में बैठकर कुतरता है। इससे और बिल बनते हैं। कुतरने के और स्वर्ण अवसर मिलते हैं, इन बिलों में। और-और कुतरना होता है। और-और बिल बनते हैं। यह क्रिया चलती जाती है। बिल बनते जाते हैं। बिलों की आड़ में कुतरना चलता जाता है। चूहे मुटाते जाते हैं। बिल बड़े होते जाते हैं। सारे बिल अन्ततः चूहों के द्वारा, चूहों के लिए हो जाते हैं।

रोज नये बिलों वाले इन चूहों पर किसे न प्यार आएगा? अर्थात, सभी को आएगा। कागज को लेकर तो चूहे यूँ भी अतिरिक्त संवेदनशील होते हैं। वे हर कागज को कुतरने योग्य मानते हैं। कागज को कुतरने के अलावा वे कागज के अन्य किसी पक्ष के हामी नहीं। हर छपे में छेद करना उनकी बपौती रही है। या, कम-से-कम वे तो ऐसा ही मानते हैं। हर चूहे के पिद्दी चूहा जीवन में कागज मतपत्र के रूप में प्रवेश करता है, और इस्तीफे के रूप में निकल जाता है। समन, मतपत्र, नोट, वोट, साहित्य, अखबार, पोस्टर, फाइल, एफ.आई.आर., कागज किसी भी रूप में चूहे के जीवन में प्रवेश करे, वह उसमें अपने कद का एक बिल कुतर डालने का स्वप्न देखता है। वह चाहता है कि हर कागज उसके बौने कद की टुच्ची ऊँचाइयों से आतंकित हो फड़फड़ाए। वह पूँछ का अदना झंडा उठाए किसी उत्साही कार्यकर्ता-सा कागजों के बंडलों पर आन्दोलन करता कूदता रहता है।

कागज हो या कपड़ा, संविधान हो या झंडा—चूहा उसे कुतरेगा। बहुमत से पैने दाँतों से वह हर ठोस-द्रव-गैस, मोटे-पतले, अच्छे-बुरे, अपने-पराए, तेरे-मेरे को कुतरेगा। पंजाब, सिंध, गुजरात, मराठा—सबको कुतरेगा। कश्मीर से कन्याकुमारी तक एक सुविधाजनक पोलदार बिल बनाएगा वह। बिहार से कुतरेगा तो द्रविड़, उत्कल, बंगा तक नंगा निकल जाएगा, बिल के तिनके की आड़ लेकर।

क्यों बनाते हैं बिल, ये चूहे? जो चूहा नहीं हो सके, वे प्रश्न उठा सकते हैं। प्रश्न उठ भी रहा है इन दिनों। भोले हैं वे जो ऐसा पूछते हैं। चूहे जानते हैं बिल

का स्वाद। जो इतने मूर्ख हैं कि चूहा ही न बन सके, वे पूछ रहे हैं बिल के विषय में। कोई बतलाए कि हम बतलाएँ क्या, इन उल्लू के पट्ठों को। चूहे यदि बिल बना रहे हैं, तो गैर-चूहों को आपत्ति क्यों? चूहे यदि घर में रहेंगे तो बिल भी बनाएँगे। क्यों घर में घुसाया आपने इन चूहों को? तब तो बड़े वोटों के मालपुए लेकर बैठ गए थे गृहसंसद के द्वार पर कि आओ, चूहो। अब रो रहे हो कि घर की दीवारें पोली हो रही हैं। पोलापन देखते हो और दीवार पर चिपके आकर्षक नारों की ओर ध्यान ही नहीं! नारों का कोई 'कवरेज' नहीं और बेचारे चूहों के पीछे यह बवाल?

चूहा एक शर्मीली प्रकृति का प्राणी है। वह बिल बनाता है ताकि एक आड़ बनी रहे। शर्मदार को बिल की आड़, वरना चूहों की औकात किसे नहीं पता। वह क्या कुतर रहा है, कितना कुतर रहा है, किनके साथ, किनके लिए कुतर रहा है—इसे बिल की आड़ में करने की मासूम शर्मीली इच्छा है बेचारे की। एक बिल बना लिया तो क्या बिगाड़ लिया किसी का, चूहे ने। उसे बिल बनाने से रोकना उसकी संस्कृति को नष्ट करने की साजिश है। चूहे बिलों में ही पले, बड़े हुए। कुतरना ही सिखाया बाप-दादों ने। कुतरने पर शर्मिन्दा होकर बिल बना रहा है। एक शर्मीले प्राणी को यूँ छेड़ना कहाँ तक उचित है? "हम कहता हूँ कि चूहा लोक नंगा है, अपनी पूँछ को उठाकर और मूँछ दबाकर यदि बिल में छुपना चाहता है तो आप काहे गोहराते हैं जमाने भर को?"

चूहों की आदिम आकांक्षा रही है कि बिल्ली घंटी टाँगकर घूमे। हर चूहा स्वप्न में एक घंटीशुदा बिल्ली को देखता है। चूहों की माँग है कि बिल्ली स्वयं ही आचार संहिता की एक मजबूत-सी घंटी अपनी गर्दन में टाँग ले, तो उन्हें बिल की कोई आवश्यकता ही न रहे। वैसे, अभी भी बहुत सी घंटीयुक्त बिल्लियाँ उपलब्ध हैं और चूहा समुदाय में सम्मान की पात्र भी हैं, वे (चूहों का सम्मान-पत्र टाँगकर इन बिल्लियों के बिल्लीपन में क्या समृद्धि होती है, ये वे ही जानें।)। चूहों के समक्ष प्रश्न शेष अनुशासनहीन बिल्लियों का है। यह स्थिति कतई सुखद नहीं कही जा सकती कि इधर आप इत्मीनान से कुछ कुतरनीय कुतर रहे हैं, उधर बिल्लियाँ ताक लगाए टहल रही हैं। खाने-कुतरने-डकारने-तृप्ति का सारा जायका ही बिगड़ जाता है, ऐसे वातावरण में। चूहों का कुछ तो करना ही होगा। गहरे बिल, जिनमें दूर तक सुविधाजनक अँधेरा (ओर अन्धेर) हो, घपलेजनक विस्तार हों, बिल्लियों के पंजों के लिए जो सँकरे हों—बनाएँगे वे।

इस देश की पोली माटी में बिल खोदेंगे वे। वतन की पावन मिट्टी पलीद-पलीद कर, उत्तम किस्म के सुरक्षित बिल तैयार करेंगे, चूहे। धन्य है यह मातृभूमि, जिसमें हम बिल बना सकते हैं। माथे से लगा लो इस पवित्र मिट्टी को और बिल खोदना शुरू कर दो। हर चूहा स्वतंत्र है इस लोकतंत्र में। इस माटी से अपने संकीर्ण माथे

पर तिलक करने के लिए। इन माटी मिले चूहों को जन्म देने वाली इस मातृभूमि को प्रमाण है। प्रणाम माँ। चलो भाई, परनाम-वरनाम हो गया, अब बिलिया खोदल जाए।

चूहे बिल बनाएँगे। चूहे कुतरेंगे। चूहे पोल बनाएँगे। चूहे ढोल बजाएँगे। चूहे बिल में रहेंगे। चूहे चूहे रहेंगे। चल चूहे, घर चल। बिल खोद। घर में बिल बना। बिल में घर बना। घर को बिल बना। कुतर घर को। घर में घूरा कर। कुतरकर घूरा बना घर को। घर चल, चूहे। बिल्ली से मत डर। चूहे, मत डर आदमी से। आदमी चूहा है, इस घर में। चूहे, चूहे से मत डर। मत डर किसी से। चल चूहे। घर चल, कुछ कुतरें। बची-खुची दीवारों में बिल बना, चूहे। चूहे, घर चल। घर में बिल्ली है। बिल्ली से मत डर। बिल्ली आदमी की पालतू है। आदमी चूहा है। चूहे की पालतू बिल्ली से मत डर। चल, खोद दें सारा घर, चूहे। चल, कतरा-कतरा कुतरें, चूहे। चल तो तू। सब साथ हैं, तेरे। घर चल। सब मिलकर कुतरेंगे इस घर को। चूहे, कुतरने वाले दाँतों और पकड़ने वाले हाथों को मजबूत कर। चल, सब कुतरेंगे। तेरे साथ। हर कोई एक चूहा है, यहाँ। कुतरने को चल। सब कुतरें इस देश को। इस घर को। बिल इस बना घर में, यत्र-तत्र-सर्वत्र। बिलों वाला घर है यह। सारी दुनिया के चूहों को नाज है, इस पर।

चल बिलों वाले घर में चल! वहाँ और बिल बना, चूहे!

(सरकार ने प्रेस बिल जारी करके अभिव्यक्ति पर पाबन्दी तय की थी।
प्रस्तुत रचना तब लिखी गई थी)

राजनीति और कबूतर के अंडे

बरगद का वह पेड़, पक्षियों में बड़ा लोकप्रिय है।

बेरोजगार कौवे, अखाड़े तथा बहाने की तलाश में निकले लड़ाकू तीतर, स्कूल जाती चिड़ियों को घूरने के इरादोंवाले आवारा चिड़े, किसी खाए-पिए सेक्रेटरी से तृप्त तोते, गोल-गोल आँखें मटकाती-फुदकती मैनाएँ सभी शाम होते इस बरगद पर बैठ जाते हैं। गूलर खाते हुए पक्षियों में सभी तरह की चर्चाएँ होती हैं। अंडे-बच्चों के हाल पूछे जाते हैं। घोंसले किराए पर उठाने के सौदे तय होते हैं। पराई कबूतरियों, मैनाओं, कोयलों तथा अन्य मादाओं के मादापन के रसभीने किस्से चलते हैं। शाम कट जाती है। आना सार्थक हो जाता है। दो-चार डालों पर घूमघाम करके पूरे शहर के समाचार पेड़ पर बैठे प्राप्त हो जाते हैं।

शाम होते ही पक्षियों की चें-चें से वातावरण भर जाता है। ऐसी ही एक शाम, इसी पेड़ पर दो कबूतर बैठे थे। ऊपर की एक फुनगी पर। कोने में ऊपर की फुनगियाँ, विशेष तौर पर कोनेवाली, फैमिलीवालों के लिए सुरक्षित हैं। पर कभी-कभी सीरियस या गोपनीय चर्चा के लिए अकेले पक्षी भी उधर बैठ जाते हैं, कोई डिस्टर्ब नहीं करता और गोपनीयता की गारंटी हो जाती है। दोनों कबूतरों ने चोंचें लटका रखी थीं और उनकी गोल-गोल आँखें देखकर कोई भी समझदार कबूतरी उनमें तैरती उदासी पहचान सकती थी। जाहिर है, दोनों के बीच कोई सीरियस चर्चा चल रही थी, जिसका कबूतरों के भविष्य से कोई महत्त्वपूर्ण सम्बन्ध था।

"तो पक्का है कि मिश्रा जी जा रहे हैं?" प्रथम कबूतर ने पूछा।

"मैंने खुद रामबिहारी लाल के मुँह से सुना है, वह अपनी मिसेज को बता रहे थे। मैंने बेडरूम की खिड़की पर बैठे हुए सुना।" दूसरे ने गूलर छीलते हुए कहा।

"बेडरूम में सुना, तो हो सकता है कि गलत हो। आदमी हो या कबूतर, बेडरूम में बहुत-सी बातें झूठ बोला करता है।"

और कोई दिन होता, तो दोनों इस चुटकुले पर गुटरगूँ करके ठहाका मारते। पर आज वे चुप रहे। मौका नाजुक था।

"नहीं, और भी पक्षियों से मैंने यही सुना है। होम सेक्रेटरी के स्टेनो के बरामदे में बैठनेवाली गौरैया भी कल मिसेज के पास बैठने आई थी, कह रही थी कि मिश्रा

जी से इस्तीफा माँगा गया है।" दूसरे ने बताया।

"यह तो बड़ा बुरा हुआ," पहला बड़बड़ाया, "यह राजनीति को क्या होता जा रहा है। आदमी का कोई भरोसा नहीं रहा। मिश्रा जी तो चीफ मिनिस्टर के खास आदमी माने जाते थे। मैं तो इसी भरोसे में रहा, अब क्या होगा?"

"आप बहुत सीधे हैं। मिश्रा जी के घर में घोंसला डाल रखा है और यह भी नहीं पता कि मिश्रा जी सी.एम. के अपोजिट ग्रुप के आदमी हैं। रामबिहारी जी बता रहे थे।"

"आपके रामबिहारी जी कुछ ज्यादा ही बताते रहते हैं मिसेज को, कुछ और भी बातें करते हैं कि बस..."

पहला कबूतर ऐसी क्राइसिस में भी मुस्कराया।

"और बातें करने की उम्र नहीं रही बुड्ढे की," दूसरा बोला।

दोनों चोंचें फैलाकर हँसे।

कुछ देर चुप्पी रही। फिर बोला, "हो सकता है, अफवाह हो।"

"हो सकता है।"

"यही हो तो अच्छा हो। इन आदमियों की लड़ाई में हम कबूतर हमेशा सताए गए हैं।"

दोनों फिर चुप होकर अपने कबूतर होने की नियति पर छोटी-सी खोपड़ी लगाते रहे।

"फिर मैं चलूँ। देर हो रही है। उधर वह सचिवालय का कौवा भी विथ फैमिली इधर ही आ रहा है।"

पहले ने कहा और उड़ गया।

"उड़ गया पट्ठा, बिना बिल चुकाए," दूसरा बड़बड़ाया।

आगे की कथा का नायक यह प्रथम कबूतर ही है। इसका घोंसला मिश्रा के बँगले के बेडरूम में है।

कबूतर ने उड़ते-उड़ते देखा कि पोर्च में ही मिश्रा जी की सरकारी गाड़ी ठाठ से लगी थी। मिलनेवालों की भीड़ भी खूब थी। कार के बोनट पर मंत्रीवाला झंडा था। पंखों के नीचे आशंका से धड़कते दिल को तसल्ली हुई। लोग झूठ बोलते हैं। मिश्रा जी अभी भी मंत्री हैं। और मंत्री बने रहेंगे। रामबिहारी ससुरा कायस्थ है और मिश्रा जी से चिढ़ता है। मिश्रा जी ने मंत्री बनने के बाद सक्सेना जी को हटाकर पांडेय जी को सेक्रेटरी बनाया, तब से कायस्थ अफसरों में चिढ़ है—यह बात कबूतर क्या, शहर के चिड़ी-चिड़वे तक जानते हैं।

उसने कार के ऊपर से उड़ान ली, बरामदे के कबेलुओं को पार किया। सामने ही वह रोशनदान आ गया, जिसमें उसका घोंसला था। यहाँ आते-आते उसे लगा कि बँगले के वातावरण में एक तनाव है, इस्तीफे, त्यागपत्र, चीफ मिनिस्टर जैसे कुछ शब्द आकाश में उछल रहे थे। वह घबरा गया। पंख बेजान से हो गए। अच्छा था

कि घोंसला सामने आ गया था। वह हाँफता-सा घोंसले में घुस गया।

कबूतरी किसी आम पतिव्रता के पोज में ऊँघती-सी उसकी प्रतीक्षा कर रही थी। कबूतर की इच्छा हुई कि फिल्मी अन्दाज में एक संवाद फेंके कि ऐ नादान कबूतरी, तूफान आने को है और तू यों ऊँघ रही है? पर थकान, घबराहट और उदासी ने उसकी चोंच को दबा दिया था। वह चुपचाप घोंसले के एक कोने में आराम करने लगा।

"परेशान लग रहे हो, क्या बात है," कबूतरी ने खाविंद से पूछा। उसके स्वर में पत्नी को शोभा देनेवाली चिन्ता थी।

कबूतर ने सोचा कि इसे भी क्यों चिन्तित करें। "कुछ नहीं यों ही थक गया हूँ," उसने टाला।

"फिर भी," कबूतरी डटी रही। पत्नी थी।

"कहा न, कुछ भी नहीं परेशान मत करो।"

"कहीं दाना चुगने में किसी से बातचीत हो गई क्या?" कबूतरी लगी रही।

"तू चुप होगी कि लगाऊँ दो लात। कबूतर घोंसले में आया नहीं कि शुरू कर देती है चिकचिक। मैं वैसे ही परेशान हूँ, ऊपर से..."

"वही तो पूछ रही हूँ कि परेशानी क्या है। तुम तो यहाँ-वहाँ से लड़कर आते हो और गुस्सा मुझ पर निकालते हो। जब से दो बार अंडे दिये हैं मैंने, तुम्हें तो मैं फूटी आँख नहीं सुहाती। कोई जवान कबूतरी डाल लो घोंसले में" कबूतरी रिसा गई।

"मैं तो फड़फड़ा गया तेरे से शादी करके। सुनना ही चाहती है तो सुन। वो मेरा बाप—मिश्रा जी मिनिस्ट्री से हटाया जानेवाला है।"

कबूतरी घबराकर लोट गई। "क्या कह रहे हो। हाय, अपना क्या होगा?"

"होगा क्या, वही जो ऐसे मौके पर कबूतरों के साथ होता है। फिर घोंसले टूटेंगे, फिर अंडे फूटेंगे" कबूतर ने फिलॉसफर की तरह अधमुँदी आँखों वाली मुद्रा पकड़कर कहा (उन दिनों बुद्धिजीवी कबूतरों में बुद्धिजीवीपन दिखाने का यह प्रचलित पोज था)।

कबूतर इसी बँगले के इसी रोशनदान में बचपन से रहता था। उसके बाप के जमाने में पन्द्रह वर्ष तक बजरंग सहाय जी लगातार मंत्री रहे और इसी बँगले में रहे। कबूतर को अपने बचपन की याद अभी भी, कभी-कभी आती है, जब वह इसी कमरे में टँगी नेहरू जी की तस्वीर के पीछे बने घोंसले में बैठकर, बजरंग सहाय जी को चैन की नींद सोता देखता था। कांग्रेस का राज्य था। बाप अमरीकन गेहूँ चुगकर लाता था। काम चलता रहता था। फिर कांग्रेस चुनाव हारी। संविद के बद्रीप्रसाद जी इस बँगले में आए। बँगले की सफाई-पुताई हुई। नेहरू जी की तसवीर हटा दी गई। घोंसला टूट गया। बाप ने मेहनत करके नई लटकी दीनदयाल जी की तसवीर के पीछे घोंसला बनाया। तब तक फिर कांग्रेसी आए। तसवीर हटाई।

घोंसला फिर टूटा। बाप ने परेशान होकर सोचा कि इन तसवीरों पर टिके घोंसले ऐसे ही धोखा देंगे। सो उसने घोंसला रोशनदान में बनाया। तब तक कांग्रेस बँटी, नये मंत्री बँगले में आए। बँगले की फिर पुताई-सफाई हुई। चपरासियों ने बाँस में झाड़ू बाँधे और घोंसला रोशनदान से गिरा दिया। बाप तब घोंसले में ही सो रहे थे। सोते-सोते ही घोंसले के साथ नीचे टपक गए। रात में चपरासियों ने उनकी चूल्हे के ऊपर अन्त्येष्टि भी कर दी। इसके बाद तो हद ही हो गई।

बजरंग सहाय जी वाला स्थायित्व का स्वर्णयुग समाप्त हुआ। बाप का वह युग बीत गया, जब कबूतर मंत्री के बँगले में एक घोंसला बनाकर वर्षों के लिए निश्चिन्त हो जाया करते थे। अब मंत्री के घर में घोंसला बनाना खतरनाक हो गया। हर नया मंत्री आता, तो बँगले की सफाई होती और कबूतर का घोंसला तोड़ दिया जाता। जनता पार्टी के जमाने में तीन बार टूटा, दो बार तो अंडे भी साथ में गए। कबूतर को कबूतरी की सूनी गोद देखकर देश की राजनीति पर क्रोध आता है। तुम्हारी राजनीति में हमारी कोख ही उजड़ गई, कमबख्तो! वह कोसता है। इच्छा होती है उसकी कि इस राजनीति के पंख उधेड़ दे। पर एक आम कबूतर सिवाय कोसने के इन जालिम शिकारियों का कर भी क्या सकता है। वह अपनी औकात जानता है कि वह बाजों और गिद्धों के साये में रहता एक कबूतर है। पर अभी कांग्रेस का राज्य पुनः आया, तो उसने मासूमियत से कबूतरी को बताया था कि अब देश में स्थायित्व आएगा। अब अपना घोंसला पाँच साल तक सुरक्षित है। तू अंडे-वंडे दे ले। कबूतरी ने कल ही अंडे दिये थे कि आज वह अघट घटी।

"अब क्या होगा?" कबूतरी ने फिर कहा।

कबूतर इस शाश्वत प्रश्न का जवाब देता, इससे पूर्व ही कबूतर दम्पती ने देखा कि मिश्रा जी अपनी पत्नी के साथ कमरे में आए। गुटरगूँ...चुप हो जा—कबूतर ने कबूतरी को आँख दिखाई।

"अब क्या होगा?" मिश्राइन ने मिश्रा जी के कुर्ते की बाँह पकड़कर कहा। मिश्रा जी का चेहरा चोंच की तरह लटका था और घबराहट आँखों में उड़ान ले रही थी।

"अब क्या होगा?" मिश्राइन ने बाँह को और खींचा।

"मुझे बड़ा डर लग रहा है। ऐसा कैसे हो गया?"

"तू चुप करेगी के..."

"क्या मैं जाकर मिलूँ भाईसाहब से। कहूँगी कि चीफ मिनिस्टर हो गए, तो भौजाई-भैया का रिश्ता भूल गए। चार दिन हमें खाते-पीते नहीं देख सकते?"

"तू चुप रहेगी कि लगाऊँ दो लात। बड़ी आई भाईसाहब की भौजाई। और वो भाईसाहब तेरी सुनेगा। दुनिया की सब लुगाइयाँ उसकी भौजाई हैं। वह कायस्थ ग्रुप के हाथ में है और आजकल दिल्ली में उसकी तूती है। पर मैं भी मिश्रा की औलाद नहीं। जो साले की कुर्सी नहीं खेंच दी तो...।"

"ऐसा मत करिए, आप काहे को लड़ाई मोल लेते हैं। त्यागपत्र क्यों दिया?"

"त्यागपत्र क्यों दिया! पगला गई है क्या? दिया नहीं, उसने ले लिया। मैं कहाँ चाहता हूँ कि हटूँ। मैं खुद सोच रहा हूँ कि अब क्या होगा? इस बँगले से हटना होगा।" कहकर मिश्रा जी ने हसरत भरी निगाह सब तरफ डाली। कबूतर भय से घोंसले में दुबक गए।

"बच्चों का क्या होगा?" मिश्राइन चिन्ताई, "नैनीताल के होस्टल का खर्च कौन देगा?"

"अंडों का क्या होगा?" कबूतरी ने कबूतर के पंखों में चोंच लगाकर उसे चेताया।

कबूतर मिश्रा दम्पती की बातें सुन रहा था।

"क्या कहा तैने?"

"मैंने कहा कि अपने अंडों का क्या होगा? बाँस में झाड़ू बाँधकर ये फिर..."

कबूतर हँसने लगा। बोला, "मैं समझता था कि कबूतर का घोंसला ही उजड़ता है। पर, ये सब भी कबूतर ही हैं, जिनका घोंसला भी किसी-न-किसी बाज की कृपा पर टँगा है। फिर अपुन की क्या बिसात रानी। जो मिश्रा जी के लड़कों का होगा, वही अपने अंडों का होगा।"

कुछ दिन बाद। एक दिन। सुबह हुई। रात का त्यागपत्र मंजूर हुआ और सूरज ने पद सँभाला।

मिश्रा जी दिल्ली से लौटे, त्यागपत्र प्रधानमंत्री के हाथ में देकर। पर मिश्रा जी बड़े प्रसन्न और सन्तुष्ट थे।

कबूतर हैरान हुआ कि ये प्रसन्न क्यों हैं? क्या इन्हें अपने घोंसले और चूजों की चिन्ता नहीं है? वह उड़कर मिश्रा जी के सोफे के पासवाली खिड़की पर बैठ गया। मिश्रा जी पत्नी को बता रहे थे कि दिल्लीवालों ने पक्का संकेत दे दिया है कि बजट सेशन के बाद ये मुख्यमंत्री हटा दिये जाएँगे। "तब मेरे चांस रहेंगे, मुख्यमंत्री बनने के"—मिश्रा जी ने आँख दबाकर कहा। मिश्राइन प्रसन्न होकर आरती के कमरे में ठाकुरजी को भोग चढ़ाने चली गईं। मिश्रा जी ने चपरासियों से सामान पैक करने को कहा।

कबूतर ने उदास तथा निराश होकर अपने घोंसले, कबूतरी तथा अंडों की ओर देखा। कबूतर ने सोचा—नहीं, कबूतर के अंडों और मिश्रा जी के बच्चों के भविष्य में कोई तुलना नहीं। दोनों का भविष्य अलग है।

उसे लगा कि राजनीति बाज के पंजे लगाकर उसके घोंसले पर मँडरा रही है। उसने देखा कि बाज के एक झटके में घोंसला उछल गया है और अंडे टूट गए हैं।

कबूतर बेचैन हो उठा। उसने एक उदास उड़ान भरी। बरगद के पेड़ की तरफ पोर्च पर से गुजरते हुए उसने देखा—चपरासी बाँस पर झाड़ू बाँध रहे थे।

परम्परा के मारे

पिछले दिनों हमारे मध्य प्रदेश में 'परम्परा' को लेकर बड़ा शोरगुल रहा। हुआ यह कि इसी बीच कुछ उप चुनाव और नगरपालिका के चुनाव हुए! बड़े नेता, छोटे नेता तथा मँझोले नेता यहाँ-वहाँ से अँगड़ाई तोड़ते मध्य प्रदेश पधारे और भाषणों का खासा मानसून जनता के सर पर मँडराने लगा। 'आपकी महान परम्पराएँ रही हैं' से लगाकर 'हमें उन परम्पराओं की रक्षा करनी है' तक के विभिन्न वक्तव्यों का कीचड़ मचा दिया, भाइयों ने। वोट को परम्परा से नत्थी करके बयान निकले और उनसे हर गली की नाली बजबजा गई। चुनाव की इस असामयिक बारिश में घोषणा-पत्रों की बचकानी नावें तैरा दी गईं। हर नाव पर 'हमारी-तुम्हारी परम्परा' वाले माँझी गीत गाते हुए चालाक मछुवारे। परम्परा के झूठे-सच्चे तागों से बुने जाल डाले गए, जनता को फाँसने। वह फँसी भी।

सभी ने एक बात कही कि 'परम्परा रही है हमारी।' फिर धीरे-से वोट माँग लिया। पहले बड़ों ने कही। होते-होते छुटभैयों तक पहुँची जो 'परम्परा' शब्द ले उड़े। बड़ा प्यारा शब्द लगा उन्हें यह। फिर क्या था। हर तरफ वक्तव्य चल पड़े कि परम्परा रही है हमारी। जिसे देखो, वही बताने लगा कि परम्परा (या परम्पराएँ) है हमारी। लोग भाषण शुरू करते और कहते कि एक उज्ज्वल परम्परा रही है हमारी। फिर दूसरा नेता कहता। फिर और लोग भी यही कहते। कोई यह न बता पाता कि वे कौन सी प्यारी परम्पराएँ थीं। पर कुछ न कुछ थीं और रही आती हैं—इस विषय पर वे एकमत थे। प्रायः वक्तव्यों का मूल स्वर यही था कि एक परम्परा रही है हमारी। कुछ की उज्ज्वल थी, तो कुछ की शानदार। पर थी। एक (या अधिक) परम्परा थी, जिसकी वे जनता को बार-बार याद दिलाते और फिर वोट माँगते। जैसे कोई बन्दर का नाच दिखाने के बाद शिलाजीत बेचने की पेशकश करे। जिसका जहाँ बस चलता, एक मंच डालकर जनता को विस्तारपूर्वक यह शुभ समाचार देने खड़ा हो जाता कि एक परम्परा रही है हमारी।

धीरे-धीरे मुझे यह लगने लगा कि इन्हें जनता पर शक है। ये मानते हैं कि हमारी कुछ परम्पराएँ रही हैं, जिन्हें यह जनता भूलने की फिराक में है। वे डरते हैं कि परम्परा के साथ वे भी विस्मृत न हो जाएँ। सो ये बार-बार कोंचकर याद दिला रहे

हैं कि बेटा, परम्परा रही है हमारी। एक रिफ्रेशर कोर्स-सा खोल बैठे हैं। हर छुटंकी तानाशाह अपनी तईं पूरी कोशिश कर रहा है कि देश की कुछ लोकतांत्रिक परम्पराएँ रही हैं, यह हम न भूलें। हर संकीर्ण धर्मान्ध हमें धमका रहा है कि खबरदार, अपनी धर्मनिरपेक्ष परम्पराएँ भूले तो ठीक न होगा। धीरे-धीरे, हर वक्तव्य परम्परा से प्रारम्भ करके परम्परा पर समाप्त करने की होड़-सी मच गई चहुँओर। हर ओर परम्परा का बसन्त बगर गया। लोकतांत्रिक परम्परा, बलिदानी परम्परा, हरिश्चन्द्री परम्परा, गांधीवादी परम्परा, धर्मनिरपेक्ष परम्परा, एकता की परम्परा—न जाने कितने ब्रांडों की परम्पराओं से वक्तव्यों की मंडी अँट गई। परम्परा, परम्परा। जिसे देखो, वही 'परा' है परम्परा के पीछे। परम्परा 'परम्परा' करते गए और बीच में धीरे से प्रार्थना प्रस्तुत कर दी कि वोट इधर ही देना। क्यों देना वोट उधर?—क्योंकि परम्परा है। कोई न कोई परम्परा तो फिट हो ही रही होगी, तेरे पर। तो पापी, वोट निकाल न! नोट लेकर वोट देने की परम्परा भूल गया रे बदमाश। दारू हमारी पीकर वोट दूसरी 'पाल्टी' में देगा ससुरे। परम्परा तो भूल ही गया, दारू भी भूल गया कमबख्त। परम्परा जाए वहीं, तू वोट निकाल अंटी से।

सो कुछ दिनों में एक बात तो जनता के बीच तय हो गई कि कहीं कोई परम्परा है। हम सभी बड़े आश्चर्यचकित हुए। परम्परा हमारे बीच थी और हम ही गाफिल रहे। पास में ऐसी-ऐसी परम्पराएँ थीं हमारी और हम मूर्ख यहाँ-वहाँ भटकते रहे। हम पीने का पानी, नौकरी, रोटी और मकान तलाशते रहे जबकि एक से एक परम्पराएँ हमारे ठीक पिछवाड़े बैठी हुई थीं। हमने परम्पराओं पर शहद लगाकर नहीं चाटा और आन्दोलन के रास्ते पर गुमराह हो गए। हमारी हर समस्या का हल इस या उस परम्परा में था, जो थी और रहती है।

सभी ने बताया कि परम्परा रही है हमारी। चुनाव के उन रूमानी दिनों में हर नत्थू-खैरे की अपनी एक परम्परा हो गई थी। हम सभी की अपनी-अपनी परम्परा हो गई थी। हमें परम्पराएँ प्राप्त हो गई थीं। क्या करें अब इनका?—जनता चकित थी। परम्परा रही है—यहाँ तक तो ठीक है। पर अब? इसका हल भी नेताओं के परनालेनुमा वक्तव्यों में था। 'हमारी उज्ज्वल परम्परा रही है, जिसकी हमें रक्षा करनी है' यह बात वे बार-बार कहते। परम्पराओं के साथ यह व्यावहारिक कठिनाई है कि इनकी रक्षा का जुगाड़ करना पड़ता है। अपने-आप में बड़ी नाजुक-सी शै होती है परम्परा। धर्म से लेकर राजनीतिक लुच्चागिरी तक परम्पराओं की टिरीमिजाज दुर्बल पंक्ति है, जो रक्षा माँगती है। परम्पराओं की रक्षा में जान न्योछावर करने, बलिदान देने या 'बलि-बलि जाने' की परम्परा रही है। परम्परा का कुल मतलब ही यह होता है कि कुछ नादान मूर्ख इसकी रक्षा में अपनी जान लड़ा दें। रक्षा करने का गूदा हो, तो परम्परा रखो—मूल मंत्र यह था हर वक्तव्य का।

फिर क्या था। सारे मतदाता परम्पराओं के कफ़न बाँधकर उतर पड़े। वोट के

नाम पर जाति, धर्म आदि की परम्पराएँ फनफनाकर सामने आ गईं। हम परम्पराओं के गुटों में बँटकर घूमने लगे। "तेरी कैसी?"—हम पूछते। "मेरी तो शानदार। और तेरी?" "मेरी? मेरी तो उज्ज्वल।" "उज्जवल बढ़िया के शानदार?" "नहीं, नहीं, सबसे अच्छी तो हमारी गौरवशाली।" "नहीं शानदार।" "नहीं ऐतिहासिक"—सो परम्पराओं के झगड़े निकल पड़े। चुनाव से ऐन पूर्व ग्रुप बन गए जनता में। गौरवशालियों ने ऐतिहासिकों के, ब्राह्मणों ने ठाकुरों के, फलां ने ढिकां के सर खोल दिए। लोकतंत्र की असली कानपुरी नौटंकी का खेल गली-गली शुरू हो गया। देसी नारंगी बही। देसी कट्टे निकले। परम्पराओं की रक्षा का माकूल इन्तजाम हुआ। फिर हम वोट देने निकल गए जैसी कि परम्परा रही है।

जीते वही, जिनके जीतने की परम्परा रही है। हारे मतदाता, जिसकी परम्परा रही है। पता नहीं कि कब तक चलेगी यह कमबख्त परम्परा?

हिन्दी की प्रथम गद्य पुस्तक, वृहद प्रेमपत्र निर्देशिका

हिन्दी साहित्य के इतिहास की वजनी पोथियाँ आपने देखी ही होंगी। आजकल मुझे लगा करता है कि मेरा नाम इन पोथियों में आ जाएगा। या फिर नहीं आएगा, यह भी लगता रहा है। मेरे लेखन के स्तर को देखकर तो यही लगता है कि नहीं आना चाहिए, पर शेष साथियों की रचनाएँ पढ़कर लगता है कि आ जाएगा। परन्तु मैं सन्देह की कोई गुंजाइश छोड़ना नहीं चाहता। इसी पावन उद्देश्य से मैं अपनी यह अमर रचना इतिहास लेखकों की सेवा में प्रस्तुत कर रहा हूँ। इन महापुरुषों के बीच प्राय: इस आदिप्रश्न को लेकर जूतमफाग होती रही है कि हिन्दी गद्य की प्रथम पुस्तक किसे माना जाए? हिन्दी गद्य की इन वर्तमान अनियोजित सन्तानों की भारी भीड़ का प्रपितामह कौन रहा है? ऐसे प्रश्न इतिहास लेखकों के बीच बड़े लोकप्रिय चलते आए हैं। इस रचना के माध्यम से मैं इन प्रश्नों का अन्तिम उत्तर प्रस्तुत कर रहा हूँ। मुझे विश्वास है कि मेरी इस खोज को उचित सम्मान दिया जाएगा और मात्र इसी पिद्दी कारण से हिन्दी साहित्य के इतिहास में मुझे महान व्यंग्यकार के रूप में स्थापित कर दिया जाएगा (हाँ भई, हिन्दी साहित्य में कौन, कब, किस कारण से स्थापित घोषित हो जाए, यह नहीं कहा जा सकता। अपना इस तरह ही सही!)।

मैं विनम्रतापूर्वक (जैसा कि रिवाज है) कहना चाहूँगा कि हिन्दी की प्रथम गद्य पुस्तक 'वृहद प्रेमपत्र निर्देशिका उर्फ आशिक नौजवानों की जेबी गाइड' है और मेरे पास है। यह चन्द दिनों पूर्व ही मेरे हाथ लगी है। पूज्य रामचन्द्र शुक्ल के खानदान में कोई थानेदार नहीं था, यह स्पष्ट है। होता, तो यह पुस्तक उनके हाथ आती। मेरे परदादा अंग्रेजों के शासन में कड़ियल थानेदार रहे थे। उनका ही पुराना सन्दूक टटोलते हुए मुझे यह पुस्तक मिली। मुझे ऐसा लगता है कि उस जमाने में यह पुस्तक 'वृहद प्रेमपत्र निर्देशिका' जब छापाखाने में ही थी तो भद्र-समाज में उसके विरुद्ध एक आन्दोलन उठ खड़ा हुआ था कि ऐसी पुस्तकें देश के शरीफ नौजवानों को (प्रेम के) गलत रास्तों पर डाल देंगी। नौजवानों के चरित्र की रक्षा के लिए हमारा समाज हमेशा अतिरिक्त सजग रहा है। स्वयं के चरित्र की ओर ध्यान देने की उसने कभी परवाह नहीं की। परिणाम यह हुआ कि अंग्रेज पुलिस ने इस

पुस्तक को अश्लील मानते हुए छापाखाने से ही जब्त कर लिया और मेरे परदादा ने भी इसे अश्लील समझते हुए ही चोरी-छुपे थाने से उठा लिया। इसी एक कारण से यह पुस्तक बाजार में नहीं आ सकी और हिन्दी साहित्य के इतिहास में आने से रह गई। तब से यह मेरे परदादा जी के सन्दूक में पड़ी रही और हमारे खानदान के उत्साही नौजवानों को वहीं से गाइड करती रही। आज यह मेरे हाथ में है। मैं इसे हिन्दी के नौजवान पाठकों तथा वयोवृद्ध इतिहासकारों को समर्पित कर रहा हूँ ताकि वे अपने-अपने कार्यक्षेत्रों में इससे लाभ अर्जित कर सकें। पूरी पुस्तक अलग से खारी बावली, दिल्ली से छप रही है। प्रस्तुत लेख में केवल उसके महत्त्वपूर्ण अंश—मेरी टीका के साथ प्रस्तुत हैं।

पुस्तक के लेखक आगरा नार्मल स्कूल के मुदर्रिस, फैजाबाद निवासी पंडित वंशीधर जी रसिक हैं, जिन्होंने अल्हड़ जवानन की खातिर यह ग्रन्थ पांडनटोला की गली नं. तीस के भुवनभास्कर छापाघर से छपाय के दो-दो पैसे में बँटवाने का यह ठनगन किया था। पुस्तक के प्रथम पृष्ठ पर ही रसिक जी की फोटू अंकित है जिसके जरिये बाद में पुलिस ने उनकी तलाशी भी करवाई थी। फोटू में लम्बे बाल और लम्बी कलम लेकर वे कुछ लिखते दिखाए गए हैं। स्पष्ट है कि प्रेमपत्र लिख रहे हैं क्योंकि उनके लम्बे चेहरे पर प्रेमपत्र लेखकों जैसी तृप्ति छाई हुई है। पुस्तक के द्वितीय पृष्ठ पर 'समर्पण' है। समर्पण का मुलाहिजा हो, "समर्पण श्री गुरु लपटेन साहेब, साहेब बहादुर वाटसन जी के चरनन में, जिनको दंडवत है। हैं कैसे वाटसन साहेब कि गोरा सरूप और चित्र जिन्हि का, जिन्हीं के परताप से शरीर अरु लेखनी चेतनि अरु आनन्दमय होतु है।" स्पष्ट है कि वाटसन साहब वह अंग्रेज अफसर थे जो सरकारी पुस्तकालयों के लिए पुस्तकों की थोक खरीदी करते थे। मैं तो इसी पृष्ठ से वंशीधर जी की प्रतिभा का कायल हो गया। पंडित वंशीधर ने समर्पण की जो सदा सुहागन परम्परा तब डाली थी तो हिन्दी के स्वनामधन्य साहित्यकार आज तक इसी तरह देखभालकर पुस्तक का समर्पण करते आ रहे हैं।

इसके बाद के पृष्ठों में तो रसिक जी ने अपना कलेजा काढ़कर रख दिया है। 'ग्रन्थ का हेतु' शीर्षक से वे पुस्तक की भूमिका में उस जमाने के भारतीय समाज में प्रेमियों की स्थिति तथा प्रेमपत्र लिखने-लिखाने में भारत के पिछड़ेपन पर विलाप करते हुए लिखते हैं, "जम्बूदीप का भरत नामा देश अतिसुन्दर है, पर तामें प्रेमी गणन की भोहोत दुरदशा मैं देख्यो हूँ, ताको संखेप लिखत हौ। ऐसो यहाँ के पुन्याधिकारियों को नेम हतो कि जो सुन्दर स्त्रियन से प्रेम करे, वाको मस्तक फोड़ दीजिए। जान्ने औं पढ़ने वाले कछु लोग हमारी बात पर विसवास न लावें औ कदाचित लगें कहने कि यह मिथ्या खटराग है तो ग्रन्थ के पहले पन्ने पर हमारी छवि जो अंकित है उसे गौर से देखा जावे। बाईं भौंह के नीचे जो गहरा निसान निरखेंगे, वह हमारे चतुर्थ

प्रेम के समय कन्या के बाप द्वारा हमारा हाथ मुरकवाकर मुख पर मुष्टिप्रहार के कारन होना पाया जाता है। इससे हमें बहुत कलप होता है। पुन: हमारी स्त्रियों में सन्तोष और प्रीत, यह सब गुण तो कर्ता ने यथेष्ट उत्पन्न किये हैं, पर विद्या की न्यूनता है। इस कारन प्रेम प्रगट करवे की खातिर प्रेमपत्र लिखने का रिवाज नहीं बना है। पर भला हो अंग्रेज बहादुर का, सिर झुकाकर नाक रगड़ता हूँ उनके सामने कि जिनने स्त्री शिक्षा की तजबीज करी। उनकी दानाई से हमारी स्त्रियाँ भी तौन अच्छरन को बाँचने लगीं, जौन अच्छरन में प्रेमपत्र लिखो जात है। इसी से एक दिन बैठे-बैठे यह बात अपने ध्यान में चढ़ी कि ऐसी किताब लिखिए कि जिसमें प्रेमपत्र पर सम्पूर्ण विद्या का डौल रहे तब जाके मेरा जी फूल की कली के रूप में खिले। यह ग्रन्थ सरस्वती की कृपा से सतरह सो असी के साल में फागुन सुदी पूनम के रोज पूरा हुआ; सो सरस्वती कूँ नमस्कार करता हूँ। जान्ने वाले इसका पारायण करें और घर-घर में आनन्द मचे, तभी हमारा जी ठंडा होवेगा।"

पुस्तक तीन खंडों में विभाजित है।

प्रथम खंड में रसिक जी विस्तार से यह बताते हैं कि प्रेमपत्र लिखने से पूर्व चन्द आवश्यक वस्तुएँ एकत्रित कर लेना ठीक रहता है। सबसे प्रथम वस्तु तो एक अदद स्त्री होना जिसको पत्र लिखा जा सके। और कैसी हो वह स्त्री "कि जिसके मुखचन्द्र की ज्योति देख पूर्णमासी का चन्द्रमा छबिहीन होवे औ भौंहों की बंकाई निरख धनुष धकधकाने लगे।" परन्तु साथ ही रसिक जी स्त्री के पिता के प्रति भी आगाह करते हुए बताते हैं कि कैसा हो प्रेमिका का पिता कि "वह मुआ, निगोड़ा स्त्री का बाप या भ्राता ऐसा जालिम न होवे कि बड़े-बड़े महिपाल उसका नाम सुनते ही काँप उठें।" जब ऐसी सुरक्षित, निरापद तथा माकूल पार्टी मिल जाए तब अन्य वस्तुएँ एकत्रित करें। वैसे रसिक जी आगे दबे स्वरों में, पर साफ-साफ कहते हैं कि अगर उपरोक्त स्त्री न मिले, तो कैसी भी स्त्री चलेगी, भले ही उसकी भौंह की बंकाई देखकर धनुष न भी धकधकाए (प्रेमपत्र आपको लिखना है, न कि धनुष को। फिर प्रेमपत्र लेखन के लिए धकधकाना इतना आवश्यक भी नहीं!)। कागज अच्छा लें, इस बात पर रसिक जी का विशेष जोर है। यहाँ वे उन कंजूस प्रेमियों को धिक्कारते हैं जो, "खर्च की तजबीज में मोटे कागद पर मोफ्त की मसि से प्रेमपत्र गोदते हैं।" पंडित वंशीधर रसिक जी यहाँ अतिरिक्त जोर देकर कहते हैं कि ऐसे "निगोड़े, भूत, मुछंदर अवधूत के पूतों के मुख पर चूल्हे की भभूत मल के किसी ऊँचे स्थान से धकेल देना उचित क्रिया रहेगी। प्रेम में 'कलदार खरचने' होंगे, ऐसा उनका दृढ़ मत है। प्रेमपत्र लेखन के लिए अन्य महत्त्वपूर्ण वस्तु 'कवित्त, सेर-सायरी' के ग्रन्थ हैं, जो प्रेमपत्र लेखक की टेबिल पर हमेशा रहें। अवसर के हिसाब से उचित कवित्त अगर प्रेमपत्र में नहीं लिखा तो वंशीधर जी ऐसे पत्र लेखक का चालान किये बिना न छोड़ेंगे। इस सम्बन्ध में वे लिखते हैं, कि "प्रेमी को चाहिए कि भाँति-भाँति के

मोहक कवित्त कंठस्थ करके मौके पर पत्र में लिखे या फिर मिलन यामिनी में मगन हो शास्त्र की रीति से ये कवित्त गाए-गाए के स्त्री को रिझाये।"

खंड एक की समस्त वस्तुएँ एकत्रित करके लिखने की शीतल पाटी पर आ जाइए और पुस्तक का द्वितीय खंड पलटिए। यही प्रमुख खंड है। पढ़कर रसिक जी की लेखनी को जोहार करने की इच्छा होती है। विस्तार से तो बता पाना सम्भव नहीं। इस खंड में पचासों तरह के प्रेमपत्र दिये गए हैं। मैं केवल कुछ शीर्षक उदाहरणार्थ बताऊँगा। 'ऐसी स्त्री को पत्र जिसका ठौर न हो कि वह आपसे प्रीत करती है के नहीं करती'; 'रूठी स्त्री को पत्र', 'पड़ोसी की भार्या को पत्र', 'अल्हड़ स्त्री को पत्र'; 'अधेड़ स्त्री को पत्र'; 'नादान बालिका को पत्र'; 'किसी भी स्त्री को पत्र'; 'मूर्ख स्त्री को पत्र'; 'आलिम फाजिल कन्या को पत्र'; 'पड़ोसी की तौन भार्या को पत्र जौन आपके दिये कंगन दबाय के बैठ गई है और अब आपकी हेठी करती है'; 'उसी को मोकद्दमे की धमकी का पत्र', आदि आदि।

एक पत्र की चन्द पंक्तियाँ प्रस्तुत की जाती हैं, "तुमने जो ब्याह की लिखी सो खूब रही। हमारी वासना अरु प्रीत शुद्ध है। वीतराग, रागद्वेष, शरीर के इष्ट-अनिष्ट से हम भोहोत अलग हैं। यह जाननहारे जान्ने हैं। शुद्ध प्रेम में बियाह की बात करके हृदय खट्टा न करो। इधर वर्ण-वर्ण की घटा छाई जाती है, उधर तुम ब्याह की बातें करती हो। सो बड़ी नीच चेष्टा है। आगे हमें पत्र न लिखियो, यही लाजीम है। तुम्हारा-गोबरधन प्रसाद तम्बोली।" ऐसे-ऐसे रत्नों से पूरी किताब भरी पड़ी है। जैसा मौका या केस हो, वैसा पत्र किताब से उतारिए और रसिक जी की जय बोलते हुए पोस्ट कर दीजिए।

पर नहीं। पोस्ट मत कीजिए। पहले उस धर्म ग्रन्थ का तीसरा तथा अन्तिम खंड भी पढ़ डालिए। प्रेमपत्र तो लिख लिया, अब इसे सुरक्षित प्रेमिका तक पहुँचाना ही तीसरे खंड का विषय है। रसिक जी की आधिकारिक राय है कि यही सबसे कठिन विद्या है और प्राय: प्रेमी इसमें असफल होकर लड़की के पिता द्वारा घायल होकर (वाकर की तरह) भागते फिरते हैं। रसिक जी की विशेषज्ञ उक्ति यूँ है, "पत्र लिखके पोशीदा तरीके से स्त्री तक पहुँचाइए तब जाकर जी को सन्तोष के शरबत की प्राप्ति होवेगी। पत्र कदाचित स्त्री के पिता, भ्राता या पति के हाथ में पड़ने पर बहुत कलप होता है, जैसा कि ग्रन्थ के पहले पन्ने पर अंकित हमारी छवि में दाहिने गाल पर जो लम्बा निसान दृष्टिगोचर होता है, वह हमारी अष्टम प्रेमिका के भ्राता की पैनी तलवार से प्राप्त होना पाया जाता है जिसके हस्त में हमारा एक बड़े परिश्रम से तैयार प्रेमपत्र लग गया था।" तो परिश्रम निरर्थक न जाए, इसके लिए रसिक जी कई तरकीबें सुझाते हैं। पत्थर से लपेटकर फेंकना, भिश्ती के हाथों भिजवाना, स्वयं साधु का वेश धारण कर भिक्षा के बहाने पत्र देना, कबूतर द्वारा पत्र भेजना, किसी भुतहे खँडहर में पत्थर के नीचे छुपाकर स्त्री को इशारा कर देना कि पत्र उधर है,

स्त्री के छोटे भाई के पाजामे में सिलकर भेजना आदि आदि। इन सभी के गुण-दोषों का विस्तार से विवेचन करते हुए अन्त में रसिक जी इस निष्कर्ष पर पहुँचते हैं कि स्वयं रात में चोरी-छुपे स्त्री के घर में घुसकर पत्र सही जगह पहुँचा दिया जाए तो क्या कहने। इसके आगे वे कमन्द लगाने, सेंध मारकर घर में घुसने, लखलखा सुँघाने इत्यादि का विस्तृत विवरण तो देते ही हैं, साथ ही अपनी फोटू में चेहरे पर लगे अन्य घावों की तरफ भी इशारा करते हैं जो इस तरह के अभियानों में उन्हें लगे।

तो रसिक जी की 'वृहद् प्रेमपत्र निर्देशिका' बाजार में आने को है यारो। निराशा से बचने का सर्वश्रेष्ठ उपाय यह होगा कि बीस रुपयों का मनीऑर्डर ज्ञान चतुर्वेदी को भेजकर अपनी प्रति आज ही सुरक्षित करा ली जाए (हिन्दी साहित्य के इतिहास लेखकों को दस रुपये की छूट!)। परन्तु पैसे भेजकर, किताब की प्रतीक्षा में समय व्यर्थ न गँवाएँ। किताब आने से पूर्व वह सारी वस्तुएँ एकत्रित कर डालें जिसकी ओर रसिक जी इशारा कर चुके हैं। तो निकल पड़िए धनुष धकधका देने वाली स्त्री की तलाश में। किताब तो मैं भेज ही रहा हूँ।

त्यागपत्र, आशा, विश्वास और खुली सड़क

एक शब्द होता था त्याग।

अपने पूर्वजों में यह शब्द बड़ा लोकप्रिय था। आदमी खड़े-बैठे त्याग, संन्यास, वानप्रस्थ, तपस्या आदि हरकतों में मुब्तिला रहा करता था। त्याग का बहाना मारकर हजारों शादीशुदा पुरखे रातोंरात जंगल की तरफ निकल जाते थे, पत्नी को सोता हुआ छोड़कर। तब भी जागी हुई पत्नी का भय शेर के भय पर भारी होता था। जंगल में रोज की चिकचिक से दूर बैठकर वे चिलम फूँकते हुए आत्मा, परमात्मा, ब्रह्म, जीव, जीवात्मा, माया इत्यादि की रहस्यमयी बातें बतियाते और नश्वर जीवन का मजा लेते थे। गेरुए वस्त्र तथा गाँजा मिलकर त्याग शब्द को मनभावन बना देते थे। यही सब मजे लेंते-लेते वे किसी दिन किसी घोर संसारी शेर के पंजों द्वारा गोलोकवास को प्राप्त हो जाते। चिलम फूँकते वे चित्रगुप्त की कचहरी में पहुँचते और हाकिम की टेबुल पर त्याग के कागज और दस का नोट पेश करते, स्वर्ग का ऑर्डर 'इशू' कराके मेनका बाई का डांस देखने निकल जाते।

फिर कलियुग आया।

धीरे-धीरे त्याग करने की यह पारम्परिक विधि बड़ी दकियानूसी हो गई। यह भी कोई बात हुई कि त्याग करने के लिए चले जा रहे हैं जंगल की तरफ़, मुँह तथा कमंडल उठाए। त्याग कर रहे हो या लकड़ी काटने जा रहे हो भाई! फिर पत्नियाँ भी जागरूक हो गईं अर्थात सोते से जागकर, बीच-बीच में देखने लग गईं कि कहीं ये कमबख्त रात में त्याग करने के चक्कर में तो नहीं हैं। इधर जंगल भी कटने लगे, अत: वानप्रस्थ का मार्ग लम्बा हो गया। त्यागियों की साँस फूल जाती जंगल पहुँचते-पहुँचते। दो-तीन त्यागियों की पिटाई भी फॉरेस्ट गार्डों ने कर दी और पीटकर घर वापस भेज दिया। त्यागियों ने सोचा कि पिटना ही है, तो अपना घर क्या बुरा? सो घर आकर जागी हुई पत्नी से भी पिट लिये। पत्नी ने पीटा और कहा कि एक दिन मेरी नींद क्या लग गई, तुम त्याग पर निकल गए? अब देखती हूँ तुम्हें। कमंडल ही तुम्हारे सिर पर न मारा तो मेरा नाम प्रेमलता नहीं।

इस तरह कमंडल घर से निकल गए और लोटे वगैरह आ गए। त्याग की

अन्तिम सम्भावनाएँ भी उचित कमंडलों के अभाव में रद्द हो गईं। तब एक नया शब्द आया—त्यागपत्र।

त्यागपत्र का पारिवारिक अर्थ यही हुआ कि त्याग की सूचना देते हुए एक पत्र लिखना। त्याग की एक पत्रनुमा सूचना कि भई, हम त्याग कर रहे हैं। प्रश्न उठता है कि भैया त्याग कर रहे तो त्यागो न श्रीमान—यह सूचना देने, पत्र लिखने आदि की चोचलेबाजी क्यों? त्यागी को त्याग सों काम त्यागो-व्यागो, अलग हटो। पर नहीं आजकल का त्यागी त्यागपत्र लिखेगा।

वास्तव में त्यागपत्र लिखकर त्यागी एक करुण अपील जारी कर रहा है— कि भाइयो, मैं त्याग कर रहा हूँ और तुम चुपचाप बैठे हो। क्या यही इनसानियत है? अरे उठो, मुझे रोको न कमबख्तो, वरना मैं त्याग नहीं करूँगा! दरअसल वह रोते हुए आप तक शिकायत पहुँचा रहा है कि—देखो यारो, ये मुझसे जबरन त्याग करा रहे हैं। कम-से-कम इनको तो रोको, क्या कर रहे हो तुम लोग? कहाँ छुप गए हो कलंकी, लकवा तो नहीं मार गया तुम्हें?...लोग त्यागपत्र की सही वेवलेंथ पकड़ते हैं और अपीलें जारी हो जाती हैं कि आप त्याग न करें, जमे रहें, जैसा कि आप चाहते हैं। एक त्यागपत्र लिखकर त्यागी और अच्छा जम जाता है। वह त्याग को गोंद की तरह चुपड़कर कुर्सी पर संन्यासी की मुद्रा में बैठ जाता है। लोग कहते हैं कि देखो त्यागी को, त्याग करना चाहता है बेचारा, परन्तु लोगों ने जबरन कुर्सी के काँटों पर बिठा रखा है। वह गुलाब की सेज पर गेरुआ वस्त्र पहनकर लेटा संन्यासी बन जाता है, जिसे निरन्तर गुलाब के काँटे गड़ रहे हों। त्यागपत्र लिखने मात्र से वह उन सारे पुष्पों का अधिकारी बन जाता है जिसके लिए उसके नादान पुरखे कंद-मूल, फल खाते गुफाओं में भटका करते थे और अपना पेट खराब करते थे।

त्यागपत्र से ही जुड़ा शब्द है—आशा।

मैं त्यागपत्र लिख रहा हूँ इस आशा से कि आप इसे स्वीकार नहीं करेंगे। मेरे को जानते ही हैं आप कि त्याग से मेरा कोई सम्बन्ध नहीं है। मेरे खानदान में किसी ने ऐसी हरकत नहीं की सरकार! आशा है...क्या आशा है? आशा है कि आप मेरे से त्यागपत्र वापस लेने की अपील करेंगे। मेरी ये आशा पूरी करना प्रभु, वरना मैं इस त्याग के चक्कर में कहीं मारा न जाऊँ। त्यागपत्र लिखने के बाद से ही आपकी अपील की प्रतीक्षा चल रही है अन्नदाता। दिल धड़क रहा है तथा पसीना बहुत आ रहा है। एक दिल का दौरा पिछले साल ही पड़ चुका है, अब एक और न दिला देना मालिक, मेरा नहीं तो इस दिल का ही खयाल कीजिए। यह नाजुक तथा भावुक है। जैसा कि बेला देवी कांड के दिनों से आप जानते हैं। यह आशा लगाए बैठा है और आपकी अपील में देर हुई जा रही है। यह क्या कर रहे हैं आप? ऐसा

तो पहले कभी नहीं हुआ। मैंने बार-बार त्यागपत्र लिखे और आपने कृपापूर्वक उन्हें अस्वीकार किया। मैंने अस्वीकार के उद्देश्य से लिखे, आपने आशा पूरी की। इस बार इसी वरदान में यह देर कैसी प्रभु? भक्तों की आशा पर यह कैसा कुठाराघात? क्या पृथ्वी पर पुण्य समाप्त हो गया? क्या पूजा-अर्चना, आपके बँगले की परिक्रमाएँ, सहयोगियों में बैठकर आपके प्रताप की ऋचाओं का पाठ, आपके माहात्म्य का शंख फूँकना—सब कुछ माटी में मिल गया? यदि ऐसा रहा तो फिर कौन हम गरीब भक्तों पर विश्वास करेगा? मेरी हालत बाबा भारती के घोड़े की कहानी के गधे जैसी न बना देना प्रभु! (जो कहानी में प्रवेश न पा सका) विश्वास न तोड़ना हुजूर।

त्यागपत्र से ही जुड़ा शब्द है विश्वास।

त्यागपत्र एक तरह के विश्वास पर ही दिया जाता है वरना कौन दे? यह चोरों का अपने मौसेरे भाइयों पर विश्वास है। आज हम इस विश्वास के साथ त्यागपत्र दे रहे हैं कि आप हमें रोक लेंगे। कल हम आपके ही काम आएँगे—रैलियाँ निकालकर, बसें जलवाकर आपको हटने से बचाएँगे। विश्वास पर ही तो यह धरती टिकी है। शेषनाग महाराज के विश्वास पर। वैसे कहते हैं कि साँप का विश्वास नहीं परन्तु त्यागपत्रों की खींचतान, उठा-पटक, दल-बदल आदि के इस बियाबान जंगल में एक साँप दूसरे साँप पर विश्वास न करे, तो कहाँ जाए? विश्वास तो करना ही होगा।

त्यागपत्र को विश्वास की स्याही से लिखते हैं, जैसे कुछ लोग प्रेमपत्र खून से लिखते हैं। यही ट्रेंड चला आ रहा है। प्रेमपत्र खून से और त्यागपत्र विश्वास की काली स्याही से। बड़े देशों के बीच यदि प्रेमपत्र लिखे जाते हैं तो उसमें सिपाहियों तथा जनता का खून प्रयोग किया जाता है। लिखता हूँ अपने खून से स्याही न समझना—धमकी कि यह न समझना कि पत्र लिखने को हमारे पास खून नहीं हैं। हम खून से ही प्रेमपत्र लिखते हैं। दस बटालियनों का खून पेन में भरकर आ जाएँगे तुम्हें पत्र लिखने। तुम्हारे घर में बैठकर लिखेंगे। रूस ऐसा ही प्रेम जता रहा है मित्रों पर। विषयान्तर हुआ। बात विश्वास तथा त्यागपत्र की चल रही थी।

त्यागपत्र में विश्वास निहित होता है। लिखनेवाले का विश्वास रहता है कि अनहोनी नहीं होगी। जबकि विरोधी लोग इनकी नाप का गेरुआ चोगा सिलवा लेते हैं। दो विश्वासों का स्वार्थ के रुपहले पर्दे पर जबर्दस्त संघर्ष होता है। गाड़ियाँ दौड़ती हैं, जीपें गर्राती हैं, फाइलों के पंछी उड़ते हैं, बैठकों की ऊँची चोटियों पर सिद्धान्तों की नकली गोलियाँ चलती हैं। पर सभी सयाने दर्शक जानते हैं कि अन्तिम दृश्य में क्या होगा। वही होता है। त्यागपत्र नामंजूर हो जाता है। भक्ति की विजय होती है। सुखान्त का दृश्य। सारे मतभेद भुलाकर आशा और विश्वास आपस में गले मिलते हैं। भक्त विजयी, दुष्टों का नाश। बोलो सियाराम चन्द्र की जय। बोलो त्यागपत्र की

लाज राखनहार साहब की जय, बोलो त्यागी महाराज की जय। त्याग से शुरू हुई फैंटेसी जय-जयकार पर पूरी होती है।

ऐसा ही चला आ रहा है कब से।

इस खुली ऊबड़-खाबड़ आम सड़क पर चलते सड़कछाप हम, कब से त्यागपत्र, आशा और विश्वास का यह मायावी ड्रामा देख रहे हैं। हम भी कब से इस सड़कछाप स्थिति से त्यागपत्र देने का प्रयास कर रहे हैं। मुझे भी सड़क से उठाकर किसी दसलखा इमारत में किसी काँटेवाली गद्देदार कुर्सी पर बिठा लो प्रभु, फिर देखना प्रभु! कैसे-कैसे मुद्दों पर त्यागपत्र लिखते हैं हम भी।

दफ्तर में त्यागपत्रों का अलग सेक्सन बना लूँगा मालिक! पर पहले इस सड़कछाप स्थिति से मेरा त्यागपत्र स्वीकार करो! आपकी आदत अस्वीकार की है, पर इसे स्वीकार करो!

मैं जानता हूँ कि आप इसे नहीं स्वीकारोगे और बाद में गलत मौके पर स्वीकारोगे। आजकल आप त्यागपत्र गलत समय पर स्वीकारने लगे हो प्रभु, ऐसा मत करो। त्यागपत्र में आशा तथा विश्वास बने रहने दो, देश में यही चीज थी जिसमें हमें पूरा विश्वास था। विश्वास का कोई केन्द्र तो छोड़ो सरकार।

मुझे मत भूलना प्रभु! मैं सड़क पर हूँ और महल का रास्ता सड़क से ही होकर है।

मौसम और मौत

वे शीतलहर में नहीं मरे।

पर शहर इस बात से कतई निराश नहीं है। देश को मौसम पर भरोसा है। शहर के हर 'अंडी-बच्चे' को पूर्ण विश्वास है कि मरेगा। देश निराश नहीं है। देश को विश्वास है कि वे मरेंगे। वे मौसम की मौत मरेंगे। जो शीतलहर से बच गए, वे लू की प्रतीक्षा करें। वरना, अपनी बरसात तो कहीं गई नहीं है। वे मरेंगे। फुटपाथों पर, प्लेटफार्म पर, गलियों में, नाली में या किसी हलवाई की बुझी भट्टी की अधगर्म राख के पास लाश प्राप्त होगी उनकी। लावारिस लाशों की प्रतीक्षा है, देश को।

मौसम निराश नहीं करेगा।

बड़ी दूरियाँ तय करके आए हैं वे। वे दूर-दराज के गाँवों से महानगरों में आए हैं। वे प्रतीक्षारत पत्नी को पीछे छोड़कर शहरों के तिलिस्म में भटक रहे हैं। वे पत्नी, बच्चों को लादे, घिसटते, घसीटते रेलवे प्लेटफार्मों पर भटक रहे हैं, जहाँ की मायावी गाड़ियों का हर डिब्बा रिजर्व है। वे उस तिलिस्मी खटके की तलाश में हर दीवार पर सर मार रहे हैं, जो भी दो जून की रोटी टपका दे। वे गाँव के हरिजन टोलों की घटाघोप बारादरियों में भटक रहे हैं। वे रिक्शा खेंच रहे हैं। वे अधिया-बटिया पर खेत जोत रहे हैं। वे हवलदार साहब के डंडे खा रहे हैं। वे ठाकुर साहब के जूते खा रहे हैं। उनके दाँत मजबूत हैं। वे कचरे में पड़ी बासी, कड़क रोटी चबा रहे हैं। वे गुस्सा हैं। वे गुस्से में औरतों को पीट रहे हैं। वे बच्चों को पीट रहे हैं। वे बच्चे पैदा कर रहे हैं। वे बच्चों के लिए कफन की शापिंग कर रहे हैं। वे दारू पीकर धमाल मचा रहे हैं। शहर के लिए वे जानवर हैं। वे कुत्ते की मौत मरने को अभिशप्त हैं। वे कुत्ते की मौत मरेंगे भी। परन्तु देश को उन पर यह भी भरोसा है कि वे वोट देकर ही मरेंगे।

नादान हैं वे। उन्हें पता ही नहीं कि मौसम मजा मारने की चीज है। ठंड आती है, पर वे स्केटिंग, स्कीइंग की नहीं सोचते। वे कोमल लिहाफों के बीच गर्म पकौड़े नहीं खाते। सर्दी आने को है, यह सोचकर वे ता-ता थैया नहीं करने लगते। उनकी पत्नियाँ नाप नहीं लेने लगतीं स्वेटर, पुलओवर और कनटोपों के लिए। बच्चों की ऊनी टोपियाँ नहीं निकल आतीं। सरदी एक कहर-सी आती है इन कमबख्तों पर।

मौसम की समझ ही नहीं है यारों को। मनभावन सर्दी में भी फुटपाथ पर उकड़ूँ पड़े रहते हैं। बच्चों को नंगा रखते हैं और मालिश करके उन्हें गर्म करने की कोशिश करते हैं। हलवाई की दुकानों की ठंडी होती भट्टी की गर्म राख के लिए गली के कुत्तों से प्रतियोगिता करते हैं। पहले ये एक शरारत और करते थे। यहाँ-वहाँ से, आसपास के जंगल से लकड़ी लाकर रात भर जलाते थे। कैम्प फायर का आनन्द प्राप्त करते थे पट्ठे। अब सरकारी वनरक्षक इन्हें वहाँ से जूते मारकर भगाते हैं। मौसम ईश्वर का, सरकार जनता की। बच्चे सरकार के। सरकार के सौतेले बच्चे हैं वे। ईश्वर के तिरस्कृत बच्चे हैं वे। ईश्वर में पूरा भरोसा है उन्हें। सरकार को पूरा भरोसा है इन पर। वे विश्वास पूरा करते हैं। वे मरते हैं। हर मौसम में वे यही हरकत करते हैं।

वे मात्र एक आँकड़ा बन गए हैं, जिसे रेडियो पर सुना दिया जाए या अखबारों में छाप दें। सनसनीखेज आँकड़ा हैं, वे। 'शीत लहर से पचास मरे' सुनकर ही देश महसूस करता है कि यार, वाकई इस साल सर्दी अधिक पड़ गई। खबरों के लिखैया, आँकड़ों में आकंठ डूबे लोग बॉक्स आइटम बनाकर छापते हैं कि दस साल पहले इससे भी अधिक मरे थे, जो अभी भी एक रिकॉर्ड है! देश के पास फुर्सत नहीं, सोचे कि सर्दी से कैसे मर जाता होगा आदमी?

सर्दी में ठिठुर-ठिठुरकर मरता आदमी क्या महसूस करता होगा? मरने से पूर्व उसकी आखिरी इच्छा क्या होती होगी? निऑन लाइट से जगमगाते राष्ट्रीय मार्गों के किनारे, घने कोहरे में लिपटा, मरता हुआ आदमी इस विकास के राजमार्ग पर आखिर क्या देखता होगा? रात बढ़ती है और उसके घुटने मुड़ते जाते हैं, छाती की तरफ। मरने से पहले पेट से लग जाते हैं। मरते-मरते अपने ही पेट पर लात मारता है वह! क्या उसे नहीं लगता होगा कि इस सारी बस्ती को फूँक दिया जाए ताकि कुछ तो ताप मिले? क्या वह सारे देश का अलाव बना डालने की नहीं सोचता होगा? फिर शायद मरती आँखों में उसे सपना आता हो कि वह जंगल से कुछ टहनियाँ बटोर लाया है और इस देश की मुस्तैद वनरक्षक पुलिस उसका पीछा कर रही है। साँस भर आती है उसकी और फिर साँस रुक जाती है। एक राष्ट्रीय कर्मकांड-सा पूरा हो जाता है। वह मरते-मरते भी भूलता नहीं कि इस शस्य श्यामला माँ के वन अब बेईमान ठेकेदारों के लिए हैं या साहब की कुर्सी का आरामदायक हत्था बनाने के लिए। वह ठंडी जमीन पर बर्फ होता चला जाता होगा। वह मर जाता है। वह एक आँकड़ा बन जाता है, जिसे फुटपाथ से, खेत से, झोंपड़े से उठाकर रेडियो तक तैरा दिया जाता है, बस! राष्ट्र की सेवा में उसका रोल अन्ततः पूरा हो जाता है।

वे भी इस देश के नागरिक हैं। वे भी स्वतंत्र हैं। वे स्वतंत्र देश के नागरिक हैं। वे स्वतंत्र हैं कि देश के जिस कोने में चाहें, उसमें मरें। बिना लकड़ी का इन्तजाम किये मर जाएँ। चिन्ता न करें। वे हर मौसम में मरने को स्वतंत्र हैं। वे स्वतंत्र हैं

कि लू-लपट में रिक्शा खींचते दम तोड़ दें या चाहें तो सर्दी में निमोनिया पकड़कर, सरकारी अस्पताल के अहाते में डॉक्टर की फीस जुटाती बीवी की प्रतीक्षा में मर जाएँ। वे छुट्टा छोड़ दिये गए हैं। वे स्वतंत्र हैं कि यमुना की बाढ़ में बहें या यमुना पसन्द न हो तो गंगा में बह जाएँ। बचाएगा दोनों से ही कोई नहीं! इस देश का हर नागरिक स्वतंत्र है कि वह अपनी पसन्द की मौत चुन ले। मौत का बसन्त हर क्यारी में बगरा हुआ है। नकली दवाई, असली पुलिस, जहरीला अन्न, एनकाउंटर, पागल रेलगाड़ियाँ, समझदार गोली चालन, ईमानदार नपुंसक लोग, ऊँची जेलें, आलसी न्यायालय—माल बिखरा पड़ा है। छाँटो, बीनो।

वे छाँट रहे हैं। वे बीन रहे हैं। वे मर रहे हैं। वे मरते रहेंगे।

एक शिक्षापद्धति यह भी

भारत गाँवों में बसता है। एक रिवाज सा चला आ रहा है, ऐसा कहने का। जैसे ही भारत की बात चलती है, कहने वाले कहते हैं कि भारत गाँवों में बसता है। प्राय: ऐसा कहने के पीछे एक चालाकी छिपी होती है, जिसे सजग श्रोता समझता है परन्तु रिवाज का सम्मान करते हुए चुप रह जाता है। 'भारत गाँव में रहता है', यह कहने के बाद बात किनारे तोड़कर निकल पड़ती है। अब वह कहीं भी जा सकती है या ले जाई जा सकती है। जैसे कि, हमें वोट दो, या आज बैंक की यह शाखा इसी कारण यहाँ खोली गई है अथवा कलेक्टर साहब अपने कर-कमलों से गरीबों को पट्टा बाँटेंगे। कहीं पहुँचना हो, बात शुरू करने के लिए गाँव में बसने की आदत का मारा भारत उपस्थित है, सेवार्थ। मुझे भी बात तो अपने गाँव की शिक्षापद्धति की करनी थी पर आप अब देखिए कि मैं भारत को पकड़कर कैसी होशियारी से विषय पर आता हूँ।

भारत गाँव में बसता है।

गाँव में रामखिलावन जी बसते हैं।

रामखिलावन जी अध्यापक हैं। उनकी एक शिक्षापद्धति है। गाँव में रामखिलावन जी का नाम है। गाँव में शिक्षापद्धति का भभका है। गाँव जाइए तो शिक्षापद्धति रामखिलावन जी की चम्पी करती मिलेगी, या ऐसा ही कोई आत्मीय घरेलू कार्य। चेरी है उनकी। गाँव के ठेठ हृदय में खुभी प्राइमरी स्कूल की इमारत का पलस्तर झरता रहता है सतत। ईंटें, बीमार शिक्षापद्धति की पसलियों-सी यहाँ-वहाँ निकली हुई हैं इस बिल्डिंग में। इसका एक हिस्सा ढह चुका है, जहाँ ढोर-डंगर घूमते रहते हैं और स्कूल के कांजी हाउस होने का भ्रम पैदा करते हैं। वर्षों से न पुते ब्लैकबोर्ड ढीली कीलों के सहारे, पोली दीवारों पर ग्लूकोज की बोतल जैसे टँगे हैं। दुबले-पतले बीमार से बच्चे यहाँ-वहाँ घूमते हैं। स्कूल क्या है, मानिए कि एक मातम-सा मचा है। यहीं हमारी शिक्षापद्धति सालों से भर्ती है। वर्षों से नरम स्वास्थ्य। सालों से बीमार। नाजुक मिजाज। एक अनाथ बालिका-सी, तिरस्कृत।

और आजकल जब शिक्षापद्धति को बदलने की बात किसी मादक फैशन-सी चल पड़ी है, तब मेरा यह पुनीत कर्तव्य बनता है कि मैं अपने गाँव की इस

शिक्षापद्धति के मोटे-मोटे सिद्धान्तों से भारत सरकार का परिचय करा दूँ ताकि जब परिवर्तन की कचरा गाड़ी पर चढ़कर सरकारी हरकारे वहाँ पहुँचें तो उन्हें पहले से ही पता रहे कि किस तरफ से मलबा उठाना शुरू किया जाए।

मलबे के मालिक रामखिलावन जी की शिक्षापद्धति के प्रमुख सिद्धान्त आगे दिये जा रहे हैं, जो मैंने उस स्कूल में पढ़ते हुए जाने।

इस शिक्षापद्धति में छात्र की पिटाई पर सारा जोर था। गाँव में शिक्षा का माध्यम हिन्दी तथा डंडा था। शिक्षक हिन्दी की गालियाँ देते और डंडे चमकाते स्कूल के उस कमरे से इस कमरे में शिक्षा बाँटते फिरते थे। रामखिलावन जी को अटल विश्वास था कि बिना कुटे बच्चे पढ़ ही नहीं सकते। वे निस्पृह भाव से बच्चों की कुटम्मस किया करते। जिस छात्र ने गलत बताया, उसको डंडे से, तथा जिसने सही बताया उसे झापड़ से मारते थे। अनुपस्थित छात्र को शाम को उसके घर पर जाकर मारते थे और प्रतिदिन आने वाले नियमित छात्र को इसी बात पर मारते थे कि तू रोज-रोज क्यों चला आता है स्साले! क्या स्कूल को सराय समझ रखा है कि रोज मुँह उठाया और चले आए। वे उसके इसी उठे हुए मुँह पर मारते। गाँत्र में इस बात को लेकर अलग-अलग विचार थे कि रामखिलावन जी पढ़ाने के लिए पीटते हैं अथवा पीटने के लिए पढ़ाते हैं।

एक सनसनी-सी व्याप्त थी हमारे शिक्षाकाल पर। रामखिलावन जी छात्र को अचानक ऐसे अवसर पर मारते थे जब उसे पिटने की कतई आशंका न हो। इससे छात्र अपने जीवन में हमेशा के लिए चौकन्ना बन जाता था। उन्होंने हजारों चौकन्ने नागरिक इस देश को दिये। आज यदि मैं सौ बार चारों बाजू देखकर सड़क पार करता हूँ और चींटी देखकर भी चौंक जाता हूँ, तो इसके पीछे मेरे अवचेतन में रामखिलावन जी की उपस्थिति है। वे स्कूल के किसी भी कोने से यकायक निकलकर एक (या दो) झापड़ मारते और गायब हो जाते। एकदम धौरीसागर के धूर्त शेर वाली हरकत। स्कूल में हम यूँ सहमकर चलते मानो बरामदे में बारूदी सुरंगें बिछी हों।

रामखिलावन जी के पास पीड़ा का सम्पूर्ण संसार था, जो किसी कवि के हाथ चढ़ता तो महाकाव्य बनता, पर हमारे लिए तो अकारथ। उनके इस संसार में मोटा डंडा था, पतली छड़ी थी, लपलपाती संटी थी, सनसनाता कनपटीमार झापड़ था, उखड़ते बालों की चेंथी थी और मरोड़े जाते हाथ थे। वे पिटाई के कार्यक्रम में एकरसता नहीं आने देते थे। भिन्नता लाने के लिए वे पीटने की नई-निराली विधियों का आविष्कार करते रहते। इस दिशा में उनकी प्रतिभा एडिसन या न्यूटन के बराबर बैठती थी। यदि कभी इनके सिर पर सेब टपका होता तो ये छात्र के सर पर डस्टर फेंककर मारने का सिद्धान्त बना डालते। इनके विभिन्न लोकप्रिय आविष्कारों में सिर से सिर भिड़ाना, दीवार से सिर भिड़ाना, सिर के बल फर्श पर दचकना, उँगलियों में

पेंसिल फँसाकर दबाना तथा मुँह के बल पटककर धूल चटा देना शामिल थे। इस स्कूल के छात्र शाम को हरे-नीले होकर, सिर पर बड़ा-सा गूमड़ लिये जब बाजार में घूमते तो, दुकानों पर पल्लेदारी करते अनपढ़ मजदूर बातें करते कि उन्होंने न पढ़कर ठीक ही किया! पहला गूमड़ दबने से पूर्व ही नया तैयार हो जाता। कभी-कभी गूमड़ पर गूमड़ बन जाता। बाप लोग बच्चे को बिना गूमड़ का पाते तो जान जाते कि हो न हो, यह आज स्कूल नहीं गया। और, वे इसी बात पर मारकर खुद एक गूमड़ बना डालते। हमारा शिक्षाकाल का यह गूमड़ युग कहा जा सकता है। हम लोगों का दिन झापड़ से शुरू होता था और शाम को हमारा सूर्य सिर पर उठे गूमड़ के पीछे अस्त हो जाता था।

एक अजीब-सी पिटा-पिटौव्वल चल रही थी शिक्षा जगत में।

रामखिलावन जी वास्तव में दो तरह से शिक्षा देते थे। एक तो, जैसा कि उपरोक्त विवरण से स्पष्ट है, मारकर तथा दूसरा, जैसा कि आगे स्पष्ट होगा, पुचकारकर। जो छात्र उनसे ट्यूशन पढ़ते थे, उनको वे सरेआम पुचकारते थे और शेष अहसान-फरामोशों को वे मारते थे। छात्रों को परीक्षा में पास-फेल करने का उनका मापदंड बड़ा सीधा-सादा था; जो ट्यूशन पर आए वो पास, बाकी के सब गधे फेल। वे सभी को साफ सलाह देते कि पास होना हो तो बाप से कहो कि नोट निकाले और शाम को ट्यूशन पर भेजे। अगर बिना ट्यूशन के ही पास होने की ठानी है तुमने, तो फेल तो होगे ही, पिटोगे सो अलग। इसके आगे वे उन पापी छात्रों की कथा बताते जिन्होंने इनका कहा नहीं माना तथा दुर्गति को प्राप्त हुए। कक्षा में सत्यनारायण की कथा-सा भय उत्पन्न हो जाता। सत्र के प्रारम्भिक महीनों में वे इस दिशा में समझाते, पर जैसे-जैसे परीक्षाएँ निकट आती जातीं वे धमकाते और फिर इसी बात पर मार-पिटाई पर उतारू हो जाते कि तुम ट्यूशन पढ़ने क्यों नहीं आते हो, कमीनो! क्या मुफ्त में ही पास होने की ठानी है? सरकार ने भी इस दिशा में अपने प्रयत्नों में कोई कसर नहीं छोड़ी थी। मास्टर रामखिलावन जी को सरकार एक सौ दस रुपये प्रतिमाह का वेतन देती थी। वे अगर ट्यूशन न करते तो भूख से मरकर उनकी अर्थी निकल जाती। अब वे शिक्षा की अर्थी के आगे ट्यूशन की मटकी लटकाये तथा वेतन की छोटी सी धोती बाँधे चल रहे थे और शिक्षा की लाश के पीछे शोर मचाती हम छात्रों की भीड़ थी जो परीक्षाओं के श्मशान घाट की तरफ जा रही थी जहाँ डिग्रियों के प्रेत अब भी घूमते हैं।

रामखिलावन जी अपने पंचतत्त्वों को शरीर में बाँधकर रखने के लिए ट्यूशन के अलावा एक काम और करते थे। वे दस-दस पैसे वाली कॉपियाँ शहर से थोक में ले आते और हम सबको एक-एक रुपये में बेच देते। जो उत्तर इन कॉपियों पर लिखे जाते, वे ही सही माने जाते थे। अन्य कॉपियों में लिखी सामग्री स्वत: ही गलत साबित होती थी और विद्यार्थी के मुख पर फेंककर मारी जाती थी। वे कक्षा

में हाजिरी लेने के तुरन्त बाद कुछ इस तरह पड़ताल करते—

"सबने कॉपियाँ खरीद लीं कि कोई रह गया है!"

छात्र सिर झुकाए बैठे रहते।

"अबे बाप मर गया क्या, जो मुँह लटकाए बैठे हो! मैं जो पूछ रहा हूँ, किसने नहीं खरीदी, खड़ा हो जाए।"

मैं डरते-डरते खड़ा होता और बताता, "मैंने नहीं खरीदीं गुरुजी।"

वे मेरी नकल उतारते और आवाज बनाकर बोलते, "क्यों नहीं खरीदीं गुरुजी? कलट्टर हो क्या गाँव के? हम जो शहर जाकर, भाड़ झोंककर ये कॉपियाँ लाए हैं तुम लोगों की खातिर, तो क्या हम झकलैट हैं? बोलो...बोलो नहीं तो मुँह तोड़ दूँगा!"

मैं मुँह बचाता और बोलता, "नहीं मास्साब, पिताजी खुद शहर गए थे तो ले आए..."

वे सारी कक्षा को मेरे पिताजी के दुस्साहस की बात पर अपने विचार बताते, "इनके बाप की सुनो! शहर जाते हैं। लाट साहब हैं। पैसा फालतू है। भाईसाहब रोज शहर जाते हैं। किराये में दस रुपये बरबाद करने में परेशानी नहीं इनको पर कॉपी में अठन्नी बचाना चाहते हैं।" फिर वे मुझे आगाह करते, "अठन्नी के चक्कर में फेल मत हो जाना बेटा। बाप को समझाओ कि इतना शहर न जाया करें। इंजन-विंजन के नीचे आ जाएँगे तो सब रोएँगे। तुम्हारी न मानें तो माँ से कहलवाओ। और कल माँ से कलदार लाकर कॉपियाँ खरीद लो समझे।"

मैं समझ जाता। सब समझ जाते।

हमारे स्कूल में पाँच अध्यापक थे।

पाँचों को एक ही शौक था, एक ही तमन्ना-आदत या मंजिल थी। वे किसी-न-किसी तरह सस्पेंड होना चाहते थे। रामखिलावन जी तो सस्पेंशन (निलम्बन) को नशे की तरह पाले थे। वे जब चाहे सस्पेंड हो जाते। घर से अच्छे-भले निकलते और स्कूल आकर सस्पेंड हो जाते। वे तीन-चार माह के लिए सस्पेंड हो जाते, अपनी खेती-बाड़ी देखते, घर के रुके काम करते और जब सारे काम निबट जाते तो बहाल होकर फिर से स्कूल में डंडे चलाने आ जाते। रामखिलावन जी के सस्पेंड होने के प्रयासों के मूल में खेती ही थी। वे बोहनी, सिंचाई तथा कटाई के समय पर सस्पेंड होना पसन्द करते थे। गणित के अध्यापक पंडित थे तथा शादियों के सीजन में सस्पेंड होने के लिए तड़पते थे। सभी अध्यापकों के अध्यापन के अलावा और कई धंधे थे और सभी सस्पेंड होना चाहते थे। जिला शिक्षाधिकारी श्री पांडेय जी को इन सभी से पूरी सहानुभूति थी और वे सभी को सस्पेंड करने की पूरी कोशिश भी करते थे। फिर भी अध्यापकों में रोष रहता। कारण साफ था, पांडेय जी रामखिलावन जी का फेवर करते, उन्हें जल्दी-जल्दी सस्पेंड करते रहते क्योंकि वे एक ही इलाके के

थे और एक ही जाति के थे। ऐसा अन्य अध्यापक पीठ पीछे तथा मुँह पर बोलते। जब शिक्षाधिकारी दौरे पर पधारते तो यह रोष प्रकट भी होता। अध्यापक रोना रोते।

"आप हमेशा रामखिलावन जी को ही सस्पेंड करते रहते हैं सर। हम क्या इनसान नहीं हैं? शिक्षाधिकारी पांडेय जी समझाते, "ऐसी बात नहीं है तोमर साहब। अब पिछले साल ही हमने आपको लम्बा सस्पेंड किया था कि नहीं? तब जब आपने मकान बनवाया था। पूरे तीन महीने घर रहकर कम्पलीट किया था मकान कि नहीं? बोलिए?"

तब राजमणि जी रोष लेकर सामने आते, "पर मैं तो पिछले साल से निवेदन कर रहा हूँ कि मुझे निलम्बित करें। आप सुनते ही नहीं। आप बस बाभनों की सुनते हैं। जातिवाद चला रहे हैं आप सस्पेंड करने में। हम पिछड़ी जाति के हैं तो क्या सालों सस्पेंड न कीजिएगा? बार-बार रामखिलावन जी को ही सस्पेंड करने का क्या मतलब? साल में दो-दो दफा एक ही मास्टर को सस्पेंड करना कहाँ की इनसानियत है। गांधी जी सही कहते थे..."

पांडेय जी समझाते, "छी-छी-छी। गांधी जी को इस कीचड़ में न घसीटें। हम सबको करेंगे। सबको सस्पेंड किया जाएगा। बारी-बारी से सबको सस्पेंड करेंगे। पाँच लोग हैं आप शाला में। दो-दो माह के लिए सबको कर देंगे इस वर्ष। अब आगे से एकदम कायदे से कार्य होगा राजमणि जी। पर गांधी जी की धौंस कभी मत दीजिए। धमकाने से कार्य न होगा। अभी कोलारस में बंशी बाबू ने बहुत जोर डाला, पर हमने सस्पेंड नहीं किया तो नहीं किया। बड़े चालाक बनते हैं बंशी बाबू। उन्होंने दफ्तर आकर बहस की, हमें झापड़ मारा, जोर से काट तक खाया। वे सोच रहे थे कि इस हरकत से हम गुस्सा हो जाएँगे और सस्पेंड कर देंगे। हम उनकी ट्रिक समझ गए। हमने नहीं किया। बताइए, सस्पेंड होने के लिए मास्टर तक ऐसी ओछी हरकतें करेंगे तो छात्रों पर क्या असर होगा! अरे भई, यदि काटने से ही सस्पेंड होने लगते तो सारे कुत्ते सस्पेंड घूमते।

पांडेय जी अपने चुटकुले पर स्वयं हँसते। वातावरण हल्का हो जाता तो पूछते, "हाँ,भई, परीक्षा किस कक्ष में हो रही है?"

तोमर साहब हँसकर बताते, "उसी कमरे में, जिसके बाहर नकल कराने वाले नागरिकों की भारी भीड़ खड़ी है।"

सभी हँसते हुए चाय पीने हेड मास्टर के कक्ष की तरफ बढ़ जाते।

आज जब शिक्षा में कम्प्यूटर के प्रवेश के चर्चे हैं, शिक्षानीति में आमूल परिवर्तन की बात जब गली के गुंडे तक कर रहे हैं, तब मुझे यह सब बड़ा याद आ रहा है, जिसकी छोटी सी झाँकी ऊपर मैंने सजाई। इस तरह कैसी शिक्षापद्धति का विकास इस देश में होने वाला है, इसका साफ-साफ चित्र प्रयत्न करने पर भी सामने नहीं

आ पाता। जब इस विषय पर सोचता हूँ, तो एक कोलाज सामने आता है, गड्डमड्ड सा। फटी टाट-पट्टियाँ, कम्प्यूटर, गेस पेपर, कुंजियाँ, दावे करने में मगन शिक्षा मंत्री, अंग्रेजी स्कूलों की ऊँची होती इमारतें, पेड़ के नीचे लगती हुई ग्रामीण कक्षाएँ, शिक्षा के अलावा हर काम (जनगणना-वोटिंग-ऋण वितरण आदि आदि) में लगा शिक्षक और शिक्षक की प्रतीक्षा में जुआ खेलते छात्र। डिग्री का एक कैनवास है यह शिक्षा पद्धति, जिस पर यह सब गोद दिया है हमने। सब कुछ गड्डमड्ड, बेतरतीब, अमूर्त-सा। आखिर कब तक रंगों का यह कीचड़ मचाते रहेंगे हम? कुछ साफ-साफ चित्र बनाओ न। मैं चित्रकार से कहना चाहता हूँ। पर कहाँ है वह? मुझे तो कहीं दिखता नहीं। वो कहीं आपको मिले तो इधर भेजें। उसकी प्रतीक्षा है मुझे। सारे देश को उसकी प्रतीक्षा है।

ओलम्पिक खेल, बब्बू मियाँ और रम्मू की बड़ी आँत

जब से रूस ने ओलम्पिक का बहिष्कार करने का ऐलान किया है, मैं बम्बू मियाँ से बचा-बचा फिर रहा हूँ। मुझे उनसे मुलाकात होने के पूर्व ही इस बहिष्कार के सन्दर्भ में अपनी स्थिति तय कर लेनी है। उनकी तो तय है। जो रूस की, सो उनकी। रूस कहे चित, तो ये बोलें चित और लेटकर प्रदर्शित भी कर डालें कि ऐसी है अपनी चित। बब्बू मियाँ तरक्कीपसन्द अर्थात प्रगतिशील शायर हैं। तरक्कीपसन्द का अर्थ इनकी तईं यह रहा है कि किसी भी हथकंडे से तरक्की करना। रूस की तरफ मुँह करके जो लिख मारते हैं, उसे इनके शेष साथी प्रगतिशील कविता कहते हैं। वे स्थानीय कम्युनिस्ट पार्टी के चवन्नी मेम्बर भी हैं। रूस की हर बात पर बयान जारी करना इनका प्रमुख शगल है। बयान से बचे समय में मुझे प्रतिक्रियावादी, घटिया मानसिकता का बुर्जुवा इत्यादि घोषित करते हैं, परोगरेसिवों की मीटिंगों में दरी बिछाते-उठाते हैं और दारू पीकर साहित्यिक (!) कामरेडों से शारीरिक स्तर पर साहित्यिक बहस किया करते हैं।

तो बब्बू मियाँ का बयान ओलम्पिक बहिष्कार पर भी जरूर साया होगा। शहर के प्रगतिशील साहित्यिक हलकों में इन खेलों को लेकर एक सनसनी-सी व्याप्त है। यही समय है जो तय करेगा कि मेरी रचनाओं में प्रगतिशीलता के तत्त्वों का कितना पुट है। जैसा बयान, वैसा पुट। मुझे अपना रुख शीघ्र तय करना होगा वरना आम आदमी के संघर्ष को लेकर लिखी गई मेरी सारी रचनाएँ बब्बू मियाँ की कसौटी पर प्रतिक्रियावादी करार हो जानी हैं। सब कुछ मेरे बयान पर निर्भर होगा। ओलम्पिक खेलों के रूस के बहिष्कार का समर्थन करना, न करना ही साहित्य समीक्षा के मैदान में मेरी झोंपड़ी को वैध या अवैध बनाएगा। बब्बू मियाँ मुझे खोज रहे हैं। उनसे मिलने से पूर्व ही मुझे तय करना है यह अहम साहित्यिक प्रश्न! तब तक मैं बब्बू मियाँ से बचा-बचा फिर रहा हूँ।

जहाँ तक व्यक्तिगत तौर पर मेरा स्वयं का प्रश्न है, मैंने हमेशा ओलम्पिक का बहिष्कार किया है। इतिहास साक्षी है कि शरद जोशी जी की तरह ही मैं भी कभी ओलम्पिक नहीं गया। इस बार भी शायद ही जाऊँ। नहीं ही जाऊँगा। पर इतने भर

से काम नहीं चलेगा। बब्बू मियाँ को मेरी तरफ से एक ठोस बयान होना। रूस के बारे में अभिनन्दन पत्र-सा कुछ। जैसा लड़की की शादी में बँटवाते हैं, वैसा जोरदार। तब जाकर बात बनेगी। मैं दबे स्वर में कहना चाहता हूँ कि खेलों में राजनीति और शीतयुद्ध का यह प्रवेश उचित नहीं। मैं कहना चाहता हूँ कि प्रगतिशीलता का मतलब रूसी मन्दिर के पुजारी हो जाना नहीं है। पर कह नहीं सकता। बब्बू मियाँ और साथी बयानों के बरछे लेकर शहर में निकल पड़े हैं। मैं छुपा-छुपा फिर रहा हूँ। मैं कुछ तय नहीं कर पा रहा। पर तय तो करना पड़ेगा।

फिलहाल मैंने तय किया कि मैं रम्मू से मिलूँगा।

मैं रम्मू से मिला।

जब गहन, परन्तु निरर्थक चिन्तन दरकार हो तो रम्मू से बेहतर कोई विकल्प नहीं। आप अपना चिन्तन प्रस्तुत कीजिए, रम्मू अपनी बड़ी आँत पेश करेंगे। आप कुछ और चिन्तनाइए, वे बड़ी आँत का एक और कोर्स परोस देंगे। अरे! आप रम्मू की बड़ी आँत को नहीं जानते? रम्मू की बड़ी आँत का परिचय इन्हीं पिटे शब्दों में दिया जा सकता है कि रम्मू की बड़ी आँत को कौन नहीं जानता? जबकि सही स्थिति यह है कि रम्मू को ही कितने लोग जानते हैं! उदाहरणार्थ मैं स्वयं को प्रस्तुत करता हूँ। मैं रम्मू को नहीं जानता था। पर अब जानता हूँ। जो रम्मू को जानना चाहते हैं, उन्हें उनकी बड़ी आँत की दोस्ती भी स्वीकारनी होगी। रम्मू का सारा व्यक्तित्व ही बड़ी आँतमय है। डॉक्टरों ने इनको बताया है कि उनकी बड़ी आँत में हल्की सी सूजन रहती है, जिससे इन्हें कब्ज इत्यादि बनी रहती है। डॉक्टर तो बताकर निपट गए, पर रम्मू बड़ी आँत में उलझ गए। ये दुनिया के हर प्राणिमात्र को बताना चाहते है कि वे बड़ी आँत की बीमारी से पीड़ित हैं। "चाय पिएँगे रम्मू जी"; "नहीं जी, हमारा तो आप जानते ही हैं, बड़ी आँत पर...।" "पिक्चर चलेंगे, रम्मू जी"; "नहीं जी, हमारी तो बड़ी आँत।" "मौसम बड़ा अच्छा है रम्मू जी"; "नहीं जी, हम क्या बोल सकते हैं मौसम के बारे में। हमारी तो बड़ी आँत..." जीवन गुजार दिया उन्होंने अपनी बड़ी आँत के विषय में बतियाते।

बड़ी आँत में ही भटकते रहे हैं वे उम्र भर।

रम्मू जी के लिए संसार की सारी समस्याएँ उनकी बड़ी आँत से छोटी हैं। ईंट का जवाब बड़ी आँत से देते उम्र बीत गई रम्मू जी की। बड़ी आँत का एक पहाड़ है, जिसके नीचे से हर तर्कसंगत बात ऊँट-सी शर्माती निकल जाती है। बड़ी आँत की तेलघानी के चारों ओर रम्मू जी का चिन्तन वर्षों से घूम रहा है। वे एक बीमार मानसिकता के धनी हैं, जहाँ हर तरफ बस बड़ी आँत है।

तो मैंने रम्मू जी से ओलम्पिक खेलों के बहिष्कार की ज्वलन्त समस्या पर बातचीत की। बातचीत कुछ इस तरह हुई।

"सुना आपने रम्मू जी, रूस ने ओलम्पिक खेलों का बहिष्कार करना तय किया है। इससे एक समस्या उठ खड़ी हुई है।"

"हाँ, समस्या तो खैर हो ही गई यह।"

"इस पर जरूर कुछ होना चाहिए।"

"सही फरमाया आपने। कुछ जरूर होना चाहिए। समस्या है तो उससे घबराना नहीं चाहिए। अब हमीं को देखिए। पिछले बीस बरस से हमारी बड़ी आँत में..."

"सूजन रहती है, यही न?"

"बिलकुल यही। आप ठीक समझे। तो समस्या तो रहती है। इससे घबराना नहीं चाहिए। अब हमारा ही देखिए। पेट दर्द करता है, कब्जी रहती है, गैस बनती है। समस्या तो है अपनी जगह हमारी यह बड़ी आँत की सूजन। अपने बजा फरमाया। समस्या तो है।"

"पर इससे खेलों पर बुरा असर पड़ेगा।"

"हाँ, आँत पर सूजन हो तो खेलना कठिन है।"

"पर इस समस्या का कोई समाधान निकालना ही होगा।"

"मैं तो फ्लेजिल की गोलियाँ खाता हूँ तो कुछ दिन को ठीक हो जाती है यह समस्या।"

"मैं ओलम्पिक की समस्या की बात कर रहा था।"

"हाँ, समस्या तो वो भी खैर है ही, जैसा कि आपने बताया ही।...पर एक बात बताइए कि कोई कब तक ये फ्लेजिल की गोलियाँ खाता रहे?"

"कब तक हम खेलों में राजनीति को घुसेड़ते रहेंगे।"

"मैं तो रोज सुबह उठते ही दो लोटे कुनकुने पानी के पी लेता हूँ चतुर्वेदी जी। समझे न आप? हरी सब्जियाँ भी खूब खाता हूँ। टहलता भी खूब हूँ पर कब्जी बनी रहती है। तो परेशानियाँ तो जीवन का अंग हैं। आप समस्याओं से घबराएँ नहीं, चाहे वे ओलम्पिक की हो अथवा बड़ी आँत की।"

"पर कुछ तो होना चाहिए। रूस पर हर मित्र देश को दबाव डालना चाहिए। पर सब हाथ पर हाथ रखे बैठे हैं।"

"मैं भी ऐसे ही बैठता हूँ पाखाने में। हाथ पर हाथ रखकर। या पेट पर हाथ रखकर। पेट दबाओ तो बड़ी आँत सूजी मालूम होती है। आप दबाकर देखिए, यहाँ पर...।"

"अन्तरराष्ट्रीय सद्‌भाव नष्ट हो रहा है इस बहिष्कार से। हर समझदार व्यक्ति परेशान है।"

"परेशानी की बात है ही चतुर्वेदी जी। पूरी हेल्थ नष्ट हुई जा रही है। भूख समाप्त हो गई है। पर बड़ी आँत की सूजन का क्या इलाज है?"

उपरोक्त चिन्तन शैतान की बड़ी आँत की तरह और आगे खिंचता, अगर मैं

पेट दर्द का बहाना मारकर खिसक न लेता। जाते-जाते रम्मू जी ने कहा कि हो सकता है कि यह पेट दर्द बड़ी आँत की सूजन के कारण हो, सो सँभलकर जाना। मैं सँभलकर निकल आया।

फिर बब्बू मियाँ मिल गए।

रम्मू जी के साथ हुए गहन चिन्तन ने मुझे और कन्फ्यूज्ड कर डाला था। ओलम्पिक खेलों के बहिष्कार को लेकर मैं अच्छा-खासा किंकर्तव्यविमूढ़ चल रहा था। मुझे अपनी स्थिति पर खुद तरस आया। मुझसे तो भले प्रगतिशील, जिन्हें न व्यापे जगत गति। कम-से-कम उन्हें सोचना तो नहीं पड़ता। सोचा-सुचाया मिल जाता है रूस से। काम चल जाता है। समय बच जाता है साहित्य में राजनीति और राजनीति में साहित्य के लिए।

तो बब्बू मियाँ मिल ही गए।

उनके एक हाथ में बयान था तथा दूसरे में जूता।

दोनों चीजें एक साथ हिलाकर वे बोले, "पढ़ा?"

मैंने कहा, "नहीं।"

"तो पढ़ो" उन्होंने बयान वाला हाथ बढ़ाया।

पढ़ा मैंने। उनके बयानों की सदा-सुहागन भाषा से मैं पूर्व परिचित था। यह बयान कुछ यूँ था, "दलित मानवता के मसीहा, शोषक विहीन, वर्गहीन, समतावादी समाज के पोषक सोवियत रूस ने पूँजीवादी भेड़ियों के सरगना अमेरिका की भयानक साजिशपूर्ण घातों का किचकिचाकर जो जवाब ओलम्पिक बहिष्कार करके दिया है, हम उसे सर्वहारा की स्थायी विजय का महाशंखनाद मानते हैं। ओलम्पिक, पतनशील वर्ग की साजिश का शिकार हो गया है, इस यथार्थ से हमें नंगा साक्षात्कार करना ही होगा। वोल्गा से गंगा..."

"कैसा रहा?" बब्बू मियाँ ने आँख दबाकर पूछा।

"क्या कह सकता हूँ मैं?"

"कहो कि बात बड़ी मौजूँ है और मैं तहे दिल से उन विचारों की ताईद करता हूँ।"

"मैं सहमत नहीं, ओलम्पिक बहिष्कार से एक दूसरी तरह की समस्या उठ खड़ी हुई है।"

"बजा फरमाया आपने। परन्तु दृष्टि का जो खरापन और इतिहास का जो बोध लेनिन को था, उसके बरअक्स अगर गौर करें..."

"लेनिन महान थे। पर बात मात्र ओलम्पिक बहिष्कार की चल रही है। इस तरह तो ओलम्पिक खेलों का भविष्य ही खतरे में..."

"आप भविष्य की बात करते हैं चतुर्वेदी जी? अतीतजीवी और भविष्यगामी होने का परिणाम यह होता है कि हम अव्यावहारिक और प्रतिगामी चेतना से कुन्द

होकर ऐतिहासिक भौतिकवाद को आयातित कहकर रिजेक्ट करने की कोशिश करने लगते हैं।"

"यह आपने क्या कहा, मैं समझा नहीं?"

"मुझे भी नहीं पता। रटी हुई शब्दावली थी। कैसी रही?" बब्बू ने फिर आँख दबाई।

"मैं रूस की कार्यवाही को गलत मानता हूँ।" मैंने फिर कहा।

"तुम प्रतिक्रियावादी खेमे के बुर्जुवा हो। नृपंथवादी, उत्तराधिकारवादी कहीं के! याद रखो क्रान्ति के पूर्व परिस्थितियाँ परिपक्व हो रही हैं। फिर अँधेरे महाद्वीप पर रक्तिम सूर्य..."

"पर इससे खेलों पर बुरा असर पड़ेगा।"

"अब अनुभववाद से हमें एक अनवरत संघर्ष करना है और मूर्त ऐतिहासिक को स्वीकार ही नहीं करना है बल्कि एक ऐतिहासिक पुनर्निर्मिति भी करनी है।"

"बब्बू मियाँ, अन्तरराष्ट्रीय सद्भाव समाप्त हो रहा है। हर समझदार व्यक्ति परेशान है।"

"हम देशकाल की विशेष इकाइयों से संयुक्त रहकर भी देशकाल की इकाइयों से विमुक्त एक ढाँचे में ऐतिहासिक पुनर्निर्मिति का (द्वंद्ववादी पद्धति से) सामंजस्य करते हैं। हम अपना ओलम्पिक अलग करेंगे। मतलब यह कि अस्तु निर्मिति (कांस्ट्रक्ट) तो ऐतिहासिक ज्ञान की अनिवार्यता है..."

बब्बू मियाँ बोलते रहे।

मैं जो चुपके से भागा, तो अभी शहर की पतली गलियों में छुपा घूम रहा हूँ। मैं तो रम्मू को ही बीमार समझता था। इधर बब्बू मियाँ से बात करके मैंने जाना कि बुर्जुवा, क्रान्ति, द्वंद्वात्मक भौतिकवाद, पूँजीवादी भेड़िए, संघर्ष, प्रतिक्रियावादी, इजारेदारी, कुत्ते, खेमे, लाल सूरज इत्यादि की एक बहुत बड़ी आँत है जिसे झुलाते हजारों बब्बू मियाँ देश में घूम रहे हैं। हर समस्या का जवाब वे अपनी इस आँत से देंगे। हर राजनीतिक दल की अपनी एक सधी-सधाई बड़ी आँत है, जिसमें पंजाब से लेकर ओलम्पिक तक के प्रश्न तौले जाते हैं। रम्मू अकेले बीमार नहीं है।

इस देश में बीमार अनेक हैं। मैं अकेले अनार की भाँति चिन्तित हूँ। ईश्वर मुझे शक्ति दे।

स्वर्णकाल का न्याय उर्फ असली किस्सा मुर्गा पुनर्जन्म

(प्रथम भाग)

(गुप्तकाल या किसी ऐसे ही काल का स्वर्ण युग। राजा के परताप का गान। गान कोतवाल चरित्र का। एक दिवस। बेला सुबह की। कथानायक मुर्गे का जागना। मुर्गे द्वारा रथारूढ़ कोतवाल के दर्शन कर मूर्च्छावस्था को प्राप्त होना। मूर्च्छा जागने पर मुर्गे द्वारा पुनर्जन्म का हाल हूबहू याद आना।)

सर्वप्रथम यह लिखूँ कि यह कथा गुप्तकाल के जमाने की है। जैसा कि इतिहास के लिखैया और पढ़ैया अवगत ही हैं कि गुप्तकाल जम्बूद्वीप का स्वर्ण युग कहाता है। उचित ही तो कहाता है क्योंकि राजा गुप्त अति तेजस्वी, ऐश्वर्यवान तथा वीर योद्धा होता था। गुणालंकृत, विद्या में निपुण तथा अद्वितीय। मानो अँधियारी रात्रि में चन्द्रमा। ऐसा राजा कि जिसके बस में राक्षस भी हों। लेखक कहता है कि परनाम है ऐसे राजा को।

लिखने वालों ने लिखा है कि ऐसे गुणी राजा के राज में शत्रुसूधन नाम का एक रथ का हकैया निवास करता था। वह वर्ष भर आनन्द का बाजा बजाता था क्योंकि वह शहर कोतवाल का सारथी था। प्रजाजन कोतवाल को दंडवत और शत्रुसूधन को झुककर प्रणाम करते और धन्य-धन्य उच्चारते। कोतवाल का सभी तरफ बोलबाला था और उसके बैरियों का मुँह काला था। राजा न्याय का विकट करैया था। दसों दिशाओं में राजा के न्याय के किस्से लोग मार्गों, गवाक्षों तथा तम्बोलियों के पास एकत्रित हो सुनाया करते, जिन्हें सुन चहुँओर आनन्द मचता। प्रजा के साथ कोई अन्याय होता तो राजा तुरन्त न्यायाधीशों की एक टोली न्यायदल नाम से बिठा देता, जो वर्षों बैठी रहती। बाकी न्याय कोतवाल करता। उसके न्याय का बड़ा दबदबा। सफेदा से साफ सज्जन और कपटी से कपटी दुर्जन, दोनों उससे कम्पायित होते। जन्नत और नरक, दोनों उसके ताबे में। जिसकी तरफ कटाक्ष कर देखें, प्राण हर लेवें उसके। ऐसे बलशाली कोतवाल का सारथी शत्रुसूधन क्योंकर न आनन्दित होवे।

शत्रुसूधन को कुक्कुट पालन का विकट शौक।

उसके घर के पृष्ठ भाग में मुर्गा-मुर्गियन का ऐसा झुंड उसने पाल रखा था कि बित्ता भर पृथ्वी खाली न रही, चहुँओर कक्क-कक्क के स्वर गुँजायित होते तो शत्रुसूधन हृदय में विचारता कि धन्यवाद उस परमात्मा का, उसका निहोरा मैं उम्र भर मानूँगा कि उसने कोतवाल का रथ मुझे थमाया। यदि परमात्मा मुझे लाल गन्धक की खान भेजता या शिव जी की मुद्रिका देता, तब भी मैं ऐसा हर्षित न होता।

पर दिक्क की बात एक कि कोतवाल को मुर्गापालन से बड़ी दिक्क। वह चाहे जब शत्रुसूधन को डाँटे-फटकारे। जब भी मुर्गा-मुर्गी देख लेवे, तो रथ में बैठे-बैठे ही सारथी को कुछ का कुछ बोले। निदान शत्रुसूधन ने घर के पिछवाड़े, एक वज्र-सी मजबूत बाड़ लगाय के सगरे मुर्गा-मुर्गिन दृष्टि से ओझल रख दिये थे। पर मसल है कि हवा को कौन बाँध पाया है, सो एकाध मुर्गा बाड़ फाँद के बाहर आ ही जावे।

लेखक कहता है कि मुर्गा-मुर्गिन की इसी भीड़ में हमारी कथा का नायक मुर्गा आज विराजा हुआ है और कैसा जँच रहा है कि अहा! और उधर पूरब दिशा से भगवान सूरजनारायण प्रकट हो रहे हैं। नगर चंचल हो उठा है। प्रजाजन लोटा इत्यादि पात्र लेकर खेतों की ओर प्रयाण कर रहे हैं। शूद्र मार्गों को बुहार रहे हैं। वणिकपुत्र ने गत रात चुंगी दरोगा के साथ छककर मदिरापान किया सो लड़खड़ाता हुआ दुकान की दिशा में जाने की कोशिश कर रहा है। शत्रुसूधन के तबेले के घोड़े हिनहिनाकर अभीष्ट बता रहे हैं कि उन्हें चना दिया जाए।

ऐसी मनलुभावनी सुबह में मुर्गे ने आनन्द की ऊँची उड़ान मारी और बागड़ पार कर गया।

मुर्गा मराल की-सी चाल चलता अगवाड़े की ओर जा ही रहा था कि शत्रुसूधन की आवाज सुनकर, खबरदार हो, एक झाड़ी में छुप गया। मुर्गे को बाड़ से बाहर देख शत्रुसूधन क्रोधित हो जाएगा, यह मुर्गा भी जानता था। अस्तु, पर शत्रुसूधन कहाँ ध्यान देता, कारण कि वह अपनी भार्या को समझाय रहा था कि वह रात भर कहाँ गायब रहा। वह कहे कि शहर कोतवाल, चपला नर्तकी के महल पर रात बिताया था, सो वह रात भर बाहर रथ रोके उनकी प्रतीक्षा करता रहा। पर भार्या विसवास ही नहीं करे। कहे कि तुम भी चपला की किसी सेविका के संग रासलीला करे होंगे क्योंकि हम उन कुलटाओं को तो जानते ही हैं, तुमको और भी ज्यादे जानते हैं।

शत्रुसूधन ने सुलेमान की कसम खाई और कहा कि ढिठाई न कर। बाहर कोतवाल नशे में बेहोश रथ में लेटे हैं, सो महल पहुँचाकर अभी वापिस होता हूँ। इस पर भी भार्या क्रोधवश अन्धी होकर उचित-अनुचित उच्चारती ही रही। तब

शत्रुसूधन ने मार-मार तमाचे भार्या का मुखमंडल लाल कर दिया तथा रथ की दिशा में प्रस्थान किया।

मुर्गा उत्कंठा से व्याकुल हो झाड़ी से निकल बाहर आया। उसने देखा कि भार्या मूर्च्छित होने का नाटक कर मुर्गी सी उकड़ूँ बरामदे में पड़ी थी और शत्रुसूधन कोतवाल को सँभाल रहा था। मुर्गा रथ के निकट गया।

उसने कोतवाल को निहारा।

देखा कि उसके नेत्रों का काजल इधर-उधर है, केश अस्त-व्यस्त हैं, हार टूटे पड़े हैं तथा कपोलों-ललाट इत्यादि पर चुम्बन के चिह्न अंकित हैं। स्पष्ट ही कोतवाल की रात्रि बड़ी रंगीन बीती थी।

मुर्गे ने पुनः कोतवाल को निहारा।

उसे, उसका मुख बहुत परिचित-सा प्रतीत हुआ।

एकाएक मुर्गे को सब कुछ याद आ गया और वह मूर्च्छित हो भूमि पर लुंठित हो गया। रथ के जाने के चार घड़ी बाद मुर्गे की मूर्च्छा जागी। मूर्च्छा जागने पर वह हृदय में धैर्य कर यह विचारने लगा कि मैं सोता हूँ कि जागता हूँ। उसे लगे कि मैं किंचित दूसरा ही मुर्गा हो गया हूँ।

वास्तव में कोतवाल को देखकर उसे अपने पूर्वजन्म की स्मृति हो आई थी।

(द्वितीय भाग)

(मुर्गे के पूर्वजन्म का वृत्तान्त और चांडाल कोतवाल का अहवाल उर्फ किस्सा मदनमंजरी और विप्र चन्द्रकान्त का। मुर्गे द्वारा नादान मुर्गी को कंठ की बात बताना। मुर्गी द्वारा स्वामी को चौकस करना, और मुर्गे का चौकस न होना। न्यायाधीश का कथा प्रवेश)।

मुर्गा पद्मासन-सा मार के पिछवाड़े बिराजा है।

पूर्वजन्म के स्मरण का कंटक उसके हृदय में ऐसा चुभा है कि जिसका निकलना, जान लो कि कठिन है। लेखक कहता है कि मुर्गे का हाल अब मुझसे नहीं लिखा जाता। हे ईश्वर, देख लिया तेरी माया का खेल कि मुर्गे को इस जनम में भी तड़फाय दिया तैने कोतवाल दिखाय के। निदान कि कोतवाल ने इसके दोनों जन्म बिगारे।

पर सत्य है कि भावी हुए बिना नहीं रहती। तभी न, इस जनम में भी कोतवाल से भेंट बनी—ऐसा विचारकर मुर्गा पिछले जन्म की बातें फिकरमन्द होकर सोचने लगा।

कदाचित वह भादों बदी, काली चौदस की रात्रि थी जब वह मदनमंजरी को मरघट में फूँककर आया था—मुर्गे को पूर्वजन्म याद आ रहा था। मरघट, मदनमंजरी,

भूत, प्रेत, डाकिनें—समस्त जन कपाल बजाते योगियों जैसे मुर्गे के चारों तरफ नाचन लागे। उसे सब कुछ याद आ गया।

तब वह भोगवती नामक नगर में चन्द्रकान्त नाम का सरल स्वभाव विप्र हुआ करता था।

मदनमंजरी से विवाह करने से मानो उसे खुशी का शरबत भरपेट प्राप्त हुआ था। चारों तरफ आनन्द की नगड़िया बज पड़ी थी। दृष्टान्त भी है कि अपने कुल का पुत्र, निरोग काया, चतुर मित्र तथा सुन्दर स्त्री अति सुखदायक होते हैं। लेखक कहता है कि मनुष्य क्या, शेषनाग भी अपने सहस्त्रों मुखों से मदनमंजरी की सुन्दरता बखान करने में लाचारी बताय रहे हैं। (चौपाई—*बाकी छवि काकरों बखानी। नयन देखि के मृगी लजानी॥*)

पर कहने वाले कह गए हैं कि जब भाग्य का बाण छूटता है, तब उपाय की ढाल भी कुछ नहीं कर सकती। यही हुआ।

एक दिवस भिक्षा माँगकर जब चन्द्रकान्त घर आया तो क्या देखता है कि लोगन की भारी भीड़ घर पे जमा है। आकुलता में मानो उसके शरीर में रुधिर न रहा। पूछने पर लोग बताए कि राजधानी का कोतवाल इस नगर के भ्रमण पर निकरा था सो मदनमंजरी को पनघट पे देखकर रिझाय गया। निदान अतिथिगृह से चार प्रहरी भेज उसने मदनमंजरी को उठवाय लिया। दो-एक विप्र उनको रोके तो प्रहरियों ने उनकी भली प्रकार से ठुकाई की और गर्दन में हाथ देकर अतिथिगृह से निकाल दिया।

चन्द्रकान्त विप्रन की भीड़ ले के राजकीय अतिथिगृह पहुँचा। तब तक कोतवाल राजधानी लौट गया था और...मदनमंजरी ने फाँसी लगा ली थी।

चन्द्रकान्त दुहाई किया राजा से।

राजा के राज्य में न्याय का बोलबाला और झूठ-सच, दोनों का मुँह काला था। राजा ने प्रधान न्यायाधीश को कहा कि जाँच करी जाए, और अपराधी पाने पर कोतवाल को सीधे ही सूली पर टाँग दिया जाए। मुनादी सुन प्रजा में चहुँओर धन्य-धन्य मची। अब न्यायाधीश ने काम करना शुरू किया और फिर करते ही रहे। जब दो बरस गुजर गए तो चन्द्रकान्त एक दिन राजा से दुहाई किया कि महाराज, न्यायाधीश का यह कैसा न्याय कि दो बरस में एक पेशी भी नहीं भई? राजा विप्र को समझाया कि हमारे राज्य में न्याय अष्टसिद्धि की भाँति कठिन तथा समय-साध्य कार्य है। न्याय मिलेगा, चाहे हजार बरस में मिले। तब भी तुम कहते हो तो हम न्यायाधीश को बुलाय के फटकार देते हैं कि काम झट्टी करो। राजा ने कोतवाल को भेज न्यायाधीश बुलवाए और कोतवाल तथा विप्र के सामने फटकार दी।

अगले ही दिवस अँधेरे में किसी ने चन्द्रकान्त की गर्दन काट दी, खट्ट से।

खट्ट!

पीछे तबेले में कुछ गिरा। मुर्गे को लगा कि मानो पुनः कोतवाल की तलवार खट्ट से उसकी गरदन पर गिरी हो। वह घबराय के फड़फड़ाता उड़ा और बाड़े में घुस गया।

मुर्गे का जी धकधक करे, मुर्गी चिन्ता में जले कि यह क्या अजीब बात पेश आई।

मुर्गे ने ठंडी आह भरी।

मुर्गी बोली कि "नाथ, मौसम तो गर्मी का है और इसमें तुमने यह सर्द आह भरी, सो क्यों? समझाकर कहो।"

मुर्गा कुछ न बोला और कंठ की कंठ में रखी।

मुर्गी कुड़कुड़ाय कर बोली, "मेरे हृदय में आकुलता बढ़ी जाती है नाथ। कृपाकर झट्टी कहो।"

मुर्गानाथ गरमाय के बोले कि "चुप्प, चोट्टी। बकबक किये जाती है, फक्कड़ दलाल कुटनी की नाय..."

फिर कुछ देर की चुप्पी पश्चात मुर्गा शब्दन को दाने-सा चुन-चुन बोला कि "अय नादान, क्या तुझे अहवाल है कि हम चन्द्रकान्त हैं?"

मुर्गी घबराय गई कि स्वामी क्या अंट-संट बक रहे हैं, पूछन लागी कि "कैसा चन्द्रकान्त?"

मुर्गा बिहँसकर बोला कि "कहाँ मदनमंजरी जैसी समझदार जोरू और कहाँ तू लट्ठ गँवार...। मेरा यह जनम भी नष्ट हो गया..."

सन्निपात तो नहीं मुर्गे पर? मुर्गी फिकरमन्द होकर रुआँसी हो गई कि मुर्गा कैसी गैर होश की बातें कर रहा है। मदनमंजरी क्या वस्तु और चन्द्रकान्त क्या बला?

"आप यह कैसी रहस्य वार्ता कर रहे हैं, स्वामी," बोली मुर्गी।

मुर्गा कलगी तान, पूँछ उठाय के ठसके से कक्क कक्क कर बोला कि "हम ब्राह्मण हैं, और अय गंदी मुर्गी, तनिक फासला रखकर बात कर। हमारी पवित्रता खराब न होवे, सो खबरदार!"

मुर्गी रोने लगी, जो उचित ही था क्योंकि ब्राह्मण, शूद्र तो मनुष्यों के विलास। मुर्गों के बीच कौन बाभन, कौन भंगी—सब ही मुर्गा बरोबर, एक मुर्गे की सन्तान। मुर्गी रोई तो मादा वाला जोरदार रुदन करी। रुदन सुन सगरे मुर्गा-मुर्गी एकत्रित भए कि "भई, क्या बात?"

मुर्गे ने कहा कि "आपने भली पूछी। हमारे घर की बात, सो आपको क्या तात्पर्य? यंत्र, तंत्र, औषधि ज्ञान, घर का हाल और सुनी हुई बात—ये बातें सबके

सामने कहने की नहीं होतीं। सो कृपाकर हमें अकेला छोड़ दें।"

सभी मुर्गा-मुर्गी बड़बड़ाते यहाँ-वहाँ हो गए।

एकान्त पाकर मुर्गे ने पूरी बातें मुर्गी को बताईं। मुर्गी चोंच बाए सुनती रही।

"अब क्या करिएगा, भरतार?" मुर्गी पूछी।

मुर्गा बोला कि "तू मूरख की मूरख रही। मसल है कि अन्धे के आगे रोना और अपनी आँखें खोना। अरी, अब मैं उस कोतवाल के बच्चे से पिछले जनम का बदला लूँगा।"

"स्वामी, यह कार्य मानो वायु में गाँठ बाँधना है। आप ऐसा कौल न लें। कहाँ वह कोतवाल कि जिसके सब ताबेदार और कहाँ आप, नाजुक मुर्गे..."

"तू मेरे छोटे डील पर न जा। मसल है कि बुद्धि बड़ी या भैंस..."

यह संवाद सुन मुर्गी ने हाय-हाय करके, रोकर यह दोहा पढ़ा।

दोहा—

अति कोमल शरीर तव, और मार्ग कंटकाकीर्ण,
नाथ छाँड़िए जिद्द, वरन, हुइए बदन विदीर्ण।

तब मुर्गे ने फटकारकर कहा कि न्याय के मारग से न वह पिछले जनम में डिगा था, न इस जनम में डिगेगा। दोहे के जवाब में मुर्गे ने चौपाई पढ़ी—

चौपाई—

जापें कृपा राम की होई,
तो मोहि दुख देव न कोई।

लेखक कहता है कि न्याय के इस जंगल में राम ही इस मुर्गे के रक्षक हों।

मुर्गी तब भागकर गई और मुर्गे को समझाने के लिए अपने बुजुर्ग पिता को बुला लाई कि जिनकी कलगी हिला-डुला करती थी और पंजे काँपते थे। सारा अवहाल सुन वे दामाद को समझाने लगे कि "बेटा, कोतवाल की रक्षा आकाश में वायु करती है और पृथ्वी पर सर्प, बिच्छू तथा डाकू उसकी चौकी देते हैं। राजा उसकी तरफ, प्रजा उसके जूतों तले, न्यायालय उसकी मालिश करें और चोर उसकी बागबानी। न राजा से उलझो, न राज्य कर्मचारी से बेटा। मुर्गे हमेशा से राजा के भोजन में काम आते रहे हैं। तुम जब आदमी का जन्म धारे थे, तब भी राज्य के लिए मुर्गे ही थे। आदमी-मुर्गे में क्या अन्तर है बेटे? तुम दोनों जनम में मजबूर थे कि राजा से न्याय नहीं छीन सकते थे। हर मुर्गे को राजा का भोजन होना है, यही सत्य है। सयाने मुर्गे कह गए हैं कि बिना मृत्यु के कोई नहीं मरता, परन्तु स्वयं अजदहा के मुख में मत पड़ो, तुम बदले की बात भूल जाओ।"

मुर्गा सारे डौल भूलकर चुप खड़ा रह गया।

फिर बोला कि ससुर जी, यह अन्याय तो फिर चलता ही जाएगा, "यह कैसा स्वर्णयुग...?"

बुजुर्ग ने चोंच खोली कि "अन्याय की भली कही। मुर्गा होकर अन्याय से भय करोगे, तो कैसे जियोगे?"

मुर्गा चुप्प खड़ा रहा, पंजे से पृथ्वी खरोंचता। फिर बोला, "मैं पता तो करूँगा ही कि क्या निर्णय हुआ था न्यायाधीश द्वारा, मदनमंजरी केस में!"

बुजुर्ग खिसिया गए। बोले, "तुम नई उमर के मुर्गों में यही गड़बड़ी है। बात नहीं मानते हो..."

कुछ देर चुप रहकर बुजुर्ग मुर्गे ने एक पते की सूचना दी। वे बताए कि एक दिन पूर्व ही वे कोतवाल के रथ में छुप के घास वाले डिब्बे में बैठ गए थे। सोचा रहा कि सैर होवेगी। तब मार्ग में बुजुर्ग मुर्गा सुना कि रथारूढ़ कोतवाल शत्रुसूधन सारथी से कहता था कि अगली अमावस की रात को रथ तैयार रखना क्योंकि न्यायाधीश से चन्द्रकान्त और मदनमंजरी वाले मामले में कुछ पोशीदा बातें करनी हैं। सो, हो न हो, यह तुम्हारे से सम्बन्ध रखने वाली ही बात थी।

"क्यों न मुर्गा उस रात कोतवाल के पीछे जाय के सारी बातों का पता चलाए?" बुजुर्ग मुर्गे ने उचित ही सलाह दी।

"आपकी चतुराई धन्य है कि अँधियारे में मार्ग दिखा दिया," ऐसा उच्चारकर मुर्गा आनन्दित भया और मुर्गी के साथ संसर्ग हेतु प्रस्थान किया।

(तृतीय भाग)

(मुर्गे का रथ में छुपकर बैठना। कोतवाल-सारथी संवाद। देश की न्याय व्यवस्था पर कोतवाल के उद्गार। सारथी द्वारा हाँ-हाँ उच्चारना। मुर्गे का क्रोधित होना। न्यायाधीश का महल। न्यायाधीश द्वारा न्याय पर अटल रहने का कौल। दस सहस्र मुद्राएँ। न्याय का खेल।)

अमावस की अँधियारी, कारी रात।

मुर्गा संझा ढले ही रथ के नीचे बने घास रखने के स्थान पर, घास के ढेर में पोशीदा बिराज गया था। मुर्गी रथ तक छोड़ने आई तो घबराय के रुदन करने लगी। मुर्गा धीमी आवाज में समझाया कि परमात्मा चाहेगा तो पुनः मिलाप होगा। तुमको उचित है कि मेरी बाट देखना। मुर्गी हाय-हाय करके बोली कि "स्वामी, मेरी गत तुम्हीं से है। मुर्गी न दान से शुद्ध होती है, न व्रत से। मुर्गा सेवा ही उसका धर्म है।"

रथ में छुपा मुर्गा सोच रहा है अभी कि कैसे मुश्किल से मुर्गी को समझाकर

वापस किया था, उसने। मुर्गी की याद आई तो चक्षु छलक उठे उसके। सीधी-सादी पुटलिया-सी ही मेरी मुर्गी। मुर्गियन में मदनमंजरी।

रात चढ़ी।

अँधियारा बढ़ा।

मुर्गा फिक्र में पड़ा कि कहीं बुजुर्ग ससुर जी ने मिथ्या भाषण तो नहीं किया था अथवा गलत ही सुन लिया हो क्योंकि औरत की जबान और बूढ़ों के कान का क्या भरोसा। पर तभी अँधियारे में किसी ने खीसे से चकमक निकाल के आग सुलगाई। ल्यो, यह तो शत्रुसूधन था जो चिलम फूँकता रथ की दिशा में बढ़ा आ रहा था। मुर्गा हर्षित भया। घास में अन्दर को धँस गया।

काली रात, ठंडी हवा मानो शब्दभेदी तीर-सी चुभे।

रथ राजधानी की गलियों में चपलता से दौड़न लगा। प्रजाजन जब चौबारे की छतों पर गाफिल सोते थे और रात्रि के प्रहरी रंडीखानों से मदिरा सेवन कर नालियों में लोटित थे, तब यह संघर्षशील, न्यायवान मुर्गा दौड़ते रथ में साँस थामे बिराजा था। लेखक कहता है कि मुर्गे की हिम्मत को धन्य है और शाबासी, कि सोते देश में यह भारी मुहिम सिर पर लिया।

रथ दो घड़ी को एक महल के पिछवाड़े रुका। कोतवाल अँधियारे से, मुँह में ढट्टी बाँधे निकरा और कूद के रथ पर आरूढ़ हो बोला कि झट्टी से रथ दौड़ाय दो। रथ पुनः दौड़न लगा। गलियन गलियन निकार के चतुर सारथी रथ दौड़ाय चला। कोतवाल का रथ पहिचान के, रात के संतरी, नाली से निकर निकर के प्रणाम बजावन लागे।

कोतवाल इनकी हालत देख के बिहँसकर बोला कि "देखो, इन ससुरन को..., मदिरा पी-पी के क्या हाल..."

सारथी भी हँसन लागा

"थोड़ी निकारो। हमहूँ पिएँगे।"

कोतवाल ने माँगी और सारथी ने घास के डिब्बे में हाथ डालकर एक पात्र खेंच लिया। मुर्गा उसके हाथ आते-आते बचा। परमात्मा को धन्यवाद देता मुर्गा घबराकर कोने में दुबक गया और उनकी बातें सुनने का डौल बिठालन लगा।

दो घूँट कंठ में उतारकर कोतवाल बोला कि बताव सारथी, हमने कभी किसी का क्या बिगाड़ा कि राजा ने यह न्यायाधीश से हमारी जाँच कराय डाली? इतने दिन राज्य की सेवा करी, प्रजा की चमड़ी उकेरी इसका यह भवितव्य? अरे, राजा का कोतवाल बनके भी सुन्दरी न भोगी तो राज करना निष्फल है। है कि नहीं, सो साफ-साफ कहो? हाँ कि न?

सन्तरी कहे कि हाँ।

चार घूँट और उतार के कोतवाल बोला कि बताव सारथी, ये कौन-सा न्याय

है कि कोतवाल ने मदनमंजरी उठवाय ली या ससुरे चन्द्रकान्त की गरदन उतरवा दी तो विप्र लोग हल्ला करते राजा के पास दुहाई देने लगे? हम राजा होते तो सगरे विप्रजन को तरुवर से बाँधकर बढ़िया पिटाई करवा देते और कहते कि बेटा, ये है न्याय। चाट लो। अरे, कोतवाल मदनमंजरी न उठवाएगा तो क्या लम्पट, चोर उठवाएँगे? चोरन की यह हिम्मत हो सकती है भला? राजा के कर्मचारी का प्रजा पर अगर इतना भी अधिकार न हो, तो फिर काहे का राज्य और कैसा न्याय? फिर तो दुनिया में जीना अफसोस है। शत्रुसूधन, जवाब दो। विचार के बोलो, हाँ कि न?

शत्रुसूधन कहे कि हाँ, मालिक, हाँ।

आठ घूँट मदिरा के और चढ़ाय के कोतवाल बोला कि बताव शत्रु, कि प्रजाजन का यह दुस्साहस भी कितना कि बे कहें कि कोतवाल को दंड दिया जाए! हमारी चले तो सबकी खाल खेंच दी जाए तो न्याय हो। राजा साहब तो स्वयं बोले हमसे कि क्या करें कोतवाल, प्रजाजन को भुलावे में डालना पड़ता है कि न्याय हो रहा है। सो तुम्हारी जाँच बिठाल दी। शासन की छबी बन गई, वरना राजा ने स्वयं अनगिनत मदनमंजरियों को भ्रष्ट किया है, हम जानते नहीं हैं क्या। पर, सारथी, साफ-साफ बताव कि क्या राजा, कोतवाल, मंत्री को यह निपट अधिकार भी नहीं कि वे यौवनवती कन्याएँ भोगें? जल्दी उत्तर दे, सारथी, नहीं तो गर्दन उतार लूँगा हरामखोर..."

सारथी काँप के कहे कि हाँ, हाँ।

सम्पूर्ण पात्र को कंठ में उतार के कोतवाल मस्त होकर कहे कि इस फिक्र ने मेरे दिल को छेदा है कि यह न्यायाधीश का बच्चा, कहीं हमारे विरुद्ध न बोल जाए। तब जान लो कि जीवन गया। ज्ञानी, साधू कहते जरूर हैं कि शरीर अनित्य है, पर सगरे बदमास हैं और साधू की भगल में चौरकर्म करने वाले हैं। प्रजाजन चाहे कहते फिरें कि हम जुवारी, छिनरा, वेश्यागामी हैं पर तुम तो जानते हो शत्रु कि हृदय के हम कितने स्वच्छ हैं। हैं कि नहीं? झट्टी बोल, कि हम चरणपादुका निकाल तेरे सर पे बजावें?

सारथी घबराय के बोला कि हाँ, देवता, हाँ, हाँ।

मुर्गा क्रोधित भया उसकी हाँ हाँ पर और जोर से पुकारा—नहीं, नहीं...कुकड़ूँ, कूँ। कोतवाल घबराय के पूछन लगा कि सारथी के बच्चे, मुर्गा कैसे बोल रहा है? सुबह हुई जाती है क्या? हम इतना धीमे क्यों चल रहे हैं?

तब तक न्यायाधीश का महल स्पष्ट ही सामने दृष्टिगोचर हुआ, तो शत्रुसूधन बात सँभालकर बोला कि महाराज, हम पहुँच गए।

रथ रोककर जब वह कोतवाल को न्यायाधीश के पास ले चला, शत्रुसूधन तब जान चुका था कि एकाध कमबख्त मुर्गा रथ में साथ चला आया है। ये मुर्गे

जरूर एक दिवस मेरे प्राण हरेंगे, उसने क्रोधित हो सोचा। भली हुई कि कोतवाल मदिरा के नशे में था।

मुर्गा रथ से उतरकर उचित अस्थान की खोज में छुपा-छुपा जाय पहुँचा एक झरोखे पे, जहाँ से सब कुछ स्पष्ट दीखता था। उसने देखा कि न्यायाधीश और कोतवाल, मदिरा के पात्र लिये गादीदार आसनों पर बिराजे हैं। मुर्गे को विद्युत-सा झटका लगा कि न्यायाधीश द्वारा अपराधी से यह मित्रवत व्यवहार कैसा और क्यूँकर?

तरद्दुद में पड़कर मुर्गे ने सोचा कि इनकी बातचीत सुनी जाए।

न्यायाधीश कह रहे थे कि "हे कुतवाल, तुम मदिरा तो उत्तम कोटि की लाए हो, पर यह न जानना कि इससे मेरा निर्णय पर प्रभाव होगा। हमारे देश में न्याय का बोलबाला दसों दिशाओं में है और प्रजाजन के हितन की रक्षा हमारा कर्तव्य है।"

शाबास—मुर्गा मन-ही-मन बोला।

कोतवाल, न्यायाधीश के पात्र में और मदिरा ढालकर बोला कि "देवता, हम भी तो प्रजा में ही आते हैं और आपके सदैव ताबेदार हैं। हम चोर पकड़ें, आप उन्हें कारावास भेजें; हम हत्यारे पकड़ें, आप उन्हें छोड़ देवें। आपकी इच्छा और सनक ही हमारी न्यायपालिका है, देवता..."

लेखक कहता है कि इस कोतवाल की चालाकी धन्य है, कि मीठी बातें करके न्यायाधीश के हृदय में ऐसे समा रहा है मानो स्वर्ण में सुहागा।

न्यायाधीश बोले कि "सुनो कुतवाल, तुम बहुत वाचाल हो। हम प्रसन्न हुए, पर तुम्हारा अपराध सिद्ध हो गया है। सगरे विप्र सौगन्ध लेके तुमारे विरुद्ध साक्ष्य दिये हैं। तुम्हारी लँगोट भी अतिथिगृह से प्राप्त हुई है, जिसे धोबी ने पहिचान लिया है। अब तुम ये बताव कि क्या दंड निश्चित किया जाए, तुम्हारा। हम चाहें तो तुम्हारे सिर पर सात सोटियाँ रखकर, मुख काला करवा, गर्दभ पर लाद, ड्योढ़ी बजवा के नगर के फेरे दिलवा दें, नहीं तो देश निकाला देवें, वही लँगोट बाँध, भभूत मल जंगलन में मारे मारे फिरो, या चाहें तो सूली पर खड़ा करने की आज्ञा निकार देवें। हम चाहें तो तरुवर में रस्सी से बाँध के कोड़ा पिटवा दें तुम्हें। न्यायाधीश का मन करे तो तुम्हारे प्राण हर लेवे और इच्छा होवे तो आदरपूर्वक छुड़वा देवे।"

"बोलो कुतवाल, क्या करा जाए तुम्हारे साथ?" न्यायाधीश कुटिल मुस्कान मुस्काय के बोले और बिहँसन लागे।

यह सुन कोतवाल भी कुटिलतापूर्वक हँस के बोला कि "आप ईश्वर के स्थान पर हैं। प्राण हरना है तो दास उपस्थित है, और प्राणदान देवें तो आदरपूर्वक ये दस सहस्त्र मुद्राएँ चरणों में प्रस्तुत करूँ।"

ऐसा बोल, कोतवाल ने अशर्फियों की थैली न्यायाधीश के पैरों पर डाल दी।

मुर्गे ने सोचा कि अब न्यायाधीश कोतवाल को यहीं गिरफ्तार करा देंगे। पर उसकी गोल आँखें फटी रह गईं।

न्यायाधीश ने थैली से चरण नहीं हटाए थे।

और कोतवाल हँसता रहा था।

(चतुर्थ भाग)

(मुर्गे तथा कथा का समापन)

कोतवाल का रथ जब वापस आता था, तब पूरब दिशा में भगवान भास्कर निकल चले थे। रथ में बैठा मुर्गा उदास था। क्या नगर में किसी को भी ज्ञात है कि क्या अन्याय हो गया आज उसके साथ? प्रजा सोती रहती है और न्याय का व्यापार होता जाता है। अन्याय होता है और सूरज भगवान रोज सवेरा कर देते हैं! कैसी निरर्थक सुबहें हैं ये? मुर्गे और प्रजाजन निर्दोष मारे जावें और राज्य में नाच-गाने के सांस्कृतिक उत्सव चलते रहें? कैसी अन्धेर नगरी है यह?

सोच-सोच मुर्गे का क्रोध अपार हो चला।

"अब वह स्वयं न्याय करेगा। वह स्वयं कोतवाल को दंड देगा।" ऐसा विचार मन में बनाकर मुर्गा उठा। चलकर रथ के पायदान पर पहुँचा। सुबह की ठंडी हवा में उसके पंख फड़फड़ाने लगे। तेज भागते रथ पर पंजे टिकाए अपने बदन को साधे वह वीर मुर्गा धीरे से रथ के पिछवाड़े से रथ में प्रवेश बनाया। कोतवाल निश्चिन्त हो रथ में पसरा हुआ लेटा था और शत्रुसूधन लगाम थामे बैठा।

मुर्गा घृणा से तड़फड़ा उठा। वह दबे पंजों कोतवाल के मुख के निकट पहुँचा। पुनः दबा के एक चोंच उसके दाहिने नेत्र में मारी कि कोतवाल हाय-हाय करके उठ बैठा। नेत्र से रुधिर बहे, मुख पे पीड़ा और क्रोध—कोतवाल और भी राक्षस-सा भयानक लगे।

पर मुर्गा काहे डरे।

पागल-सा होय के मुर्गा कोतवाल पे पंजों और चोंच से वार पे वार करता जाए, मदिरा के नशे से उठा कोतवाल कुछ न कर पाए, सिवाय सारथी को गाली देय के अलावा। कोतवाल लहूलुहान हो गया।

"अबे, शत्रुसूधन की औलाद, तेरा मुर्गा..."

सारथी चीख-पुकार सुन लगाम छोड़ रथ में अन्दर आया। बेलगाम घोड़े और तेज भगाय जा रहे थे रथ को।

रथ तेजी से भगे और कोतवाल तथा सारथी मिलकर भी मुर्गा पकड़ न पाएँ। मुर्गे में मानो दस हस्तियों का बल समा गया हो। कोतवाल की चीखें और मुर्गे की

कुकड़ूँ कूँ रथ के घोड़ों की टापों के ऊपर सुनाई देवें। सबसे ऊपर सारथी के गले से निकलती गालियाँ। शोरगुल से भरा ये रथ दौड़ा ही चला जाए।

पर मसल है कि कब तक कोई होनी को टालेगा। सो सारथी ने मुर्गे को गर्दन से दबोच ही लिया।

सारथी ने मुर्गा पकड़कर कोतवाल को थमा दिया।

कोतवाल मुर्गे को गर्दन से झुलायकर बोला कि ''देखो शत्रुसूधन, देश की कानून व्यवस्था कैसी चौपट भई है? जे मुर्गा लोग तक कोतवाल पर झपटन लागे!"

फिर क्रूर हँसी हँस के कोतवाल बोला कि ''देखो सारथी, हम इसका अभी यहीं का यहीं न्याय करे देते हैं।"

मुर्गा उसके हाथों में फड़फड़ा रहा था।

सारथी आम प्रजाजन-सा चुप्पी साधे लट्ठ-सा खड़ा रहे। आँखन में आँसू लिये। पर, मसल है कि आँख के आँसू से अधिक काम की चीज विरोध में उठी मुट्ठी है। पर वह यहाँ नहीं रही।

कोतवाल ने एक घुमाव दिया कि मुर्गे की गरदन चट्ट से टूटी।

मृतप्राय तड़फते मुर्गे को कोतवाल ने रथ के सामने, मार्ग पर दूर फेंक दिया। तूफान-सा दौड़ता रथ झक्क से मुर्गे के ऊपर से निकर गया।

अब मार्ग शान्त था।

दूर रथ दौड़ता जाता था।

मुर्गा मार्ग पर मृत पड़ा रहा। लाल रक्त का एक लम्बा निशान रथ का पहिया पीछे मार्ग पर छोड़ गया था। मुर्गा, और उससे निकला लम्बा फीतेनुमा यह लाल निशान, ऐसा दृश्य देते थे मानो न्यायाधीश के कागज-पत्रों का कोई पुलिन्दा, लाल फीते से बँधा मार्ग पर लावारिस पड़ा हो।

क्रिकेट देखते हुए

पिच की मिट्टी खोदकर एक गमले में डाल दी जाए और तुलसी का एक पौधा उसमें रोपने का प्रयत्न कोई भारतीय आत्मा करे, पर ये देसी पौधा विदेशी खेल की गन्ध से रची-बसी मिट्टी में असहज अजनबीपन महसूस करे, वैसा ही अनुभव हुआ है मुझे प्रायः क्रिकेट के गमलेनुमा स्टेडियम में बैठकर। क्रिकेट देखते हुए अभी भी ऐसा ही लग रहा है मुझे। गिल्ली-डंडा, कबड्डी, हॉकी इत्यादि के बीच आधा जीवन बिताकर मैं आज क्रिकेट के समक्ष हॉकी की उस पुरानी बॉल की तरह महसूस कर रहा हूँ जिससे गली के बच्चे क्रिकेट खेल रहे हों। क्रिकेट का जलजला-सा टूट पड़ा है देश पर। क्रिकेट का एक आँकड़ा हो, जो अपने जैसे ही असंख्य आँकड़ों के बीच रेकार्ड बुक में बैठा हो और हर पल अपने टूटने की आशंका में सहमा रेकार्ड बुक की सीमाओं में फड़फड़ाता रहे, ऐसा सहमा-सा बैठा हुआ हूँ मैं, इस भीड़ में, हर क्षण अपनी सीट हथिया लिये जाने की आशंका में भयग्रस्त। न चाहकर भी मैं इस भीड़ का हिस्सा हूँ। क्रिकेट देखना, जानना तथा उस पर बात करना आज जीवित रहने की पहली शर्त है। क्रिकेट के बिना मनुष्य पशु है, जो पिच की हरी घास की उपयोगिता मात्र चर जाने में मानता है। मैं भी मानता हूँ, पर साफ-साफ कहता नहीं। बहुत से मानते हैं, पर क्रिकेट के आतंक में बोलते नहीं। क्रिकेट एक फैशन है, जो तंग मोहरी की तरह हमारी टाँगों से जकड़ गया है। ऐसी टाँगें स्टेडियम की तरफ जाने के अलावा और क्या कर सकती हैं। एक फैशन के तहत धकिया दिया गया हूँ मैं इस तरफ और क्रिकेट देखने को अभिशप्त हूँ।

क्रिकेट देखते हुए मेरे अन्तर में विचारों के बम्पर उठा करते हैं।

जैसे मैंने अभी-अभी सोचा कि मैं क्या हूँ? क्यों हूँ? हूँ तो, तो इधर बैठा क्या कर रहा हूँ? ये पट्ठे उधर मैदान में क्या कर रहे हैं? यह एक गेंद बल्ले का क्या फसाना बनाया जा रहा है? मैं क्या करूँ? क्रिकेट के अक्षर जगत में काली भैंस, मैं। अहम, ओउम्, ह्रीं, क्रीं, से रहस्यमय शब्दों-सी क्रिकेट की व्याकरण के बीच, मैं। छलिया क्रिकेट के बीच स्वयं को छलता, छलनामय, मैं। कुल मिलाकर विचारों की वो 'मैं' 'मैं' उठी क्रिकेट देखते हुए कि क्या कहने! क्रिकेट मनुष्य को

विचारक बनाता है। जैसे मैंने अभी सोचा कि मनुष्य ईमानदारी, परिश्रम इत्यादि की लाख स्पिन नचाता रहे, पर यह बेईमान चालाक तंत्र उसे ठाठ से उसके सिर के ऊपर से ऊँचा मारता रहेगा क्योंकि कैच पकड़ने की ताब किसी फील्डर में नहीं है और किसी मूर्ख ने कैच लिया भी तो इनके अपने नियुक्त अम्पायर हैं, अपने बनाए नियम हैं जो इसे खारिज कर देंगे। लोकतंत्र की किरकिट ही जब मेरी भ्रष्ट मति में नहीं घुसी तो असली क्रिकेट क्या घुसती, जिसे सामने मैदान में खेला जा रहा है।

एक और उम्दा विचार खोपड़ी की बाउंड्री से उछलकर आया है सो आपको बता दूँ ताकि विचारों के स्कोरबोर्ड की नवीनतम स्थिति से पाठकगण अवगत रहें। मैंने चन्द ओवरों पूर्व ही यह सोचने का 'एक अच्छा प्रयास' किया था कि मैं क्या हूँ, क्यों हूँ इत्यादि। वे ही आदिप्रश्न जिनको लेकर प्राचीनकाल में साधू एक-दूसरे का सिर तक फोड़ देते थे। यहाँ क्रिकेट देखते हुए मुझे लग रहा है कि मैं एक गेंद हूँ जो पचहत्तर ओवर का सीमित जीवन लिये इस असार सांसारिक पिच पर पिटते रहने के लिये अभिशप्त है। मैं एक दिशाहीन बोदी फुलटॉस गेंद हूँ, जिसे बल्ले की हल्की फ्लिक भी किसी भी दिशा में डाल सकती है। इस बल्ले के मारे हुए हम भारतीय, क्रिकेट, पॉप संगीत नशे की गोलियाँ इत्यादि किसी भी क्षेत्र से होते हुए सीमारेखा के पार लुढ़क जाते हैं। मुझे लगता है कि मैं ड्रिंक्स ढोने वाला वह जर्जर ठेला हूँ, जिसे ऊपर से रंग-रोगन कर सजा दिया गया है, पर जिसकी समझ का पहिया हमेशा पंक्चर है, डग कर रहा है, दिशाहीन है और जिसे सही दिशा में ढकेलने के लिए बेयरेनुमा अफसर चाहिए। मैं अफसरों-राजनीतिज्ञों और व्यापारियों के बीच खेले जा रहे फैंडली क्रिकेट मैच की पिच हूँ जिसकी छाती पर भ्रष्टाचार का भारी रोलर हर ओवर के बाद घुमाया जा रहा है। मैं हवा में उछाला गया टॉस का सिक्का हूँ जो जानता है कि चुनाव के मैदान में वह किसी भी करवट गिरे, जीत किसी भेड़िये की ही होगी। मैं प्रैक्टिस के लिए बाँधी गई नेट हूँ, जिसे कभी भी खेल का हिस्सा नहीं बन पाना है। मैं भारत का आमजन हूँ जिसे क्रिकेट की भाँग चौबीसों घंटे रेडियो, टेलीविजन के पर्दे पर पिलाई जा रही है ताकि हमारी दृष्टि उन तक न पहुँचे जो पर्दे के पीछे से खेल रहे हैं।

इधर मैं चिन्तन करता रहा, उधर भारतीय टीम डूब गई।

गांधी जी की लाठी जो गांधीवादी नेताओं ने तोड़ दी है, उसके टुकड़े बटोरकर स्टम्प तैयार किये जाएँ और खादी की सफेद पतलून बल्लेबाजों को पहिनाई जाए, तब बल्लेबाजों में जो वैराग्य तथा निस्स्पृहता का शहीदाना भाव उत्पन्न होगा, वैसा मैदान पर भारतीय बल्लेबाजों में मैं देख रहा हूँ। दो अभी-अभी आउट हुए थे और दो तुरन्त जाने के अथक प्रयास कर रहे हैं। कोई एक विकेट पर झापड़ मारे तो हम दूसरा भी सामने कर देंगे, कुछ ऐसी गांधीवादी भावना। राष्ट्रीयता से ओत-प्रोत

एक गेंद हो, जिसकी हर सिलाई जयहिन्द धागे से की गई हो, वह भारतीय बल्ले से टकराकर तेजी से गली की तरफ उछले और यह सोच-सोचकर अपने विशुद्ध भारतीय हृदय में फूली न समाए कि अभी दुश्मन खिलाड़ी से टकराकर उसका मुँह तोड़ देगी, पर वह पापी उसे कैच कर डाले, तब जो धक्का उसे अपनी सम्पूर्ण गोलाई के हर बिन्दु पर लगेगा, वैसा इस गोलाकार स्टेडियम के हर दर्शक को लग रहा है। वे दो भी अभी आउट हो गए जिनकी मैं चर्चा कर रहा था।

अब आखिरी वाले चल रहे हैं।

गाँव की ऊबड़-खाबड़ गली में दो डंडे गाड़कर क्रिकेट खेलने वाला किसान का छोरा दूर से बाप को आता देखे और भयवश बल्ला फेंककर भाग खड़ा हो, वैसा कुछ यहाँ मैदान में हो रहा है। वे अन्तिम खिलाड़ी कुछ इसी तरह आउट हुए। किसी पुरानी स्कोरबुक को कोई रद्दी में बेच दे, फिर उसके पन्ने में लपेटकर कोई मूँगफली खाए और फेंक दे, तब वह गौरवगाथायुक्त पन्ना मुड़ा-तुड़ा सा पवेलियन के रास्ते पर पड़ा-पड़ा बिसूरे, ऐसे बिसूरते हुए हमारे बल्लेबाज बापस पवेलियन आ रहे हैं।

हम पुनः हार गए।

पर पुनः क्रिकेट होगा। पुनः मैं देखूँगा। मेरे माथे पर क्रिकेट भोगना लिखा है। हम सबके माथे पर यह लेख विधाता ने लिख दिया है। अब इस देश में केवल क्रिकेट होगा। सारे देश को एक पिच में परिवर्तित होना होगा। समय की माँग क्रिकेट है। अभी देश के अन्य प्रश्नों को अपने उत्तर प्राप्त करने के लिए प्रतीक्षा करनी होगी। अभी रोटी नहीं मिलेगी। अभी सड़कें, पानी आदि गाँवों में नहीं पहुँचेगा क्योंकि देश को क्रिकेट होना। लगातार होना। रोजाना होना, क्रिकेट। अब कोई बचाव नहीं। बेहतर है कि हम क्रिकेट को जान लें और उसे पसन्द करें। हम समझदारी का हेलमेट पहनकर लाख घूमें, पर क्रिकेट की फैशन के बाउंसर हमें छोड़ने वाले नहीं, ईश्वर हम सबकी रक्षा करें। इति।

एक और बरसाती वक्तव्य

हमारे हिन्दी के गुरुजी आधुनिक व पुरातन कवियों के बीच सबसे बड़ा अन्तर यह बताते थे कि ये आधुनिक हैं और वे पुरातन। तत्पश्चात 'सूर-सूर तुलसी शशि...' वाला दोहा मनोयोग से गा-बजाकर समझाते थे कि किस प्रकार सूरदास सूर्य की तरह थे, जहाँ जाते थे वहीं अल्ट्रा-वॉयलट किरणें वगैरह फैला देते थे, जिनकी वजह से स्वयं उनकी ही नयन-ज्योति जाती रही थी। आधुनिक कवि जुगनुओं की तरह हैं, ऐसा बतलाते हुए अन्ततः बात इस मुद्दे पर समाप्त होती कि जुगनू नामक जन्तु अवश्य ही सूर्य से आया है।

परन्तु मेरी दृष्टि में प्राचीन कवियों की सबसे बड़ी विशेषता उनका मौसम वर्णन था। कविता क्या लिखते थे मौसम विभाग की विज्ञप्ति का मजा दे जाते थे। वे जनता को अत्यन्त प्रेम से बताते कि कूलन, केलिन इत्यादि में बसन्त आ गया है। जनता बसन्त के स्वागत की तैयारियाँ करने लगती और कविश्रेष्ठ अगले मौसम के बारे में सूचनार्थ कविता बनाने लगते। एक ही दोहे में कश्मीर से कन्याकुमारी तक के मौसम की जानकारी उपलब्ध हो जाती थी।

आजकल वो चीज कहाँ? कवि संत्रास के चश्मे से हर मौसम में हरा देखते हैं और 'मौसम वर्णन' एक व्यंग्यकार को करना पड़ रहा है।

बरसात को ही लीजिए।

बरसात का अपना महत्त्व है—टपकना और फिसलना, इसके दो महत्त्वपूर्ण पहलू हैं। फिसलने के मुद्दों पर विचार करें तो फिसलने के साथ अनुकरण की परम्परा का बड़ा महत्त्व है। मसलन, हेडमास्टर साहब फिसले तो उनके पीछे गेम्स टीचर आदि महानुभावों का फिसलना प्रायः निश्चित है। कई बार तो यहाँ तक होता है कि जिला शिक्षा अधिकारी और हेडमास्टर साहब एक साथ फिसल जाते हैं। ऐसी स्थिति में मातहतों के समक्ष एक गम्भीर समस्या प्रस्तुत हो जाती है कि अब किस नरपुंगव के पीछे फिसला जाए?

एक बार हमारे हेडमास्टर सा'ब फिसलते हुए जिला-शिक्षा अधिकारी से थोड़ा

आगे निकल गए तो उनका तबादला फिर ऐसी जगह हुआ जहाँ से कालान्तर में उनकी अस्थियाँ ही लौटकर आईं। फिसलने पर फिर कभी विस्तार से लिखने का विचार है, क्योंकि, शास्त्रों में कहा गया है कि इस मौसम में भूमि से लेकर सुकुमारी तक पर फिसलने की अमधुर या सुमधुर सम्भावना रहती है।

वर्षा ऋतु में सावन का महीना बड़ा प्रसिद्ध है। इस माह में साजन विदेश में हों तो कविता करने का अच्छा योग रहता है। पिया घर पर हों तो संयोग शृंगार, दूर हों तो वियोग रस, और पड़ोसन के घर हों तो वीररस आदि की निष्पत्ति भी साथ-साथ होती रहती है।

हमारे व्याकरण के गुरुजी का नाम श्याम भरोसे था गो कि हमारी व्याकरण राम भरोसे थी। वे व्याकरण के सिवा दुनिया का प्रत्येक विषय पढ़ाते थे। जनरल नॉलेज के भंडार थे, बताते थे कि जाड़ों में रंगीन कपड़े क्यों पहनते हैं तथा पपीते की गुठली कहाँ होती है आदि। उन्होंने पहली बार 'सावन के अन्धे को हरा-हरा सूझे' की कहावत का सम्पूर्ण विश्लेषण करके हमें समझाया था कि यहाँ दो बुनियादी प्रश्न उठते हैं। प्रथम तो यह कि अमुक व्यक्ति सावन में ही क्यों अन्धा हुआ, जबकि अन्य माहों में भी अन्धे होने के लिए ताजीराते हिन्द में कोई मनाही नहीं है। दूसरी बात यह कि केवल सावन के ही अन्धे को क्यों हरा-हरा सूझेगा जबकि भादो वगैरह में भी हरियाली की प्रचुरता रहती है। फिर निष्कर्ष नामक पदार्थ निकाला जाता कि मुहावरा 'डायग्नोस्टिक' है तथा किसी यूनानी हकीम का बनाया हुआ है। किस प्रकार यह डॉक्टरी नुस्खा हिन्दी साहित्य में स्थापित हो गया था—वे चिन्तामग्न हो जाया करते थे, इस मसले को लेकर!

हमारे एक परम मित्र अफ़ज़ल साहब नवाब बताते थे कि बरसात में शिकार सबसे उत्तम कर्म है, जो किया जाना चाहिए। वैसे, शिकार के मामले में, उन्होंने किसी मौसम को कभी नहीं बख्शा। अन्य मौसमों के अलावा वे सावन में भी शिकार पर जाया करते थे। बुढ़ापे में तो वे रोज जाने लगे।

बाद में ज्ञात हुआ कि वे शिकार के बहाने पड़ोस के एक गाँव में एक विधवा के घर जाने लगे थे। गाँव में बात फैल जाने पर रातोंरात बाल-बच्चों सहित जाने कहाँ चले गए।

जैसा कि ज्ञात है, भारत में शादी-ब्याह में सबसे बड़ा खतरा यह रहता है कि दहेज की पृष्ठभूमि में जूते चलने की सम्भावना आम रहती है। जूते की बरसात के दौरान भी कई लोग आदतन नियम का पालन करते हैं। उदाहरणार्थ, एक बारात में जाने का सौभाग्य मुझे भी प्राप्त हुआ। वर पक्ष के मुखिया एक हिन्दी के टीचर थे। शादी के नियमानुसार बहस हो गई। उन्होंने एक जूता उतारा और बोले, "जूते

की जोड़ी का यह एक अंश मेरे दाएँ पैर से लिया गया है। इसके रचयिता श्री बाटा कम्पनी वाले हैं...।"

फिर जूते चले और खूब चले। इस यदा-कदा जूते की बूँदाबाँदी को छोड़कर पूरे देश में बरसात में केवल पानी ही बरसता है, पानी के सिवा कुछ नहीं बरसता।

मेरे एक मित्र हैं। उनके अनुसार नहाने में सबसे बड़ा खतरा भीग जाने का होता है। वर्षा ऋतु में बेचारे बहुत परेशान रहते हैं। होता यह है कि बाहर तो पानी बरस रहा है और घर में पत्नी। ऐसी स्थिति में बेचारे दुनिया की बेवफाई के उपलक्ष्य में दो-तीन कवित्त या सवैये कहकर सोरठे की तरह निष्क्रिय सो रहते हैं।

पानी बरस रहा है मुझ अधम को बैठे-ठाले एक लोक गीत याद आ रहा है, जिसकी नायिका विरह में कह रही है कि दादुर ध्वनि कर रहे हैं और पिया की याद आ रही है। पापी मन में उस नायिका के लिए धिक्कार उठ रही है जिसे टोटल-सीन में दादुर ही काबिले जिक्र लगे। वियोग रस की मिट्टी खराब करने की क्या सजा हो, यह बात मैं पाठक, पिया और दादुर जी पर छोड़ता हूँ।

महानता के क्षेत्र में मेरे प्रयोग

भारत में बड़ी तादाद में महापुरुष हुए हैं। महापुरुषों का एक भम्भड़ सा मचा रहा है यहाँ सदियों से। यहाँ की मिट्टी ही कुछ ऐसी है कि महापुरुष को जड़ पकड़ते देर नहीं लगती। गिनती करो तो आदिकाल से आज तक महापुरुषों का एक विराट जंगल इस भूमि पर उग चुका है। हाँ, इधर कुछ तीसेक वर्षों से स्थिति बिगड़ गई है। अब वह पहले वाली बात नहीं रही। एक जमाना था कि पता ही नहीं रहता था और सामने वाला शख्स महापुरुष में बदल जाता था। लोगों को छायादार वृक्षों के नीचे महापुरुष बनते पाया जा सकता था। तब मैं शायद सातवीं कक्षा का ग्रामीण विद्यार्थी हुआ करता था जब मैं इस बात को लेकर पहली बार दुखी हुआ कि गांधी जी तथा नेहरू जी के बाद देश में महापुरुषों की यकायक कमी आ गई है। भारतीय इतिहास की मंडी में महापुरुषों की आवक में एकदम गिरावट आ गई थी जबकि माँग में उछाल पूर्ववत कायम था। मैं चिन्तित हुआ। मैंने यह बात चौपड़ खेलते हुए राधागोविन्द को बताई, तो वह भी चिन्तित हुआ। हम दो चिन्तितों ने तय किया कि हम देश को यूँ मँझधार में नहीं छोड़ेंगे। हमने तय किया कि हम स्वयं महापुरुष बनकर दिखाएँगे। तय करने की देर थी कि हम शुरू हो गए। हमने महान बनने के लिए प्रयोग शुरू कर दिये। राधागोविन्द तो खैर शीघ्र ही ऊब गया क्योंकि महापुरुष बनने की झिकझिक में उसे जुआ खेलने का समय नहीं मिलता था और फिर शनैः शनैः उस पर यह रहस्य भी खुल गया था कि एक बार महापुरुष बन जाने के बाद वह गाँजा इत्यादि नहीं पी सकेगा। उसे महापुरुषों का यह मजाक पसन्द नहीं आया। भई, महापुरुष बन गए तो क्या जुआ, चोरी-चकारी, गाँजा आदि छोड़ दोगे? फिर तो महापुरुष का जीवन रसहीन हो जाएगा प्यारे—ऐसा सोचकर राधागोविंद ने महापुरुष बनने का विचार त्याग दिया। मैं अकेला ही महानता के क्षेत्र में प्रयत्न करता रहा।

दरअसल, हम लोगों को महापुरुषाई के लिए उकसाने में हमारे अध्यापक श्री जीवनलाल जी साहू का बड़ा हाथ था। बाद के दिनों में तो वे इस प्रश्न को लेकर लात भी चलाने लगे थे। वे दिन-रात इसी चिन्ता में दुबले होते जा रहे थे कि उन्हें हम छात्रों में से ही गांधी तथा गौतम तैयार करके देश को देने थे। शायद

हेडमास्साब ने एकाध दिन डपटकर जीवनलाल जी को कहा भी था कि आप महापुरुष तैयार करने में कोई रुचि नहीं ले रहे हैं। उन दिनों देश नया-नया स्वतंत्र हुआ था और प्रत्येक हेडमास्टर, दो-तीन महापुरुष प्रतिवर्ष की रेट से तैयार करने के लिए कटिबद्ध था। साहू जी तो स्वयं ही इस विषय में बड़े चिन्तित चल रहे थे, हेडमास्साब की फटकार के बाद तो वे एकदम चिन्ता की मूर्ति बने बिराजे रहते। दो-चार प्रश्न टंकी तथा नल के कराते फिर वे अपनी यही चिन्ता कक्षा पर स्पष्ट करते हुए कहते कि तुम लोग क्यों नहीं गौतम और गांधी बनते? एक दिन तो वे बिफर पड़े कि क्यों नहीं तुम लोग गौतम-गांधी बनते हो? क्या मेरी नौकरी छुड़वाओगे कमीनो? उस दिन उन्होंने सामने वाली पंक्ति के कुछ भावी गौतमों के सिर तक फोड़ दिये थे। अपनी तरफ से वे पूरा प्रयास कर रहे थे, परन्तु हमारी कक्षा में कच्चा माल ही ऐसा था कि उससे, महापुरुष का नकली मॉडल भी तैयार नहीं हो सकता था। जीवनलाल जी स्वयं खादी पहनते, धूम्रपान के विरुद्ध रहते, एक नन्ही-सी दाढ़ी रखते, टूटी साइकिल पर चलते तथा टायर की चप्पलें पहनते अर्थात वे हमारे समक्ष सादा जीवन तथा सद्गुणों का सम्पूर्ण विज्ञापन कार्यक्रम प्रस्तुत करते, परन्तु हम लोग थे कि रुचि ही न लेते। हमें उन पर दुख भी होता, पर हम मजबूर थे। वे हम लोगों से पूरी तरह निराश हो चुके थे। उन्हीं दिनों में मैंने उन पर अपनी यह इच्छा जाहिर की कि मैं महान बनना चाहता हूँ। वे विकट प्रसन्न हुए। उन्होंने मुझे घर पर बुलाया। वे रोज मुझे ऊँची-ऊँची बातें समझाते तथा मोटी-मोटी किताबें पढ़ने को देते। धीरे-धीरे हमारे सम्बन्ध अच्छे होते गए। एक दिन उन्होंने ये सम्बन्ध कुछ अधिक ही प्रगाढ़ तथा गहरे बनाने की चेष्टा मेरे साथ की, तो मैं भाग आया। महानता का उनका प्रथम प्रयोग उनके इस आत्मीय प्रस्ताव के कारण असफल हो गया। जीवनलाल जी स्वयं, बाद में गाँव की एक लड़की को ले भागे, जिसके कारण महानता का उनका अध्याय भी पूरी तरह वहीं समाप्त हो गया। महानता के कुछ वर्ष जीवनलाल जी ने बाद में जिला जेल में दरी बुनते काटे। इधर मैं महान बनने के अपने पावन प्रयासों में जरूर रत रहा।

एक दिन मैंने पिताजी से भी इस बारे में बात की।

पिताजी अपनी जवानी के दिनों में गांधी जी पर एक कविता लिखकर पेटी में छिपा चुके थे, इसीलिए महानता के विषय में आधिकारिक राय देने का हक रखते थे। मेरी बातें सुनकर वे पहले तो यही बोले कि तुम महान नहीं बन सकते क्योंकि हम नहीं बन पाए। हमारे देश में बाप के सामने बेटा महान बनेगा तो उसके हड्डे तोड़ दिये जाएँगे। परन्तु आगे सान्त्वना देते हुए वे बोले कि खैर, प्रयत्न करने में कोई हर्ज नहीं है, बशर्ते कि पढ़ाई का नुकसान न हो। उन्होंने महानता का एक टाइम टेबल बनाकर मुझे दिया जिसके अनुसार मैं सुबह दो घंटे तथा शाम को एक घंटे

महान बनने की चेष्टा करने लगा। महापुरुष बनने का उनका फार्मूला गेस पेपरों की भाँति सरल था। वे प्राचीन भारतीय संस्कृति के घोर कायल थे। सुबह चार बजे उठना, खाना बिना मिर्ची-मसाले का खाना, आँखें त्रिफला से धोना, गायत्री मंत्र का जाप करना, कच्चे आँवले चबाना, सुबह-सुबह ठंडे पानी से नहाना आदि कुछ ऐसी बुनियादी बातें इस फार्मूले में थीं जिनसे अगर शुरू हुआ जाए तो कुछ वर्षों में महापुरुष बन जाने की सम्भावना बन सकती थी। इसमें एक फायदा लगे हाथों यह भी था कि त्रिफला के कारण नजर तेज तथा पैनी हो जाती थी जो महापुरुष बनने पर काम आती थी। इस नायाब फार्मूले की सफलता की कुंजी बताते हुए पिताजी ने मुझे समझाया कि सात्त्विक, बेस्वाद भोजन के कारण आदमी का मन सांसारिक बदमाशियों से इतना ऊपर उठ जाता है कि जहाँ अच्छे विचार मन में लाने, या फिर आत्महत्या के सिवाय कोई और रास्ता आदमी के सामने नहीं रह जाता है। चूँकि आत्महत्या थोड़ा खतरनाक काम होता है और इसके लिए रेल की पटरी पर लेटना पड़ता है जो कि और भी कठिन कार्य है क्योंकि रेल अपने गाँव में अभी तक पहुँची नहीं है, अत: सिवाय अच्छे, सुन्दर विचार मन में लाने के तुम और कुछ नहीं कर पाओगे। और इधर अच्छे विचार मन में आए, उधर आदमी महान हुआ। मैं कायल हो गया इस सरल तरकीब का जिसके जरिये घूरे से सोना बनाया जा सकता था। मैं महान बनने के कार्य में मजदूरों की-सी मेहनत करने लगा। मैं रोज सुबह चार बजे उठ जाता और उम्दा विचारों की प्रतीक्षा में रजाई ओढ़कर पड़ा रहता। परन्तु मात्र दो विचार ही बार-बार आते रहते। एक तो यह कि रजाई ओढ़कर पुन: सो जाऊँ तथा द्वितीय यह कि अगर ठंडे पानी से इसी तरह नहाते रहना पड़ा तो मैं जल्दी ही निमोनिया से मर जाऊँगा। मैं नहीं चाहता था कि एक महापुरुष की अकाल मृत्यु यूँ बचपन में ठंडे पानी से हो जाए। मैं नहीं चाहता था कि मेरी जीवनी बाद के वर्षों में स्कूली किताबों में इस तरह लिखी जाए कि वे पैदा हुए और महापुरुष बनने से पूर्व ही ठंडे पानी से नहाकर बाल्टी के पास मृत पाए गए। मैंने बड़े प्रयत्न किये कि कोई दूसरा विचार भी इस पापी मन में आए, परन्तु मैं सफल नहीं हुआ। रोज सुबह मैं यही दो विचार लिये उठता। इन विचारों के बल पर तो कोई महापुरुष बन नहीं सकता था। मैं भी नहीं बना। मैंने दस-पन्द्रह दिनों की तपस्या के बाद महानता का यह कंटकाकीर्ण पथ त्याग दिया और एक अत्यन्त मुफीद तथा सादी विधि पर कार्य करने लगा।

इस विधि द्वारा महान बनने हेतु मात्र कागज तथा मोटी निब का एक पेन चाहिए था और दोनों ही वस्तुएँ मेरे पास थीं। यह विधि मैंने इतिहास के शिक्षक श्री कुंजीलाल जी से सीखी थी। कुंजीलाल जी ने इतिहास में सैकड़ों महापुरुषों का जीवन चरित्र पढ़ा था, परन्तु उनकी यह विधि उस ज्ञान से नितान्त भिन्न तथा 'स्वयं करके देखो' सीरीज के प्रयोगों-सी घरेलू थी। उन्होंने अपने घर में,

यहाँ-वहाँ महापुरुषों द्वारा कहे गए आप्त वाक्य लिखकर टाँग रखे थे। उनसे वे प्रेरणा ग्रहण करते रहते थे। मैंने भी सफेद कागज पर, मोटे अक्षरों में ऐसे वाक्य उतार डाले और घर में समस्त सम्भव स्थानों पर लटका दिये। मैं यहाँ-वहाँ से आता और इन पर नजर पड़ती। मैं तड़ से प्रेरणा ग्रहण कर डालता। किस्तों में प्रेरणा ग्रहण समारोह चल रहा था। फिर मैंने बचे हुए स्थानों पर महान विभूतियों की तस्वीरें टाँग दीं। अब स्थिति यह हो गई थी कि घर में झाड़ू टाँगने के लिए भी जगह नहीं बची थी। इतना करने के पश्चात मैं महानता की तरफ से पूर्ण निश्चिन्त होकर दोस्तों के साथ खेलने निकल गया। मैं लगा रहा। मैं महानता की प्रतीक्षा करता रहा। मुझे उक्तियाँ तो रट गईं परन्तु कुछ और न हुआ। मेरा बाल बाँका भी नहीं हुआ। कागज लटके-लटके फट चले तथा तस्वीरें कीलों पर ढीली होती गईं। फिर एक दिन, सुभाषचन्द्र बोस की तस्वीर ढीली होकर पिताजी के सर पर सुबह चार बजे तब गिर पड़ी, जब वे ठंडे पानी से नहाकर बिना बत्ती जलाए बरामदे से गुजर रहे थे। वे क्रोधित हो गए, जबकि उनके ठीक सर के ऊपर फटा कागज फड़फड़ाकर चीख रहा था कि क्रोध पाप का मूल है। उन्होंने सारी महान विभूतियों की माँ-बहिन को याद करते हुए नितान्त मौलिक गालियाँ दीं और सुबह पाँच बजे तक महानता की सारी झाँकी घर की दीवारों से उखाड़ डाली। इस तरह पिताजी की अदूरदर्शिता के कारण मैं यहाँ भी महान बनते-बनते रह गया।

अन्ततः महापुरुष बनने के लिए मैं साहित्य में घुसा।

यहाँ मैंने महापुरुषों की पूरी रेवड़ पाई। साहित्य में जो जहाँ खड़ा था, महान था। साहित्यकारों के हजारों खेमे थे और हर खेमे को उठाए खम्बे तक महानता ओढ़े खड़े थे। हर शख्स यहाँ महान रचना को जन्म दे रहा था। साहित्य के इस प्रसूतिगृह में जच्चा तथा बच्चा दोनों ही महान चल रहे थे। यहाँ कवि, महान तुकों द्वारा महानतम गीतों को प्रसूत कर रहा था। कहानीकार, घटिया आम आदमी पर महान कहानियाँ जन रहे थे। आम आदमी जितना घटिया हो जाता, उस पर उतनी ही महान रचना खड़ी कर दी जाती। चारों तरफ महानता का अनवरत हास्य नाटक जारी था। हिन्दी साहित्य के चोबदार भी चक्रवर्ती सम्राटों से घूमते फिर रहे थे। एक चोबदार, दूसरे चोबदार के नीचे थीसिस लिखता तथा शेष चार चोबदारों को महान साहित्यकार घोषित कर डालता। शोधकार्य मुंडन संस्कार सा हो गया था। साहित्य में महापुरुषों की हूल गदागद चल रही थी।

मैं फिर यहीं रुक गया।

महापुरुषों से गँधाते हिन्दी साहित्य के इस पेशाबघर की दीवारों पर मुझे चारों तरफ महापुरुषाई भरे आख्यान दीवारों पर नजर आए, जिससे महापुरुषों के विषय

में मेरे सारे सपने भंग हो गए। मैंने महान साहित्यकारों की टुच्चई का नंगा रूप यहाँ देखा। मैं साहित्य में रुक अवश्य गया हूँ—क्योंकि सारे देश में, हर क्षेत्र में यही सब चल रहा है। मैं और कहीं भी जाता तो वहाँ भी मेरे सपने यूँ ही लतियाए जाते। महापुरुषों के विषय में मेरे सारे सपने भंग हो चुके थे।

मैंने महापुरुष बनने के अपने सारे प्रयोग बन्द कर डाले हैं आजकल। अगर ऐसे-ऐसे लोग महान घोषित हो रहे हैं तो मैं सड़कछाप क्या बुरा?

सामान्य विज्ञान : राजनीतिक संस्करण

भैयाजी की इसमें कोई गलती नहीं थी।

वो तो हुआ यह कि अन्दर से, वक्तव्य के पुराने रति रोग ने बाहर की तरफ जोर मारा, तो उनके पोले हलक से यह बयान टपक पड़ा।

वक्तव्य यह था कि विज्ञान की पढ़ाई को सामान्य जन से जुड़ना चाहिए। "और कुछ ऐसी विज्ञान की किताबें लिखो भई के हमको भी समझ में आ जाएँ, समझे के नई? 'भई' जे क्या कि लिख दी कठिन" लिखो—मगर क्या कि सरल लिखो। ऐसी लिखो के हमें भी समझ में आ जाए। विज्ञान को क्या है कि एकदम सरल बना दो, जब सभी समझेंगे, तब न मजा आएगा। ऐं, हें के नईं? बस तो ऐसी लिक्खो कि मजा आ जाए। क्या है कि सबको समझ में आ जाए, सब समझ लें, सभी आविसकार-साविसकार करें, रेल-हवाई जहाज बनाएँ—मजा आ जाए। भई, ऐसी लिक्खो कि हम भी राकिट-साकिट बनाकर चाँद-साँद पे घूम आएँ। बस सरल रहे, एकदम, क्या है कि...

आपकी सनक सर आँखों पर।

मैं जानता था कि भैयाजी को राजनीति सों काम। मैंने विज्ञान की एक किताब लिख डाली। राजनीति पूरी तरह विज्ञानसम्मत है, इस किताब में मैंने यह सिद्ध किया है।

तो मित्रो, इसी पुस्तक (सामान्य विज्ञान : राजनीतिक संस्करण) के कुछ अंश यहाँ छपवा रहा हूँ, सामान्य जन तथा राजनीति के विद्यार्थियों के हितार्थ।

पुस्तक में कई अध्याय हैं, जो राजनीति के विभिन्न पक्षों पर प्रकाश डालते हैं। प्रमुख अध्याय इस प्रकार हैं—प्रकाश की किरणों का सिद्धान्त और कुर्सी पर राजनीतिक किरणों का एकत्रीकरण फिनोमिना, आर्किमिडीज का तैरने का सिद्धान्त और राजनीति के पोखर में डूबने की प्रक्रिया, दोलक या पेंडुलम की गति का सिद्धान्त और दल बदल—आत्मा की आवाज आदि में इस सिद्धान्त का स्थान, कुर्सी के चुम्बकीय गुण तथा चुम्बकीय क्षेत्र में क्रान्ति के लोहे का नाचना, पम्प का सिद्धान्त तथा पिचके व्यक्तित्वों का सरकारी हवा से फूले-फूले फिरना आदि।

समस्त अध्यायों का विस्तृत विवरण देना तो यहाँ सम्भव नहीं, परन्तु यहाँ दो अध्यायों का विस्तार से वर्णन किया गया है। हर अध्याय के अन्त में स्वयं करके

देखो, शीर्षक से कुछ रोचक प्रयोग भी दिये गए हैं, जिनके माध्यम से, विद्यार्थी को विषय को हृदयंगम करने में सहायता मिलेगी।

प्रथम अध्याय : प्रकाश का सिद्धान्त

प्रकाश का सिद्धान्त यह है—

सिद्धान्त : जैसा कि साथ दिये गए चित्र में स्पष्ट दिखाया गया है कि प्रकाश की दो किरणें 'द' तथा 'ब' आपस में समानान्तर चल रही हैं। ये अनन्तकाल तक बिना मिले ही चलती रहेंगी, जब तक कि एक लेंस 'स' इनकी राह में न रख दिया जाए। तब ये विरोधी किरणें, एक ही बिन्दु 'क' पर मिल जाती हैं।

प्रकाश की किरणों का यह व्यवहार सारे वैज्ञानिक जानते हैं।

राजनीतिक व्याख्या

प्रकाश की किरणों का यह विज्ञान हमारे नेताओं ने बहुत पहले समझ लिया था। वे किरणों के इस खेल को, इस देश के अँधेरे में, पिछले तीस-पैंतीस वर्षों से खेल रहे हैं।

मान लें कि राजनीति के घटाघोप अँधियारे में, आशा की दो किरणें, दो राजनीतिक दल हैं, 'द' तथा 'ब'। पूरा नाम दक्षिणपंथी किरणदल तथा वामपंथी किरण दल। 'द' और 'ब' किरणें चली जा रही हैं, एक-दूसरे से दूर, पर समान्तर, दावा है कि विरोधी हैं, आपस में मिलेंगी नहीं। जनता पर धाक जमी है कि भई, किरणें हैं सिद्धान्त पर चलने वाली! एक-दूसरे की विरोधी। मिलेंगी नहीं। लोग विरोध को देखते हैं और समान्तरता को भूल जाते हैं। साख जो जमी थी, वह ठोस आकार लेकर वोट बन जाती है। किरणों को लाइन मिल जाती है। वे लाइन पकड़कर निकल पड़ती हैं। 'द' की लाइन में दक्षिणपंथी, 'ब' की पंक्ति में वामपंथी।

उनको देखकर, अँधेरे से, कुछ लोकल मुन्नी किरणें उठती हैं और धीरे-धीरे 'द' तथा 'ब' के साथ पूरी बारहखड़ी ही दौड़ने लगती है। 'अ' से जो अफरातफरी प्रारम्भ होती है, और 'य र ल व क्ष त्र ज्ञ' की विशाल रैलियाँ उमड़ पड़ती हैं।

सब होता है, पर सिद्धान्त वही रहता है, प्रकाश वाला कि किरणें मिलती नहीं। जनता मुग्ध कि भई वाह, क्या सिद्धान्त है। जय हो!

अब सत्ता का लेंस 'स' लें और उन सिद्धान्तवादी किरणों के मार्ग में धर दें कि मिनिस्टर बनोगी मेरी किरणों? 'स' के लेंस सामने आते ही ये 'द' तथा 'ब' या ऐसी ही दीगर विरोधी किरणें, सारा विरोध छोड़कर एक कॉमन बिन्दु 'क' पर ठसके से बैठ जाएँगी, वहाँ पड़ी कुर्सी पर, सारा विरोध त्यागकर एक संयुक्त मोर्चीय

अन्दाज में। प्रकाश का, किरणों का यह समस्त खेल, यह सारा सिद्धान्त, यह अनन्त से लम्बी यात्रा—सबका उद्देश्य है, 'क' बिन्दु पर रखी कुर्सी पर घनीभूत होना। 'क' पर पहुँच गए तो किरण होना सार्थक हुआ।

क ही सबसे महत्त्वपूर्ण बिन्दु है, जीवन में।

स्वयं करके देखो :

(1) विद्यार्थियों को चाहिए कि वे 'क' बिन्दु के महत्त्व को हृदयंगम कर लें। इसके लिए यह रोचक खेल किया जा सकता है। एक कुर्सी लें और उस पर खड़िया-मिट्टी से 'क' अक्षर अंकित कर लें। अब दो विद्यार्थी कुर्सी से लिपटकर चिपक जाएँ तथा शेष विद्यार्थी 'क-क' चिल्लाते हुए उन विद्यार्थियों को कुर्सी से खींचकर नीचे पटकने की चेष्टा करें। सभी लोग 'क-क' चिल्लाते हुए इतना शोर मचाएँ कि विधान सभा का आनन्द आने लगे। कुर्सी छीनने के लिए जान लड़ा दें।

इस प्रयोग द्वारा 'क' बिन्दु का महत्त्व विद्यार्थी के जीवन में स्थापित होगा तथा आगे काम आएगा।

(2) अपने घर की सभी कुसियों पर 'क' अक्षर अंकित कर दो। रोज, हर कुर्सी पर दो घंटे तक बैठो। कुर्सी पर ही सोने की आदत डालो। इस तरह तुम्हें कुर्सी की लत लगेगी, जो आगे काम आएगी।

(3) अपने पिताजी की कुर्सी पर 'क' लिखकर उसके पीछे छुप जाओ। जब पूज्य पिताजी कुर्सी पर बैठने का उपक्रम करें, तब पीछे से कुर्सी खींच लो। पिताजी 'क' बिन्दु पर नहीं जम पाएँगे और 'ध' अक्षर के होकर धड़ाम हो जाएँगे। अब खाली कुर्सी पर तुम जम जाओ।

इस प्रकार यह सिद्ध होगा कि 'क' बिन्दु के समक्ष बाप-बेटा, भाई-भाई आदि तुच्छ रिश्तों का कोई महत्त्व नहीं। असली चीज है 'क' यानी कुर्सी।

द्वितीय अध्याय : अवस्था परिवर्तन का सिद्धान्त

सिद्धान्त : इस सिद्धान्त के अनुसार पदार्थ की तीन शाश्वत अवस्थाएँ होती हैं—ठोस, द्रव, गैस। ठोस को गर्म करो तो द्रव बनकर पिघल जाता है, और द्रव को और गर्म करो तो उबलकर भाप या गैस बन उड़ जाता है। अब उलटा कर दो यानी यदि ठंडा करते जाओ तो गैस ठंडी होकर द्रव बन जाएगी, और द्रव ठंड पाकर ठोस हो जाएगा। सारा खेल तापमान का है। तापमान सही मिल जाए, तो एक ही पदार्थ को, एक अवस्था से दूसरी में परिवर्तित किया जा सकता है।

राजनीतिक व्याख्या

जो राजनीति में थोड़ा भी दखल रखते हैं, वे राजनीतिक पदार्थ की तीन अवस्थाओं से भली-भाँति परिचित होते हैं। हर राजनीतिज्ञ की तीन अवस्थाएँ होती हैं—कस्बई कार्यकर्ता; फिर जिला बोर्ड में मेम्बर, फिर प्रदेश स्तर पर एम.एल.ए. आदि।

अब इसे अवस्था परिवर्तन के सिद्धान्त से समझें। याद रखें, सारा खेल तापमान का है।

मान लिया जाए (और किया भी क्या जा सकता है?) कि किसी सुदूर, पथरीले कस्बे की सड़कों पर पड़ा है एक ठोस-ठस-जड़ ढेला, यह अपनी अनगढ़, खुरदुरी सतह पर अरमानों का सेवाश्रमी झोला टाँगे कस्बे में लुढ़कता रहता है। वह महत्त्वाकांक्षा की इस गली से उस गली में मारा-मारा फिरता है, पार्टी मेनिफेस्टो की सपाट-ढलानों पर अपनी टटपुँजिया लुड़लुड़ाहट से भागता है। स्थानीय थाने, अस्पताल, कचहरी के झुनझने में वह अपने कंकड़ी व्यक्तित्व को चौतरफा उछालकर मधुर झुनझुनाहट पैदा करता है। कस्बे में उसके ठोसपने की धाक जम जाती है। पर ठोस ढेले को चैन नहीं। वह अवस्था परिवर्तन चाहता है। आदरणीय माताओ और बहिनो, ठोस में वह गति नहीं, जो द्रव में है। द्रव हो सकूँ, आपकी कृपा तथा आशीर्वाद के तापमान से, तो कस्बे से जिले की तरफ जाने वाली ढलान को पकड़ूँ और बह जाऊँ जिला स्तरीय बड़े तालाब की तरफ। मजा आ जाए। थोड़ी कल-कल, जय-जयकार हो, किनारों से घिचपिच-किलकिल हो, कस्बे का कचरा बहाकर जिले में ले जाऊँ और जिले का कचरा देश पर बिखरा दूँ—अवस्था परिवर्तन सार्थक हो जाए, मनोरंजन हो, मजा आ जाए।

तो अवस्था परिवर्तन की आकांक्षा की भुरभुराहट से युक्त है कस्बई कार्यकर्ता। वह उचित तापमान एकत्रित करता है। पंचायती चुनावों की भट्ठी में गर्म होता है, हरिजनोद्धार के भाड़ में अकेला टकराकर घना बजता है, राजधानी के किसी अँगारा व्यक्तित्व से चिपककर गरमाता है और दौड़ती जीपों के टायर से उछलकर तापमान की इन ऊँचाइयों तक पहुँचता है, जहाँ वह गल जाता है और द्रव बन जाता है। इसी के साथ, ठोस से जुड़े सारे पथरीले सन्दर्भ गायब हो जाते हैं, कस्बई खुरदरापन समाप्त होता है और खादी की धोती की एक द्रवनुमा लहर कस्बे से जिले तक फैल जाती है।

इस प्रकार, कस्बई कार्यकर्ता, हमारा प्यारा भूतपूर्व ठोस तथा वर्तमान द्रव, जिले के उस राजनीतिक पोखर में प्रवेश पा जाता है, जहाँ उस जैसी ही हजारों कस्बई धाराएँ अपनी सम्पूर्ण अक्खड़ लहरों के साथ एकत्रित हैं। अब कस्बे से जिले तक की गति समाप्त होती है और तालाब में पहुँचते ही एक ठहराव आ जाता है। निश्चिन्तता, तृप्ति और अलाली भरा ठहराव, जिसमें, सिवाय कलारी जाने के

समय काटने का और कोई उचित साधन नहीं!

धीरे-धीरे तालाब में भी वह बेचैन हो उठता है। तालाब के द्रव में बेचैनी की लहरें उठने लगती हैं और वह एक और अवस्था परिवर्तन की तड़ी में मुब्तिला हो जाते हैं। सारे द्रव अपना-अपना जोर मारते हैं, लहरें उठाते हैं, कीचड़ भरे किनारों से साँठ-गाँठ करते हैं, सड़ते हैं और अवस्था परिवर्तन की आकांक्षा के मारे, तालाब की सीमाओं में बँधे आकाश को ताकते रहते हैं कि गैस होते तो उड़ जाते रे।

द्रव से गैस बन सकने की आकांक्षा पालने वालों की तालाबी भीड़ सूर्य की तलाश में लहराती रहती है। राजधानी के आकाश में चमकते सूर्य तथा असिस्टेंट सूर्यों को सूर्य नमस्कार करने का अनवरत सिलसिला चल निकलता है। कुछ लहरें उचित तापमान एकत्रित कर लेती हैं, मानो किसी को पार्टी एम. एल. ए. का टिकिट प्राप्त हो गया! बस, जिले का द्रव गैस में बदल जाता है।

गैस बनने वाले ऊपर उठते हैं, मिल जाते हैं देश के ऊपर चौतरफा छाए, मोहक, आभिजात्य के ठसक वाले बादलों के समूह में। बैठ जाते हैं वे आकाश की संसद के गुम्बदनुमा विस्तार की छत्रच्छाया में। छा जाते हैं वे देश की खुपड़िया पर। अब वे कस्बे, जिले, राजधानी, देश इत्यादि की क्षुद्र सीमाओं से उठकर, भ्रष्टाचार के सीमाहीन आकाश के हिस्से हो जाते हैं। वे अब किसी के सगे नहीं। वे अब गैस हैं, बादल हैं—उड़ने के लिए बने। किसी प्रियदर्शिनी पेंटिंग के एक हिस्से हैं वे। वह पेंटिंग, जिसे विकास कार्यालयों में गर्व से टाँगा जा सके। वे अब बरसने का आश्वासन देते सारे देश में तैरते हैं, पर बरसते नहीं और बरसने के लिए तरसते भी नहीं। वे अपनी भारहीन, आकारहीन अवस्था से प्रसन्न हैं। प्रसन्नता में घुमड़ते हैं, शरारत से आपस में टकराते हैं, झूठी बिजली की कड़कड़ाहट पैदा करते हैं और बस। जय हो।

तो इस प्रकार, विद्यार्थियों ने अवस्था परिवर्तन के सिद्धान्त को समझा। उन्होंने नोट किया होगा कि सारा खेल तापमान का है। पर कभी-कभी जनता के मूड का मौसम ऐसा तापक्रम गिराता है कि बादल मध्यावधि चुनाव की धारा में गिरकर कस्बे की नालियों में मिल जाते हैं।

सारा खेल तापमान का है।

स्वयं करके देखो : तापमान के महत्त्व को समझने तथा समझाने के लिए निम्न प्रयोग करो—

(1) यह प्रयोग तापमान के महत्त्व को स्थायी रूप से स्थापित करने के लिए किया जाता है। लकड़ी के हैंडल वाली एक लोहे की छड़ को गरम करो। जब वह गर्म होकर सुर्ख लाल हो जाए, तब छड़ को (लकड़ी का हैंडल पकड़कर) उठा लो और अपनी बगल में उत्सुकता से ताकते खड़े मित्र की टाँग में चिपका दो। वह जितनी जोर से चीखेगा, तापमान का उतना ही महत्त्व स्थापित होगा। यदि कृतघ्न

मित्र ने, इस कृत्य की एवज में तुम्हारा सिर फोड़ दिया तो महत्त्व स्थायी रूप से स्थापित हो जाएगा।

(2) अपने उसी मित्र की टाँग के घाव के ठीक हो जाने की प्रतीक्षा करो। इसके बाद, एक दिन उसे बातों में बहलाकर दूर कोई चिड़िया दिखलाओ। जब वह नादान चिड़िया ताक रहा हो, तब तुम उसके अंडरवियर में आग लगा दो। उसे समझ में आ जाएगा कि चिड़िया अधिक महत्त्वपूर्ण है या तापमान?

(3) अपने स्कूल में आग लगा दो।

(4) पानी में आग लगा दो (हमारे छात्रों से बस यही एक चीज बची है। उसे भी आग छुला दें, तो टंटा कटे)

तो मित्रो, ये थे दो अध्याय।

जैसा कि मैंने बताया, ऐसे ही बहुत से अध्याय हैं। कुछ अध्याय अधिकारी विद्वानों द्वारा लिखे जा रहे हैं। पदार्थ का अणु में विखंडन तथा राजनीतिक दलों का अंग विभाजन मधु लिमये जी लिख रहे हैं। वे विभाजन विशेषज्ञ रहे हैं। ध्वनि उत्पादन का सिद्धान्त तथा राजनीति में पक्षधर ध्वनि उत्पादन के विषय के लिए इन्दिरा जी से बात करनी है। रेल की पटरियों के बीच इतनी जगह क्यों छोड़ी जाती है कि मिनिस्ट्री की गाड़ी ही पटरी से उतर जाए, यह समझाएँगे कमलापति जी। राजनीति के जाड़े में काले कपड़ों का महत्त्व अटल बिहारी लिखेंगे। बहुगुणा अभी तय नहीं कर पा रहे हैं कि कौन सा चैप्टर लिखूँ। वे पहले इन्दिरा जी के लिखे को देखने के चक्कर में हैं।

तो दोस्तो। बस किताब खरीदकर पढ़ने की देर है। खरीदें और पढ़ें या न पढ़ें खरीदें अवश्य—यही निवेदन है।

पुनश्च:

स्वयं करके देखो : अन्त में यह भी करके देखो।

एक प्रयोग करो। विवरण इस प्रकार है—

आवश्यक वस्तुएँ—1. सामान्य विज्ञान : राजनीतिक संस्करण की पोथी।

2. टिक्का छाप माचिस।

प्रयोग : माचिस उठाओ।

तीली जलाओ और इस 'राजनीतिक संस्करण' में छुला दो। बोलो जय हो।

प्लेटफार्म पर चिन्तन

बिल से चींटियाँ निकलें और यूँ ही फालतू रेल की पटरी पर टहल रही हों; तभी उन्हें पटरी पर दूर से आती रेल दिखाई दे और वे घबराकर रेंगती हुई भागें या भागती हुई रेंगें, पर रेल उनसे दस कदम दूर ही पटरी से उलट जाए, तब जान बच जाने से भाग्यवादिता का जो जज्बा स्थानीय चींटी समुदाय में घर कर जाएगा, वैसा कुछ मुझे लग रहा था। भाग्य के भरोसे ही मैं प्लेटफार्म पर खड़ा था और दुस्साहस यह कि भारतीय रेल की प्रतीक्षा कर रहा था। मैं भारतीय रेल से यात्रा करने वाला था और मजाक यह कि मैं फिर भी मरना नहीं चाहता था!

डर लग रहा था मुझे।

किसी का बाप गुजर जाए और वह गंगा के घाट पर सिर घुटवाए, और गंगा के अथाह जल को देखकर कटते हुए बालों में डूब मरने का भय व्याप्त हो जाए, भय में वे खड़े हो जाएँ, ऐसा भयभीत खड़ा था मैं प्लेटफार्म पर! एक कोमल, लोचदार लेडीज साइकिल हो, जिसे बँगले की नाजुक नवयौवना 'बेबी' चलाकर कॉलेज ले जाती हो; उसे इतवार के दिन बाजार से सब्जी लाने के लिए खूसट, मुछाड़िए चपरासी के खुरदरे हाथों में बेबी की माँ द्वारा पकड़ा दिया जाए, तब साइकिल के हर स्पोक में जो छटपटाहट घूमने लगेगी, वैसा ही छटपटा रहा था मैं। मैं साइकिल की तरह रेलवे-चपरासियों के हाथ बेबस था, यात्रा करने के लिए अभिशप्त भीड़ का एक हिस्सा, मैं।

गेहूँ बीन-साफ करके, टीन में डाल पत्नी, पति के मजबूत कन्धों पर उसे लाद दे और वह वीर पुरुष एक सुघड़ पति की चाल से ठुमकता चक्की की तरफ चले, तब टीन में एकत्रित गेहूँ के दाने इस कन्धा-यात्रा के दौरान आपस में टकराकर ठिठोली करें जबकि वे बेवकूफ जानते हैं कि इस यात्रा के अन्त में उनका नश्वर शरीर पिसकर आटा हो जाने वाला है, ऐसा पागलपन भरा, नादान, मूर्ख उत्साह प्लेटफार्म पर खड़ी भीड़ में छाया था। क्या मैं पागल हो गया हूँ, जो रेल यात्रा को तत्पर हूँ? पागलों की एक भीड़ प्लेटफार्म पर खड़ी थी।

कांग्रेस से प्रतिबद्ध कोई बैलेट पेपर हो और एक गँवई वोटर मुहर मारने के लिए उसे झीने परदे के पीछे ले जाए, तब बैलेट पेपर में एक आशंकित थरथराहट

फैल जाएगी कि यह कमबख्त गँवार ठप्पा कांग्रेस पर लगाएगा या नहीं! पर वोटर वर्षों के अभ्यास तथा गँवारपन का मारा, कांग्रेस पर ही ठप्पा मारे और सरकारी बैलेट पेपर तब सन्तोष की साँस ले कि चलो, लोकतंत्र की रक्षा हो गई, ऐसी साँस मैंने ली, साबुत पटरियाँ देखकर। दूर तक फैली पटरियाँ देखकर पहले तो मैं थरथराया, पर उन्हें कहीं टूटी न पाकर सन्तोष की साँस मैंने ली कि चलो, रक्षा हुई। मैंने प्रसन्नता में अखबार खरीद लिया।

एक प्रतिष्ठित मछली परिवार केकड़ों को डिनर पर आमंत्रित करे और किसी मछली—पुत्र की शरारत और लापरवाही से हाथ की प्लेट गिरकर टूट जाए, तब केकड़ा-दम्पती बच्चों की लापरवाही की चर्चा करना चाहें पर मछली दम्पती सारा दोष फिश-प्लेट के मैटेरियल की कमजोरी पर डालकर बच्चे का फेवर करें, ऐसी बातें रेलमंत्री रेल कर्मचारियों के पक्ष में कर रहे थे, अखबारों में। सारे लुच्चे आजकल रेल की फिश-प्लेटें निकाल रहे हैं—यह उनका सन्देह था। उन्हें रेल दुर्घटनाओं का यही एक कारण ज्ञात था। वे अपने ज्ञान पर मुग्ध थे तथा आँकड़ों के जंगल में मोर की तरह नाच रहे थे।

किसी सुडौल सुन्दरी के ब्लाउज से एक रुपये का नोट सड़क पर गिर जाए, वह किसी स्कूली बच्चे को प्राप्त हो जो उसे अपनी गुल्लक में डाल ले, तब गुल्लक के भीड़-भाड़ भरे अँधेरे में पड़ा वह रुपया अपने पुराने दिनों की गुदगुदी यादों में रोये, वैसा मेरे साथ हो रहा था। क्या दिन थे वे भी जब हम भारतीय रेल पर चढ़ते थे और बिना रिश्तेदारों को मुआवजा दिलाए उतर आते थे। कहाँ गए वे प्यारे दिन? मैं प्लेटफार्म पर खड़ा पुराने दिनों की यादों में खो गया, यद्यपि वे यादें भी विशेष गुदगुदी नहीं थीं। कामचलाऊ यादें थीं और उनका मजा लिया जा सकता था! मजा ज्यादा देर नहीं चला। किसी मृतक की आत्मा की शान्ति के लिए आयोजित भीड़ में जैसी बेचैनी दो मिनट के मौन के दौरान आधे मिनट में छा जाती है, वैसी मुझ पर छा गई। मैं यादों के कम्पार्टमेंट से प्लेटफार्म पर उतर आया और टहलने लगा, बेचैन।

किसी मंत्री के बेडरूम का बल्ब फ्यूज हो जाए और उसे बेकार मानकर बाहर कचरे के डब्बे में फेंक दिया जाए तब बेडरूम के समस्त स्कैंडल दिल में छुपाए असन्तुष्ट पड़ा बल्ब निर्णय ले कि वह सारी पोलें खोल देगा, पर भाषा के अभाव में चुप रह जाए, ऐसे हम सभी चुप खड़े थे। सारी पोल-पट्टियों तथा स्कैंडलों की जानकार नपुंसक भीड़ चुप खड़ी थी। सभी चुपचाप रेल दुर्घटनाओं की बात कर रहे थे। मातम वाली चुप्पी थी।

प्लेटफार्म पर हमारे अलावा रेल कर्मचारी भी थे, पर वे निश्चिन्त तथा प्रसन्न नजर आ रहे थे। जैसे किसी की तेरहवीं मनाई जाए और आमंत्रित पंडित प्रसन्नतापूर्वक लड्डू-पेड़ों के स्वाद की चर्चा करते निश्चिन्त डकार लें, वैसे प्रसन्न तथा अघाए

से ये घूम रहे थे। एक खड़ी मालगाड़ी के पहिये बजा-बजाकर वे तय कर रहे थे कि कितनी दूर जाकर यह पटरी से उतरेगी।

एक प्लेटफार्म टिकिट हो, जिस पर टाइम डालकर ग्राहक को इशू कर दिया गया हो और वह टिकिट जीवन की नश्वरता के विषय में विचारे कि मुझे मात्र तीन घंटे के लिए इस असार, माया-मोह के प्लेटफार्म पर विधाता ने इशू किया है और तब यह सब विचारकर इस जीवन के प्रति जो वैराग्य इस टिकिट पर जेब में पड़े-पड़े छाने लगता है, वैसा मुझ पर प्लेटफार्म पर खड़े-खड़े छाने लगा। 'पानी फेरा बुलबुला, अस मानुस की जात'; मैं अपने को पानी का बुलबुला मानने लगा जिसे इसी रेल पथ पर कहीं फूट जाना है। मेरे अन्दर का संन्यासी इस चिन्तन से जाग उठा। भय थोड़ा कम हुआ।

कोई तिलचट्टा प्यार से किसी कन्या की चिकनी टाँग पर कोमल कदमों से चढ़े-फिसले, पर कन्या उसे देख चीख मारकर टाँग झटक दे, तब ठुकराए प्रणय निवेदन को लेकर, अपराध-बोध से पीड़ित तिलचट्टा अपने बिल में टहलता स्वयं को कोसे, वैसा मैं इस प्लेटफार्म पर टहलता स्वयं को कोस रहा था। जब हाथ-पाँव तुड़वाने का साहस नहीं, तो क्यों आए हो रेल पर चढ़ने भाई? रेलयात्रा अब कायरों का काम नहीं। यह रेलवे वसुन्धरा अब वीरों तथा पास होल्डरों के भोग के लिए है। तें कहाँ घुसा चला आ रहा है रिजर्व कम्पार्टमेंट में पापी?

ऐसा ही कोसता हुआ चिन्तन चल रहा था अपना, प्लेटफार्म पर। रेल की प्रतीक्षा थी।

तभी सूचना दी गई कि आज रेल नहीं आएगी क्योंकि जो मालगाड़ी यहाँ से रवाना की गई थी, उसने अपना कर्तव्य पूरा किया; वह पिछले स्टेशन पर हमारी रेल से टकरा गई।

मैं अब क्या करूँ? प्लेटफार्म पर खड़ा चिन्तन कर रहा हूँ।

कोई रेलयात्री अपने जूते नीचे उतारकर बर्थ पर लेटे और कोई शरारती लौंडा चलती रेल से उसका एक जूता खिड़की से बाहर फेंक दे, तब सुनसान, वीरान जंगल में पटरी के पास पड़ा वह अकेला जूता डरे, बोर हो और उस मजाकपसन्द लड़के के नाम पर रोए, ऐसा मैं इस पटरी के किनारे खड़ा बोर हो रहा हूँ, यद्यपि रो नहीं रहा।

कब तक रेलवे मंत्रालय के ये शरारती बच्चे हमारे साथ यह मजाक करते रहेंगे? कोई बताए।

मैं तब तक प्लेटफार्म पर खड़ा हूँ।

एक गधा व्यंग्य में

मैंने प्राय: विचार किया है तथा चकित हुआ हूँ कि गधा आखिर इतना गधा क्यों हुआ कि वह कुछ और न होकर गधा हुआ। आखिर वे कौन से दबाव थे जिनके अन्तर्गत वह गधा होने को तैयार हुआ? दबावों के अभाव में कोई भी गधा, इतना गधा नहीं हो सकता कि वह गधा होने को तत्पर हो। मेरा मतलब है कि इस धरा पर हर प्राणी को यह अधिकार है कि वह गधा न हो चाहे वह कितना भी गधा हो। सही बात भी है। आखिर कोई क्यों हो गधा? उसने किसी का क्या बिगाड़ा है कि वह गधा हो? उसे इतना गधा क्यों माना जा रहा है कि वह आराम से गधा हो जायेगा? क्या समझ रखा है उन लोगों ने जो गधे नहीं हैं? यह क्या धाँधली मची है गधों के साथ? क्या गधा-पचीसी या छब्बीसी है यह? गधे को और गधा क्यों बनाया जा रहा है? क्या इस देश के गधे इतने गधे हैं जो इस तरह की प्रतिक्रियावादी साजिश न समझ सकें? गधों की ओर से विनम्र चेतावनी है कि उन्हें इतना गधा न समझा जाए।

मैंने इस समस्या पर दूसरे छोर से भी विचार किया है कि यदि गधा, स्वयं ही गधा बनने की इच्छा रखता हो तो किसी को क्या एतराज हो सकता है और क्यों? इस स्वतंत्र देश में क्या कोई गधा, गधा बनने के लिए भी स्वतंत्र नहीं? गधे को गधा बनने से कौन रोक सकता है? अगर वह गधा बनना चाहता है तो बनेगा। एक बार बनेगा, बार-बार बनेगा, हजार बार बनेगा। गधा बनना, हर गधे का जन्मसिद्ध अधिकार है। वह बढ़िया सा गधा बनेगा। उससे पूर्व भी कई गधे ऐसे हुए हैं जो अच्छे-खासे गधा हुए और खूब हुए। एक परम्परा रही है गधों के बीच, गधा होने की। संस्कृति और परम्परा की पुकार है कि जो गधा जहाँ हो वहीं और गधा होने का प्रयास करे, हो चुका हो तो होता रहे, पीछे न हटे। हर गधा और बेहतर गधा बनने का प्रयत्न करे और बने एक ऐसा दिव्य गधा जो आने वाली पीढ़ी के नन्हे-मुन्ने गधों के लिए एक मिसाल हो और उनको गधा बनने की प्रेरणा दे। हर गधे को उसकी संस्कृति पुकार रही है। ऐसी परिस्थिति में यदि वह गधा, गधा बनता है तो किस गधे को आपत्ति हो सकती है?

फिर मैंने इस समस्या पर स्वयं विचार करने के गधेपन को त्यागकर किसी गधे से ही बात करने की सोची और की भी। गधों पर, गधे से अधिक प्रामाणिक तथा

आधिकारिक राय किसकी हो सकती है, विशेष तौर पर ऐसे गधे की जो पड़ोस के धोबी का हो। यह गधा लेखक के कपड़े लाद-लादकर कुछ इतना गधा हो गया है कि विचार प्रदर्शन में अन्य गधों को हजार घाट पीछे छोड़ सकता है। उसने यह वक्तव्य दिया, "कौन कहता है कि हम गधे, गधे हैं? क्या कोई गधा मात्र इसीलिए गधा कहलाएगा क्योंकि वह गधा है? आप किसे गधा कहेंगे, आज के जमाने में? हर वह गधा, जो देखने में गधा लगता हो, आवश्यक नहीं कि गधा हो; हो सकता है वह कवि हो। गधों को ऐसे घुसपैठियों से सावधान रहना है। हर वह गधा, जो न केवल देखने-भालने में गधा हो बल्कि वास्तव में भी गधा हो, उसका यह कर्तव्य बनता है कि वह नक्कालों से सावधान रहे। लोग उसे गधा सिद्ध करने पर उतारू हैं, जिसका हम सभी गधों को मिलकर विरोध करना है। गधे को हर ऐरा-गैरा शख्स गधा सिद्ध नहीं कर सकेगा। माना कि गधा, गधा है पर गधे को गधा कहना कहाँ की इनसानियत है? हम पुनः कहेंगे कि हमें गधा सिद्ध करने के हर षड्यंत्र पर हम दुलत्ती मारेंगे। हम गधों को कम न आँका जाए।"

वक्तव्य के बीच में ही धोबी ने आवाज दी—"चल बे गधे" और वे निकल गए, एक सच्चे गधे की भाँति।

यार, मैं भी किस गधेपन में फँस गया? गधा कुछ भी बने, इससे मुझे क्या? मैं, जो गधा नहीं हूँ, यद्यपि जिसे बहुत से लोग गधा मानते हैं ऐसे भी गधे हैं। (कभी-कभी मुझे भी लगता है कि मैं एक गधा हूँ जो व्यंग्य में घुसकर समाज पर दुलत्तियाँ झाड़ रहा हूँ और लोग हँस रहे हैं। खैर।) मुझे अन्दर से कोई धिक्कारता है कि क्या उन लोगों का जो गधे नहीं हैं, गधों के प्रति कोई नैतिक दायित्व नहीं? जो गधे नहीं, वे क्या गधों की तरफ पीठ करके, उनसे मुख मोड़कर निश्चिन्त बैठ सकते हैं? नहीं, गधा बहुत गधा होता है और इसीलिए गधों को गधों के भरोसे नहीं छोड़ा जा सकता। जो गधे नहीं हैं, उन सबका यह पावन कर्तव्य बनता है कि वे गधे के विषय में विचारें। कुछ भी विचार करें। जैसे मैं कर रहा हूँ, वैसे ही करें, पर करें। गधों को यूँ बेसहारा न छोड़ें। गधों को हम लोगों के बीच (जो गधे नहीं हैं) अकेलापन, संत्रास इत्यादि महसूस न हो, इसका हमें खयाल रखना है।

अतः गधे पर अपना यह चिन्तन मैं चालू रखूँगा। मैं आगे विचारता हूँ।

गधे का नाम 'गधा' किसने रखा? क्या वह इतना गधा था कि उसे यही नाम सूझा? गधे को वह घोड़ा भी कह सकता था। तब अधिक से अधिक कोई यही कहता था कि फलाँ घोड़ा कितना गधा है। पर आज? आज हर गधा, चाहे वह गधा न हो, 'गधा' कहलवाने के लिए अभिशप्त है। कैसी विडम्बना है यह इस स्वार्थी संसार में, गधों के साथ? क्या यही देखने-सुनने के लिए गधे ने गधे का जन्म लिया था या रूप धारा था। विरथा जनम गँवायो रे, गधा बन के। गधा बन के, हो गधा बन के। हो रामा होऽऽ। होऽऽ हो। कैसा गधा जीवन है, यह जिसमें पैदा होते ही शख्स गधा

हो जाता है। अभी आए, अभी बैठे, अभी दामन की लदान भी नहीं पसारी कि पाया कि गधा बन चलें यह कैसी वर्ण व्यवस्था है जिसमें कर्म पर नहीं, पैदाइश पर बात तय हो रही हैं। क्या कोई गांधी इन हरिजनों पर ध्यान देने के लिए अवतार लेगा? जब तक ऐसा हो, मैं तो इन पर ध्यान दे ही रहा हूँ, जैसा कि आप देख ही रहे हैं।

मैं गधों को यूँ मँझधार में नहीं छोड़ने का। गधों की नैया का, गधैया के सिवाय कोई और भी तो खिवैया हो। मैं एक माँझीगीत की तान खेंचकर गधाचिन्तन की अगली टेक उठाता हूँ।

मैं फिलॉसफी में मुँह मारता हूँ और सोचता हूँ कि गधे ने गधा बनकर क्या पाया, सिवाय जमाने की रुसवाइयों के? क्या एक गधा इसीलिए गधा बनता है कि लोग उसे गधा समझें? गधे के ललाट पर विधाता को क्या यही हास्य-लेख लिखना था? पूँछ से मूँछ तक का सम्पूर्ण गधा-व्यक्तित्व क्या इस एक 'गधा' शब्द के कारण गधा हो गया? मैं आपसे सहमत हूँ कि एक गधे को, जो हर कोण से गधा है, 'गधा' कहलवाने में कोई संकोच या क्षोभ का प्रदर्शन नहीं करना चाहिए। मैं गधों की ओर से आपको आश्वस्त करना चाहूँगा कि ऐसी कोई बात नहीं है। गधा आपका स्वागत करता है कि आप उसे गधा कहें। बार-बार कहें, हजार बार कहें। पर कृपया उसे गधा न समझें, प्रार्थना इतनी है। यहाँ कोई भी, जो गधा नहीं है, यह प्रश्न उठा सकता है कि जब गधे को गधा समझा ही न जाए तो फिर उसे गधा कैसे कहा जाए? जब तक किसी को समझें, पहिचानें न, तब तक इसे कैसे पुकारें कि गधे जी सुनिए अथवा सुन बे गधे! इस सन्दर्भ में निवेदन है कि बेकार प्रश्नों का बोझ आप न उठाएँ। हर प्रकार के बोझ को ढोवनहार, हमारा, आपका, सबका साथी जब आपके सामने प्रस्तुत ही है गधा; जिसे आप गधा कह सकते हैं, पर गधा समझ नहीं सकते।

विचारों में अन्तिम गोता थोड़ा गहरे लगा जाता हूँ और गधे के व्यक्तिगत जीवन तक विचार जाता हूँ।

एक गधे की श्रीमती गधैया के सामने क्या स्थिति होती होगी? गधा एक मायने में तो गधा निकला ही कि अन्य जातियों की भाँति वह भी इस कंगन-महावर के वैवाहिक-बन्धन में फँस गया। मैंने तो आज तक कोई कुँवारा गधा नहीं देखा। हर गधा विवाहित लगता है, जैसे कि हर विवाहित आदमी गधा लगता है। हो सकता है कि गधे के केस में, विवाहित होने के पश्चात उसके गधेपन में और चार चाँद लग जाते हों। बहरहाल, पत्नी के समक्ष जब हर पति यूँ भी गधा होता है; तब अपना यह गधा तो और कितना गधा होता होगा? गधेपन के कौन से नये क्षितिज छलाँगता होगा वह, गधी के सामने?

मित्रो, गधा चिन्तन कहीं न कहीं तो यह गधापन बन्द करना ही था, सो कर रहा हूँ।

मैं यह गधा-चिन्तन इस प्रेस-विज्ञप्ति के साथ बन्द करता हूँ कि अब समय आ गया है कि गधे चेतें; और गधों के हितार्थ अ-गधे भी चेतें। हो सके तो एक आयोग भी इस सन्दर्भ में बिठाएँ, जिसमें विभिन्न बूढ़े रिटायर्ड गधों को सदस्य के रूप में खपा दें। मैं यद्यपि गधा नहीं हूँ, पर सदस्य बनाया जा सकता हूँ यह देखते हुए कि गधों के लिए मैं किस कदर चिन्तित हूँ, मेरा सदस्य बनाया जाना उचित ही होगा। वैसे भी यह गधाचिन्तन मैंने यूँ ही फालतू फंड में पेश नहीं किया। इतना गधा भी नहीं हूँ मैं।

क्रान्ति का पड़ोसी-मटका

मटके क्षमा करें, मैं उनकी तुलना क्रान्तिकारी से कर रहा हूँ।

जिन्होंने आधुनिक क्रान्तिवीरों को देखा है, टटोला है, टनटनाया है, राजनीति के पनघट पर भीड़-भभ्भड़ मचाते हुए मीठे पानी की तलाश में देखा है, वे पाठक मेरी बात समझेंगे। मटका सच्चा प्रतिनिधि है हमारे क्रांतिकारी एक्टिविस्टों का। गोल-मटोल, छोटी-मोटी गर्दन, सँकरा सा साम्प्रदायिक मुँह: बड़ा सा पापी पेट; और उचित टेक की तलाश में लुढ़कता पेंदा। जब तक खाली रहे, खूब बजे, तरह-तरह के मनभावन बोल निकाले, गूँजे, घनघनाए, क्रान्तिकारी गति पकड़कर यहाँ से वहाँ लुढ़के—पर जहाँ किसी ने लिया पकड़, भर दिया खेंच के सुविधाओं का पानी और लगा दी बढ़िया सी मसनदी-गादी की टेक; बस, हो गए रतन खत्री का मटका। भर गए मुँह तक, अघा गए। भूल गए अपने तन की मिट्टी का विस्तार।

खाली पेट से भरे पेट तक की यह क्रान्तियात्रा ही हर मटके का चरित्र है। (वैसे आश्चर्य किया जा सकता है कि मटके का भी कोई चरित्र होता है!)।

परन्तु मैं, इस बार, राजनीतिक पनघट पर आपस में टकराते, लाल-पीले-काले मटकों की बात नहीं करूँगा। कुछ मटके इनसे भी भिन्न होते हैं। वे सामाजिक बावड़ियों, पोखरों पर एकत्रित होते हैं, समाज सेवा में लुढ़कते हैं, 'धर्मार्थ प्याऊ' पर जमे मिलते हैं और दम भरते हैं कि हम समाज की कुरीतियों के सर पर ही फूटेंगे। मैं इन्हीं में से एक की चर्चा करूँगा। ये समाज को बदलने वाले क्रान्तिकारी मटके होते हैं। समाज में हमारे अलावा जो है, वह कुल्हड़ है, चुक्कड़ है, छोटी वाली मटकी है—ऐसा वे मानते हैं। दोमट मिट्टी का बना यह घड़ा जब उधार के लाल-रंग से मुँह पोतकर दूर देश बैठे अपने कुम्हार से नैन-मटक्का करता है तो दिल बाग-बाग हो जाता है और इसी बगीचे में इच्छा पनपती है कि एक लात मारकर इस घड़े को फोड़ दें।

ऐसा ही एक मटका मेरे पड़ोस में धरा है।

शुरू-शुरू में मैंने उस पर विशेष ध्यान नहीं दिया। वह प्राय: लुढ़ककर मेरे घर की तरफ आता। छोटा सा बेबी-मटका, बृहद सटीक मोटा-टाइप मटका समूह के मध्य

एक गुटका सा, जेबी-मटका। निरापद सा दीखता। परन्तु आवाजें तरह-तरह की निकालता। मुझे जवाब देना होता।

"रात बिलकुल ही नींद नहीं आई। बाहर घूमता रहा।"

"ओह, वो आप थे रात में। मैंने तो चोर समझ के एक पत्थर भी जड़ दिया था। घला तो नहीं आपके..."

"दूसरा वाला पड़ा था, पीठ पर।"

"दर्द कर रहा होगा?"

"हाँ, कल्ला रहा है!"

"मैं शर्मिन्दा हूँ!"

"कोई बात नहीं। मैंने तो पहले समझा कि पुलिस के चौकीदार ने मारा है।"

"फिर...?"

"फिर क्या? हँसा अपनी नादानी पर। पुलिसवाला होता, तो चोर जानकर पहले ही भाग लेता। तभी मैं समझ गया कि आप होंगे..."

"मैं पुनः शर्मिन्दा हूँ। पर आप रात भर सोए क्यों नहीं...?"

"चिन्ता के कारण—कि क्या होगा?"

"क्या होगा?"

"हाँ, इसका क्या होगा?"

"किसका क्या होगा...?"

"इसी समाज का।"

"..."

"बताइए न, क्या होगा?"

"..."

"अच्छा, यह न सही, तो यही बताइए कि ये कहाँ जा रहा है?"

"कौन?"

"यही समाज।"

"..."

"बताइए न!"

"..."

"क्या होगा।"

"..."

"कहाँ जा रहा है?"

"..."

"बताइए न!"

मैं कुछ बता भी न पाता कि वे चल देते। अलबत्ता, एक बार मैंने बता ही दिया

कि समाज कहाँ जा रहा है। मैंने बता दिया कि समाज तो खैर भाड़ में जा ही रहा है और मैं उसको भी वहीं घुसेड़ दूँगा, यदि मुझे परेशान किया तो। वह बोला कि समाज को वह भाड़ में नहीं जाने देगा, सभी को ठीक करके रख देगा, इंकलाब जिन्दाबाद, दुनिया के मटको, एक हो जाओ! ऐसी आवाजें उसके अन्दर से गूँजती निकलीं और वह लुढ़कता ही चला गया। आवाज में दम था।

मुझे भी, धीरे-धीरे थोड़ा विश्वास होने लगा कि, नहीं भई, कुछ भी कहो, इस मटके में दम है; यह मटका अवश्य ही समाज की कुरीतियों को पानी पिलवाकर छोड़ेगा; अपने ही पानी से हाथ धोकर एक बार मटका किसी के पीछे लग भर जाए, मटका क्या नहीं कर सकता अर्थात सब कुछ कर सकता है।

ऐसे ही मासूम विश्वासों से मेरी खोपड़ी की मटकी भरने लगी। सिर पर इसी विश्वास की गागर उठाए मैं सारे शहर में घूमता और जहाँ भी समाज की किसी कुरीति को पाता तो मैं यही कहता—रह जा, आ रहा है मेरा मटका।

और वह आया। मेरा मटका एक दिन आया। बोला—

"मैं शादी कर रहा हूँ!"

"बढ़िया, बधाई! मटकी कहाँ की है?"

"अपनी ही जाति की है। वह भी दोमट मिट्टी की है। हमारा काली मिट्टी वालों से सम्बन्ध नहीं होता न! आप तो जानते ही हैं।"

"..."

"मैंने दहेज के लिए सख्त मना कर दिया है। बारात भी बस पाँच घड़ों की लेकर जाऊँगा। अधिक लोगों में फिजूलखर्ची क्यों की जाए! स्वागत-सत्कार, आतिशबाजी के लिए भी मना कर दिया है। ठीक किया न!"

"बहुत अच्छा किया।"

"पर एक बात है।"

"क्या?"

"पिताजी तथा रिश्तेदार कहते हैं कि इससे तो तमाम मटका-समाज में हमारी बदनामी हो जाएगी, कि बिना लड़की के बाप को लूटे ही छोड़ दिया। ताऊजी का तो इरादा था कि 'कुँवर-कलेऊ' के नेग पर लड़की के चाचा का गला मसकेंगे, सो वे अलग नाराज हैं।"

"फिर...?"

"पर मैंने साफ कह दिया कि शादी मेरी शर्तों पर होगी। आप क्या कहते हैं?"

"सही किया तुमने। समाज को तुम जैसे मटके नहीं बदलेंगे, तो कौन बदलेगा? तुम कोर्ट मैरिज क्यों नहीं कर लेते?"

"नहीं, खैर वह तो हमारी संस्कृति के प्रतिकूल है। कोर्ट तो हम, शादी के बाद पत्नी का सर फोड़कर पहुँचेंगे। वही, संस्कृति का चक्कर। मटकों ने हमेशा

संस्कृति को मुरब्बे की तरह सँभालकर रखा है।"

मैंने उसे शुभकामनाओं और बधाइयों से भर दिया तथा सावधान रहने को कहा। वह चला गया। जाते-जाते आश्वस्ति का चुल्लू उछाल गया कि वह कच्ची मिट्टी का बना नहीं है, दृढ़ रहेगा। इसके बाद, वह कई दिन तक दिखाई नहीं दिया। इसी बीच मैं आशा-विश्वास-प्रसन्नता से छलकता रहा, कि वाह रे मटके, मेरे प्यारे घड़े। तू धन्य है।

तभी वह पुन: एक दिन घर आया।

बड़ी फूटी-फाटी स्थिति में था। चमक कम, यत्र-तत्र काई जमी, पुराना, शादीशुदा-सा उदास मटका। यहाँ-वहाँ से चटका हुआ। मैं तो पहिचान ही नहीं पाया। आवाज की पिनपिनाहट से पहिचाना। पूछा—

"शादी हो गई क्या?"

"अभी कहाँ..."

"फिर क्यों मरे-मरे घूम रहे हो...?"

"परेशान हूँ। आपसे एक सलाह लेनी है।"

"लो..."

"माँ ने कहा है कि पक्यात में एक अँगूठी तथा दो हजार रुपये तो वे लोग भरेंगे ही। यह तो रस्म ही है। रस्म है, इसीलिए मैंने मान ली, वरना जान पर खेल जाता। गलत तो नहीं किया मैंने? आप बताइए न!"

"खैर, रस्म से तो दुनिया हारी है।"

"वही तो! और हाँ, पिताजी ने कहा है कि उन लोगों ने दस सूट बनवाने का कपड़ा भेजा है, सो लेना ही पड़ेगा।"

"वह भी रस्म ही होगी?"

"हाँ, रस्म ही है।"

"वरना तुम जान पर खेल जाते...?"

"जी हाँ, वरना मैं जान पर खेल जाता। चढ़ जाता जान पर और जान से खेलने लगता। पर रस्म थी। सो मानना पड़ा। मैंने गलती तो नहीं की?"

"गलती तो मैंने की थी, तुम पर विश्वास करके..."

"आप शर्मिन्दा न हों। गलती सबसे होती है। और हाँ, बड़े चाचाजी ने कहा है कि बिरादरी के ही पचासेक घड़े हो जाएँगे। बाकी समाज के भी कुछ।"

"उसी समाज के, जिसे तुम सुधार रहे थे।"

"हाँ उसी के। सबको पकड़कर बारात में ले जाऊँगा और वहीं सुधारूँगा। कैसी योजना है?"

"अच्छी है..."

"और हाँ, छोटे चाचाजी ने कहा है..."

"..."

"ताऊजी ने कहा है कि..."

"..."

"नानाजी ने कहा है..."

"..."

"फलाने जी ने कहा है कि..."

"ढिकाने जी ने भी कहा होगा?"

"हाँ उन्होंने भी कहा है कि..."

"तो तुम दहेज ले ही रहे हो। यह तो बड़ी बुरी बात है।"

"मैं तो कुछ भी न लेता, पर नाते-रिश्तेदारों की नाराजगी का भय था न! फिर भी मैं वहाँ दहेज में सामान कुछ नहीं लूँगा—न फर्नीचर, न पंखा, न स्कूटर। यह तो पक्का तय कर लिया है। चाहे जान पर खेलना पड़े। खेलेंगे। जान से भी खेलेंगे।"

"मैं सोचता रहा—यदि यह मटका इतना भी निभा ले जाए, तो बहुत कहलाएगा। यह इतना भी करेगा तो भविष्य की मटका-पीढ़ी इससे आगे कुछ और अच्छा करेगी।"

यकायक, मुझे मटकों का भविष्य उज्ज्वल दिखने लगा और उस दिन तक दिखता रहा, जब तक अपने पड़ोसी मटके से पुनः मुलाकात नहीं हो गई।

वह चमाचम, साँय-साँय, सूट डाटे, स्कूटर पर चला आ रहा था।

मुझे देखकर गाड़ी रोकी। इधर-उधर, दाएँ-बाएँ देखने के बाद बोला—"यह गाड़ी दहेज में मिली है। हम तो जान पर खेल गए थे कि हमें 'भेस्पा' ही चाहिए, पर ऐन मौके पर वो मार्केट में ही नहीं मिली। फिर उन्होंने यह 'लेम्बी' लाकर दी। यह भी बढ़िया है। चार गियर हैं। बेलेन्स भी फस्सकिलास है।"

इतना कहकर उसने किसी काम का हवाला दिया, और स्कूटर पर सनसनाता निकल गया, टक्कर मारता—विश्वास-आशा-उल्लास की हँड़िया को। विश्वास की मटकी के टुकड़े दूर तक उछल गए थे।

प्रेत कथा

भुमानीदीन जी ने लेटे-लेटे शमशान घाट का जायजा लिया और पाया कि उनकी चिता लगभग बुझ चुकी है। इक्का-दुक्का लकड़ियाँ अभी भी यहाँ-वहाँ चटखती हुई जल रही थीं। उनकी बुझती चिता के आस-पास थोड़ी दूर पर ही अधलेट से दो-तीन लोग ही बैठे रह गए थे। भुमानीदीन जी ने चिता पर पड़े-पड़े ही पहचान लिया एक तो इनका ही बड़ा लड़का है। शेष दो लोग पड़ोसी हैं। उन्होंने ध्यान से देखा—इन लोगों के चेहरों पर शोक से अधिक बोरियत छाई हुई थी। बोर तो वे भी हो गए थे कि चिता पर पड़ा यह नश्वर शरीर कब पूरा जले और कब वे मुक्त होकर हवा में तैरें (सुन रखा था कि आत्मा तैरती है, उड़ती है।) ज्ञानी कहते थे कि शरीर नश्वर है। सच कहते थे कमबख्त, जल गया सारा शरीर। वे पड़े-पड़े देखते रहे और सब कुछ जल गया; चेहरे का वह तिल भी, और वह चौड़ा माथा भी जहाँ पर उनकी धर्मपत्नी के अलावा मुहल्ले-पड़ोस की अन्य अधेड़ महिलाएँ भी जान छिड़कती थीं। माथा क्या था, अच्छा-खासा ललाट था—पर भस्म हो गया। बस वामपन्थी टाँग का निचला हिस्सा जलने को रह गया था। टाँग जलने के साथ ही टूटी हुई (जुड़ी) हड्डी बाहर निकल आई थी। उन्हें याद आया कि वे कभी दूसरी मंजिल से कूदकर भागे थे जब कमला बाई का पति बिना पूर्व सूचना के एकाएक घर आ गया था, तभी यह टँगड़ी टूटी थी। अपने जमाने में उन्होंने भी बड़ी बदमाशियाँ की हैं—सोचा उन्होंने और इस अवस्था में भी मुस्कराने लगे।

काफी टाइम लग गया। एक पड़ोसी ने घड़ी ताककर कहा, "बड़ी देर लगती है, बाडी जलने में।"

"लकड़ियाँ भी गीली खरीद लाया अनिल," लड़के ने छोटे भाई की शिकायत प्रस्तुत की।

"लकड़ियों से कुछ नहीं होता, कभी-कभी कुछ ज्यादा ही टेम लग जाता है। हमारे बाबा सुबह मरे थे और रात बारह तक फुँक पाए थे। लग जाता है टेम भई, लग जाता है।"

"टेम की कोई बात नहीं थी, पर कर्फ्यू पास बस सात बजे तक का ही है। छह

तो यहीं बज गए," लड़का फिर बड़बड़ाया, "मैं सोच रहा था, यहाँ से निबटकर चाचाजी के घर से कुछ पैसे ले आता। जरूरत पड़ेगी।"

भुमानीदीन जी सब सुन रहे थे।

उन्होंने कुछ सोचा और अधजला पंजा झटककर चिता से उठ खड़े हुए, भुमानीदीन जी ने खड़े होकर अन्तिम बार चिता की तरफ देखा। अधजली टाँग नीचे जा गिरी थी और एक कतरा सा कुछ निकलकर अलग टपक गया था।

"तो भाइयों ने एक गोली टाँग में भी मारी थी।" उन्होंने सोचा।

भुमानीदीन जानते थे कि आत्मा उड़ती है। इसीलिए उन्होंने हवा में उड़ने के लिए दोनों टाँगें हवा में उठाईं और वहीं राख के ढेर में धम्म से गिर पड़े (आत्मा की भी टाँगें होती हैं—कृपया नोट करें)। राख का एक बड़ा सा बगूला उठा और रही-सही आग भी बुझ गई। भुमानीदीन जी राख झाड़ते बड़बड़ाते उठे, "स्साली क्या-क्या गप्पें उड़ा रखी हैं दुनिया में भाइयों ने कि आत्मा उड़ती है। खूब उड़ी, कमर लचक गई, कमबख्त।"

भुमानीदीन जी की आत्मा लँगड़ाती हुई चलने लगी। लो साहब, अब मरने के बाद भी टाँगें घसीटो। मरने का क्या फायदा हुआ फिर? सोचते रहे कि उड़ेंगे। उड़ो-उड़ो साले, खूब उड़ो।

"चिता बुझ गई, भई।" लड़के ने कहा, इस बात से सभी राहत की साँस लेकर उठ खड़े हुए।

एक ने बीड़ी जलाई और लड़के को दी। बीड़ी पीते वे सब शहर की दिशा में निकल गए।

भुमानीदीन की दुखी आत्मा लँगड़ाती हुई शमशान घाट के दूसरे छोर की तरफ चल पड़ी, जहाँ एक वीरान खँडहर भाँयँ-भाँयँ कर रहा है।

शहर के बाहर ही शमशान घाट है और उसके पास ही यह एक वीरान खँडहर है।

ऊपर मैंने लिखा कि यह भाँयँ-भाँयँ करता खँडहर है। प्रेतकथाओं में हर खँडहर भाँयँ-भाँयँ की ध्वनि करता है, इसी नियम के तहत यह खँडहर भी ऐसा कर रहा है, वरना प्राय: यह ऐसा कुछ नहीं करता। जिस प्रकार मानव जाति के इतिहास में सकल बुड्ढे एक से होते हैं, वैसे ही इमारतों की जाति में सभी खँडहर समान होते हैं। फिर प्रेतकथाओं के खँडहर की बात और ठाठ ही क्या—वही बैठी हुई छतें, दीवारों से उखड़ता पलस्तर, अँधेरे कोने और उजाड़ बारादरियाँ, टूटी हुई सीढ़ियों पर जमी काई, हिलते हुए चीं-चीं करते दरवाजे इत्यादि। यह खँडहर भी वैसा ही है। घास-फूस जमी है, हर तरफ, यहाँ-वहाँ, दीवारों पर पीपल के पौधे फूट रहे हैं। कुल मिलाकर, रहस्यात्मक टाइप वातावरण में डूबा खँडहर।

इसी खँडहर में आजकल प्रेतों का हॉस्टल है।

शहर में जितनी भी अकाल मृत्यु होती हैं, मृतक भूत-प्रेत बनकर इसी हॉस्टल

में कुछ समय काटते हैं। देश आजाद होने से पूर्व, शुरू-शुरू में हॉस्टल खाली पड़ा रहता था। अहिंसा का जमाना चल रहा था। खाली हॉस्टल में इक्का-दुक्का पिशाच रहा करते थे और बोर होते थे। समय काटे नहीं कटता था। बहुत बोरियत बढ़ जाती तो दो-तीन दिन किसी पीपल पर लटक जाते या शहर में किसी सुन्दर युवती के सिर पर चढ़कर मजा ले आते। कभी पास के शहर से कोई प्रेत उधर निकल आता, तो दो-चार दिनों तक शमशान घाट की राख पर बैठकें जमतीं। बस, यही सब चल रहा था।

फिर देश आजाद हुआ। शहर में एक बड़ा अस्पताल, एक तहसील और थाना खुला। अकाल मृत्युओं की संख्या बढ़ी। भूत, पिशाच, चुड़ैलों की बड़ी संख्या हॉस्टल में आ गई (बाद में, नैतिकता का ध्यान रखकर चुड़ैल माँ-बहिनों का हॉस्टल पास की एक अमराई में अलग से कर दिया गया और एक खुर्राट हेडमास्टरनी को जिसे पति ने जहर दे दिया था, वार्डन बना दिया गया।), काम चलता रहा परन्तु पिछले कुछ दिनों से इस हॉस्टल के वार्डन परेशान हो गए थे। न जाने शहर में ऐसा क्या हुआ कि चाहे जब दंगे, आन्दोलन, पुलिस की गोलाबारी और कर्फ्यू। रोज दो-चार नये भूत शमशान घाट से इस तरफ को डोलते नजर आते। छोटा सा खँडहर, जरा सा हॉस्टल किस-किसको ठूँस लें? वार्डन साहब बड़बड़ाते—लो, वे चले आ रहे हैं गोली खा के, अब इनको कहाँ धरूँ? खोपड़ी पर? रोज यमराज के पास फाइल भेजता हूँ टीप लगाकर कि एक नया खँडहर एलॉट करा दें। स्साली हमारी कोई सुनवाई नहीं, उधर हेडमास्टरनी ने बस एक बार कहा तो श्रीमान फ्लैट हो गए—चुड़ैलों के लिए एक और अमराई दे दी। खूबसूरत चुड़ैलें यमराज की कमजोरी हैं, वे जानते हैं यह बात क्योंकि उनकी कमजोरी भी चुड़ैलें ही हैं, बल्कि वे तो खूबसूरती पर भी ज्यादा जोर नहीं देते, जो मिले।

हॉस्टल के वार्डन एक बुजुर्ग किस्म के प्रेत हैं। ब्रह्मा ने अस्सी वर्ष की आयु लिखकर धरती पर भेजा था, परन्तु सत्रह वर्ष की उम्र में ही एक लड़की के पीछे फन्दा लगाकर जान दे दी। बचे हुए साठ वर्ष प्रेत योनि में काटने हैं। शुरू के एक-दो वर्ष लड़की के घर के सामने की नीम पर जमे रहे। फिर लड़की की शादी तय हुई और शादी की मिठाई बनाने को भट्ठी की लकड़ी के लिए नीम काट डाला गया। उस दिन की याद उनको आज भी दुखी करती है। उस दिन वे गुस्से से पागल हो गए थे, बिल्ली का रूप धरकर वे रसोईघर में घुस गए थे और बारात के लिए गए दूध के बर्तन को गिरा आए थे। अब अपनी उस बचकानी हरकत के विषय में आज सोचते हैं तो स्वयं पर हँसी आती है। क्या दिन थे वे भी। परन्तु तब से जो शराफत की जिन्दगी पकड़ी तो चालीस वर्षों से इस खँडहर की वार्डनी कर रहे हैं।

इन चालीस वर्षों में ऐसी परेशानी का सामना कभी नहीं करना पड़ा। पिछले

सात माह में यह पाँचवीं बार कर्फ्यू लगा था, शहर में। वे हिसाब लगाते हैं, प्रति कर्फ्यू कम-से-कम पन्द्रह भूत तो शहर ने दिये ही। पिछले पाँच दिनों से शहर में पुनः कर्फ्यू लगा हुआ था, आज जब वे अन्य भूतों के साथ रात खँडहर की छत पर सो रहे थे (गर्मियों में भूत भी बाहर हवा में सोना पसन्द करते हैं), फायरिंग की आवाजें खँडहर तक आई थीं, तभी उन्हें शक हुआ था कि कल सुबह चन्द नये भूत आएँगे। तभी वे गुस्से से भर उठे थे, "यह शहर पागल हो गया है क्या? अब मैं एक को भी हॉस्टल में पग नहीं धरने दूँगा। करना है तो करें शिकायत यमराज से। मजाक बना रखा है सालों ने।"

सुबह वे छत पर भूतों से यही बातें कर रहे थे। शमशान घाट की तरफ से ठंडी हवाएँ इधर आ रही थीं, प्रायः भूत अलसाए से छत पर लेटे, अधलेटे पड़े थे। कुछ पहलवान पिशाच शमशान घाट के चारों तरफ दौड़कर व्यायाम करने निकल गए थे। कुछ टिर्री टाइप शरीर के प्रेत छोकरे अमराइयों में बने चुड़ैलों के हॉस्टल की तरफ निकल गए थे। उधर से चुड़ैलों की ही-ही ठी-ठी इधर को आ रही थी।

तभी भुमानीदीन का भूत हॉस्टल की तरफ आता दिखा।

पुलिस की गोली भुमानीदीन जी की कमर में लगी थी। वे अभी तक लँगड़ाकर चल रहे थे (पुलिस की गोली आत्मा तक को घायल कर देती है—पुलिस पदक बाँटने वाले कृपया नोट करें), फिर उड़ने के चक्कर में अलग से पटखनी खा गए थे। लँगड़ाहट बढ़ गई थी।

वैसे भुमानीदीन जी अभी मरने को तैयार नहीं थे। शान्तिप्रिय नागरिक थे। फोर्ट रोड पर सुपाड़ी के खिलौनों की एक छोटी सी दुकान चलाते थे वे। उससे इतनी कमाई हो जाती थी कि अगर सात-आठ दिन का कर्फ्यू शहर में लग जाता तो घर बैठे दाल-रोटी चला लेते। शहर में कर्फ्यू, सेना की परेड तथा पुलिस के ट्रक हर दो-तीन माह में दस-पाँच दिन को आ ही जाते। इस दफे कर्फ्यू कुछ अधिक ही खिंच गया। घर में खाने के लाले पड़े थे पर भुमानीदीन ने जो शहर के शान्तिप्रिय नागरिक थे, कानून का पालन किया और शान्तिपूर्वक घर में घुसे भूखों मरते रहे। पर होनी होकर रहती है (हर नागरिक यही कहकर दिल बहलाता है), हुई। कर्फ्यू लगा था। भुमानीदीन खिड़की के पास खड़े थे कि एक पुलिसवाले की दूसरे से शर्त लगी कि बता प्यारे, तेरा निशाना कैसा है। गोली सही लगी। पुलिसवाला चाय की शर्त जीतकर हँसने लगा। भुमानीदीन एक शान्तिप्रिय नागरिक की मौत मारे गए।

खैर—तो भुमानीदीन लँगड़ाते हुए चले आ रहे थे।

"ओए लंगड़। किधर घुसा आ रहा है?" आवाज आई, खँडहर की छत से। भुमानीदीन जी ने देखा कि बहुत से भूत-प्रेत खंडहर की छत पर खड़े हँस रहे हैं या उनकी तरफ देखकर मुँह बना रहे हैं। उन्होंने भी मुँह बिचका दिया और खँडहर की

तरफ बढ़ते हुए उसमें घुस गए। किसी के बाप का खँडहर है क्या? वे जिस ईंट को चाहेंगे, उसे दूसरी ईंट से बजाएँगे। हम भारतवासी हैं, पुलिस के सिवाय किसी से नहीं डरते। फिर प्रेतों की तो ऐसी की तैसी। उनका भारतीय अँगड़ाई तोड़ता जागा। वे खँडहर की टूटी सीढ़ियाँ चढ़ने लगे।

"अबे लँगड़े, तैने सुना नहीं कि लड़कों ने क्या कहा? भूत-सा मुँह उठाए घुसा आ रहा है?" वार्डन साहब सीढ़ियों पर रास्ता छेककर खड़े थे। पीछे पिशाच, भूत-प्रेतों की टोली। पास ही अमराई से चुड़ैल छोकरियाँ भी तमाशा देखने आ गई थीं और सीढ़ियों के नीचे खड़ी हो गई थीं।

लड़कियों के सामने ऐसी बेइज्जती कभी नहीं हुई थी उनकी। भुमानीदीन ने आधी सीढ़ियों पर खड़े होकर मर्दाने ढंग से नीचे ताका, चुड़ैलों ने स्त्रियोचित प्रोत्साहनी निगाहें फेंकी और वे डट गए।

बोले, "जबान सँभालकर बात कीजिए साहब, यमराज का आडर लेकर ही इधर आया हूँ, देख लीजिए, आदेश क्रमांक—फलाना-फलाना।"

"अबे तेरे आदेश क्रमांक की तो— " वार्डन साहब कोई गाली जोड़ना चाहते थे पर चुड़ैलों के कारण भाषा पर नियंत्रण रखना पड़ा। उन्होंने आदेश का कागज लेकर फाड़ दिया।

भुमानीदीन जी यमराज के सबआर्डीनेट की हिम्मत देखकर दंग रह गए—"आपने यमराज का आडर फाड़ दिया?"

"हाँ-हाँ, फाड़ दिया, ज्यादा चें-चें करोगे तो तुमको भी लौंडों से कहकर बाहर फिंकवा दूँगा। रोज-रोज पाँच-सात नये भूत चले आ रहे हैं। मैं क्या अपने सिर पर रखूँ? साहब का क्या है, टाइप करा दिया आडर"—वार्डन बड़बड़ाने लगे।

''इन्हें हमारे हॉस्टल का वार्डन बना दीजिए न, सर।" एक शरारती चुड़ैल ने चुहल की। शेष चुड़ैलें तथा भूत-प्रेत हो-हो करके हँसने लगे।

"सच्ची सर, रात-बिरात डर लगता है, हम औरतें ही औरतें रहती हैं अमराई में, कब क्या हो जाए? एक मर्द होना जरूरी है।" दो-एक चुड़ैलों ने मजाक बढ़ाई "तुम्हें यह मर्द नजर आता है?" पीछे से एक प्रेत ने आवाज कसी। सभी ठहाका मारकर हँसे। हँसी वार्डन साहब को भी आई पर डिसिप्लिन के मारे दबा गए और उन्होंने डाँटकर सबको चुप किया।

भुमानीदीन जी की स्थिति किसी नये हॉस्टलर जैसी हो गई जिसकी रैगिंग हो रही हो। वे असहाय हो गए और उनकी आँखें छलछला आईं। वे रुआँसे होकर वहीं सीढ़ियों पर बैठ गए और फिर रोने लगे। चारों तरफ चुप्पी हो गई। सकल प्रेतगण जो उनका मजाक उड़ा रहे थे, उनके प्रति सहानुभूति से भर उठे। वार्डन साहब भी अपराधी भावना से भर उठे।

"सर, इनको रख लीजिए," एक प्रेत ने सिफारिश की।

"रख तो लूँ पर कहाँ एडजस्ट करूँगा?" वार्डन परेशान थे। उन्होंने भुमानीदीन से पूछा, "यार, तुम लोग पागल हो गए हो क्या? यह रोज शहर में गोलाबारी? चक्कर क्या है? क्या पूरे शहर को भूत बनाकर मानोगे?"

"सर! तब मजा रहेगा अपुन चलकर शहर में रहेंगे और आदमी खँडहरों में।" एक चुड़ैल बोली।

वार्डन ने डाँटा, "लड़कियो, तुम चुप रहो या जाकर अपनी-अपनी डाल पर बैठो, बीच में मत टपको।"

"सर ये ऐसेई करती हैं।"

"मैं ऐसेई करती हूँ कि तू करती है?"

"तू करती है।"

फिर चुड़ैलों में चक-चक शुरू हो गई।

वार्डन ने ध्यान उनसे हटाकर भुमानीदीन जी पर लगाया, भुमानीदीन कह रहे थे, "मैं क्या करूँ साहब, सारे देश में यही चल रहा है, कौन करते हैं यह सब, यह तो नहीं जानता, परन्तु मरने वाले हमीं लोग हैं साहब, छोटे-छोटे, गरीब लोग..."

वार्डन ने दिलासा दी, "भुमानीदीन, तुम मानते हो न कि तुम छोटे लोग ही इन बड़ी लड़ाइयों में मरते हो। यह तो सदियों से तुम्हारी नियति रही है। तुम्हें मरना ही था, पुलिस न मारती तो सूखे-बाढ़-डकैती में मारे जाते तुम। तुम किसी पार्टी के जुलूस में कुचलकर मरते या कार के नीचे आकर। अस्पताल के टूटे पलंगों पर डॉक्टर की फीस जुटाने में असमर्थ तुम्हें मुर्दाघर तक जाना ही था। या बार्डर पर लड़ते मर जाते, तुमको मरना ही था भुमानीदीन।"

"पर मैं अब क्या करूँ, कहाँ जाऊँ?" भुमानीदीन पुनः रुआँसे हो गए।

"एक हेल्प कर सकता हूँ। तुमको यह परमीशन दे सकता हूँ कि शहर जाकर अपने ही घर में रह सको। वैसे भूतों का शहर में जाना कानूनन मना है, पर तुम्हारे लिए मेरे द्वारा यही रियायत की जा सकती है।" बहुत देर तक विचार-विमर्श चलता रहा। अपने ही घर में रहने की परमीशन के पेपर्स लेकर भुमानीदीन पुनः शहर को लौट गए। लौटते हुए उन्होंने देखा कि एक और अर्थी शमशान घाट में आ रही थी।

बड़ा रोमांचक लगा उन्हें, शहर की कर्फ्यूग्रस्त गलियों से गुजरना। चारों तरफ या तो सन्नाटा था या पुलिस। सब तरफ बस पुलिस और पुलिस, आदमी कोई नहीं। बस, चन्द कुत्ते। भुमानीदीन जी का भूत पुलिसवालों से छुपकर अपनी गली की तरफ डरता हुआ बढ़ता रहा जबकि वह खूब जानता था कि वे अब उसे नहीं देख सकते। वे गली के छोर तक पहुँचे। वहाँ कुछ पुलिसवाले बीड़ी पी रहे थे। दो-एक कन्धे पर बन्दूक लिये उसी की गली के छोर पर ठिठोली कर रहे थे। इनमें से

किसने मुझे मारा था? उन्होंने पहिचानने की कोशिश की, पर असफल रहे। उनको सारे ही पुलिसवाले एक जैसे लगे। किसी को कैसे मार देते हैं ये? वे सोचते, डरते गली में घुस गए। किसी ने नहीं टोका, सोचा—कर्फ्यू में केवल पुलिस, कुत्ते और भूत ही बेरोकटोक घूमने वाले शहरी रह जाते हैं।

अपने घर के सामने पहुँचकर वे स्तब्ध रह गए।

घर के स्थान पर बस, राख तथा मलबे का एक ढेर पड़ा था।

न पत्नी कहीं दिखी, न बच्चे। वे वहीं बैठकर रोने लगे, हूँ-हूँ करके। भूत के रोने से हवा का एक वृत्त बना और उड़ चला। घर की राख पर से हवा का यह झोंका हूँ-हूँ की आवाज के साथ उड़ा, जैसे आँधी का बगूला उठा हो। राख का एक गोल-गोल नाचता दायरा उठा। भुमानीदीन का भूत रोते-रोते गली में चलता गया, सड़क की तरफ। रोने से उठी आँधी में यह राख का बगूला नाचता हुआ भुमानीदीन के साथ उड़ता हुआ पुलिसवालों के पास से गुजरा।

"देख बे, भूत आया।" राख के उड़ते गोले को देखकर एक पुलिसवाले ने दूसरे से कहा और दोनों हँसने लगे।

"भूत आया"...भुमानीदीन का भूत काँप उठा।

क्या उन्होंने मुझे देख लिया? हे ईश्वर इनसे बचा। भुमानीदीन का भूत वहाँ से सरपट और बेतहाशा भागा, रोता हुआ। एक धूल भरा अंधड़ खाली सन्नाटे भरी सड़कों पर से गुजर गया। हाँफता हुआ भूत शहर के बाहर जाकर ही रुका एक टूटी हुई पुलिया पर। बचपन में भुवानीदीन उस पुलिया पर बैठकर गपियाते थे कि इधर भूत रहते हैं। पुलिया के एक तरफ शहर था, दूसरी तरफ खँडहर, भुमानीदीन दोनों तरफ नहीं जा सकते थे। उनके भूत ने तय किया—वह इसी पुलिया पर रहेगा। वह कर्फ्यू में मरने वालों का एक नया हॉस्टल इसी पुलिया के नीचे बनाएगा।

भुमानीदीन के भूत ने वार्डन के रुतबे से सूनी सड़क पर नजर डाली। और लँगड़ाते हुए पुलिया के नीचे घुस गया।

अपने-अपने आतंक

भारत में भी आतंकवाद आ गया है, ऐसा हर ऐरा-गैरा तक कहने लगा है आजकल। मेरा निवेदन है कि यह सब कहना गलत है। भारत में तो आतंकवाद हमेशा से ही रहा है। यह कोई आज की बात नहीं कि, जिसके लिए हल्ला मचाया जाए। आतंक की एक परम्परा रही है, बाकायदा। हम इस सन्दर्भ में आत्मनिर्भर रहे हैं देश की आवश्यकता के लायक आतंक देश में ही सदियों से पैदा करते रहे हैं। आपको मेरी बात पर शायद विश्वास न हो। आप मुझे ही आतंकवादी कह सकते हैं। आप कहेंगे कि मैं झूठ बोल रहा हूँ। मैं सादर आमंत्रण दूँगा आपको कि आप अपने बुजुर्गों को याद करें। बुजुर्गों का नाम सुनकर ही अभी जो फुरहरी-सी आपके बदन पर आई, वही आतंकवाद है। शुद्ध देसी आतंकवाद। बुजुर्गों का आतंकवाद। ऐसे कई आतंकवाद यहाँ-वहाँ बिखरे हैं भारतीय जीवन में। पिता, हेडमास्टर, सरकार, दफ्तर से लेकर बिल्ली तक आतंक का एक अनन्त आकाश या कहिए तम्बू, चाँदनी, चँदोवा, छाता, छत, टीन, छप्पर या चादर-सा तना है हिन्दुस्तानी खुपड़ियों पर। आम भारतीय नागरिक के लिए आतंक एक रोजमर्रा की बात है, जैसे मुँडेर पर बैठा कौआ, आकाशवाणी का शोर। कुछ-न-कुछ लगा रहता है। आतंक चलता रहता है।

मैं कुछ उदाहरण दूँगा—

मान लीजिए कि बरसात होने को है या हो रही है। अब एक आम भारतीय नागरिक क्या करेगा? भजिये तो खैर खाएगा ही, परन्तु और क्या करेगा? बैठा-बैठा वह आतंकित और चिन्तित होता रहेगा कि इस बरसात में मुन्ने को फिर दस्त न लग जाएँ। घटाएँ घिरेंगी और बच्चे की बीमारी की आशंका छा जाएगी। वह छाता लगाए घर आएगा और आते ही पूछेगा कि मुन्ने को दस्त तो नहीं लग गए? वह बरसात ही क्या, जिसमें बच्चों को दस्त न लगें। मौसम को सीधे बीमारी से जोड़ लिया है हमने। मौसम का आनन्द भी कोई चीज होती है, यह हमने जाना ही नहीं। ठंड पिताजी की गठिया में कटती है, तो गर्मियाँ पत्नी के बुखार के सहारे। और बरसात में तो ईश्वर छप्पर फाड़कर देता है, पीलिया, उल्टी, दस्त, मलेरिया आदि-आदि। अब तो हर मौसम हमें आतंकित करता है—मानसून आतंकवादी-सा आता है। ठंडी बयार छुपी कटार-सी डराती है और बसन्त में मलेरिया छुपाए दबे पाँव

आता है। मौसम का आनन्द तो कब का समाप्त है, अब तो बस, आतंक है उसका। फुहार आती है, खिड़कियाँ बन्द हो जाती हैं। गुलाबी सर्दी में ही रेडियो, दूरदर्शन पर सर्दियों में होनेवाले रोगों के घरेलू इलाज सुझाए जाने लगते हैं। सब तरफ ऐसा वातावरण बन जाता है कि आदमी मौसम के प्राकृतिक रूप से ही घबराया रहता है। 'आप झाँसी नहीं गए?' 'क्या बताएँ, इतनी सर्दी में कैसे निकलते!' 'ठीक कह रहे हैं आप। हम भी बरसात में झाँसी नहीं गए थे।' मैं पूछना चाहता हूँ कि भैया, फिर कब जाओगे झाँसी। मौसम हमारे लिये बड़ा आतंक है। अकर्मण्यों के लिए झाँसी न जाने का बहाना है मौसम। यह घर बैठकर खिड़की के काँच में से दूर से देखने की चीज है। सर्दी का कुल मतलब है रजाई में घुसना, तथा बरसात खटिया पर लेटकर छत की टीन बजने की आवाज सुनने का नाम है। मौसम का आतंक है या आतंक का बहाना है, पता नहीं चलता।

हमारे देश में एक और आतंक बड़ा आम तथा लोकप्रिय (!) है, यानी एम.ए. पास हो जाने का आतंक। घर-घर में लड़के भयभीत बैठे रहते हैं कि कहीं हम एम.ए. पास न हो जाएँ। कहीं हमारी पढ़ाई खत्म न हो जाए। पढ़ाई समाप्त होने का भयानक आतंक है युवा पीढ़ी पर, क्योंकि उसके बाद उसके लिए यहाँ कुछ नहीं है। एम.ए. (या एम. एससी. या ऐसी ही अन्य हरकत) करके फिर क्या करेंगे? कुछ लोग तो डबल एम.ए. करेंगे और इस तरह एम.ए. के बाद के आतंक से बचेंगे। पर डबल एम.ए. के बाद फिर क्या? वही जो एम.ए. के बाद था। घर-घर में बच्चे एम.ए. कर रहे हैं और घर-घर में यह आतंक है कि एम.ए. के बाद इनका क्या? मेरा उत्तर है कि इस देश में एम.ए. के बाद भी आप वही करते हैं, जो बी.ए. के बाद आप करते। विशेष अन्तर नहीं, सिवाय इसके कि बी.ए. के बाद एम.ए. किया जा सकता है। सभी करते हैं। बी.ए. के बाद एम.ए. यों आता है, जैसे दिल्ली लाइन पर इलाहाबाद के बाद कानपुर, शेष तो डिग्रियों के सारे स्टेशन एक-से हैं, जहाँ रोजगार की एक्सप्रेस गाड़ियाँ नहीं रुकतीं। शिक्षा की इस पटरी पर सिफारिश की चेन खींचकर लोग जंगल में भी इस गाड़ी को रोक सकते हैं, जहाँ कोई डिग्री नहीं, प्लेटफार्म नहीं वरना तो इस पटरी पर बेरोजगारी की लूप-लाइनें हैं और अनिश्चित भविष्य के बम पड़े हैं। एम.ए. की डिग्री एक बम की तरह नौजवान के पास आकर गिरती है और वह हमेशा के लिए अपाहिज हो जाता है। अब वह खेती कर नहीं सकता। डिग्री उसके गले में सफेद कॉलर का फन्दा बनकर झूल जाती है। युवाओं की ये साक्षर लाशें बड़ी आतंकित करती हैं मुझे।

कई आतंक रोजमर्रा के, रूटीन आतंक हैं। हमारे मध्यवर्गीय घरों में एक बहुत बड़ा आतंक नल न आने का है। जहाँ प्रतिदिन समय से पानी नल में आता है, वहाँ इस आतंक को समझना बड़ा कठिन है। नल एक आतंकवादी की तरह काम करता है। नल को लेकर निरन्तर तनाव की स्थिति बनी रहती है मध्यवर्गीय

परिवारों में। आज आएगा या नहीं? घर-घर में सबसे अहम प्रश्न यही चल रहा है। आएगा तो पानी ऊपर चढ़ेगा या नहीं? आज जरूर आएगा। कहीं जाओ मत, क्या पता उसी बीच आ जाए।

नल आ सकता है। किसी भी समय आ सकता है। नल के डर से यहाँ-वहाँ आना-जाना बन्द। गृहिणी चार बार जा-जाकर देख आती है कि नल खुला तो है। रात में नींद नहीं आती। कान नल पर लगे रहते हैं पर वह नहीं आता। इतने ठनगन के बाद वह अचानक ही आ जाता है, और कुहराम-सा मच जाता है परिवार में। एक छोटा-मोटा घल्लूघारा-सा। अभी चला जाएगा, अब यह आतंक शुरू हो जाता है। इस तनाव में परिवार के बड़े सदस्य बर्तन-भाँड़े लेकर यहाँ-वहाँ भगदड़ करते हैं, बच्चे पीटे जाते हैं, पति गाली खाते हैं, चीखें मारकर एक-दूसरे को बुलाया जाता है। इसी दौरान सार्वजनिक नल पर तो मानो हजार ट्रांजिस्टर बम एक साथ फट जाते हैं।

और भी बहुत-से आतंकों की लिस्ट टँगी है हमारे जीवन की बदरंगी दीवार पर। लड़की पैदा होने का डर, तहसीलदार साहब द्वारा रिश्वत के भाव बढ़ा देने का डर, पिताजी के गाँव से आने का भय, बस्तर ट्रांसफर होने का आतंक, फादर द्वारा लड़की के साथ देख लिए जाने का भय, 'लड़की का भाई बादाम का शौकीन है' इस सूचना का आतंक, रेडियो-दूरदर्शन पर संगीत के राष्ट्रीय कार्यक्रम का डर, ट्रक के नीचे आने का डर, डॉक्टरों की स्ट्राइक का भय, अफसर के ईमानदार होने का भय, दहेज में स्कूटर के साथ चाँद माँग लेने का डर, खरबूजा खराब निकलने का भय, लड़का बिगड़ रहा है—ऐसा लगने का आतंक, सूखा न पड़ने पर ग्रांट भी न मिलने का डर, गलत पता देने पर भी कमबख्त मेहमान के पहुँच जाने की आशंका, मुख्यमंत्री तक को नौकरी से हटाए जाने का डर, डॉक्टर द्वारा टँगड़ी गलत जोड़ दिये जाने का डर, फुटपाथ से पुराना कोट खरीदते समय दोस्तों द्वारा देख लिए जाने का भय, प्रिंसिपल को जूता मारने पर कॉलेज से निकाले जाने की आशंका का आतंक, फूड इंस्पेक्टर साहब को हफ्ता सही समय पर न पहुँचा पाने का आतंक, हत्या करने जाते समय कारतूस नकली निकल जाने का भय, लू लगने का भय, बिल्ली द्वारा दूध पी जाने का डर, बिजली से चिपक जाने का डर, सी.आर. खराब होने का आतंक, सत्यनारायण भगवान का डर, 'इस साल नकल नहीं चलेगी।' इस अफवाह का डर, जन्मपत्री न मिलने का भय, थाने में बलात्कार करते समय सिपाही को अगले दिन लाइन-अटैच होने का डर, बूथ पर कब्जा न कर पाए तो प्रजातंत्र के भविष्य का डर, पटवारी अपनी जाति का न होने का आतंक, लठैती का आतंक, वकील साहब की अपोजिट ग्रुप से मिल जाने की आशंका, हाईकमांड का डर, ऊँचे बाँध की डूब में जमीन गँवाकर रिक्शा खींचने का आतंक, विदेशी हाथ का आतंक, दिल्ली की लात का आतंक, टैक्सी में बैठकर मीटर चलता देखते जाने का आतंक आदि-आदि। बड़ी लम्बी फेहरिस्त है यारो!

तो दोस्तो, हम नहीं डरनेवाले आतंकवादियों से। हम आतंक में उठते-बैठते, लोटते रहे हैं। सालों से आतंक ही आतंक सहे हैं। आतंक भारतीय समाज का अभिन्न अंग रहा है। जो अपने बाप से प्रतिदिन दस झापड़ खाता रहा हो और ऐसा पिछले पन्द्रह-बीस वर्षों से कर रहा हो, वह बम से क्या और क्यों डरेगा? जो व्यक्ति अपनी पत्नी पर रोज लात-घूँसों से हमला करता रहा हो, उस पर हमला करके आतंकवादी कहाँ जाएँगे? जो व्यक्ति पेंशन ऑफिस के भीतर जाकर कागज निकलवाकर सुरक्षित आ चुका हो, उसे किस बन्दूक से मारोगे तुम? जो देशभ्रष्ट राजनेता, चालक-क्लर्क, बदमाश व्यापारियों, चापलूस पत्रकारों आदि की बारूदी सुरंगों पर चलते हुए प्रगति करने का जोखिम उठा सकता है, उसे डराने की कोशिश कर रहे हैं मेरे यार! नहीं डरनेवाला, वह नहीं डरनेवाला! डराना ही है, तो कुछ नई चीज करो यारो! आतंक बड़ी पिटी-पिटाई चीज है इस देश में।

दहेज मंडी की डायरी

पिछले दिनों मुझे स्थानीय गल्ला मंडी में सड़क पर पड़ी एक डायरी प्राप्त हुई। डायरी किन्हीं जमना प्रसाद जी दलाल की थी, जैसा कि डायरी के कवर पेज पर लिखा था। जो नहीं लिखा था, वह डायरी पढ़कर ज्ञात हुआ। अपनी पुत्री के विवाह सम्बन्ध के लिए भटकते जमना प्रसाद जी की डायरी के कुछ पन्ने यहाँ प्रस्तुत हैं।

1

2 जनवरी, 1970

आज मंडी बामोरा होकर आया।

इस बात की बलवान सम्भावना है कि यू.पी. का माल इधर आने से भाव अगले सीजन तक अधिक टूटेंगे सो मंडी की स्थिति का पता करने उधर गया था। सेठ जी ने उधर सोने की बिकवाली पर भी एक नजर मारकर आने को कहा था, सो वह कार्य भी किया।

इधर सरस्वती की बी.ए. की पढ़ाई खत्म हो गई और घर में उसकी शादी को लेकर तरह-तरह की चर्चाएँ बढ़ गई हैं। इस वर्ष यह काम सुलटाना ही है, ऐसा सावित्री का कहना है। मैंने इस सम्बन्ध में भी मंडी बामोरा में चर्चा चलाई क्योंकि उधर अपनी बिरादरीवालों की संख्या में पिछले वर्षों में अच्छा उछाल आया है परन्तु स्थिति स्पष्ट न हो सकी। स्थिति साफ होने पर ही कामकाज होने की शक्यता है। इसके लिए अभी और चक्कर मारने होंगे। अभी ऑफ सीजन होने से गाँठ में टाइम का अच्छा स्टाक है सो इसी बीच छतरपुर, मऊ, कालपी और चाचोड़ा के चक्कर मारे आता हूँ।

बिरादरी के काफी लड़के इस तरफ शादी लायक हैं। वैसे आजकल तो नौकरी, ट्रांसफर के कारण हर शहर में बिरादरीवालों का भरावा हो गया है। शीघ्र ही सब तरफ जाना होगा।

2

26 जनवरी, 1970

पिछले दिनों शहर से ही बाहर घूमता रहा, सरस्वती के चक्कर में।

इधर उसकी शादी का समय पकता जा रहा है और उधर लड़कों के भाव देखकर घबराहट का एटमासफीयर मन में छा रहा है। लड़कों के भावों का घटना कल्पना का विषय हो गया है। बेरोजगार लड़कों तक के भाव (जिनमें कोई क्वालिटी-आकर्षण की बात भी नहीं है) बड़े ऊँचे जा रहे हैं। भाँवर तथा टीके से पूर्व ही दस से बीस हजार का भाव चल रहा है। बड़ी बेशर्मी से सारे माँ-बाप दहेज की चर्चा करते हैं। उनका प्लस पॉइंट यही है कि उन्होंने लड़का पैदा किया जिसकी उपभोक्ता माँग बहुत अच्छी है। भाव मुलायम होने की प्रतीक्षा करूँगा तो लड़की बूढ़ी हुई जा रही है जबकि भावों में तो मजबूती ही आनी है।

एकाध लड़का बिना दहेज के शादी कर भी ले तो इससे सीजनल भावों में गिरावट आने से रही, यद्यपि सारे बाजार को भाव गिरावट की प्रतीक्षा अवश्य है। आवक, मन्दी, माँग और भावों के बीच दलाली करते मैंने सारी उम्र निकाल दी। पर शादी के सट्टा-व्यापार को मैं भी नहीं समझ पा रहा हूँ।

3

4 अप्रैल, 1970

पिछले दिनों कई जगह सरस्वती की शादी की बात चलाई। हर जगह लड़के के बाप ने प्रारम्भ से ही मुलायम भावों के प्रति अपनी नापसन्दगी जाहिर कर दी। फिर मार्च-अप्रैल में तो शादियों का सीजन चल रहा है। जब ऑफ सीजन में ही लड़कों के भावों में तूफानी तेजी थी, तब सीजन के टाइम पर तो भाव टूटने की बात करना भी अपराध होगा। हर ब्रांड के लड़कों की कीमत हाई जा रही है। पिछले दिनों तिवारी जी के पुत्र की नीलामी हुई तो मलहरा के पाठक जी ने पहले तो तीस हजार की बोली पर माल उठाया, पर बारात दरवाजे पर आने पर मात्र बीस हजार रुपये टिपाने लगे। ऐसे में तिवारी जी ने सारी बिड़ें अस्वीकार कर दीं और बारात वापस ले आए। तिवारी जी के लड़के में अभी विनियोजकों का आकर्षण काफी है और उन्हें आकर्षक भाव प्राप्त होने ही हैं।

इसी बीच विभिन्न किस्म के लड़कों के बाजार भावों का अनुमान होता जा रहा है। डॉक्टरों के भाव जो कुछ वर्ष पूर्व तक उठाव पर थे, अब लोग उनके प्रति हाथ खींचे हुए हैं क्योंकि विवाह की मंडी में उनकी आवक काफी हो गई थी। फिर

भी लम्बी मन्दी के आसार कम हैं। माँग कम होने से इंजीनियर लड़के भी गिरे हैं, परन्तु ठेकेदार, दुकानदार तथा व्यापारी लड़कों के भाव उसी ऊँचाई पर खामोश पड़े हैं। मास्टरों की देश में खपत नहीं कि उनके भावों में कोई आकर्षण आ सके, फिर मुनाफे की कोई मार्जिन न होने से मास्टर अभी और गिरेंगे। तहसीलदार, पटवारी, कानूनगो इत्यादि की माँग बढ़िया है। अतः इनके भाव तेज ही चल रहे हैं। थानेदार लड़कों के भावों में बीच में जो आंशिक मजबूती आई थी, वह थानों में बलात्कार इत्यादि की घटनाएँ बढ़ने से लड़कीवालों के बिदकने से मुलायम हुई है और मंडी में प्रबल सम्भावना है कि सीजन के अन्तिम चरण तक थानेदारों में और गिरावट आएगी। डिप्टी कलेक्टर, आई.ए.एस. लड़कों की आपूर्ति कम होने से हमेशा की भाँति उनके शेयरों के भाव ऊँचे ही रहे।

शादी अब एक सट्टा बन गया है। लड़कों के शेयरों के खड़े आलिए प्रमुख अंश में सुलट भी जाएँ, पर बिना पूरा पैसा चुकाए लड़की की शादी करने के ताखनी कामकाज पर सामाजिक प्रतिबन्ध है। दहेज चुकाए बिना गुजारा नहीं। इन प्रतिबन्धों के कारण, किसके साथ और किस तरीके से लड़की निबटाना—यह प्रश्न सटोरियों में चर्चा का प्रमुख विषय बना जा रहा है। भाव अभी और बढ़ने की आशा के कारण लड़कों के पिता शादी-ब्याह तय करने से हाथ खींचे हैं और इस तरह के लम्बे सौदे करने के पक्ष में नहीं हैं। वे मात्र लड़कियाँ देखने का काम कर रहे हैं ताकि मार्किट में सर्कुलेशन बना रहे तथा अच्छे भाव मिलने पर उनका माल उठ सके। लड़के वाले तेजाड़िए हो गए हैं और लड़की के बाप व्यर्थ ही मन्दड़ियों की तलाश में शहर-शहर मारे-मारे फिर रहे हैं। जहाँ, जैसा लूला, लँगड़ा वर मिले, वहीं शादी तय करके लड़की निबटा दी जाए—बाजार में लड़की के पिताओं के बीच यह आम राय है क्योंकि पसन्दगी के शेयर खरीदने की स्थिति में बहुत कम हैं। लड़कों की पैदाइश का रकबा अच्छा-खासा है तथा उनकी फसल भी बम्पर उतर ही रही है, तब भी लड़कों के भाव क्यूँकर मजबूत ही मजबूत हुए जा रहे हैं यह व्यापारिक क्षेत्रों में विस्मय का विषय है।

अब एक ही हल सामने दिखता है कि लड़कियों की फसल ही समाप्त कर दी जाए।

4

10 अगस्त, 1975

पाँच वर्ष बीत गए वर तलाशते।

कहीं भी मामला नहीं सुलटा, इधर सरस्वती की उम्र भी बढ़ती जा रही है सो उसका क्वालिटी आकर्षण भी घट रहा है। छोटी वाली की शादी का समय भी अब

पक रहा है। घर में रोकड़े की स्थिति कमजोर चल रही है। खाने-पीने के ही लाले हो रहे हैं। लड़कों के भावों के टूटने की प्रतीक्षा में सालों से टकटकी लगाए बैठा हूँ, पर लड़कों की बेचान ऊँची ही जा रही है।

हे ईश्वर, मैं किस क्रूर व्यापार में फँस गया।

कल ही निराला पान सदन के श्री मिश्रीलाल जी राठौर ने इलाके के लड़कों के भावों की ताजा स्थिति लिख भेजी है। लिस्ट यूँ है—

डॉक्टर (तैयार)	30,000 रुपये नकद
डॉक्टर, स्क्रेप (पढ़ रहा है)	30,000 रुपये ,,
वकील, काला	15,000 रुपये ,,
वकील, सफेद	15,000 रुपये ,,
डाकू	15,000 रुपये ,,
तहसीलदार	20,000 रुपये ,,
थानेदार, जूता ब्रांड ,, डंडा ब्रांड ,, डाकू ब्रांड ,, काली-मूँछ	(सभी 50,000
प्रोफेसर, देसी	10,000 रुपये नकद
मास्टर, देसी	5,000 रुपये ,,
इंजीनियर, वाराणसी	30,000 रुपये ,,
इंजीनियर, ठग-ब्रांड	50,000 रुपये ,,
ठेकेदार, संकर (मिलावटी)	एक लाख तथा अधिक

...

लिस्ट बड़ी लम्बी है।

सरस्वती इस ब्लैक-लिस्ट में कहाँ फिर होती है?

5

2 अक्टूबर, 1978

संयोग अभी भी उज्ज्वल नहीं।

तेजी-मन्दी के वही सदियों पुराने आधार इस समाज को चलाते हैं, मंडी के वही हाल हैं। सरस्वती के हाल खराब हैं। उसकी तरफ देखने में भी डर लगता है। वह भी अपराध-बोध से पीड़ित है और मैं भी। यहाँ से वहाँ तक एक काला बाजार है जिसमें लड़के बिक रहे हैं।

उफ...।

...

इसके आगे डायरी खाली पड़ी थी।

मैंने बड़ी कठिनाइयों से जमुनाप्रसाद जी के घर का पता लगाया और वहाँ पहुँचकर उनकी वह डायरी वापस की। उनके चेहरे पर वही वीरान छटा थी जो भारत में हर लड़की के बाप के चेहरे पर बिखरी होती है।

जब लौटने लगा, तब हिम्मत बाँधकर मैंने पूछ ही लिया, "फिर सरस्वती की शादी कहाँ तय हुई?"

"वह टंटा ही सुलझ गया साहब," जमनालाल जी ने बताया।

"कैसे?"

पिछले वर्ष सरस्वती ने फाँसी लगा ली!

दहेज के इस कालाबाजार में सरस्वती का यही अन्त होना था। यही धर्मसम्मत (!) था।

मेरा खेल-जीवन : एक आम दुखान्त कथा

मैं खेल प्रेमी हूँ।

आज जब देश में चहुँओर छात्रों के बीच खेलों की लोकप्रियता बढ़ाने के प्रयत्न धकापेल चल रहे हों, तब यह अनुचित न होगा, यदि मुझे अपने स्कूल के वे खिलाड़ी दिन याद आ जाएँ। ये वही दिन थे, जब मैं अपने गेम्स टीचर के अथक परिश्रम तथा अपनी उभरने से पूर्व अस्ताचल को जाती मांसपेशियों के समस्त सहयोग के बावजूद, खिलाड़ी होते-होते रह गया। स्पष्ट है कि तब यदि मैं उस क्षेत्र में उतर गया होता, तो भारतीय खेलों की हालत ऐसी दुखद कदापि न होती, वह इससे भी शर्मनाक होती; हाँ, हिन्दी-व्यंग्य की स्थिति शायद बेहतर हो जाती।

मेरे खिलाड़ी जीवन (!) में तीन गेम्स टीचर आए तथा तीनों ने अपना अलग-अलग प्रभाव मुझ पर छोड़ा।

यह जो मेरे माथे पर चोट का निशान है, वह प्रथम गुरुजी का प्रभाव है। वे स्थायी प्रभाव छोड़ने के कायल थे। ऐसा प्रभाव वे हॉकी मारकर, जोरदार झापड़ कसकर अथवा ग्राउंड में यत्र-तत्र बिखरे पत्थरों पर छात्र को पटककर पैदा करते थे। उन दिनों गाँव के लोग सिर पर पट्टी बाँधे अथवा कराहते हुए बस्ता लादे बालक को देखते ही कह उठते थे कि यह बालक, हो न हो, बेसिक प्राइमरी स्कूल का छात्र है। यही देखकर हिन्दी के एक कवि ने कहा था कि "अहा! ग्राम्य जीवन भी क्या है," जिसका विद्वान शहरी टीकाकारों ने कालान्तर में गलत मतलब निकाल लिया। आपका नाम 'श्री राम सिंह गेम्स टीचर' था। अपने दो-वर्षीय पुत्र का नाम आपने 'श्याम सिंह गेम्स टीचर' रख लिया था। इस प्रकार गेम्स टीचर इनकी रग-रग तथा खानदान में समा गया था।

जो लोग आज दुखी होकर कहते फिरते हैं कि हमारे खेलों तक में आजकल जाति-पाँति घुस आई है, वे भूल करते हैं। वह आज नहीं घुसी। उसे खेलों में प्रवेश देने का श्रेय हमारे गेम्स टीचर जी को प्राप्त होना चाहिए।

उनका प्रिय खेल हॉकी था तथा द्वितीय प्रिय खेल हॉकी, फुटबाल, फुटबाल के ब्लेडर, चिड़िया-बल्ला आदि वस्तुएँ स्कूल से उठाकर शहर में बेचना था। उनके

रहते कभी गेम्स स्टोर रूम में ताला नहीं लगा, क्योंकि रूम के अलावा उसमें कुछ बचा भी नहीं था तथा आप उसका ताला भी बेच आए थे। वे प्राय: शहर में बढ़ती जा रही बेईमानी का जिक्र ग्रामवासियों के बीच यह कहकर किया करते थे कि "बेईमानी देखो सालों की! आप तो बेईमानी देखो!! पाँच रुपये का फस्ट किलास अलीगढ़ी ताला था। हरामियों ने दो रुपये दिये, वो भी तमाम झिकझिक के बाद।" इतना कह लेने के पश्चात उनका गुस्सा उतर जाता और तब वे हँसकर आगे बताते, "खैर, हमारे बाप का क्या बिगड़ता है? बताओ! सरकारी चीज थी। पर एक बात कही हमने! बहुत बेईमानी है।" कभी-कभी वे अपने हेडमास्टर की बेईमानी के भी किस्से सुनाते थे, जिन्होंने इनसे छुपाकर वालीबाल का नेट बेच दिया था।

राम सिंह जी का कार्यक्षेत्र हमारे स्कूल की मृतप्राय इमारत के ठीक पीछे स्थित लगभग पाँच वर्ग गज की जमीन थी, जो बहादुरशाह जफर द्वारा बार-बार माँगने पर भी उन्हें न देकर स्कूल को दे दी गई थी। उसे हम तकल्लुफ में खेल का मैदान कहते थे। वैसे यह जगह एक साथ ही मैदान, खुली हुई शान्ति निकेतनी कक्षा तथा पेशाबघर का कार्य पूरी निष्ठा से सम्पन्न करती थी। इसी मैदान में हम लोग वे सारी कार्यवाहियाँ किया करते थे, जिनके बूते पर हमारे खेलप्रेमी ओलंपिक में झंडा गाड़ देने की मधुर कल्पना करते हैं। लोग हमें भविष्य के ध्यानचन्द तथा के.डी. 'बाबू' बताया करते थे। हममें से उदीयमान लोग बाद में दफ्तरों में बाबू बन भी गए।

इसी मैदान में हम लोग प्रार्थना के पश्चात एकत्र होते थे। राम सिंह जी की प्रतीक्षा में एक-दूसरे को पहले झापड़, फिर लात तथा अन्त में पत्थर मारने लगते। जब एक-दो का सिर फूट जाता, तब सभी शान्त होकर बैठ जाते। अन्त में वे आते और जाति के आधार पर बच्चों की ठोंक-पीट करते। इसके पश्चात अन्ततः वे उन लोगों को पत्थर पर दे मारते, जिनका सिर पहले ही मारपीट में फट चुका होता था। तब सभी रोते-कलपते हुए कतारों में लग जाते और व्यायाम प्रारम्भ होता। पाँच मिनट के व्यायाम के पश्चात ही वे बताते कि ''मैं अभी आता हूँ। तुम लोग ड्रिल करते रहना।" इतना कहकर वे एक छात्र को व्यायाम कराते रहने के लिए नियुक्त करके चले जाते और घर जाकर सो जाते। इधर बाकी छात्र उस एक छात्र को मारपीट कर इमली खाने निकल जाते।

शाम को इसी मैदान में खेल हुआ करते। हम सभी लाठियाँ लेकर घर से आते। जो दो-चार हॉकियाँ अपनी दयनीय हालत के कारण शहर में नहीं बिक पाई थीं, उन्हें हमारे गुरुजी इस तरह बराबर-बराबर हम बीस-पचीस छात्रों के बीच बाँट देते कि हर छात्र के हिस्से में हॉकी का एकाध टुकड़ा, सहपाठियों के बीस मुक्के तथा राम सिंह जी की पचास गालियाँ आतीं। तब लाठियों से ही हॉकी का खेल प्रारम्भ होता। छात्रों की कल्पनाशीलता को गति देने के उद्देश्य से कोई भी कायदा-कानून खेल में नहीं थे। वस्तुस्थिति यह थी कि खेल के नियमों की जानकारी राम सिंह जी

को भी लगभग नहीं के बराबर थी। उन दिनों गेंद को जोर से मारने का फैशन-सा था। हम इधर से मारते, तो गेंद मैदान के उस कोने से पार हो जाती। तब उधरवाले भी गेंद के साथ यही व्यवहार करते। गेंद इस तरह मैदान में आर-पार होती रहती अथवा उन लोगों की पीठ तथा मुँह में लगा करती, जो उसी मैदान में चिड़िया-बल्ला खेला करते थे। इसके अलावा, उसी मैदान में, उसी समय कुछ लोग फुटबाल, कुछ वालीबाल तथा अन्य उत्साही जन गिल्ली-डंडा खेलते रहते थे। हमें पता भी नहीं चल पाता था कि कब हॉकी की गेंद को डंडे से मार-मारकर अधमरा करते हम वालीबाल की सर्विस करने लगे हैं। एकदम बाबू देवकीनन्दन खत्री जी की लोहगढ़ी के तिलिस्म जैसा हैरतअंगेज वातावरण उपस्थित हो जाता था। यहाँ भी राम सिंह जी पाँच मिनट के खेल के बाद बताते कि "तुम लोग खेलना, मैं अभी आता हूँ।" वे फिर अगले ही दिन आते।

ऐसे सम्भावनापूर्ण चमत्कारी वातावरण से निकलकर मैं हायर सेकेंडरी स्कूल में आया। यहाँ आकर मुझे लगने लगा कि खिलाड़ी बन जाने का सुनहरा दिन अब सिर पर ही आया समझो पर यह भी मेरी भूल थी।

यहाँ चाभी नामक वस्तु ने मेरे खेल करियर में बड़ी साइज का रोड़ा अटकाया। यह चाभी गेम्स स्टोर रूम की थी और हमारे गेम्स टीचर श्री रामजीलाल गुप्ता के पास रहती थी। वे इसे हमेशा किसी मिशनरी भावना जैसी निष्ठा से गुमा देते थे। दरअसल सरकार उनको चाभी खोजने का वेतन देती थी। हम सभी छात्र शाम को खेलने के उद्देश्य से स्कूल पहुँचते, तो गुप्ता जी को बन्द स्टोर के समक्ष यह बुदबुदाते पाते कि, "चाभी फिर गुम गई है, आज खेल नहीं हो पाएगा।" मैं पूरे तीन वर्ष वहाँ रहा, पर गुप्ता जी ने चाभी गुमाने में कभी नागा नहीं किया।

रोज प्रार्थना के समय हमारे प्रिंसिपल साहब तथा गुप्ता जी के मध्य कुछ इस प्रकार का कथोपकथन होता—

"क्यों गुप्ता जी।"

"जी सर।"

"जो हमने आपके स्टोर की नई चाभी बनवाकर दी है, वह मिल गई?"

"जी सर।"

"तो आज लड़कों को कुछ खिलाइए।"

"जी, बहुत अच्छा सर।"

उक्त वार्तालाप से हमें आशा बँधती और हम पुन: शाम को मौके पर पहुँच जाते। स्टोर के समक्ष गुप्ता जी का कनिष्ठ पुत्र खड़ा मिलता, जो बताता कि पिताजी घर में चाभी खोज रहे हैं, मिली तो आएँगे।

अलबत्ता हम सभी को चौपड़ खेलना, ताश के जादू, कागज जलाकर रूमाल

बनाना तथा "तेरी प्यारी प्यारी सूरत को किसी की नजर न लगे," वाले गाने की सही तर्ज गुप्ता जी ने ही सिखाई। ये कलाएँ अब भी मौके पर सनद की तरह मेरे काम आती हैं और गुप्ता जी की याद ताजा कर देती हैं।

मेरे ऐसे सुनहरे खेल जीवन का अन्त मेरे पूज्य पिताजी के हाथों हुआ। वैसे सही मायने में यह अन्त उनकी लातों द्वारा हुआ। कुल घटना इस तरह हुई—

कॉलेज में प्रवेश के साथ ही मुझे तीसरे गेम्स टीचर मिले। इन्होंने मुझे सारे खेल सिखाए। मैं क्रिकेट अच्छी भी खेलने लगा। अच्छी खेलने से यहाँ मेरा तात्पर्य यह है कि जल्दी आउट हो जाने पर मैं नवाब पटौदी की तरह 'क्रिकेट बाई चांस' की बात कहकर मुस्कराता रहता था।

फिर भी मैं अच्छा खिलाड़ी बन रहा था।

तभी पिताजी ने एक दिन मुझे बुलाकर बिना किसी पूर्व चेतावनी के मेरे कान मरोड़ दिये और उसी क्रिया में संलग्न होते हुए कहा, "भूखों मरना है क्या?"

"नहीं तो।" मैंने इस आकस्मिक प्रहार से स्तब्ध हो जाने के बावजूद अपनी राय बताई।

"तब फिर पढ़ा करो न। जब देखता हूँ, बल्ला लिये खेलने जाते दिखते हो। इन खेलों के मत्थे जिन्दगी में क्या करोगे?"

इस बात पर विरोध करते हुए, मैंने एक क्रान्तिकारी वाक्य-रचना पिताजी की तरफ फेंकी, "खेलना भी जरूरी है। देश को अच्छे खिलाड़ियों की सख्त आवश्यकता है।"

बस मेरे इसी वाक्य से पिताजी आग हो गए। चीखकर बोले, "यह सब तुम्हारे उस गेम्स टीचर ने तुम्हें सिखाया होगा। साला, खुद अपनी जिन्दगी बर्बाद करके अब मेरे घर के पीछे पड़ा है। उससे पूछो कि उसने क्या पाया खेल-खेलकर? तीन सौ रुपल्ली की नौकरी!"

उक्त घटना के साथ ही मेरा खिलाड़ी करियर समाप्त हो गया।

कभी-कभी रात में सपना देखता हूँ कि खेल के मैदानों के चारों तरफ देश के माँ-बाप जूते लेकर नाकाबन्दी किये खड़े हैं, उन्हीं के साथ बेरोजगारी के प्रश्न, ऊँघते गेम्स टीचर तथा कागजी-योजनाएँ भी जमी हैं और देश के शिक्षाविद् मैदानों से घबराकर भागते बच्चों को उन्हीं मैदानों की तरफ हाँक रहे हैं। तब मैं घबराकर उठ जाता हूँ।

मुझे देश के बच्चों से सहानुभूति है।

शिक्षा पद्धति उर्फ एक विलाप इधर भी

यदि आप इजाजत दें, तो शिक्षा पद्धति को लेकर मैं भी थोड़ा-बहुत रो लूँ। कहें तो मैं भी चिन्तकों की लाइन में लग लूँ?

तय नहीं कर पा रहा था कि किस लाइन में लगकर रोऊँ। रोनेवालों की कतारें लगी हैं। लोकतंत्र, कानून-व्यवस्था, बेरोजगारी, आम, इमली, आग, लूगर—सभी को लेकर कतारें जुटी हैं। रो रहे हैं, बस रो रहे हैं। थोड़ी देर इस कतार में लगकर दहाड़ें मारीं, फिर लपक के दूसरी पकड़ ली। वे ही लोग हर कतार में लगे हैं।

हर कतार में वे ही घुस गए हैं और बाकायदा रो रहे हैं। पहले तो मैं इसी बात को लेकर रोया और बोला, भैया, हमें भी कहीं घुसा लो। लेखक हैं। कभी संकट में काम देंगे (बतर्ज : चूहा-शेर संवाद) इस बात पर रोनेवाले भी हँसने लगे। फिर बोले कि वैसे तो इस देश में संकट लाने और रोने के सर्वाधिकार उनके पास सुरक्षित हैं, पर चूँकि तुम हँसी-मजाकवाले लेखक हो, सो सब चलेगा।

इस तरह, मैं शिक्षा पद्धति को लेकर विलाप करने वालों की लाइन में पीछे से दत गया।

तो प्रस्तुत है मेरा रुदन।

देश स्वतंत्र हुआ।

तय करार पाया गया कि सभी को शिक्षित किया जाएगा। आदेश हो गए कि सभी को शिक्षा दो, डिग्रियाँ लपेटकर दो। पढ़ाओ, समझाओ और मारो स्सालों को। अंग्रेजीवालों को पुचकारो और हिन्दी वालों को फेंक के मारो। डिग्रियाँ छापो और बाँटो। बाँटकर, फिर छाप लो, छपी-छपाई फिर बाँट दो। इसके बाद पुनः बँटी-बँटाई छाप लो, जिसे फिर बाँट दो, बाँटो, बाँटो, बाँटो, छापो, छापो, छापो बाँटो-छापो, छापो बाँटो, सीता-राम, छापा मेरा, डिग्री मेरी, अंटा मेरे बाप का।

हमने छपवाई, तुमने बँटवाई अथवा तुमने छपवाई और हमने जो थी, बँटवा दी। सारा ही जोर, छापने और बाँटने पर। देश दो भागों में विभाजित हो गया, एक छापने लगा, दूसरा बटोरने लगा। डिग्री की रेवड़ी, अन्धों में, अन्धों द्वारा बँटने लगी।

कुछ लोग डिग्रियों का बंडल लेकर गाँवों की ओर निकल गए। वहाँ उन्होंने

डिग्री बाँटने के—निजी कुटीर उद्योग खोल लिये। प्राइवेट छापेखाने खुले, ग्रामवासियों को बैठे-बिठाए सुविधा हो गई और मजा रहा, सो रहा ही। बंडल खोल दिये गए और किसानों, मजदूरों, नंग-धड़ंगों के सामने फैला दिये गए। माल सस्ता लगा दिया, गांधी जयंती पर छूट दी गई, दस वर्ष की गारंटी लगा दी। माल बिका और खूब बिका। खेत बेचकर लोगों ने माल खरीदा और भाई ने बिके खेतों में और छापेखाने लगा लिये। शिक्षा का व्यापार चल निकला। किसान डिग्री बिछाकर, जमीन पर लेट गए और डिग्री बीच में आ जाने के कारण, अपनी ही जमीन से कट गए। कभी हम हल को, कभी अपनी डिग्री देखते हैं। मजदूर के हाथ से कुदाल छिनवाकर, उसके हाथ में डिग्री थमा दी और स्वयं, उसी कुदाल से देश की झकड़ा जड़ें खोदने लगे। गली-गाँव-कूँचे डिग्रीमय हो गए। सभी के पास अपनी-अपनी डिग्री हो गई, देश ने स्वावलम्बन की निषिद्ध दिशा में एक और भुतहा किला फतह किया। सभी लोग डिग्री को लेकर पूछने, बताने, बतियाने, लतियाने लगे।

तेरी डिग्री कहाँ है।

मेरी तो जे है। और तेरी किते हैं।

मेरी। मेरी तो घर में धरी। (धरी-धरी दूध दे रई है)

भीड़ कैसी लगी है, उते।

अब का बताएँ, हलके राजा।

फिर भी, कछु तो बक निकालो :

अरे, ससुरी डिग्री बँट रही है, और का।

हलके राजा, हमें देख के का छुपा रये हो।

कछु नहीं।

कछु तो। सच्ची-सच्ची बोलो।

सच्ची, कछु नहीं भगवान की सौं।

शरमा काहे रये हो। सच्ची बोलियो—डिग्री तो नहीं छुपा रहे हो?

हओ, डिग्री ही हैगी, ससुरी। छुपायें न, तो का करें। बड़ी शरम लगत है भैया।

शरम की चीज ही है, हलके राजा।

जे तुम्हारी डिग्री उते घूरा पे पड़ी थी, सो हम उठा लाए। लो, धर लो।

काय धर लो?

ल्यो, जे अच्छी कही। अरे तुम्हारी डिग्री, तुमई धरो।

हम काहे धरें। धरनी होती, तो हम घूरे पे फेंकते? वाह रे हुशियार! कह रहे हैं—धर लो, काहे धर लो भैया, तुमई न धर लो।

धर लो, कबहूँ काम ही आ जाए...मान लो कि...

अब तुम निकल जाओ, इते सें, ससुरे। नई तो लात खा जैहो। कौन जनम की दुश्मनी भँजा रहे हो, भैया मों से?

इस प्रकार, डिग्री का आतंक-नाम-जंजाल, चारों तरफ छा गया। दाएँ डिग्री तथा बाएँ डिग्री हो गई। ऊपर तथा नीचे भी, वही अपनी डिग्री। डिग्री के आगे दो डिग्री, डिग्री के दो पीछे डिग्री। छज्जे ऊपर डिग्री नाचे, लड़का है दीवाना। ईचकदाना। जिसे देखो, वही डिग्री-डिग्री करता घूमने लगा।

डिग्री बाँटने के अलावा, शिक्षा पद्धति ने कुछ और भी कदम उठाए और उठाकर गिराए भी। एक कदम (लात) उठाकर हिन्दी की कमर भी गिराया (गिराई) इस उठे हुए कदम का प्रहार मजबूत रहा, क्योंकि शिक्षा पद्धति ने अंग्रेजी के बूट पहन रखे थे।

लात खाकर हिन्दी खैराती स्कूलों तथा फुटपाथों पर लोटने लगी और शिक्षा पद्धति, अंग्रेजी के बूट खटखटाते हुए राजमहलों की सीढ़ियाँ पार उतर गईं। पीछे निर्देश कि यह आम रास्ता नहीं है। समझदार लोग सीढ़ियों पर बैठकर इन बूटों पर पालिश करने लगे। चमकाते, फिर जूते में अपना चेहरा देखकर किलकारियाँ मारते। फुटपाथ से राजमहलों का रास्ता अंग्रेजी के जूते को चमकाने के प्रमाण-पत्र द्वारा ही तय होने लगा। जो कुछ हुआ, ठीक रहा। मजा रहा सो अलग।

शिक्षा पद्धति को बेमेल जूते काटते, तो वह उन्हें उतार फेंकने का प्रयत्न भी कभी-कभी करती, इस तरह जब-जब अंग्रेजी के बूटों के तस्मे ढीले हुए, पालिश करनेवाले दहाड़ें मारकर रोने लगे—कि हाय, हमारा क्या होगा, हमारी बिल्लीछाप डिबिया का क्या होगा, जो हम अंग्रेजी हैट के नीचे शान से रखे घूम रहे हैं।

वे अपनी क्रीम पालिश की बोतल झुलाते सारे शहर में हल्ला करने लगे कि कोई पत्थर से न मारे मेरे दीवाने को। बड़ी काँय-काँय मची, बमचिक हुई और शिक्षा पद्धति का जूता उतरने नहीं दिया गया। लँगड़ाती शिक्षा पद्धति सरकारी सीढ़ियों पर फुदकने लगी तो वे मासूमियत से इस विदेशी लड़खड़ाहट में, विशुद्ध स्वदेशी कत्थक नृत्य की भंगिमाएँ सिद्ध करने लगे। जो कुछ हुआ अच्छा हुआ, मजा रहा।

कोई राजकुमार, विद्या से कोर्ट मैरिज करने का नाटक करके, उसे अपहरण कर ले जाए, फिर महल में कैद करके चारों तरफ कँटीले तारों की बाड़ लगा दे और राजघरानों के तमाम राजपुत्र फिर विद्या के साथ केवल इस बिना पर बाल डांस करें, क्योंकि वे विशिष्ट हैं—तो आप क्या कहेंगे। आप कुछ नहीं कहेंगे, क्योंकि आप सरकारी कर्मचारी हैं। परन्तु मैं आपको बता दूँ कि शिक्षा पद्धति ने इस सारी दुर्घटना को पब्लिक स्कूल का नाम दे दिया।

लोग, कँटीले तारों के इधर खड़े होकर, उधर के निषिद्ध क्षेत्र के बारे में अटकलें

लगाने लगे—कैसा होगा उधर का, कैसा नहीं होगा, ऐसा होगा, नहीं ऐसा नहीं, वैसा होगा। दो तरह की शिक्षा पद्धतियाँ हो गईं—कँटीले तार के एक इधरवाली, एक उधरवाली। उधरवाले, इधरवालों को देखकर आश्चर्य करते—

आँटी, उधर का वो बच्चा लोग कौन है।

डर्टी लोग हैं, बेटा। इनको मुँह नहीं लगाने का, लात मारने का।

डर्टी लोगों को, एक तार द्वारा सफेद-साफ लोगों से बचपन में जो अलग किया गया, तो जिन्दगी भर यह तारों की फेंस ऊँची ही होती गई। शिक्षा पद्धति ने गन्दे और साफ कपड़ों को अलग-अलग तह करके रख दिया। बहाना यह रहा कि मकान को साफ तथा व्यवस्थित कर रहे हैं। वैसे जो हुआ अच्छा हुआ मजा जो रहा, सो तो है ही।

अब हुआ यह कि डिग्रीधारियों का यह गिरोह जब सरकारी हलकों पर टूट पड़ा तब सरकार चेती। चेतकर उसने बताया कि भैया आज तक शिक्षा पद्धति के नाम पर जो कुछ हुआ था वह महज एक मजाक था, मसखरापन था, चुटकुलेबाजी थी, चुलबुलापन था, उसे इतना सीरियसली मत लो और अपनी डिग्री अपने ही पास रखो—चाहो तो इसे देख-देखकर हँसो, जैसे कि हम हँस रहे हैं, या रो लो, जैसे बाकी डिग्रीधारी रो रहे हैं; मतलब यह है कि कुछ भी करो, भाड़ में जाओ, पर हमकूँ न सताव।

इस प्रकार, एक ही डिग्री से कुछ लोग हँसने लगे, कुछ रोने लगे, डिग्री में करुण रस तथा हास्य रस दोनों का मजा आने लगा। कुल मिलाकर, डिग्री विश्वविद्यालयों द्वारा वितरित किया जानेवाला अद्भुत रस हो गई।

यह शिक्षा पद्धति तो बेकार है—प्रश्न उठाया गया। प्रश्न को आँकड़ों, उपदेशों, योजनाओं, आदि को पचीसों लातें मारकर बैठा दिया गया।

कराहते-कूलते प्रश्न को सूचनार्थ बताया गया कि दरअसल यह शिक्षा पद्धति तो है ही नहीं। यह सब तो खिलखिलाते खुशनुमा आँकड़ों को पीछे से सहारा देने वाली टेक है, देश की उन्नति के ऊँचे उठते ग्राफ को रेखांकित करने वाली स्याही है : दूसरे देशों के सामने अपनी गर्दन को कड़क सीधा रखने वाला कलफ है, समय काटने के लिए तजवीज की गई अय्याशी है।

जो इसे शिक्षा पद्धति कहता है वह मूर्ख है अथवा डिग्रीधारी है। चूँकि डिग्री की बात निकल ही आई थी, अतः पुनः हँसी मची। प्रश्न उठा और बेकारी की पगडंडी पर रेंगने निकल गया।

प्रश्न की दयनीय हालत देखकर, कहीं कुछ ऐसा-वैसा न हो जाए के भय से, एक हरकारा दौड़ाकर उसे पगडंडी से वापस पकड़कर बुलाया गया और योजना तथा आश्वासन के गुदगुदे बिस्तर पर लिटा दिया गया। उसे बताया गया कि शिक्षा पद्धति जैसी कोई चीज यदि कहीं है तो उसे लेकर हम बाकायदा चिन्तित हैं। अब

सब ठीक हो जाएगा। इधर चिन्तित हुए कि उधर शिक्षा पद्धति सुधरी या इसका उलटा हुआ। चिन्तित हुए सुधरी, सुधरी तो फिर चिन्तित हुए, मजा रहा।

सो तब से प्रश्न, जो लेटा सो लेटा है। रोना-गाना मचा है।

इसी योजना के तहत, शिक्षा पद्धति को लेकर विलाप का प्रोग्राम मैंने अभी-अभी आपके समक्ष प्रस्तुत किया। शायद उतना मजा न आया हो। विलाप की फील्ड में अभी नया हूँ। जम रहा हूँ। धीरे-धीरे अच्छा विलाप दे सकूँगा। विलाप करते-करते किसी ढंग की जगह जम गया, तो क्या कहने मजा रहेगा।

रुकी हुई ट्रेन और क्रान्ति का बीज

उस डिब्बे में मेरे अलावा एक बुजुर्ग नेताजी, उनके चन्द नौजवान अनुयायी तथा और भी कुछ लोग थे, तभी ट्रेन रुक गई।

मैंने एक नौजवान से यूँ ही कहा—"यह ट्रेन कैसे रुक गई?" वह कुछ देर चुप रहा गहन चुप्पी के पश्चात वह बोला, "भाई हम कुछ नहीं कह सकते, हम तो अभी इसी बारे में कनफर्म नहीं हैं, कि ट्रेन रुकी भी है या चल रही है। जैसा हमारे बुजुर्ग कहेंगे, वैसा हम मान लेंगे। उन्होंने अधिक देखा है, और बहुत सी ट्रेनें रुकती देखी हैं, उन्हें अनुभव है। हम चुल्लू बनाए बैठे हैं, वे अनुभव की धार डालेंगे, तो हम पी लेंगे।"

मैंने उसके द्वारा इंगित बुजुर्ग की ओर देखा। वेशभूषा से वे भैयाजी ज्ञात हो रहे थे—सोने की मुद्रा में प्रतिष्ठित, मैंने कहा, "आपके बुजुर्ग तो सो रहे हैं—तब तक आप ही कुछ बोलिए।"

परन्तु भैयाजी सो नहीं रहे थे। मेरी बातें सुन वे तत्काल उठे। उन्होंने एक पेटी सामने खिसकाकर उसे मेज का रूप दिया और एक लम्बा वक्तव्य देने लगे। सम्पूर्ण वक्तव्य का तात्पर्य यह था कि उक्त नौजवान ने उन जैसे बुजुर्ग को सम्मान देकर भारतीय संस्कृति को सम्बल दिया है, परन्तु ट्रेन के विषय में वे भी सही-सही बयान नहीं दे सकते क्योंकि बुढ़ापे में यूँ भी उनकी आँखें खराब हो गई हैं। हाँ। कुछ आवाज इत्यादि वे सुन रहे हैं। उस आधार पर वे कह सकते हैं कि—ट्रेन चल रही है।

नौजवानों से सहमति की मुद्रा बना ली। मैंने अर्ज किया कि ट्रेन साफ-साफ रुक गई है, फिर वे किस आधार पर कह रहे हैं कि ट्रेन चल रही है।

भैयाजी हँसने लगे। नौजवान लोग भी हँसने लगे। उन्होंने मुझे निरीह दृष्टि से देखते हुए कहा, "यह बताओ, कांग्रेस के नेतृत्व में देश आगे बढ़ रहा है—अथवा नहीं।"

"जी, बढ़ तो रहा है।"

"और ट्रेन देश के अन्तर्गत आती है अथवा नहीं?"

"जी, सो तो है।"

"तो फिर यह कैसे हो सकता है कि देश आगे बढ़ता रहे और उस पर रखी ट्रेन रुक जाए। भई, देश आगे बढ़ेगा तो ट्रेन भी बढ़ेगी के नई? दोनों एक-दूसरे से जुड़े हैं कि नहीं?"

तर्क वजनदार था। नौजवानों ने तालियाँ बजा दीं। मैं खिसिया गया।

मैंने अन्तिम प्रयास स्वरूप एक नौजवान से कहा, "भैया, तेरी आँखें तो अच्छी लग रही हैं, तू क्यों एक बूढ़े के बीमार कानों पर विश्वास कर रहा है? क्या तू आँखों देखी बात भी न मानेगा।"

उसने मुझे दया के भाव से देखा और समझाने लगा, "देखिए, लग तो मुझे भी रहा है कि ट्रेन रुक गई है। पर अब भैयाजी ने कह दिया है—तो उनका कहा मानना ही होगा। वे पार्टी के नेता हैं। डिसिप्लिन भी तो कोई चीज होती है। पार्टी जो कहेगी वही मानेंगे न हम कि आप जो कहेंगे वो मानेंगे? पार्टी हमारी मजबूरी है।"

मैं समझ गया कि बहस व्यर्थ है। ये लोग मानने से रहे। मैं नीचे उतर गया।

पीछे से वे समझाते रहे कि चलती ट्रेन से उतरना खतरनाक है।

नीचे लोग झुंडों में विभाजित होकर चर्चारत थे। मैं यूँ ही उद्‌देश्यहीन-सा एक चट्टान की ओर बढ़ा। इतने में वे आए, पूछने लगे, "अन्दर क्या बहस हो रही थी बन्धु?"

मैंने उन्हें अच्छी तरह देखा, "आप भी तो उसी डिब्बे में थे महाशय।"

वे हँसने लगे, बोले, "आप भी किनके चक्कर में पड़ गए थे, साहब। भई, वे लोग शासक पार्टी के लोग हैं, वे काहे को मानेंगे? हमें देखिए, स्वतंत्रता संग्राम में जवानी खपा दी, और स्वतंत्रता प्राप्ति के पश्चात विरोधी बेंच पर बैठ गए।

मैंने किंचित धृष्टता प्रदर्शित करते हुए कहा, "बन्धु! आप भी तो वहीं सशरीर उपस्थित थे, आपने मेरा पक्ष क्यों नहीं लिया?"

वे ठहाका लगाकर हँस पड़े, बोले, "भारत में नये आए हो क्या? भइया, हम विरोधी दल वाले हैं, हम देखते हैं कि शासन पार्टी क्या निर्णय लेती है—उसी अनुसार बोलते हैं। वे कहते कि ट्रेन रुकी है तो हम उसका विरोध करते। वे कह रहे हैं कि ट्रेन चल रही है तो हम उसका विरोध कर रहे हैं। हमारी नीति विरोध की है, दो-चार बुनियादी बातों के अलावा सरकार से हमारा कोई साम्य नहीं है।"

"कौन सी हैं वे बुनियादी बातें?"

जैसे? जैसे, हम भी मानते हैं कि नाखून कटवाते रहना चाहिए। नौजवानों को दबाकर रखना चाहिए, अमरूद खाने से जुकाम होता है, अपने आदमियों का खयाल रखना चाहिए, जलेबी मैदा से बनाई जाती है आदि-आदि।

वे शायद आगे भी अपनी नीतियाँ स्पष्ट करते परन्तु मैंने उन्हें रोकते हुए कहा, "छोड़िए, इन बातों को।"

पर वे छोड़ने को तैयार नहीं थे, स्वर में गम्भीरता घोलते हुए मुझसे बोले, "इस मामले को उतनी जल्दी छोड़ देना उचित न होगा। यदि हम कोई कार्यवाही न करेंगे तो सरकार के हौसले बढ़ जाएँगे। छोटी-छोटी घटनाएँ ही क्रान्ति का मुद्‌दा बनती हैं।

"परन्तु आप यहाँ कौन सी क्रान्ति करा रहे हैं?"

आप मेरे साथ तो आइए, उन्होंने मेरा हाथ थाम लिया और उस ओर चल पड़े जहाँ छात्रों का एक समूह स्थित था।

वे तुलसीदास के कृतित्व पर बहस कर रहे थे, ये धँस गए। "आप लोग सही कह रहे हैं—तुलसी महान कवि हुए हैं आपको उनके सभी दोहे कंठस्थ होने चाहिए। आप लोगों का हिन्दी का पेपर भी शायद इस बार तुलसीदास ही बना रहे हैं।"

छात्र प्रसन्न हो गए। इस तरह तो हिन्दी का पेपर ही आउट हो गया—तुलसीदास पेपर में अपने दोहे तो पूछेंगे ही। छात्रों की श्रद्धा बटोरकर ये आगे बढ़े—देश की हालत बड़ी खस्ता हो गई है—हमारे जैसे ईमानदार लोगों को कोई नहीं पूछता—हमारी ईमानदारी देखिए—हमें मालूम था तो हमने आपको भी बता दिया कि भई, तुलसीदास जी महान कवि हुए हैं। किसी मंत्री से पूछकर देखते—वो टाल देता आपको।

छात्र इस ईमानदार की दुर्गति से दुखी हो गए—सोचने लगे कि बेचारा गलती से कलयुग में पैदा हो गया।

लोहा गर्म था, इन्होंने चोट की।

ट्रेन को ही देखिए, चाहे जहाँ रुक जाती है। नेताजी सुभाष के जमाने में कभी ट्रेन लेट नहीं हुई। नेताजी होते तो क्या ये दुख देखने पड़ते? हमारी सरकार निकम्मी है—नेताजी की खोज नहीं करती है—नेताजी सुभाषचन्द की जय!

छात्रों ने एक-दूसरे की ओर देखा—उनमें जो लीडर टाइप के हाव-भाव का धनी था, वह आगे आया और बोला, "देखिए, हम आपका आशय समझ रहे हैं। आप क्रान्ति करवाने के चक्कर में हैं। हमने तो स्वयं कह दिया था कि ट्रेन जला देंगे। परन्तु क्या करें, ड्राइवर साला ब्राह्मण निकल गया। जात भी तो कोई चीज है साहब, अब ब्राह्मण को कष्ट कैसे दें?"

ये हताश हो गए। सरकार के विरुद्ध क्रान्ति का ऐसा सुनहरा अवसर हाथ से जा रहा था। मैंने उन्हें निराश देखा तो वहाँ से हटकर दूर घास में जा बैठा।

थोड़ी देर बाद एकाएक इंकलाब जिन्दाबाद के नारे गूँज उठे। छात्रों ने भैयाजी के कम्पार्टमेंट पर हमला बोल दिया था और उनका सामान वगैरह बाहर फेंक रहे थे।

मैं 'उनकी' तरफ बढ़ा 'वे' सफलता के सन्तोष से सुखी थे।

यह कैसे सम्भव हुआ बन्धु?

धीरे से बोले, "मैंने छात्रों से कहा कि भैयाजी राजधानी जा रहे हैं। वहाँ सरकार फिल्मों की टिकिट दर बढ़ाने पर विचार करने वाली है।"

मुझे ज्ञान मिला, क्रान्ति का बीज भी कहाँ पड़ा था!

कैलेंडरबाज, मैं

मैंने, नव-वर्ष पर, देश की सेवा में पुनः एक हरकत की है जो देश-सेवा के नाम पर अभिनन्दनीय है। देश, सेवा माँगता है, भक्ति माँगता है तथा राष्ट्र-प्रेम वगैरह भी माँगता है। बहुत टेम से ऐसा ही चल रहा है। कई बार सोचा, कि कहूँ, "यार, माँगते ही माँगते हो, कभी कुछ दो भी। दो दफा खाना तो दो।" परन्तु देशभक्तों के भय से चुप रहता हूँ। कहेंगे—'देशद्रोही है। देखता नहीं सब तरफ खुशहाली है। नये साल के कैलेंडर ही देख।'

यह देश कैलेंडरों में खुश है। कैलेंडरों में बच्चे स्वस्थ हैं और राइफल लिये बर्फ पर लोट रहे हैं। झरने हैं, डूबते सूरज के समय नाव निकालते आलसी मल्लाह हैं, हजारों वर्षों से मुस्कराते राम-सीता हैं, कानाफूसी करते महापुरुष हैं, किलोल करते जंगली पशु हैं, किलोल करते सभ्य नेता हैं, सन्देश की फाइल ढोते यक्ष हैं तथा निरपेक्षता से खड़े मन्दिर-मस्जिद हैं।

इनके अलावा, स्वस्थ युवतियाँ हैं, ढकी युवतियाँ हैं, खुली युवतियाँ हैं; साइकिल-घोड़े आदि वाहनों पर, मात्र जाँघिया डाटे भागती युवतियाँ हैं। नौजवान युवक जो हैं, वे इन कैलेंडरों को ताक रहे हैं। सब कुछ तो है, दद्दा। बहुत खुश है, यह देश।

परन्तु मुझे ये कैलेंडर पसन्द नहीं हैं।

इसलिए मैं कैलेंडरबाज हो गया हूँ।

इधर मैंने कुछ नये 'किसिम' के कैलेंडर तैयार किये हैं। भारतीय संस्कृति के दर्पण, या ऐसा ही कुछ कह लें ऐसे हैं ये। लोगों को पसन्द आ गए, तो व्यंग्य छोड़कर इसी धन्धे में लग जाऊँगा। मेरे दुश्मनों के लिए शुभ अवसर है। कैलेंडर खरीदें और मुझे व्यंग्य से बाहर करें।

कुछ उठा-पटक हो। बिना उठा-पटक के साहित्य में सन्नाटा छा जाता है, परिचर्चाकारों के कानों में साँय-साँय होने लगती है और वे बेचारे तरद्दुद में पड़ जाते हैं कि सन्नाटा साहित्य में है, शहर में है या उनके कान में। खैर, यह विषय फिर कभी। अभी तो कैलेंडरों की बात। मैंने बड़े सस्ते लगा दिये हैं। आकर्षक कमीशन रखा है, सो अलग।

पहले माल देख लीजिए, तब खीसे में हाथ डालिए, मेहरबान।

तो श्रीमान जी, यह प्रथम कैलेंडर सामने है।

इसमें, खादी वस्त्र धारण किये चन्द महापुरुष, एक-दूसरे की धोती खींच रहे हैं। अपनी धोती की परवाह किये बगैर, दूसरे की दिशा में लपके जा रहे हैं। घंटों से खींच रहे हैं, आगे भी खींचते जाएँगे। चाहे इन्हें दीवार पर लटका दो, अथवा लपेटकर कोने में रख दो। पूजाघर में स्थापित कर दो या ड्राइंग रूम में। ये जहाँ रहेंगे, वहीं से खींचेंगे। धोती खींचना इनकी नियति है। खिंचना, धोती की नियति है।

इस धोती-खींच समारोह में, पीछे की तरफ, गांधी जी की लाठी लिये हुए तस्वीर भी दिखाई गई है। उन्हीं की लाठी छुड़ाकर, ये आपस में पिटाई कर रहे हैं। पूरे उल्लास, जीवन-शक्ति तथा अश्व-शक्ति के साथ ये जुटे हैं, थककर आराम कर लेते हैं, पिटकर अस्पताल में भर्ती होते हैं, 'चेंज' के लिए विदेश-प्रवास पर निकल जाते हैं पर लौट-लौटकर, छापामारों की तरह, एक-दूसरे पर हमला करके, इक-दूजे की धोती से लटक जाते हैं। बड़ा ही मनोहारी दृश्य है हुजूर, इस कैलेंडर में। कुछ लटके हैं, कुछ किलकारियाँ भरते कुलाँचे लगा रहे हैं।

यह कैलेंडर वस्त्र भंडारों के लिए तो मुफीद है ही, परन्तु मौके-बखत पर हरदिल अजीज साबित होगा। बच्चों को हँसाने, समझदारों को रुलाने तथा टूरिस्ट विभाग के पोस्टरों के लिए एकदम उपयुक्त। कुछ छोटी पत्रिका वाले चाहें, तो चित्र में, बड़ी पत्रिका के सम्पादकों की टाँग खींचे जाने का उनका मनपसन्द क्रान्तिकारी दृश्य भी रखा जा सकता है।

सर्वविदित है कि क्रान्ति करने में कभी पीछे नहीं हटा मैं, हमेशा हटाया ही गया हूँ। व्यक्तिगत छीछालेदरी, जूतमपैजार तथा गाली-गलौज में तो वे हमेशा, मुझे अपने साथ पाएँगे, ऐसा, लघु पत्रिकाओं के कुछ विराट सम्पादकों को मेरा विनम्र आश्वासन है।

यदि यह कैलेंडर भाईसाहब को कुछ जमा नहीं, तो कोई बात नहीं श्रीमान जी। कुछ और भी हैं। उन पर गौर फरमाइए।

कुछ कैलेंडर जूता कम्पनियों के भाइयों के लिए तैयार किये गए हैं। वैसे, ये मजा सबको एक बरोबर देंगे—कम्पनी या नो कम्पनी। कई हैं। पहले में, एक गुम्बदनुमा (मकबरे जैसी) इमारत में, चन्द खाए-पिये किस्म के लोग, आपस में जूते चला रहे हैं और देश, लोकतंत्र, जनता, समाजवाद, घटकवाद, बहन जी, अनुशासन आदि का पाठ, बीच-बीच में करते जा रहे हैं।

इमारत के बाहर, एक फटेहाल व्यक्ति बैठा है और आश्चर्य से यह तमाशा देख रहा है। इसके पैरों में जूता नहीं है। पहले इसके पास एक फटा-सा जूता था, जो इसने इन लोगों को दे दिया। तभी से, उसी को लेकर ये लोग लड़ रहे हैं।

दूसरे कैलेंडर में एक चोर दिखाया गया है, जिसने सिपाही के जूते पहिन रखे हैं। जूते एकदम फिट आ गए हैं, क्योंकि दोनों का नम्बर एक है। दोनों हँस रहे हैं, पास में खड़ा एक तीसरा रो रहा है। जूता उसी का था, जो चोरी हो गया। यह तीसरा कौन है—मैं नहीं बताऊँगा।

इसी जूता-सीरीज में, एक कैलेंडर और हैं।

इसमें, एक बेवजह अकड़ा आदमी दिखाया गया है, जो कलम को कान में खोंसे, विभिन्न मुद्राओं में दिखाया गया है। पीला जूता पहिने हुए डिनर उड़ाते, लाल जूते पहिने जनवादी मंच पर बैले नाचते, चितकबरे जूते पहिने अकादमियों के बरामदे में दौड़ते, बगलवाले के जूते उड़ाते, उड़ाने के चक्कर में फिर वही जूते खाते, बिना जूतेवाले नवोदितों को लंगी मारते, जूतेवालों के पीछे चप्पलें चटकारते।

इसके बाद भी बहुत से अन्य पोज हैं जिसमें जूता, पैर में कम, हाथ व सिर पर अधिक है। यह कैलेंडर बिका कम है, प्रचारित खूब हुआ है, श्रीमान। इसी को ले जाइए। कुछ तो खरीदिये, हजूर। पापी पेट का सवाल है, माई-बाप। इसी की खातिर तो यह सब करता, वरना लाल-पीले जूते कौन छूता, हजूर?

जूतेवाला एक कैलेंडर और बचा है, भाईसाहब।

इसमें एक नौजवान और एक वृद्ध पुरुष जाते हुए दिखाए गए हैं। दोनों लँगड़ाते हुए जा रहे हैं। नई पीढ़ी के नौजवान ने, नई फैशन का एक तंग जूता पहिन रखा है जो उसे काट रहा है, पर बेचारा लँगड़ाते हुए भी गलत नम्बर के जूते को ढो रहा है। वयोवृद्ध बेचारे, पुराने जमाने का, अपने प्रपितामह का ढीला-ढाला (पूज्य) जूता पहिने हैं, जो बार-बार उनके पैरों से निबक जाता है। पर वे भी इसी में लगे हैं। दोनों अपनी-अपनी तईं लगे हैं। तंग और ढीले के चक्कर में दोनों लड़खड़ा रहे हैं। सही नम्बर का सारा सवाल है, हजूर। इस कैलेंडर को ले जाएँ, घर में लटकाएँ और अपने जूतों के नम्बर एक बार फिर ठीक से टटोलें।

शायद, श्रीमान जी सोच रहे हैं कि इसके पास और किसी विषय के कैलेंडर ही नहीं हैं, और इसीलिए उन्हीं-उन्हीं को दिखा रहा है। ऐसा नहीं है, साहब। यदि आप खेल-प्रेमी हैं, तो कुछ कैलेंडर आपके लिए भी हैं, हमारे पास। परन्तु यदि आप खिलाड़ियों की तसवीर देखने के चाव में ये कैलेंडर खरीदना चाहते हों, तो क्षमा करें, ये आपके लिए नहीं हैं। खिलाड़ी तो आते-जाते रहते हैं। असली चीज है, खेल अधिकारी—जो अजर है, अमर है। वे खेल की आत्मा हैं, जिसे न अग्नि जला सकती है, न सरकार हटा सकती है। दरअसल, सरकार परमात्मा है, जिसमें यह आत्मा विलीन होती रहती है; वही पुराना, आध्यात्मिक गड्डमड्ड वाला मामला। इन कैलेंडरों में, केवल ये नायाब खेल-अधिकारी ही दिखाए गए हैं।

यह देखिए, सरकार। इस कैलेंडर में अधिकारी जी कैसे हॉकीवालों की टाँग खींचकर घसीटे लिये जा रहे हैं। पीछे से, दबे पाँव इन अधिकारी जी के सिर पर

हॉकी मारने का जो विनम्र प्रयत्न कर रहे हैं, वे भी हाकी के ही अमुक अधिकारी हैं और उनके पैंट में पलीता लगाते हुए, पीछे खड़े वे भी हॉकी के ही तमुक अधिकारी हैं। इनको सामने से छुरा दिखाते हुए एक और हॉकी-अधिकारी हैं, और पीछे से बर्छी चलाते हुए एक और। एक अधिकारी हथगोला लिये खिलाड़ियों को खदेड़ रहे हैं तथा एक अधिकारी जी हेलीकॉप्टर से सारी स्थिति का जायजा ले रहे हैं। इस कैलेंडर को ले जाइए। अपने बच्चों के कमरे में टाँगिए, मेहरबान। वे देख लें कि देश की असली हॉकी यही है।

खेलप्रेमियों के लिए और भी मनभावन कैलेंडर हैं।

महाराष्ट्र के खिलाड़ी को लतियाते पंजाबी अधिकारी तथा पंजाबी खिलाड़ियों को खदेड़ते महाराष्ट्रियन अधिकारियों वाला वह कैलेंडर बड़ा बिका है, साहब। और भी बहुत से हैं। चाट बेचते हुए रिटायर्ड खिलाड़ी, खेल के नाम पर बाप द्वारा पीटे जा रहे बच्चे, खेल के झंडे के कपड़े की चोली अपनी प्रेमिका को भेंट कर देनेवाले खेल-शिक्षक सब कुछ है, भाईसाहब। छाँटिए, बीनिए और ले जाइए। बड़ा सस्ता लगा दिया है, श्रीमान्।

कैलेंडर मेरे पास बहुत हैं। उम्दा भी हैं, बहुत से। परन्तु बिक नहीं रहे हैं। भीड़ दूसरी दुकानों पर जमा है।

बिक्री की चिन्ता में ग्रस्त मैं लेट जाता हूँ, तो हमेशा यही सपना आता है—मैं बहुत से, अपनेवाले कैलेंडरों को फैलाए, प्रकाश चौराहे पर बैठा हूँ। तभी कुछ खाए-पिये किस्म के तृप्त लोग आते हैं, "ये क्या बेच रहे हो, भैया?"

"कैलेंडर बेच रहे हैं, हजूर।"

"इन्हें कौन खरीदेगा?"

"क्यों हजूर, सभी खरीदेंगे। अभी आप ही खरीदोगे।"

"पगलेट हो क्या? कोई नहीं खरीदेगा। वह देखो, सामनेवाली दुकान पर कैसी भीड़ लगी है। सब माल चाहते हैं, लल्लू।"

यह कहकर वे नंगी लड़की, भगवान और चमक-दमक वाले कैलेंडरों की दुकान पर लगी भीड़ में घुस जाते हैं। कैसे लोग हैं? क्यों सब झूठे सपनों में खो जाना चाहते हैं?

मैं चिन्तित हूँ।

तभी कुछ नौजवान उस भीड़ में घुसते हैं। कुछ हो-हल्ला होता है। वे कैलेंडरों को फाड़ने लगते हैं। नाव वगैरह की चिन्दियाँ आसमान में उड़ने लगती हैं।

मेरी नींद खुल जाती है।

पर, मैं चिन्तित नहीं हूँ, अब।

न्यायपालिका पर एक सरल निबन्ध

(पिछले दिनों, हाई स्कूल की हिन्दी परीक्षा में "न्यायपालिका पर एक सरल निबन्ध लिखने को आया, प्रश्न बीस नम्बर का था, सफाई के पाँच अंक अतिरिक्त; एक छात्र ने जो निबन्ध लिखा, उसे यहाँ ज्यों का त्यों दे रहा हूँ। छात्र को अच्छे नम्बर भले ही मिल जाएँ, परन्तु सफाई वाले पाँच अंकों से तो वह गया, क्योंकि न्यायपालिका पर कोई निबन्ध आखिर कितना स्वच्छ होगा।" —लेखक)

न्याय करने-कराने की हमारे देश में पुरानी परम्परा है। सदियों पुरानी हमारी पावन परम्परा कि इधर आप चूके और उधर हमने आपका न्याय कर दिया, अथवा हम चूके तो आपने कर डाला। न्याय की परम्परा का यह वर्षों पुराना छकड़ा, और ये बहुरंगी हिदायत कि अपने न्याय की रक्षा स्वयं कीजिए (किसी किसिम के अन्याय की जिम्मेदारी छकड़ा-मालिकों की नहीं होगी) सो, वर्षों से हम न्याय वाली अनोखी परम्परा चलाए बैठे हैं। परम्परा बहिन चल रही हैं, हम (भाईसाहब) बैठे हैं। हाथ पर हाथ धरे, जैसी धरने की परम्परा है। परम्परा सो परम्परा। फिर भारतीय परम्परा हो, तो क्या कहने। न्याय करने की परम्परा की एक फटी-चाँदनी ताने हम न्याय का उत्सव मना रहे हैं। आवाहन है कि आओ, तुम्हारा न्याय करें, नीम तले बिराजे तिवारी बाबू से पाँच रुपये के इस्टांप लगवाकर आओ। बरामदे में घात लगाकर बैठे व्यास जी से दस रुपये में अर्जी लिखाकर लाओ, काले कोट की गहरी जेब में सौ रुपये डालकर आओ, अपना पाजामा-कुर्ता बेचकर आओ। *आओ, आओ, आओ, आओ, एक के पीछे एक आओ, लाइन लगाओ, लाइन लगाओ, बड़े मजे का खेल, आते जाओ, आते जाओ, न्याय कराओ, न्याय कराओ, बच्चों तुम सब मिलकर गाओ—बड़े मजे का खेल।* इसी न्याय से एक प्यारा सा मासूम शब्द निकला है—न्यायपालिका, न्यायपालिका का अर्थ है, न्याय का पालन (करनेवाली) जैसे कि मुर्गीपालन : जिस तरह मुर्गी अंडे को पालती है या सेती है। लिया न्याय को और धर लिया नीचे। अब सेते चले जा रहे हैं, न्याय के अंडे को—इस आशा में कि अब निकलेगा न्याय का चूजा और देगा न्याय की बाँग बड़ा होकर। और चूजा निकलता भी है। वह अपने सम्पूर्ण चूजत्व के साथ निकलता है, परन्तु चला जाता है अन्याय के घूरे पर, दाना चुगने। सवाल दाने का है, जहाँ मिलेगा, वहीं

जाएँगे। दाने-दाने पर लिखा है, इक चूजे का नाम।

इस न्यायपालिका के तीन प्रमुख भाग हैं—न्यायालय, वकील साब और मुवक्किल। इन तीनों पर जो टिकी, सो न्यायपालिका। इनके अलावा बहुत सी छोटी-मोटी टिकान, खंबे-खंबियाँ हैं, आगे हम इन सबका संक्षिप्त विवरण प्रस्तुत करेंगे।

न्याय का गोल (मटोल, खाया-पिया) सूरज उगा।

पीनल-कोड की ठंडी, सुबह की बयार। पचीसों धाराओं-उपधाराओं में मन्द-मन्द बहती सुखद कानूनी हवा। सुबह की लाली फैल गई। यही बयार-मिसिल की अमराइयों में, कानून के बगीचे में बहने लगी। बहार आ गई। कूकने लगे विधिवेत्ता, चहचहाने लगे न्यायविदों के गौरैया झुंड, नाचने लगे जंगल से आए मुवक्किल मोर—पर फैलाकर, कि आ गई बहार, खुल गई अदालत, खिल गए फूल—इस्टांप, दरख्वास्त, अपील, तारीख, खसरा, गवाह और समन के। महक गईं केसर क्यारियाँ रुक्का, रिकार्ड, स्टेनो, अर्जीनवीसों की। कानून के इसी मनोहारी उपवन में स्थित, ईंट-गारे की एक इमारत—अशोक वाटिका, अपना न्यायालय। हो गई जाग अशोक वाटिका में।

सुबह हो गई।

न्याय के बाँगड़ू मुर्गे ने बाँग दी—हाजिर हो। सुबह उपस्थित हुई। मुवक्किलों और दीगर पक्षियों की चिंचिआहट से भर गया आसमान, फट गई छाती, फूट गई मुंडी, धँस गई धरती, निकल आया पानी। बातचीत और कानून का झरना न्यायालय के बरामदों में बह निकला :

"कितें जा रहे, दद्दा?"

"ऐसी-तैसी कराबे।"

"किनसे?"

"चौहान साब के कोर्ट में, बे फिर अगली तारीख दे देहें। तारीख देने में उन्हें बड़ा मजा आता है। हम गाँव के आए हैं, के चलो तारीख ले आएँ, फिर सोएँ आराम से।"

"कैसे घूम रहे हो बब्बा? परेशान दिख रहे हो।"

"मुकदमा लड़ा है, तो परेशानी तो हुँइए ही।"

"काय? हार रहे हो क्या?"

"अरे नहीं, हम तो जीत गए भाई।"

"फिर काय का दुख?"

"दुख जेई है कि मुकदमा तो हो गए खतम। अब कितें (कहाँ) मन लगाएँ, कितें पैसा फूँकें? बीस साल में तो फैसला हुआ, सो आदत पड़ गई ससुरी, मुकदमा की।"

"जे तो खैर है ही, आप तो ऐसा करो दद्दा, कि कतल (खून) कर दो अपने पड़ोसी का, सो नया मुकदमा शुरू।"

"पड़ोसी तो हमारे तुम ही हो, चलो कतल करें तुम्हारा।"

"शरम नहीं आत, हलके राजा?"

"काय की शरम।"

"ल्यो? अरे, नंगे घूम रहे हो और पूछत हो—काय की शरम।"

"नंगे न घूमें तो का करें। कपड़ा बेच के तो वकील साब की फीस चुका दी।"

"तुम चिन्ता मत करो, मैं तुम्हें न्याय दिलाकर रहूँगा।"

"ऐसो न करियो, वकील साब। मर जैहें हम तो।"

"क्यों?"

"न्याय मिल गया, तो हम तो बिंड़ (घुस) गए बीस साल को, जेल में, काय के, कतल तो हमने किया ही था।"

"तुम भी कैसी बात करते हो, हलके राजा? कतल तुमने किया था, पर हम तुम्हें बचाएँगे, तुम्हारा बचना ही हमारे लिए न्याय है। यही तुम्हें दिलाएँगे। भई, खून ही तो किया है, तो क्या फाँसी पर चढ़ा दोगे? वाह भाई वाह।"

"काय दद्दा, कैसे उदास घूम रहे?"

"आज इतवार है न, ई से।"

"हओ, हम भी उदास हैं, इतवार के कारण।"

"सच्ची, इतवार के दिन कैसो खराब लगत है। जज्जी (अदालत) बन्द रहत है न, तुम्हारी सौं, छाती फटी जात है, इतवार को।"

सुबह हो गई।

देश जागा। गाँव ने अँगड़ाई ली, सत्तू-नमक बाँधा, खेत गिरवी रखे और चल दिया अदालत। औरतें मजदूरी पर निकलीं, मर्द शहर की जज्जी की तरफ और बच्चे चल दिये ढोर चराने। सोता रहा हिन्दी का बजरबट्ट कहानी का नायक और जाग गया उसकी कहानी का गाँव। जाग गया मुकदमेबाजी के लिए, उठ गया वकील साब के लिए, चल दिया स्टेनो को पैसा देने, दौड़ गया नई तारीख लेने, घिसट गया अपील करने। नालिसें हुईं, अपीलें चलीं। वकील साब का पान बना—न्याय की सुबह सार्थक हुई। आए वकील साहब, उठाया मुवक्किल को और काम शुरू, पीनल कोड का। हजारों धाराओंवाला, सुन्दरबनी डेल्टा, उठाया वादी-प्रतिवादी को और फेंक दिया पीनल की एक उफनती धारा में। जहाँ से अधमरा निकालकर बहा दिया दूसरी में, चीखकर कहा कि मी लार्ड, और निकाल लिया दूसरी धारा से।

मरा-मराया, फेंक दिया अपील की तीसरी धारा में—जा तैर जा, बह जा, डूब मर, घुस जा भाड़ में। ले आ फीस, भर दे जेब, बेच दे घर, ले ले न्याय। धर ले पेटी में, लगा दे ताला और चाबी दे हमें।

न्याय का स्वस्थ, लाल सूरज सिर पर चढ़ गया।

दोपहर हुई।

वकील, अर्जीनवीस, मुंशी, मुंसिफ, हाकिम, हुक्काम, स्टेनो, क्लर्क हँसते हुए गवाह और रोते हुए सच्चे गवाह—इन सबका एक मिला-जुला बवंडर उठा, चलने लगी लू अदालत में, उड़ने लगी धूल और घुस गई हाकिम, न्यायमूर्तियों की आँखों में।

हर शहर की हर गली से, हर गली के हर मकान से, हर मकान के हर कमरे से, हर कमरे की हर ईंट से—निकल पड़ा एक शख्स, काला कोट डाटकर। चल पड़े वकील साहब, तर्क-कुतर्क का पुलिन्दा कसे, केस को काँख में दबाए, दीवानों की तरह दीवानीवाले और फौज की तरह टूट पड़ते फौजदारी वकील। निकल पड़े अरमानों के लड्डू फोड़ते कि आज अमुक धारा से तमुक धारा को काटेंगे, खरे बाबू से झूठी गवाही दिला देंगे, अदालत की इमारत के ऊपर लगी तराजू उतारकर बन्दरबाँट न्याय दिला देंगे, सच्चे गवाहों को फोड़ देंगे, दुश्मन की नली तोड़ देंगे, ऐसे छाएँगे कि हर गाँववाले को पिलवा देंगे बम्बे का पानी और बिकवा देंगे उसके थाली-लोटा, उठवा देंगे टड़ीला, खिंचवा देंगे रिक्सा, मँगवा देंगे भीख, छाएँगे और निकल जाएँगे हाई कोर्ट—वहाँ से दिल्ली, तुगलकवाली, महत्त्वाकांक्षा का स्टीम इंजिन और मुवक्किलों की बिछी पटरी, दिल्ली तक बिछी पटरी कि निकल जाओ, छुकछुकाते, बहस की सीटियाँ बजाते।

सो, दोपहर हुई।

दोपहर तपती रही।

शाम हुई।

बहस के पसीने की अनवरत, अनगिनत धाराएँ कानून के बदन पर बहती रहीं। चिपचिपाहट का अहसास हाकिम की बनियान के नीचे भर गया। असहनीय—उठ गया हाकिम। दे दी नई तारीख। चहचहाते, चिंचियाते, फड़फड़ाते पक्षियों का झुंड अदालत से निकला। दाएँ वकील, बाएँ मुवक्किल, ऊपर वकील, नीचे मुवक्किल—बाएँ मुंसिफ, दाएँ मुवक्किल, आगे मुंसिफ, पीछे मुवक्किल—सभी चिंचियाते, फड़फड़ाते।

एक अतृप्त फड़फड़ाहट। पक्षियों का यह झुंड उड़ा और छा गया आसमान में। इस झुंड ने ढक दिया, पहले से ही ढलते न्याय के सूरज को।

न्याय (?) का एक और दिन समाप्त हुआ।

छा गया अँधेरा—गूँजती रही फड़फड़ाहट, देर तक, रात भर।

चल रही है, फड़फड़ाहट भरी बेचैन रात।

दल बदल, जाहिर सूचना

सर्वसाधारण को, इस जाहिर सूचना द्वारा सूचित किया जाता है कि हमारे पक्षकार श्री छीतरमल, पिता, श्री लादूराम, ग्राम—धुलैंडी, जिला—जींद, जो लोकदल का टिकिट प्राप्त न होने पर निर्दलीय उम्मीदवार की तरह चुनाव जीते थे और जीतकर तुरन्त ही सी.पी.आई. में प्रवेश कर गए थे, कल तड़के चुपके से कांग्रेस (ई) में आ गए हैं। बताया गया है कि छीतरमल जी को आठ लाख रुपये में खरीदा गया है तथा बयाना देकर इकरारनामा भी लिखवा लिया है। यह सूचना जारी किये जाते समय तक हमारे पक्षकर्ता श्री छीतरमल, विधायक कांग्रेस में ही थे और बाजार की स्थिति देखते हुए सौदा स्थायी रूप से पट जाने की सम्भावना है।

छीतरमल जी कभी एक दल के होकर नहीं रहे। अत: सभी दल उन्हें शामिलाती सम्पत्ति समझकर यहाँ-वहाँ झगड़ें, यह सम्भव है। इस सम्बन्ध में हमारे पक्षकार का निवेदन है कि समस्त विधायकगण ही शामिलाती, संयुक्त सम्पत्ति होते हैं तथा उचित सौदा पटाने वाली पार्टी द्वारा उनकी समुचित रजिस्ट्री कराने पर किसी भी शख्स को कोई उज्र नहीं होना चाहिए। अब छीतरमल जी ने ही सर्वप्रथम, लोकदल के असामियों से बिक्री की बात बनाई थी तथा उनसे वे एडवांस में बयाना भी मंजूर किये, पर शेष रकम देने में उक्त पार्टी टालाटूली करने लगी तो स्टाम्प पर टाइप बिक्री-पत्र छीतरमल जी को फाड़ना पड़ा वरना यही पत्र बयान के रूप में समाचार-पत्रों में जाने को था। दुखी होकर छीतरमल जी, बयाने की रकम काँख में दबाकर पाइप से उतरे और कांग्रेस के दफ्तर की नाली के पाइप से चढ़कर उपरोक्त सौदा तय किये हैं। पाइपों पर चढ़ने-उतरने की जो ट्रेनिंग जवानी के दिनों में उन्होंने कल्लू उस्ताद से ली थी और जो बाद में सेंध मारते हुए गिरफ्तार हो जाने पर अधूरी रह गई थी, उसने फिर भी पर्याप्त सहायता दी।

बिक्री सम्पन्न हो जाने पर भी बहुत सी पार्टियाँ छीतरमल पर अपना गिरवी, बिक्री, दान, बख्शीस या मेंटेनेंस; अथवा अन्य तरह का हक्क, सम्बन्ध या बोझ बताने से बाज नहीं आ रही हैं। हमारे पक्षकार की ओर से हम यह स्पष्ट सूचना देना चाहते हैं कि यह बिक्री, फिलहाल, अन्तिम रूप से तय हो गई है और अन्य पार्टियों द्वारा अब कोई भी आपत्ति, उज्र आदि पर अब कोई सुनवाई नहीं होगी।

फिर भी, विधानसभा सत्र प्रारम्भ होने में अभी दस दिन शेष हैं। यदि किसी पार्टी को वास्तव में दिल से उज्र हो, तो वह और बड़ी रकम का बन्दोबस्त कर ले, साथ ही छीतरमल जी को होटल के कमरे से उड़ाने के लिए लठैतों को भी लेकर आए। लोकतंत्र की रक्षा हेतु यहाँ होटल में तगड़ी सुरक्षा व्यवस्था बनाई गई है। ऐसा न हो कि खरीदार पार्टी के साथ-साथ हमारे माल की खोपड़ी की सिलाई भी उधड़ जाए। छीतरमल जी लोकतंत्र की लाज के लिए हर खतरा उठाने को तैयार हैं तथा बजरिये बाथरूम निकल भागने का चोर रास्ता भी देख चुके हैं। शर्त यही है कि पार्टी लेखी में नहीं नकद रकम लेकर हाजिर हो। दस दिन की मुद्दत में उपस्थित हो जावें। बाद मुद्दत के शिकस्ते मुजब कांग्रेस के ही नाम से रजिस्ट्री कराके विधानसभा में जमा कर दी जाएगी तथा कोई सुनवाई न होगी।

छीतरमल वास्तव में मनकूला जायदाद (चल सम्पत्ति) हैं। जो मतदाता उनके दल बदल पर आपत्ति कर रहे हैं, वे उन्हें गलती से गैरमनकूला (अचल) सम्पत्ति मान बैठे हैं। आज हर विधायक एक चल सम्पत्ति है, जिसका एक भाव है जो उसको गति देता है। भाव सही हों तो यह सम्पत्ति किसी भी दिशा में चल देगी। इसे लेन-देन, खरीद-फरोख्त की दृष्टि से ही मतदाता द्वारा देखा-परखा जाए, ऐसी हमारे पक्षकार की सर्वसाधारण से प्रार्थना है। यह कोई सिद्धान्तहीन, गैर-कानूनी हरकत नहीं है क्योंकि बाजार के भी अपने सिद्धान्त होते हैं। जैसे, कोई अभी दस लाख का भाव लगा दे, तो छीतरमल जी मोरी के रास्ते भागकर उस तरफ आ सकते हैं। पैसों को लेकर उनके अपने सिद्धान्त हैं, जिनसे वे कभी पीछे नहीं हटे।

छीतरमल जी अगले कुछ दिनों के लिए किसी हिल-स्टेशन पर अज्ञातवास पर ले जाए जा रहे हैं ताकि स्वास्थ्य ठीक रहे। विधायकों का ऐसा उम्दा खयाल रखने वाली पार्टी को छोड़ने की न तो छीतरमल जी की इच्छा है, न हिम्मत। सेंध लगाने वाला केस भी खुल जाने का डर है तथा एक बलात्कार के केस की फाइल भी निकल गई है। अत: खतरा बहुत है, फिर भी किसी पार्टी को कोई उज्र हो तो नीचे सहीकर्ता से या छीतरमल जी से सम्पर्क करे। फक्त दिनांक 20-6-82।

सेठ जमनालाल, प्रापर्टी ब्रोकर्स
वास्ते श्री छीतरमल, विधायक।

उक्त जाहिर सूचना प्रकाशित होने के तीन दिन बाद, समाचार-पत्रों में निम्नलिखित आपत्ति 'जाहिर सूचना का प्रतिवाद' शीर्षक से प्रकाशित हुई :

"दिनांक 20-6-82 को प्रकाशित जाहिर सूचना का प्रतिवाद इस प्रकार है कि हमारी पक्षकारा श्रीमती बेनीबाई, पत्नी श्री छीतरमल हर आम तथा खास व्यक्ति को सूचित करती हैं कि छीतरमल जी को जबरन होटल में बन्द रखा जा रहा है तथा उनकी पत्नी तक से भेंट नहीं होने दी जा रही है। साथ ही, छीतरमल जी ने

लोकदल से जो विक्रय अनुबन्ध किया था, वही सही है। कांग्रेस को छीतरमल बावत खरीदी की कोई कानूनी पात्रता नहीं है। अगर कोई शख्स उन्हें, कांग्रेस में जानकर, उनके नाम से चन्दा, रिश्वत या अन्य कोई ऐसा ही दीगर रूटीन लेन-देन करता है तो छीतरमल जी अथवा बेनीबाई इसकी जवाबदारी नहीं लेंगे। पैसा डूबने या काम न होने की सारी जवाबदारी उस व्यक्ति या संस्था की स्वयं की होगी...।"

उसी दिन, किसी अन्य पृष्ठ पर, समाचार-पत्रों में यह समाचार छपा।

"श्री छीतरमल, वर्तमान में कांग्रेसी विधायक आज होटल के बाथरूम में फिसलकर टाँग तोड़ बैठे। उन्हें बचाने में चार लोकदल तथा पाँच कांग्रेसी कार्यकर्ता भी घायल हो गए। श्री छीतरमल जी ने इस बात का जोरदार खंडन किया है कि उनकी यह टाँग भागने के प्रयास में कार्यकर्ताओं द्वारा पिटाई होने पर टूटी है। यह अफवाह विरोधी दलों द्वारा फैलाई गई है जो प्रजातंत्र का गला घोंटकर स्वयं अपने विधायकों को तहखाने में छुपा दिये हैं। छीतरमल जी कांग्रेस के साथ हैं। टूटने के बाद टाँग कमजोर हुई हों पर उनकी आस्था कांग्रेस में और भी मजबूत हुई है।"

विधान सभा सत्र से मात्र दो दिन पूर्व यह जाहिर सूचना समाचार-पत्रों में 'प्रतिवाद पर आपत्ति' शीर्षक से प्रकाशित हुई—

"सर्वसाधारण को इस आपत्ति-पत्र द्वारा सूचित किया जाता है कि दिनांक 23-6-82 को छपे प्रतिवाद के आधार पर लेन-देन न करें। हमारे पक्षकार श्री छीतरमल विधायक ने बताया है कि बेनीबाई, पत्नी स्वयं पक्षकार, आजकल मानसिक रूप से अस्वस्थ होने के कारण, राजनीति न समझ, अन्य पार्टियों के बहकावे में आकर मेरे कहने में नहीं हैं। अत: उसके प्रतिवाद का कोई अर्थ न लें। हमारे पक्षकार अभी तक कांग्रेस में ही हैं तथा अच्छी सम्भावना देखते हुए वहीं रहेंगे। उनकी यह बिक्री फाइनल ही समझी जाए। वे अन्य किसी अनुबन्ध के लिए बन्धनकारक नहीं हैं।"

इसी समाचार-पत्र में, अन्य पृष्ठों पर चार अन्य समाचार भी प्रकाशित हुए, जिनका आपस में कोई सम्बन्ध नहीं था—

एक, कि श्री छीतरमल सीधे कैबिनेट स्तर के मंत्री बना दिये गए हैं।

दो, कि अनुशासनहीन छात्रों ने नकल की माँग पर कॉलेज जला दिया।

तीन, कि एक क्लर्क सौ रुपये की रिश्वत लेते पकड़ा गया।

तथा चार, कि पुलिस ने चार नक्सलियों को मुठभेड़ में मार गिराया।

चारों समाचारों में कोई सम्बन्ध नहीं था, यह पुनः कहूँगा।

मध्य प्रदेश के कुटीर उद्योग

(देश में आम राय यह है कि मध्य प्रदेश में कच्चा माल तो पर्याप्त मात्रा में है, परन्तु उस अनुपात में उद्योग नहीं के बराबर है। कुछ ऐसी ही बात श्री रवीन्द्रनाथ त्यागी जी ने इधर अपनी एक रचना में की। मैं म.प्र. का निवासी हूँ, तथा जैसा कि इस तरफ रिवाज है, मुझे अपने इस भौगोलिक तथ्य पर गर्व है। अब इस नाते मेरा यह पवित्र कर्तव्य बनता है कि मैं त्यागी जी की बात का जोरदार खंडन करूँ। मैं कर रहा हूँ, हमारा प्यारा मध्य प्रदेश कुटीर उद्योगों के लिए स्वर्ग है। नरक तो वह शेष चीजों के लिए है। सही बातों का गलत खंडन प्रस्तुत करने की स्थानीय परम्परा में मेरा भी यह हिस्सा विनम्रतापूर्वक प्रस्तुत है। स्वीकारें या भाड़ में जाएँ—लेखक)

जैसा कि मैंने अभी लिखा कि मध्य प्रदेश पर इसके वासियों को गर्व है। ऐसा दो नैसर्गिक कारणों से है—एक यह देश के हृदय में स्थित है (यदि इस देश का भी कोई हृदय है तो) तथा दूसरे, यह एक पिछड़ा क्षेत्र है। मैं भी इन्हीं कारणों से गर्वित चल रहा हूँ, गो कि मेरी समझ नहीं आता कि यदि हृदय में बैठे भी हैं तो इसमें गर्व की क्या बात? यह किसी सुन्दरी का हृदय तो है नहीं। जहाँ तक पिछड़ा क्षेत्र होने की बात है, सो आपस की बात है। हम तथा हमारे नेता दशकों से पिछड़ेपन की खा रहे हैं। "हम तो पिछड़े हैं" हर जोर-जुलम की टक्कर में हम यही नारा लेकर उतरे हैं और इतिहास साक्षी है कि हम इसमें सफल रहे हैं। हम पिछड़ेपन को लेकर उद्योग की माँग से दिल्ली जाते हैं और अपने वालों का मनचाहा ट्रांसफर कराकर चले आते हैं। पिछड़ेपन के मायने यह नहीं कि हमारे प्रदेश में उद्योग ही नहीं म.प्र. वासियों के अपने कुटीर उद्योग हैं और वे उनमें जुटे हैं। आज हम उन्हीं उद्योगों की चर्चा करेंगे।

मध्य प्रदेश शिक्षा को लेकर बड़ा भावुक क्षेत्र है। यहाँ एम.ए. करने का शौक अपने पूरे शबाब पर है और एक संगठित उद्योग का रूप ले चुका है। म.प्र. की आबादी का एक हिस्सा एम.ए. करा रहा है, शेष लोग एम.ए. कर रहे हैं। मानव जन्म लिया है, वह भी मध्य प्रदेश में, तो बेटा मानव, तुम्हें एम.ए. करना होगा। वरना हड्डे तोड़ दिये जाएँगे। म.प्र. वासी अभिशप्त हैं एम.ए. करने के लिए। वह एम.ए. करेगा, उसे एम.ए. करने से कोई नहीं रोक सकता। मध्य

प्रदेश की हर सड़क किसी प्राइवेट कॉलेज की तरफ जा रही है, जहाँ लंगर की भावना से एम.ए. की डिग्री बँट रही है। आह्वान है हवाओं में, कि लोग आएँ, एम.ए. करें और भाड़ में जाएँ। आओ मित्रो, एम.ए. करें, समय तथा मस्तिष्क की कमी हो, तो हिन्दी में करें। हर व्यक्ति यहाँ एम.ए. किया लगता है। शक्ल कुछ एम.ए. टाइप, अक्ल सटीक मोटा टाइप। शिक्षा विभाग के देवता विमान से मध्य प्रदेश को देखकर पुष्प बरसाते हैं और साक्षरता के आँकड़ों की ऊँचाइयों पर विमान से कलाबाजी खाते हैं।

जो एम.ए. नहीं करते वे एम.एससी. करके वैज्ञानिक हो जाते हैं तथा वैज्ञानिक ढंग से क्लर्की में लग जाते हैं। जो यह भी नहीं करते वे कॉलेज खोलते हैं। लड़कियाँ विवाह की प्रतीक्षा में बी.एड. करती हैं। दहेज ने यहाँ हजारों बी.एड. पैदा कर दिये। साक्षरता के इस अन्धे युग में हजारों धृतराष्ट्रों ने एम.ए. किया पर कुँवारे रहे। अबला जीवन, हाय तुम्हारी यही कहानी कि एम.ए. के बाद तुमने डबल एम.ए. किया। लड़के-लड़कियों सभी को एम.ए. करा दिया इन कॉलेजों ने। तू भी बलम एम.ए., मैं भी सजन एम.ए., अब बी.ए. कौन पूछे रसिया—को लेकर एक गीत तैयार कर रहा हूँ मैं। गीत का मूल भाव होगा कि लड़का-लड़की ने एम.ए. कर लिया है और पीले हाथ की शाश्वत समस्या सामने है। हाथ पीले हों तो एक औलाद पैदा की जाए जो डबल एम.ए. हो (एम.ए. + एम.ए. = डबल एम.ए.) परन्तु लड़की का बाप है कि लड़की की एक बी.ए. वाले से शादी करना चाहता है जो पान की दुकान का मालिक है और इसीलिए बेरोजगार एम.ए. युवक पर इक्कीस बैठ रहा है। इसी को लेकर युवती को शिकायत है कि अब बी.ए. कौन पूछे रसिया? गीत के अन्तरे में नायिका से कहलवाऊँगा कि साजन मनभावन बसन्त आ गयो, लोग बी.ए. से एम.ए. होने में दत गए। उधर कमबख्त पलाश दहक रहा है—आओ, हम एक हो जाएँ और पीएच. डी. फटकार लें। क्योंकि तू भी सजन एम.ए. और मैं भी सजन एम.ए.। बीच में यह स्थायी डालकर अगले अन्तरे में चंचल नायिका म.प्र. के इस उद्योग के विषय में इंगित करेगी कि बलम, बसन्त यूँ ही प्यासा निकल गया और तुम बेरोजगार डोलते रहे। बसन्त का सब मजा खराब कर दिया पापी तैने। अब सावन की बरखा बहार आ गई है। चारों तरफ नये कॉलेज खुलने-खोलने का दृश्य है। छात्रों को लूटने का मनभावन मौसम आ गया। हे मन को भाने वाले काले-कलूटे बैंगन बूटे, तू भी किसी कॉलेज में दो सौ की पगार पर लग जा और मुझे भी वहीं लेक्चरर पर चिपकवा दे। फिर देख कि अगले सावन तक अपुन क्या करते हैं। क्योंकि? क्योंकि तू भी सजन एम.ए. और मैं भी सजन एम.ए. ...

तो मित्रो, शिक्षा का कुटीर उद्योग यहाँ अच्छा पनपा है। इसी कारण प्रदेश में हर तीसरा व्यक्ति साक्षर है और मात्र इसी दुर्घटना के कारण कवि है। जो कवि नहीं है, वह संयोजक है। जो वह भी नहीं है वो अपनी पत्रिका निकालता है और खुद

उसे नहीं पढ़ता। शेष लेक्चरर हैं और इस सरकारी तथ्य के कारण साहित्यकार भी हैं। कविता का उद्योग यहाँ जोरों पर है। हर तीसरा आदमी कविता लिखकर, प्रथम दो को सुनाता है, जिन्हें आशा है कि वह भी उनकी सुनेगा। जेब में हाथ घुसता है कविता निकालने के लिए। भाड़-सा मुँह खुलता है और कविता टपकती है। सब आपस में कविता सुनाते हैं और वाह-वाह की किचकिच से कविता की मंडी अँटी रहती है। तू मेरी सुन मैं तेरी सुनता हूँ। दुख-दर्द आपस में बाँटने की भारतीय संस्कृति कविता के संवर्धन में काम आती है। तू मुझे झेल मैं तुझे भुगतूँ—कविता में एकदम दाम्पत्य जीवन को जी रहे हैं मेरे यार।

अभी तक कविता हानिकारक शगलों में आती थी, परन्तु म.प्र. शासन के प्रोत्साहन से यह भी एक लाभदायक कुटीर उद्योग में बदल गई है। कवि कविता की पोथी तैयार करते हैं। सरकार सोने के भाव पोथियाँ खरीदकर गोदाम में पटक लेती है। कविता के रचैये-भैया ता-ता थैया करते प्रसन्नता से नाच रहे हैं कि *कविता की वापसी* हो रही है। पहले भी कविता की वापसी होती थी। सम्पादक द्वारा होती थी तो ये तब रोते थे। अब तो ये रचते हैं और सरकार जाली नोटों की कीमत देती है। कविता के चेक संस्कृति और कला के काउंटर पर भुन रहे हैं। बाप ने विरासत में कोई अचल-चल सम्पत्ति नहीं छोड़ी तो क्या, कवि ने बाप पर कविताएँ फटकारकर म. प्र. सरकार के सिर पर थोप दीं कि बेटा, निबटो मेरे बाप से और निकालो टेंट से रोकड़ा। बाप से लेकर चिड़िया, बादल, चाकू, कमीज, जूता, पपीता, अदरक, नीम, पहाड़ियाँ, गुलमोहर, पेड़ इत्यादि पर काव्य का जाल फेंका गया। कविता की वापसी की ऊँची लहर आई और ढेर सा कचरा संस्कृति और साहित्य के तट पर पटक गई और यारों ने कचरा बेच लिया। इस उद्योग से सामान्य जन को एक ही फायदा हुआ कि, कविता, कवि तथा सरकार के बीच आपस की बात हो गई—श्रोता तथा पाठक को कविता से छुटकारा मिला। परन्तु इस उद्योग से केवल शहरों तथा राजधानी के कवियों तथा खरीदारों को फायदा हुआ।

गाँव में कविता बेचने का धन्धा जोर नहीं पकड़ पाया क्योंकि म. प्र. के गाँवों में डकैती का उद्योग जोरों पर है। म.प्र. के ग्रामों का यह सबसे लोकप्रिय तथा हरदिल अजीज कार्यक्रम है। अहा, ग्राम जीवन भी क्या है—जहाँ चाहे डाका डालो। लोग यहाँ डकैती पड़ने का बुरा नहीं मानते जैसा कि देश के अन्य हिस्सों में कुछ नीच लोग माना करते हैं। डकैती पड़ने तथा डालने को यहाँ मौसम-चाँद-सूरज-हवा इत्यादि की तरह ईश्वर की माया माना जाता है, जिसमें मनुष्य अथवा पुलिस को अड़ंगा लगाने की हिम्मत नहीं होनी चाहिए। इस उद्योग की विशेषता यही है कि इसे बहुत कम लागत में ही प्रारम्भ किया जा सकता है। प्रायः उद्योगपति शुरू में मात्र एक लाठी का प्लांट गाँव के ठीक बाहर डाल लेते हैं। शाम के झुरमुटे में वह गाँव के बाहर लाठी लेकर खड़ा हो जाता है। अँधेरा होते-होते, वहीं खड़े-खड़े

उत्पादन प्रारम्भ हो जाता है। इस क्षेत्र में हमारी प्रगति निश्चित ही गौरवशाली है। हमारे डकैतों की दूसरे प्रान्तों में भी बड़ी माँग है। पुलिस, सरकार तथा समाज का मिला-जुला बेसिक ट्रेनिंग सेन्टर है हर गाँव इसके लिए। रिटायर्ड डकैत की थानेदार से भी अधिक इज्जत है।

जो किसी कारण डकैत नहीं बन पाते, वे पुलिस में भर्ती होने का प्रयास करते हैं। यहाँ डकैत भी खाकी वर्दी पहनते हैं। डाकू और पुलिस में अन्तर कर पाना कठिन हो जाता है। आम अन्तर बस यह माना जाता है कि पुलिस को जिस कार्य की तनख्वाह मिलती है डकैतों को नहीं मिलती। कुछ सिपाही यहाँ डकैती के मामलों में पकड़े भी गए हैं। शेष लोग समझदार हैं और कभी नहीं पकड़े गए।

इधर सरकार ने इस लघु उद्योग को प्रोत्साहन भी दिया है। आत्मसमर्पण की छूट से इस उद्योग में भारी तेजी आई है।

बहुत से अन्य परम्परागत उद्योग भी मध्य प्रदेश में पनप रहे हैं।

दहेज लेना, झोला लेकर डॉक्टरी करना, अपनी ससुराल में डकैती मारना, आदिवासी क्षेत्रों का विकास करना, जीप में चढ़ना, तबादले कैंसिल कराना, स्कूल-कॉलेज खोलना-बन्द करना, नायब तहसीलदार बनना, जादूगरी करना, मुकदमेबाजी करना, ढोर-डॉक्टरी करना, वकील बनना, सरकारी जमीन पर कब्जा करना, परीक्षा की कॉपियों में नम्बर बढ़ने के लिए ह्वेनत्सांग की भाँति लम्बी यात्राएँ करना, आँखें मींचकर गवाही देना, तहसीलदार साहब के घर घी पहुँचाना, थानेदार साहब से पिटना, अखबार निकालकर लोकतंत्र तथा स्वयं की रक्षा करना, आटे की चक्की खोलना, बीड़ी बनाना और अपनी बीड़ी स्वयं पीना, सरकारी समितियाँ डुबोना, देशी पिस्तौल बनाना, गड़ा खजाना खोजना इत्यादि इस क्षेत्र के अन्य उद्योग हैं। जनता इनमें परिश्रम से जुटी है।

अब तक आप मध्य प्रदेश के औद्योगिक विकास के कायल हो गए होंगे। न भी हुए हों तो म.प्र. को इसकी परवाह नहीं। वह कर्म में जुटा है और फल पहले ही खा चुका है। वह जुटा रहेगा। किसी का बाप उसे ऐसा करने से नहीं रोक सकता। वह प्रगति करते हुए उद्योगों के उन शिखरों को छुएगा जहाँ से गिरकर उसकी हड्डी-पसली बराबर हो सके।

प्रेम-प्रसंग, मेढक और जाति प्रथा

यह प्रेम कथा भारतीय प्रेमियों तथा मेढकों को समर्पित है।

मेढक इस प्रेम कथा में सहनायक है, अतः उसको समर्पण न्यायानुकूल है।

भारतीय प्रेमी को समर्पण के कई कारण हैं—

भारतीय प्रेमी विदेशी प्रेमियों पर सवाया पड़ता है, क्योंकि उसे अपनी जाति की लड़की खोजकर फिर उसमें प्यार की खोज करनी होती है। इसमें मेहनत लगती है, जैसा कि भारतीय प्रेमी को जानने वाले उसकी रग-रग जानते हैं, वह परिश्रम से पीछे नहीं हटता। वह प्रेम को कसरत की तरह मेहनत का कार्य मानता है और जातिवाद के मुगदर भाँजता प्रेम के अखाड़े में उतरता है। वह जाति के खूँटे के चारों तरफ घूमता है। वह प्रेम को कोल्हू की तरह लेता है। वह प्रेम को लघु उद्योगों की श्रेणी में तेलघानी के समकक्ष रखता है। इस प्रकार वह प्रेम में जातिवाद की तेलघानी का आनन्द लेने लगता है।

प्रेम अन्धा होता रहा होगा, कभी।

जातियों, उपजातियों, वर्गों, सम्प्रदायों, प्रान्तों और जिलों आदि की कँटीली झाड़ियों और ऊँचे वृक्षों के घनघोर जंगल में राह तलाशता भारतीय प्रेमी अन्धा नहीं है। वह अपना झाड़ खूब पहचानता है। उसे जातियों के जंगल से बाहर जाने की चाह भी नहीं है। वह अपने झाड़ के नीचे बैठकर सारा जीवन इसी जंगल में गुजार देता है। वह महान है। वह प्रेम-प्रसंग का फारेस्ट गार्ड है।

भारतीय प्रेमी महान गणितज्ञ भी है। वह जाति तथा प्यार की रेखाओं को इस तरह खींचता है कि वे या तो एक-दूसरे को काटें ही नहीं, और काटें भी तो आमने-सामने के कोण बराबर रहे और बिरादरी के रेखागणितज्ञ प्रसन्न रहें। वह बड़ा हिसाबी है। जोड़ता है। घटाता है, परम्पराओं के बड़े कोष्ठक में टटोलता घूमता है। वह संस्कृति की लँगड़ी भिन्न हल करता है। इस तरह उसे जो संख्या प्राप्त होती है, वह उसमें धर्मशास्त्र (1) का भाग देता है और उत्तर प्राप्त करता है कि प्रेम एक फिजूलखर्ची है। चूँकि वह मितव्ययी है, अतः वह प्रेम नहीं करता।

देशी प्रेमी के संक्षिप्त प्रेमी-जीवन में प्रेम के अवसर बहुत कम आते हैं। इसी

कारण वह अवसर पाते ही टूट पड़ता है और दूसरी पार्टी को हतप्रभ कर देता है। कई बार बिना अवसर के भी टूट पड़ता है और फिर जख्मी होकर वॉकर की तरह भागता है। सही अवसर की तलाश ही हमारे प्रेम की गिजा है।

यह कथा ऐसे ही नरपुंगव को समर्पित है।

अब मैं किस्सा प्रारम्भ करता हूँ। शुरू में थोड़ा समाँ खींचना था, सो खींचा। यह एक आम देसी प्रेमकथा है, अत: कॉलेज से प्रारम्भ होती है।

प्रत्येक कस्बे में दो प्रकार के कॉलेज पाए जाते हैं। प्रथम कॉलेज के दरवाजे पर ढेर सारे लड़के खड़े रहते हैं। अन्दर लड़कियों को बकरियों की तरह बन्द रखा जाता है। यह लड़कियों का कॉलेज होता है। प्रायः हनुमान जी या शंकर जी का मन्दिर भी पास ही होता है। इससे सुविधा हो जाती है और किसी लड़की विशेष के लिए ईश्वर से लगे हाथों प्रार्थना भी की जा सकती है। द्वितीय कॉलेज के न तो गेट पर ही कोई होता है, न अन्दर। समस्त छात्र प्रथम कॉलेज के गेट पर एकत्रित रहते हैं। जिला जेल के पश्चात लड़कियों के कॉलेज की बिल्डिंग ही इतनी मजबूत होती है कि आसानी से तोड़ी और फाँदी न जा सकें।

मेरा प्रथम तथा अन्तिम प्रेम भी कुछ इसी तरह के भीड़-भड़क्के तथा किचकिच के वातावरण में हुआ था। लड़की कस्बाई सौन्दर्य के मापदंडों के हिसाब से लोकल क्लियोपेट्रा थी, अर्थात अच्छा चुपड़कर तेल लगाती थी और कभी-कभी छोटे भाई का पैंट पहनकर कॉलेज आ जाती थी। स्पष्ट है कि उसमें आधुनिकता का भी पुट था। मुझे वह अच्छी लगी। उससे बात किस तरह प्रारम्भ की जाए—यह उन दिनों विश्व की सबसे प्रमुख समस्या थी।

मैंने मुहल्ले के बाल्डहाइम के समक्ष यह समस्या रखी। उनका नाम बद्रीप्रसाद जी था। वे उन दिनों न तो किसी लड़की के साथ भागे हुए थे, न ही जेल में थे सो घर पर ही मिल गए। उन्होंने सारी समस्या सुनी और सुझाव दिया कि तुम तो लड़की की साइकिल की हवा निकाल दिया करो। लड़की देखकर काला चश्मा पहन लेना, प्रिंटेड रूमाल को गले में फाँसी की तरह बाँधकर लड़की के घर के चक्कर लगाना तथा बालों के फुग्गों की चिड़िया-सी बनाकर सीटी बजाना उन दिनों के प्रचलित तरीके थे जो नवोदित प्रेमियों में अत्यन्त लोकप्रिय थे। परेशानी यह थी कि साइकिल में मात्र दो पहिए थे। जब तक मैं हवा निकालने पहुँचता, कोई अन्य उत्साही कार्यकर्ता पहले ही हवा निकाल चुकता। दो पहियों के उम्मीदवार असंख्य थे और शिफ्ट में काम करने की नौबत आ चली थी। फिर लड़की यह तय नहीं कर पाती थी कि सबसे सीरियसली हवा कौन निकाल रहा है—जय सिंह या ज्ञान चतुर्वेदी? इन्हीं सारी कठिनाइयों की बावत जब मैंने बद्रीप्रसाद जी से पुन: सलाह माँगी, तो उन्होंने बताया कि छिपकर लड़की के

बाप को पत्थर मार दो और फिर स्वयं ही उसे अस्पताल ले जाओ। पिता की सेवा से लड़की को प्रसन्न करो।

मेरी समझ में नहीं आ रहा था कि क्या करूँ? कभी लगता था कि न हो तो लड़की के पैर ही छू लूँ—शायद इसी एक्शन पर वह रीझ जाए। हाँ भई, लड़की का क्या भरोसा?

तभी मेढक की बड़ी आँत ने मेरी सहायता की।

उन दिनों मैं प्राणिशास्त्र का विद्यार्थी था। लड़की भी थी। उन दिनों मेढक की बड़ी आँत परीक्षकों में बड़ी लोकप्रिय थी। हर परीक्षा में एकाध प्रश्न आ ही जाता था। प्रेम के सागर में डूबते हुए मुझे इसी बड़ी आँत का सहारा मिला और एक दिन मैंने लड़की से बात कर ही ली।

सुनिए बहन जी...

कहिए, क्या बात है।

...

क्या बात है जी।

जी, वो मेढक की बड़ी...

मेढक? बड़ी?

जी हाँ वही मेढक, जिसकी बड़ी आँत के बड़े सुन्दर नोट्स आपके पास हैं।

तो...?

वही मुझे चाहिए,

क्या चाहिए...बड़ी आँत?

नहीं, नोट्स।

इस प्रकार बात चल निकली। निकली, तो मेढक की किडनी, लीवर, दिल तथा क्रेनियल नर्व्स से होकर निकलती ही चली गई। मेढक का पूरा चैप्टर समाप्त होने को आ गया, पर मैं असली बात अभी तक नहीं कर पाया था। प्यार की बात रोज मेढक के लिम्फ या एक्सक्रीटरी सिस्टम में खो जाती। मैं घबराने लगा। डर लगा कि यदि मेढक भी हाथ से फिसल गया, तो फिर कौन संकट में भरोसे का साथी होगा? एकेडमिक ऊँचाइयों पर लड़की के साथ इतना ऊपर चढ़ गया था कि साँस फूल आई। इतनी ऊँचाई से प्रेम की बात सड़कछाप लगती थी और किस तरह उस पर कूद पड़ूँ, यह समस्या थी।

मैं पुनः बद्रीप्रसाद जी के पास पहुँचा। उन्होंने सारी समस्या सुनी, समझी और इस बात पर आश्चर्य तथा क्षोभ प्रकट किया कि मैं अभी तक बातचीत में ही अटका हूँ। सारी बातें सुनकर उन्होंने सूत्र दिया कि तुम तो लपक लो। लपकने की प्रक्रिया का खुलासा करते हुए उन्होंने समझाया कि अब तुम बात तो करना ही नहीं, बस, सीधे ही उसका हाथ वगैरह पकड़ लेना। पिटने-पिटाने की चिन्ता कतई मत करना

क्योंकि यह सब तो चलता ही रहता है। यही जीवन है। हानि-लाभ, पिटना-पिटाना, यश-अपयश विधि हाथ—यह अध्यात्म बीच में डालकर उन्होंने आगे जमानत करवाने के तरीके तथा जेल में मिलने वाले भोजन के विषय में भी बताया।

मैं पुन: पसोपेशवाली लोकप्रिय मुद्रा में आ गया था। तभी एक दिन मैं सफल हुआ। वह शायद मेढक का अन्तिम दिन था, हम उसकी चमड़ी तक पहुँच चुके थे। मैंने किसी तरह बात प्रारम्भ की।

मेढक की चमड़ी भी क्या चीज है?

हूँ...

वैसे, खैर, खुद मेढक भी कम नहीं।

हूँ।

सुनिए...

हूँ।

मैं आपसे प्यार करता हूँ।

तो इसमें मेढक को बीच में क्यों घुसेड़ रहे हो?

नहीं...वो तो बात यह थी...कि क्या है कि मेढक की चमड़ी...

इस प्रकार हमारा प्यार चल निकला।

नोट्स के आदान-प्रदान वाला यह सहकारी भावना वाला तरीका कालान्तर में प्रेम के क्षेत्र में उसी प्रकार लोकप्रिय हुआ, जिस तरह युद्ध के क्षेत्र में प्लासी का मैदान। कॉपियों, किताबों का लाव-लश्कर सजाए असंख्य छात्र दुश्मन के किले अर्थात प्रेमिका के बाप के घर की तरफ कूच करने लगे। इसी भयंकर मार-काट के वातावरण में हमारा प्यार चल निकला। नोट्स लिखने से बचे समय में मैंने प्रेमपत्र लिखे। प्रथम प्रेमपत्र मैंने बद्रीप्रसाद जी के सफल नेतृत्व में ही लिखा। वैसे वे प्रेमपत्र लिखने के सख्त खिलाफ थे और सीधी कार्यवाही के हामी थे। उन्होंने प्रेमपत्र की एक हानि यह भी बताई कि इसमें बेकार ही वह बहुमूल्य समय नष्ट होता है, जो किसी अन्य लड़की के पीछे लगाया जा सकता है। एक मामला स्पेयर में रहे तो मौके पर काम आता है।

कस्बे का अपना भाषा-शास्त्र होता है। इसी भाषा-शास्त्र के अन्तर्गत समस्त कस्बे में हवा फैल गई कि ज्ञान का अमुक लड़की के साथ चल रहा है और हम तो पहले ही जानते थे कि यह लड़का कुछ ऐसा-वैसा है। सहपाठी आँख दबाकर पूछने लगे कि कहो गुरु, क्या हाल है? कॉलेज में मास्टर, छात्र जीवन में ब्रह्मचर्य आदि के महत्त्व पर बोलने लगे।

तभी एक दिन पिताजी ने मुझे अपने कमरे में बुलाया।

भारत में पिता थानेदार की तरह पहले पिटाई करता है, फिर पूछता है

कि मामला क्या है और मुलजिम कौन है? पिताजी किसी कड़क थानेदार की तरह बैठे थे। उन्होंने मुझ पर दबिश देने के अन्दाज में हमला किया और फर्श पर दे मारा। पीट-पाटकर, फर्श पर कुछ मीटर घसीटकर और आम आदमी वाली चन्द आम गालियाँ देकर जब वे अपने पिता कर्म से निबटे, तब उन्होंने पूछताछ शुरू की—

यह मैं क्या सुन रहा हूँ?

क्या?

सुअर के बच्चे...

तुम आजकल पांडन टोला बहुत जा रहे हो?

जी।

जी के बच्चे। किस जाति की है वो...?

जी...पंजाबी।

शर्म नहीं आती तेरे को? ब्राह्मण होते हुए पंजाबी लड़की के पीछे भाग रहा है? बस, अब जो हुआ सो हुआ, आगे मुझे कुछ सुनाई देना नहीं चाहिए...

पिताजी...

पिताजी के बच्चे। टाँगें चीर दूँगा तेरी और गला दबा दूँगा उसका। छत से फेंक दूँगा तुझे और कपड़े फाड़ दूँगा उसके। चक्कू मार दूँगा तुझे और झोंटा उखाड़ लूँगा उसका। तूने समझ क्या रखा है? हमारी भी समाज में इज्जत है...

पिताजी, वो अच्छी लड़की है।

तेरे पिताजी की ऐसी-तैसी। मेरे से बहस लड़ाता है, यही तेरी शिक्षा है? अच्छी लड़की वो होती है, जो अपनी जाति की हो। गैर जाति की लड़की?...छी। छी। छी। चल भाग यहाँ से...

''पिताजी, मैं उससे शादी करना चाहता हूँ,'' मैंने इतना ही कहा था कि पिताजी ने मुझे दौड़ा दिया और टँगड़ी मारकर गिरा दिया। अबकी बार कुछ फर्लांग तक घसीटा, मारा और यह कहकर छोड़ दिया कि घर मत आना, यदि यही सब करना हो तो।

बद्रीप्रसाद जी ने सारी समस्या सुनी।

बोले, वही करना चाहते हो, जो प्राय: लड़के करते हैं?

क्या?

बोले, लड़की को पत्र लिख सकते हो कि पापी समाज हमारे मार्ग में रोड़े बिछा रहा है, यह भी लिख सकते हो कि फिसलकर गिर पड़ा हूँ और एक रोड़ा सिर में लग गया है; खून बह रहा है, अत: मिलना नहीं हो सकता, वैसे, हमारा प्यार अमर है और हम अगले जन्म में अवश्य मिलेंगे (बिल्ली-बिलौटा बनकर)।

मैंने निवेदन किया कि यह सब नहीं कोई उचित सलाह दें।

लड़की कैसी है?

अच्छी है।

तब क्या चक्कर है?

उसकी जाति दूसरी है।

तो क्या हुआ। तुमने अदालत देखी है?

मैं समझ गया, कुछ देर बाद मैं लड़की को लेकर कोर्ट जा रहा था। बद्रीप्रसाद जी एक और गवाह जुटाने निकल गए थे।

भैयाजी का विज्ञान

सामने कुर्सी थी। कुर्सी पर भैयाजी थे और भैयाजी पर नेताई चोला था। इस तरफ मैं था और मेरे पास थे देश में विज्ञान के विकास से सम्बन्धित नाजुक प्रश्न। हमारे चारों ओर बाग था, बाग में गुलाब था, भैयाजी का माली था, वातावरण कुल मिलाकर इंटरव्यू के लिए उपयुक्त था।

भैयाजी ने कहा, "पूछो।"

मैंने प्रश्न प्रारम्भ किये।

प्रश्न : देश में उचित परिस्थितियाँ तथा अवसर न मिलने के कारण वैज्ञानिक विदेश चले जाते हैं। इसमें आपको क्या आपत्ति है?

भैयाजी : हमें कोई एतराज नहीं है, पर वहाँ जाकर ये लोग जो खोज वगैरह कर डालते हैं, वो एक खराब चीज है। इसमें देश बदनाम होता है कि भई भारत में सुविधाएँ नहीं हैं। अब इन खुराना साहब को देखिए, क्या पड़ी थी इन्हें ये खोज करने की? अच्छा-खासा वेतन मिलता था, बीवी थी, बच्चे थे, पड़े रहते वहाँ आराम से। पर भैया देश का किसे खयाल है। हम ही हैं, जो मरे जाते हैं देश के लिए। अब हमें देखो, किया हमने कभी कोई आविष्कार? नहीं किया। हमें खयाल है, देश के सम्मान का। हम भी आए दिन विदेश जाते रहते हैं। एकाध आविष्कार भी विदेश में कर डालते तो देश की नाक कट जाती या नहीं? पर साहब ये तो आविष्कार करेंगे। करो बेटा, खूब करो...

प्रश्न : इधर आप कहते हैं कि वैज्ञानिक विदेश न जाएँ, उधर देश में हजारों टेक्निकल लोग बेरोजगार घूम रहे हैं। उन्हीं को आप काम नहीं दे पा रहे हैं।

भैयाजी : काम करने की इच्छा हो तो काम मिले। हम तो कहते हैं काम करने में क्या शर्म! जो काम मिले, पकड़ लो। पान की दुकान खोल लो, लोगों के बाल काटने लगो, पटवारी बन जाओ; साथ-साथ खोज भी करते जाओ। आविष्कार भी करते जाओ। भई आविष्कार ही तो करना है, कहीं बैठकर कर लो। संविधान में ऐसा तो नहीं लिखा है कि अब प्रयोगशालाओं में ही आविष्कार करने होंगे। और लिखा भी हो तो हम संविधान में संशोधन करा देंगे। अपन तो देश का भला चाहते हैं। समाजवाद आ जाए, तो चैन मिले।

प्रश्न : फिर भी क्या लाभ है वैज्ञानिकों को, विदेश प्रवास से रोकने में?

भैयाजी : हम तो उन्हीं के भले की बात कर रहे हैं। अपने देश में मरेंगे तो स्वर्ग मिलेगा।

प्रश्न : मरने की बात पर ध्यान आया। अभी हाल ही में एक वैज्ञानिक ने आत्महत्या कर ली और कारण यह बताया गया कि वह प्रशासनिक भ्रष्टाचार से तंग आ गया था। आपका क्या विचार है?

भैयाजी : भैया, ये सब कामचोरी की बातें हैं। कहते हैं—प्रमोशन ही नहीं होता, हम तो आत्महत्या करेंगे। खूब करो। किसने रोका है? भई, काम करो तो प्रमोशन हो। जो कर रहे हैं उनका हो रहा है। अब देखिए—कुछ वैज्ञानिक बेचारे बड़े परिश्रमी हैं। प्रतिदिन हमारे बँगले पर आते हैं। हमारे वक्तव्य तैयार करते हैं। बाजार से सब्जी ले आते हैं। बच्चों को खिलाते हैं, बर्तन माँजते हैं—उनका प्रमोशन हो रहा है। भाई, काम करो तो प्रमोशन हो!

प्रश्न : फिर भी क्या आपको यह भयावह नहीं लगता कि देश की प्रतिभाएँ यों अकाल मृत्यु का शिकार हो जाएँ?

भैयाजी : हानि-लाभ, जीवन-मरण, यश-अपयश विधि हाथ। सब ईश्वर की इच्छा से हो रहा है। इससे अधिक कुछ नहीं कहूँगा।

प्रश्न : लोग कहते हैं कि वैज्ञानिकों को कोई सुविधा ही नहीं है, वे कार्य क्या करें? आपका क्या कहना है?

भैयाजी : खूब सुविधाएँ हैं। प्रयोगशालाएँ हैं, दरवाजे हैं, खिड़कियाँ हैं, फाइलें हैं, पहनने के लिए जूते हैं, बाल कटवाने के लिए नाई हैं, खाने के लिए पपीते हैं, सरकार समाजवाद ला रही है, जवान लोग सीमा पर लड़ रहे हैं, हम समझौते कर रहे हैं—क्या नहीं है? खूब सुविधाएँ हैं। यह सब विरोधी पार्टियों के स्टंट हैं और कुछ नहीं। सुविधाएँ न होतीं, तो हम बांग्ला देश को कैसे स्वतंत्र कराते? बोलो।

प्रश्न : रमन साहब भी कहा करते थे कि लालफीताशाही के कारण देश आगे नहीं बढ़ पा रहा है।

भैयाजी : (क्रोध से) कौन रमन! वो विदेश विभागवाला? उसकी यह मजाल!

प्रश्न : नहीं, नहीं, मैं डॉ. रमन साहब की बात कर रहा था, जिन्हें नोबल पुरस्कार मिला था।

भैयाजी : अच्छा-अच्छा। अब भई, इन लोगों की क्या कहें! थोड़ा-सा कोई पुरस्कार क्या मिला, सिर पर चढ़ जाते हैं। आप हमें देखिए, हायर सेकेंडरी में पढ़ते थे, तो भाषण, खो-खो, कबड्डी, श्लोक-पाठन आदि के लिए न जाने कितने पुरस्कार हमने पाए परन्तु मजाल है कि आज तक सरकार के विरुद्ध कुछ कहा हो। हम तो चाहते हैं कि देश में समाजवाद आए।

प्रश्न : कॉलेजों में न तो पर्याप्त फर्नीचर है, न ही विज्ञान के अध्यापक, ऐसी

स्थिति में विज्ञान के विकास के लिए सरकार क्या कर रही है?

भैयाजी : फर्नीचर के अभाव की बात बेकार का स्टंट है। अभी पिछले वर्ष ही हमारी लड़की की शादी में सारा फर्नीचर यहाँ के कॉलेज से आया था। पूरा मैदान भर गया था। कुछ कुर्सियाँ तो अभी तक बँगले में पड़ी होंगी। बहुत है, और कितना फर्नीचर चाहिए?

हाँ, यह हम भी मानते हैं कि विज्ञान के अध्यापकों का अभाव है। सरकार इस दिशा में प्रयत्न कर रही है। हमारी बुआ का लड़का है, संस्कृत में एम० ए० था। उसने बताया कि रसायनशास्त्र (केमिस्ट्री) के अध्यापक की पोस्ट खाली है। हमने उसे वहाँ लगवा दिया। अब बताइए, बेचारा संस्कृत से एम.ए. होकर भी विज्ञान पढ़ा रहा है। कितनी परेशानी होती होगी उसे? पर देश के लिए परिश्रम कर रहा है। देश का भविष्य उज्ज्वल हो, इसके लिए कुर्बानी तो करनी ही होगी।

प्रश्न : देश में विज्ञान के भविष्य के बारे में आपके विचार?

भैयाजी : भविष्य क्या है; उज्ज्वल है। सबका भविष्य उज्ज्वल है। समाजवाद आ रहा है। सब ठीक हो जाएगा।

प्रश्न : अन्त में विज्ञान के छात्रों के लिए आप कोई सन्देश देना चाहेंगे?

भैयाजी : यही कहना है कि खूब पढ़ो। जो समझ में न आए अपने पिताजी से पूछो। सबसे बड़ी बात है कि खूब आविष्कार करो। इससे देश का नाम ऊँचा होता है। हम तो कहते हैं, रोज एक आविष्कार करो, तब खाना खाओ, बस यही कहना है।

मैंने धन्यवाद दिया और बँगले के गेट से बाहर आ गया।

कवियों को एक खुला पत्र

कवि पिटे, कवियों के अलावा कौन यह नहीं चाहता? फिर हिन्दी का कवि पिटे तब तो क्या कहने! उधर बदायूँ में कवि पिट गए और इधर मेरा पापी मन मयूर पंख फैलाकर नाचने लगा। हरिशंकर परसाई के पिटने के बाद एक लम्बा उबाऊ अन्तराल हिन्दी साहित्य में आ गया था। न तो कोई पिट रहा था, न ही पीट रहा था। आपस में ही कुछ साहित्यकारों की यदि कहीं झूमा-झटकी हुई हो, तो वह अलग बात है। साहित्यिक मुद्दे हिन्दी में यूँ भी, यूँ ही तय किये जाते रहे हैं और स्वस्थ होना, तथा व्यायाम इत्यादि का शौक रखना हिन्दी साहित्य में स्थापित होने की प्राथमिक अर्हताएँ मानी जाती रही हैं। पर कोई भी, कहीं, किसी साहित्यकार को नहीं पीट रहा था, यह चिन्ता तथा क्षोभ का विषय था। यदि देशवासी ही बुद्धिजीवियों को नहीं पीटेंगे तो वे मार खाने क्या विदेश जाएँगे? कांग्रेस हिन्दी की प्रगति के लिए प्रतिबद्ध है। बदायूँ में कांग्रेस के समर्थक बधाई के पात्र हैं। हिन्दी को एक बड़े गतिरोध से उन्होंने उबार लिया। कवियों को पीटकर एक बड़ा काम कर डाला, जो मात्र उत्साही पीटने वालों के अभाव में रुका पड़ा था। अच्छा किया, माँ भारती के लाड़लों को पीट-पाटकर माँ के सामने डाल दिया कि सँभालो अपने उद्दंड बच्चों को।

साहित्यकार उद्दंड होते जा रहे हैं, जो उचित नहीं। मंत्री जी ने ठीक ही कहा अपने बयान में। उन्होंने कहा कि निर्भय हाथरसी बहुत ही घटिया स्तर पर उतर आए थे। निर्भय जी यहाँ तक बदतमीजी पर उतर आए कि 'इन्दिरा मैया रोटी दे' जैसी नक्सलवादी कविता पढ़ने का दुस्साहस कर बैठे। सही कहा वजीर साहब ने। कवि की ये हिम्मत कि इस देश में रोटी माँगे? कमबख्तो, तुम्हें रोटी की पड़ी है, यहाँ चन्दे का पैसा खाने की बेला आई हुई है। देखो, इस देश के भूखे-नंगों लोग, जरा देखो, इधर हम तुम्हारे लिए ट्रस्ट बनाने की बात कर रहे हैं और उधर ये कवि हमें रोटी के लिए परेशान कर रहे हैं! मारो न इन सालों को! स्याही पोत दो इनके मुँह पर। मुँह काला करो हमारे सामने से। इनको सजा मिलनी ही चाहिए। इस देश में जो भी शरारती तत्त्व रोटी की माँग करेगा, उसका पिटना तय है। देश में और भी काम पड़े हैं कवियों को करने के, वे करो न? अनुशासन पर एक दस पंक्ति की

कविता लिखकर लाओ न—तुम्हें राज्यसभा में लगा देंगे। जाओ और हमारे सम्मान में बुद्धिजीवियों की बैठक के लिए शामियाना तनवाओ, बल्लियाँ गड़वाओ, जाओ और...तुम कहीं भी जाओ, भाड़ में जाओ, पर मुँह काला करो हमारे सामने से। तुम्हारे बाप का कोई नौकर यहाँ नहीं बैठा है कि रोटी दे!

कवियो, मेरे लाडलो, क्यों लिखते हो तुम रोटी पर कविता? मंत्री जी ने ठीक ही कहा है कि कवि राजनीति से दूर रहें। रोटी की भी एक राजनीति होती है। किसको रोटी देना और किसके मुँह से छीनकर देना, इसकी भी एक राजनीति है, जिससे तुम्हें दूर रहना है। तुम क्यों लिखते हो रोटी पर? राजनीति से दूर रहो कविराज, यह तुम्हारे लिए नहीं है। तुम भी राजनीति में आ जाओगे तो गिरहकट कहाँ जाएँगे? बेरोजगार सेंधमारों और चोरों के पेट पर क्यूँ लात मारते हो तुम लोग? राजनीति मत करो। यारो, कविता के नये आयाम तलाशो।

रोटी के अलावा और भी प्यारे-प्यारे मादक विषय हैं कविता करने के। तुम क्यों नहीं कुंज गलियों में अपनी नोटबुक लेकर घुस जाते? जा, लता गुल्मों में, चंचल गोपिकाएँ तेरी प्रतीक्षा में छुपी बैठी हैं। उनकी क्षीण कटि में हाथ डालकर कोई मदभरा श्रृंगार गीत छेड़ न कमबख्त! यहाँ बैठा रोटी-रोटी कर रहा है। पहले एक गोपी तो लाकर डाल घर में, जो तुझे रोटी पकाकर दे। सरकार ने क्या लंगर खोल रखा है? इस देश में कोई काम ही करना नहीं चाहता। चाँद निकलता है और कोई कवि उस पर कविता करने के लिए सामने नहीं आता। है कोई माई का लाल जो चाँद पर कविता लिखकर हाई कमान को दिखाए। जाओ और चाँद को देखकर आहें भरो। कवियों का पूरा डेलीगेशन लेकर प्रेमिका के केशपाश का दौरा करो और टी.ए.डी.ए. हमसे लो। खो जाओ नायिका के चिकुर जाल में। हरिजन मरने की खबर मत पढ़ो, देखो कि निरपराधी पतंगा कैसे शमा में जलकर खाक हो जाता है। पतंगे की नियति पर पछाड़ें खाकर रो और एक बढ़िया सा शेर अर्ज कर। वाह-वाह करने के लिए पूरी साहित्य परिषद की ड्यूटी लगा देंगे हम, कुछ काम तो कर तू।

दूर क्षितिज के पार तेरा जन्म-जन्मान्तर का अबूझा, अनजाना प्रेमी तुझे पुकार रहा है और तू राजनीति, भूख-गोली, क्रान्ति, रोटी, कपड़े, आँसू, पेट, मृत्यु, बलात्कार, रुदन, जैसी घिनौनी शब्दावलियों में उलझकर रह गया रे? उठ, कपड़े बदल, रेशमी कुर्ता बदन पर डालकर क्षितिज पर डूबते सूरज के सुनहरेपन में अपनी नायिका को खोज। देख, छायावाद तेरी बाट जोह रहा है और तू यहाँ बदायूँ में आवारागर्दी कर रहा है? जा, अपनी नायिका को सँभाल, जमाना खराब है। हमारे राज में ला-ऑर्डर की स्थिति तू जानता ही है, तब भी तूने नायिका को यूँ अकेला छोड़ दिया रे पापी? फिर न आना थाने पर रिपोर्ट लिखाने।

कुछ नहीं तो अध्यात्म में घुस जाओ कमबख्तो! अब क्या हर चीज हम ही

बताएँगे। गिरधर गोपाल को ही पकड़कर कुछ भजन खींच दो। आत्मा-परमात्मा की बातें करो। आत्मा के बारे में पता करो कि आजकल कहाँ रहती है। पता चले तो हमारी आत्माओं का भी पता करो (हमारे अन्दर की आत्मा इन दिनों मर गई है या कहीं भाग गई है।) नहीं तो सामने ही प्रकृति ने हरीतिमा की चादर बिछा दी है, तुम लोगों और जानवरों के लिए। उसी को चरो। खेतों में बँधुआ मजदूरों की हाड़ तोड़ तिल-तिल मौत मत देखो। तुम तो खेत की हरीतिमा में 'अहा', 'अहा' करके नाचने लगो। हम पुरस्कारों की थाप देंगे, पुरस्कारों और फेलोशिप का पूरा आर्केस्ट्रा बजवा देंगे तुम्हारे लिए। तुम एक बार प्रकृति के झुरमुट में घुस तो जाओ कवि। फिर देखो मजा। देखो, मित्रो देखो, गाँव की गोरियाँ मुँहअँधेरे पानी भरने ठुमककर चल दीं। तुम उनकी पायल की छमछम सुनकर कलम सन्ना दो और भूल जाओ कि कल बच्चे की बीमारी के लिए यही पायल रेहन रखी जाने वाली है। तुम तो गोरी के उभारों, गोलाइयों की चटखारे लेकर चर्चा करो और भूल जाओ कि गाँव की गोरी का पेट खाली है और वह दस कोस पानी भरने जा रही है। तू गोरी की कोमल पगथलियों को सहला और गाँव के काँटों भरे रास्तों का जिक्र भी उड़ा जा।

देख कि झरना कैसे गिर रहा है, पक्षी कांग्रेस के राज्य में कैसे चहचहा रहे हैं और चाँदनी हरामजादी क्या जम के खिली हुई है! और तुम हमसे क्या चाहते हो बेवकूफो! इतनी सारी चीजें तो दे दीं तुम्हें कविता करने को। अब क्या जान लोगे हमारी! जाओ और उस मैना पर कविता लिखकर लाओ जो अमुवा की डार पर फुदक रही है। मैना सुबह से फुदक रही है और आलसी, तैने एक कविता भी नहीं फटकारी। कब तक फुदकेगी बिचारी वह। जल्दी कर। देख कि धूप की एक पतली फाँक आँगन में उतर आई। कुछ नहीं तो इसी बिम्ब पर कुछ शृंगार पका न और यहाँ परोस। तुझे हम कोर्स में लगवा देंगे। तेरी किताब की हजार कॉपियाँ साहित्य परिषद में खरीदवाकर गोदाम में पटकवा देंगे। किसी विश्वविद्यालय में पीठ टिका देंगे तेरी। तू लिखवा तो ला, आलसी। रोटी-रोटी करता रहेगा तो उसके एक टुकड़े को भी तरस जाएगा रे। पहले अपनी रोटी पक्की कर। कैसा बुद्धिहीन बुद्धिजीवी है रे तू। घर बैठे मजे मारना चाहता हूँ? आसपास की गरीबी पर कविता लिखना चाहता है ताकि खटिया से उठना भी न पड़े और कविता हो जाए? ऐसे नहीं चलेगा। उठ, देख कि कोयल क्या कह रही है और हमें आकर रिपोर्ट दे। कहीं वह भी तो रोटी नहीं माँग रही वरना कौओं को भेजकर हम उसे अमराई के मंच से हटा दें।

तो आओ कवि मित्रो!

हम अपने युवा नेता के प्रेरणादायक नेतृत्व में पुनः बुलबुलों, कोयलों, अमराइयों,

गेसुओं, पलाश, लता, क्षितिज, चाँद, शमा, सितारे, परवानों, प्यालों, साकी, मधुशाला, पतली कमरवाली चंचल गोरियों, रसभीनी फुहारों, सावन के मेघों और विरही नायिकाओं पर शाश्वत काव्य रचें। हम भूल जाएँ कि रोटी भी कोई चीज है और गरीब का पेट भी कोई मुद्दा है। आओ प्यारो, हम यथार्थ से भागकर प्रकृति की गोद में या प्रेमिका के अंक में मुँह छुपा लें। जल्दी करो। पीटने वाले आ रहे हैं। कायरो, जल्दी करो।

अन्तरिक्ष : मेरे अनुभव

मित्रो, मैं अपने अन्तरिक्ष सम्बन्धी अनुभवों के साथ देश के सामने प्रस्तुत हूँ। अन्तरिक्ष को लेकर मेरे विशद अनुभव हैं, जो विनम्रतापूर्वक यहाँ बता रहा हूँ।

अन्तरिक्ष के मेरे अनुभवों का क्षितिज मेरे गाँव से शुरू होता है, जहाँ मैंने बचपन बिताया।

गाँव में हर व्यक्ति आकाश की ओर ताकता रहता था, क्योंकि धरती पर ग्रामवासियों के लिए पटवारी, कीचड़, थानेदार, साँप, बिच्छू, ग्रामसेवक, तिरंगा झंडा, हनुमान जी का मन्दिर, समन, कानूनगो, कटखने कुत्ते, कुर्की के कागज, वोट डालने का बक्सा, सरपंच, जूते और मच्छरों की फसल के सिवाय और कुछ नहीं था। धरती माँ थी पर उसके आँचल में बस जहरीली चीजें ही थीं ग्रामवासियों के लिए। कि देश स्वतंत्र हो गया है—यह सुसमाचार हम तक नहीं पहुँचा था। हम मच्छरों के बीच मकानों के सामने खाट पर पड़े रातें गुजारते थे। हम प्रकृति से जुड़े चल रहे थे। कहीं भी फिसलें, कीचड़ में ही गिरते थे। एकदम—अहा ग्राम्य जीवन भी क्या है, चल रहा था। जब शहरी अहा कहते थे, हम आह करते आकाश ताकते थे। देश में विकास को लादकर जीपें दौड़ रही थीं, तब आकाश हमारे गाँव पर ठहर गया था।

गाँव के स्थानीय शब्दकोश में आकाश का सीमित अर्थ था—पतंगबाजी, चाँद, चाँदनी रात और बरसात। चाँद में ग्रामवासियों की बड़ी रुचि थी। वे डंडा लेकर एक-दूसरे की चाँद पर तब तक बरसाते थे कि जब तक पुलिस, अदालत और मुंसिफों के बीच उनकी जमीन तथा लँगोटी भी न बिक जाए। अदालत से दिगम्बरों की टोलियाँ गाँव की तरफ सिर धुनती आतीं। अदालत स्थानीय ग्रामीण वैज्ञानिकों का केप केनेडी केन्द्र था, जहाँ से वे दुश्मनों के अन्तरिक्ष में नोटिसों के रॉकेट छोड़ा करते थे। चाँद के शेष हिस्सों पर स्थानीय कवित्तबाजों का कब्जा था जो कवित्त तथा छन्दों की बरछी लेकर चाँद के पीछे राहु-केतु की तरह लगे थे।

चाँदनी रात गाँव के लिए सबसे बड़ी नियामत थी पर वह डकैतों के काम आती थी। बरसात खेती करने, खेत की टूटी मेंड़ से फिसलकर मुँह तुड़वाने और निमोनिया से मरने के काम आती थी। बरसात और चाँदनी के दीगर मादक मदमाते

इत्यादि प्रयोग जो विद्वान कवियों को ज्ञात रहे वे मूर्ख ग्रामीणों को अज्ञात थे (वे मादक होने-हुवाने के लिए चाँदनी की प्रतीक्षा नहीं करते थे), चाँदनी से न उनके लिए कभी रस टपका, न ही बरसात और न ही मेघ कोई सन्देश लेकर आए। बेकारी, भुखमरी और बदहाली का एक अन्तहीन आकाश मेरे गाँव पर छाया रहा।

प्रसन्नता का विषय है कि गाँव में अन्तरिक्ष अभी भी जस का तस है तथा स्थितियाँ इसी हद तक सुहावनी हैं।

गाँव छोड़कर मैं शहर भाग आया।

मेरा ग्रामीण अन्तरिक्ष-ज्ञान यहाँ विशेष सहायक नहीं हुआ। मैंने बस़, ये पाया कि एक ही अन्तरिक्ष के नीचे मेरा गाँव भी मौजूद था और यह शहर भी। शहर में सब कुछ किसी अबूझे नक्षत्र की तरह मायावी, भव्य तथा तिलिस्मी था। यहाँ आदमी को निमोनिया से नहीं मरना पड़ता था, उस कार्य के लिए अलग से डॉ. नियुक्त थे। यहाँ चाँदनी का स्थायी प्रबन्ध था और डकैती का भी। उधर गाँव में पुलिस कभी-कभी ही पुच्छल तारे की तरह प्रकट होती थीं जबकि यहाँ पुलिस का डंडा ध्रुव तारे की तरह, गुंडों तथा चोरों के सप्तऋषि मंडल के साथ मिलकर हमारे सर पर टँगा रहता था। सड़कें किसी चमकीली आकाशगंगा की तरह थीं और तारा टूटना मानो कोई स्कूल जाता बच्चा सड़क पर ट्रक के नीचे आ जाए। आदमी दिन भर अपनी कक्षा में पागलों की तरह चक्कर लगा रहा था और शहर के अन्तरिक्ष में किसी अनाम नक्षत्र-सा उपेक्षित पड़ा था। बच्चे नालियों पर बैठकर सुबह गुजार रहे थे और बूढ़े बसों-दूध डिपो या श्मशान घाट की कतारों में। औरतें कृत्रिम उपग्रह की तरह थीं कि किसी भी तय कक्षा में सात चक्कर घुमा दो बाकी समय वे घूमती ही रहेंगी। अन्तरिक्ष में अबला उपग्रह की यही कहानी रही कि आँचल में दूध सूख गया और आँखों में पानी के अर्थ बेमानी हो गए।

फिर मैंने जवानी के गुरुत्वाकर्षण क्षेत्र में कदम रखे। मैं साहित्य तथा बुद्धिजीवी की तरफ सेब की तरह गिरने लगा। मैंने अन्तरिक्ष के नये आयाम जाने। बुद्धिजीवियों के अन्तरिक्ष की हालत देखकर यह ज्ञान मिला कि गाँव या शहर का आकाश इतना अन्धकारमय क्यों है।

साहित्य में मेरे प्रवेश के कारण व्यक्तिगत हैं, जैसा कि प्रायः साहित्यकारों के साथ रहा है। लड़की का नाम उषा था और आम मूर्ख लड़कियों की तरह उसे कविता पसन्द थी। वैसे कविता में मेरा ज्ञान लड़की के ही समकक्ष था। मुझे याद है कि मेरे जिस बबर-शेर पर उधर से रिस्पांस मिला वह अन्तरिक्ष से ही ताल्लुक रखता था—चाँदनी रात में वो, बेनकाब आ गए, चाँद की चाँद से गुफ्तगू हो गई—टाइप का। स्पष्ट है कि चुराया हुआ शेर था पर काम आया। चोरी की इसी आदत ने मुझे साहित्य में जड़ें फैलाने में सहायता की। साहित्य के आकाश में जब चोरी की अपनी भी तरैया टिमटिम करने लगी, तब शेष चोट्टों से पूछा—तुम किस सूरज के

चेले हो? साहित्य के आकाश पर उन दिनों लाल सूरज का कब्जा था जिसे तेजहीन तारों, उपग्रहों ने ऐसा चपेटकर घेरा था कि वह स्वयं प्रकाशहीन हो गया था। उसके अलावा आन्दोलनों, वादों तथा गुटबाजी के और भी रंग-बिरंगे सूरज साहित्य के अन्तरिक्ष में थे। वे हँसकर आमंत्रण दे रहे थे कि आओ ज्ञान प्रकाश तरैया वाले, तुम्हारा बपतिस्मा संस्कार करें। आओ तुम्हारी भी एक लघुपत्रिका की कक्षा बनाएँ तथा गाली-गलौज का वायुमंडल तैयार करें। खासा स्टारवार चल रहा था और मृत्यु को प्राप्त हो रही थीं वे अच्छी रचनाएँ जो किसी तरफ नहीं थीं।

गाँव हो या शहर, उन बुद्धिजीवियों का अपना एक पृथक अन्तरिक्ष था जो अपनी मिट्टी से हजारों प्रकाशवर्ष की दूरी पर स्थित था। आम आदमी के नाम से वे अबूझे रेडियो सन्देश भेजा करते थे। शेष अन्तरिक्ष में जब आग लगी हुई थी, ये पट्ठे उससे अपना हाथ सेंक रहे थे। गरीब के घर में लगी आग में ये क्रान्ति की लपटें देख रहे थे और जंगलियों की तरह उस आग के चारों तरफ नाच रहे थे।

धीरे-धीरे अन्तरिक्ष की सम्पूर्ण तस्वीरें मेरे सामने साफ हुईं। मैंने पाया कि गाँव हो या शहर, साहित्य हो या राजनीति—छोटे-मोटे ग्रहों की तो फजीहत ही है। चाँद की कोतवाली में उनकी टिमटिमाती-मिमियाती फरियाद का कोई मूल्य नहीं। क्षितिज उनके लिए किसी चुनावी घोषणा-पत्र की तरह सुहावना धोखा है जहाँ धरती तथा आकाश के मिलने की चालाक घोषणा की गई है।

मुझे लगता है, जैसे क्षितिज के इस छोर से उस छोर तक अन्तरिक्ष का एक विशाल जाल फेंका गया है और बेचारे तारे जाल में फँसकर तड़प रहे हैं। कैसी विडम्बना है कि टिमटिम करते तड़पते इन तारों को देखकर हमें दुख लगता है। टिमटिम करते तारे ये लगते हैं प्यारे, तुम टिमटिमाओ, तड़पो या भाड़ में जाओ, हमें दृश्य से मतलब, सुन्दर दृश्य माँगता। होना। समझा के नई?

सोचता हूँ—अन्तरिक्ष इस देश की व्यवस्था से कितना मिलता-जुलता है।

रामलीला, श्री असाटी जी और वे दिन

इस दीवाली पर गाँव गया। असाटी जी से मिला। वे दिन फिर याद आए (व्यंग्यकार पर छायावाद का प्रभाव!)।

मुझे वह रामलीला याद आई, जिसे हमारे गाँव के श्री रामानुजप्रसाद असाटी जी कराया करते थे। असाटी जी रामलीला कमेटी के कोषाध्यक्ष थे और नाराज होने पर रामचन्द्र जी का वेतन काट लेते थे। वे प्रायः हारमोनियम पर रामायण की वे चौपाइयाँ गाया करते जिनमें मुनि अगस्त्य तथा उनके आश्रम का वर्णन होता। यदा-कदा वे रावण का पार्ट भी अदा करते। संवाद वही अगस्त्य मुनि वाले बोलते। एक बार, मिस शूर्पणखा का रोल करते हुए भी आपने अगस्त्य जी की चौपाइयों की सेवाएँ प्राप्त की थीं।

असाटी जी उक्त रामलीला के आनरेरी निर्देशक भी थे। वे सबसे पीछे वाले पर्दे के भी पीछे खड़े होकर अदाकारों, तबला-हारमोनियम वादकों, पर्दे पर तैनात सूरमाओं, गैस-बत्तीवालों, दर्शकों, मेकअप करनेवालों, आसपास से ताक-झाँक करते लड़के-बच्चों तथा अनधिकृत प्रवेश की चेष्टा में रत कुत्तों-सुअरों आदि को, एक साथ निर्देश किया करते। फलस्वरूप, बवाल खड़ा हो जाता था। राम के दुख में विलाप करते दशरथ जी तबला खींचकर कोई चालू गत बजाने लगते और तबलेवाला राम-वनवास से पीड़ित हो पछाड़ खाने लगता। तब तक, पर्देवाले घबराकर पिछला पर्दा भी इस खूबसूरती से उठा देता कि दशरथ जी के ठीक पीछे चीताफाइट बीड़ी पीते श्री असाटी जी नमूदार हो जाते। जनता प्रसन्न होकर करतल-ध्वनि करती। तब पर्देवाला घबराकर दोनों पर्दे तो गिरा ही देता, साथ ही एकाध बल्ली, गैस बत्ती तथा तलवार भी असाटी जी के शरीर के उस भाग पर गिरा देता, जिसे शरीर-रचना-विज्ञान में सिर की संज्ञा दी जाती है। इस प्रकार, उस दिन की रामलीला दशरथ जी की मृत्यु के स्थान पर असाटी जी के सिर फूटने पर समाप्त होती।

सारी रामलीला श्री असाटी जी के इसी फूटे सिर पर टिकी थी।

राम बननेवाले कलाकार, श्री रामऔतार मास्टर जी थे। वे गत दस वर्षों से कम्पनी के स्थायी राम थे। लक्ष्मण जी बननेवाले टेम्परेरी सर्विस पर चल रहे थे। असाटी जी

जब भी उनसे नाराज होते, उन्हें पदावनत कर जटायु बना दिया करते थे। रामऔतार जी के साथ ऐसा करना सम्भव भी नहीं था।

रामऔतार जी के साथ कुछ भी करना असम्भव था, क्योंकि उनका इतिहास इस कदर उज्ज्वल था कि वे अपनी दस वर्ष की सर्विस में पन्द्रह वर्ष सस्पेंड रह चुके थे। जाहिर है कि सस्पेंड होने की दिशा में उन्होंने ओवरटाइम किया था। वे राम के अलावा फौजदारी के भी अवतार थे। रामलीला के अलावा उनका दूसरा शगल था—अपने हेडमास्टर को मारना। वे जिस स्कूल में भी जाते, वहाँ ज्वाइनिंग रिपोर्ट देने के तुरन्त बाद ही पहला काम यह करते कि हेडमास्टर की खोज करते। किसी भी बहाने से मारना शुरू कर देते। जब कोई बहाना न मिलता, तब तो मार-मारकर अधमरा कर देते। सरकार इन्हें सस्पेंड कर देती। बाद में बहाल होकर आप दूसरे स्कूल जाते, जहाँ किसी अन्य हेडमास्टर की सेवा भी उतनी ही तत्परता से करते।

रामऔतार जी प्राय: मौज में आकर कहा करते, "ईश्वर की माया देखो। बेचारे श्रीवास्तव साहब। ये हमारे हाथ से दस बार पिट चुके। जहाँ हमारा ट्रांसफर होता है, सरकार इन्हें पहले ही हेडमास्टर बनाकर, वहाँ भेज देती है। बताओ, हम क्या करें?" इसके बाद वे बताते कि अब तो श्रीवास्तव जी को देखकर यों ही हूक-सी उठती है कि पिटाई की जाए। इन्हीं श्रीवास्तव जी को रामऔतार जी ने रामलीला के दर्शकों में पाकर एक बार स्टेज से ही तीर भी मार दिया था, जो रिहर्सल में इस पक्ष का समुचित अभ्यास न होने के कारण गेम्स टीचर को लग गया था।

रामऔतार का तीर, कभी भूलकर भी, जिला शिक्षाधिकारी महोदय को नहीं लगा, जिन्हें एकाध बार रामलीला देखने, विशेष अतिथि के रूप में बुलाया जाता था। विशेष अतिथि का सम्मान बहुत अधिक होता था। सम्मानित होकर मुदित होने के क्षण में जिला अधिकारी को रामऔतार जी ने बताया था कि हेडमास्टर को उन्होंने मात्र इस पवित्र उद्‌देश्य से मारा था ताकि सस्पेंड होकर रामलीला के लिए पर्याप्त समय निकाल सकें। तब शिक्षाधिकारी ने हँसकर, आसपास कौतूहल से ताकती जनता को बताया था कि रामऔतार बड़ा शरारती बालक है। ही-ही-ही!!

सारी रामलीला इस क्रम में होती :

दोपहर होते-होते, गाँव में इस बात पर चर्चा जोर पकड़ने लगती कि आज रामलीला में क्या दिखाया जाने वाला है। कुछ लोगों का मत रहता कि आज हो न हो, सीताहरण का सीन दिखाया जाएगा। कुछ बताते कि सीताहरण तो कल हो चुका। तब बाकी लोग पूछते कि कहीं आज 'पुकार' उर्फ 'जहाँगीर का न्याय' ड्रामा तो नहीं खेला जाएगा? बात अन्त में वहाँ पहुँचती, जहाँ प्राय: पहुँचा करती थी। अर्थात दोनों पार्टियाँ गाली-गलौज करतीं और लाठियाँ चमकातीं। बीवास्तव जी बीच-बचाव करने पहुँचते और दोनों पार्टियों से मार खाते। तीसरी पार्टी भी आपको

मारती। अन्त में दरोगा जी आकर सबको मारते, तब कहीं जाकर बात समाप्त होती, कि अच्छा बेटा, बाद में निबटेंगे।

शाम छह बजे से ही गाँव के बच्चे बोरे बिछाकर सबसे आगे स्टेज के पास बैठ जाते। बाद में, बड़े लोग आकर उन्हें लतियाकर पीछे भेज देते और बोरों पर बैठकर रामलीला का मजा लेते। बच्चे पीछे जाकर बड़ों को पत्थर मारते, जो श्रीवास्तव जी को लगता।

रात लगभग नौ बजे, असाटी जी पर्दा खोलने की आज्ञा देते। पर्देवाला सारे पर्दे एक साथ खोल देता। इसके बाद प्रथम दृश्य प्रारम्भ होता था। यह हमेशा राम-सीता तथा लक्ष्मण की झाँकी हुआ करता था। यह सीन पूरे तीन घंटे पैंतीस मिनट चलता। इसी बीच असाटी जी जनता से प्रार्थना करते कि लोग भगवान की झाँकी में दान दें। कुछ लोग दो-चार पैसे दे भी देते। बाकी लोग कान खुजाने लगते। असाटी जी तब रामायण से दो-चार चौपाइयाँ उद्धृत करके बताते कि जिस तरह अगस्त्य मुनि की कुटिया में रामचन्द्र जी पधारे थे, उसी तरह वे जनता-जनार्दन पर किरपा करने यहाँ पधारे हैं—शर्त केवल इतनी रहेगी, कि लोग झाँकी में पैसा चढ़ाएँ!

इस बात का पूरा ध्यान रखा जाता कि लोगों को रामलीला में ही नौटंकी का भी मजा आ जाए। इस उद्देश्य से, किसी-न-किसी बहाने रावण का दरबार दिखाना पड़ता। रावण पर्दा पूरा उठने से पूर्व ही आज्ञा देता कि नाचनेवाली को बुलाओ। नर्तकी आती और ऊँची टीप में 'नगरी-नगरी, द्वारे-द्वारे, ढूँढ़ूँ रे साँवरिया' गाती हुई कूदने लगती। इसके तत्काल बाद वह 'छज्जे ऊपर लड़की नाचे, लड़का है दीवाना' गाती। इसी क्रम में वह पुनः 'नगरी-नगरी द्वारे-द्वारे' गाती। इन गानों पर और भी अधिक पैसे प्राप्त होते। इसके बाद असाटी जी माइक पर आकर जनता को बताते "बाई जी पुनः आएँगी। 'नगरी-नगरी द्वारे-द्वारे' फिर सुनाएँगी। परन्तु फिलहाल हम सीताहरण का दृश्य दिखाएँगे।"

सीताहरण प्रारम्भ होता। असाटी जी मुस्तैदी से, बिना पढ़े प्रांपटिंग करते। फलस्वरूप रावण अगस्त्य मुनि के संवाद बोलने लगते। किसी तरह, अद्भुत रूप से सराबोर यह सीताहरण सम्पन्न होता। सीता जी रोने लगतीं। सहृदय दर्शक महिलाएँ भी रोने लगतीं। तब असाटी जी स्टेज पर आते और प्रार्थना करते कि स्त्रियाँ न रोएँ। प्रार्थना करते-करते वे स्वयं भावुक हो जाते और रोने लगते। तब रामलीला के अदाकार इनसे प्रार्थना करते कि न रोएँ। इसी विलाप के वातावरण में, रामलीला समाप्त हो जाती।

रामलीला दो बजे समाप्त होती। लोग अपने बोरे के अलावा, दूसरों के दरी-बोरे तथा हो सका तो चड्डी-बनियान तक चुराकर घर लौट आते। बाकी लोग कनातें उखाड़कर ले जाते। एक सज्जन, दशरथ जी की सफेद दाढ़ी ही उड़ा लाए थे और उसे लगाकर बाकायदा दूसरे दिन अपनी दुकान पर बैठे थे। जो लोग मेघनाद, खर-दूषण

आदि की मूँछें पार कर लाए थे, वे उन्हें लगाकर, इन सज्जन की दुकान पर सामान खरीदने आए थे। बीच बाजार में रामलीला का समाँ ठेठ दोपहर में बँध गया था!

इतनी सारी मधुर स्मृतियों के साथ, दस वर्ष बाद, दीवाली पर अपने गाँव गया। असाटी जी के दर्शन किये।

असाटी जी का मुझ पर विशेष स्नेह था। दस वर्ष की अल्पायु में ही उन्होंने मुझे वानर सेना में महत्त्वपूर्ण रोल दे दिया था। गड़बड़ी यह हुई कि मैंने राक्षसों से युद्ध के दौरान एक वानर सैनिक को ही पीटना शुरू कर दिया। यह वानर मेरी कक्षा में ही पढ़ता था और इसे पीटने की ताक में मैं बहुत दिन से था। इस दुर्घटना के साथ ही मेरा अभिनय करियर ही चौपट हो गया। बाद में, असाटी जी ठंडी साँस भरकर कहा करते थे, "हाय, तुमने यह क्या किया! मैं तो तुम्हें अगली रामलीला में सीता जी बनाने की सोच रहा था।"

असाटी जी से मिलने से पूर्व सोचता रहा कि अब पूछूँगा—मुझे रामलीला में लेने के बारे में उनके पवित्र विचारों की वर्तमान स्थिति क्या है?

असाटी जी मिले। बड़े प्रसन्न!

बात चली। बोले, 'सोहिनी-महीवाल' कर रहे हैं। तुम सोहिनी का रोल कर लो। न हो तो घड़े का ही रोल कर लो, जिस पर चढ़कर सोहिनी नदी पार करती थी।

मैंने निवेदन किया—सोहिनी ठीक-ठाक हो, तो घड़े का रोल भी चलेगा। पर रामलीला का क्या हुआ? कैसी चल रही है?

वे थोड़ी देर चुप रहे। फिर बोले, "हमने नौटंकी खोल ली है। रामचन्द्र जी की किरपा से खूब धाँसकर चल रही है।"

इतना कहकर वे पुन: सोहिनी के रोल के बारे में मेरे विचार पूछने लगे।

मेरा राजनीतिक दर्शन : सन्दर्भ पाठक जी

हिन्दी साहित्य में प्रवेश का सीधा लाभ मुझे यह हुआ कि गुटबन्दी की समझ आ गई। साहित्य की चम्बल घाटी में स्वच्छन्द विचरते विचारकों के गिरोह। सरस्वती के थाने पर आक्रमण करके लक्ष्मी बटोरने वाले, साहित्य की राजनीति करने वाले। मेरी समझ में नहीं आया कि मैं अपनी व्यंग्य की भरतल दुनाली लेकर, इस बियाबान में किधर चल दूँ। विचारों की कारतूस-पेटी टाँगे मैं घूमता रहा, परन्तु सरस्वती के थाने में बैठे आलोचक मुंशी जी ने, समालोचना के एफ. आई. आर. रजिस्टर में मेरी कोई साहित्यिक वारदात रजिस्टर नहीं की।

एक दिन दबिश पर निकले मुंशी जी मिले। मैंने पूछा, "माई-बाप, कौन-सा पाप हमसे हो गया, जो आप हमारा चालान फार्म नहीं भर रहे हैं?"

उन्होंने पूछा, "कौन से गुट के हो?"

मैंने कहा, "मैं किसी गुट का नहीं।"

मुंशी जी ने कहा, "भग ससुरे यहाँ से, नहीं तो दूँगा एक सोंटा।"

मैंने समझाने की कोशिश की, "सच्ची, आपकी सौं।"

वे बोले, "पिट जाएगा, बच्चा। मुंशी से मजाक करता है?"

मैंने पुनः कहा, "सच्ची।"

वे बोले, "सच्ची? पगला गया है क्या? हिन्दी साहित्य में बिना गिरोह के घूमेगा, तो बच्चे पत्थर मारेंगे।"

मैंने पूछा, "किस गुट में घुसूँ गरीबपरवर?"

उन्होंने पूछा, "तू कौन सा राजनीतिक दर्शन मानता है?"

मैंने कहा, "कोई नहीं।"

वे बोले, "हट्ट?"

मैं बोला, "सच्ची।"

वे बोले, "सच्ची? खा मेरी सौं।"

मैंने कहा, "आपकी सौं।"

वे बोले, "एकाध राजनीतिक दर्शन तो रखना ही होगा, बेटा। समझदार लोग दो-तीन रखते हैं। जैसा मौसम हुआ, वैसा दर्शन निकालकर तान लिया।"

अबकी मैंने कहा, "सच्ची?"

वे बोले, "सच्ची, तुम्हारी सौं।"

इसके बाद मुंशी जी ने कहा कि पहले कोई सुभीतेवाला राजनीतिक दर्शन खोज लो, फिर हमारे पास आना। यह कहकर वे चले गए, गश्त पर।

तब से मैं एक राजनीतिक दर्शन की तलाश में हूँ।

सच्ची कहूँ, तो मेरा राजनीतिक दर्शन स्वयं मुझे आज तक समझ नहीं आया। भारतीय परिस्थितियों में यही आदर्श स्थिति है। परन्तु मेरे साथ एक लाभप्रद स्थिति यह रही कि बचपन से अब तक पाठक जी मेरे साथ रहे। जब-जब मैं भ्रमित हुआ, तब-तब उन्होंने राह दिखाई, इस प्रकार और भ्रमित किया। और भ्रमित हुआ, तो पाठक जी ने और राह दिखाई। पाठक जी ने हमेशा ही मेरे गाँव को राजनीति के कुहासे में भटकने से बचाया और जबरन राह दिखाई कि भाइयो, इस बार अपना वोट इधर फेंकना।

पूरा नाम सन्तोष पाठक। सन्तोष पाठक को कौन नहीं जानता? अर्थात कोई नहीं जानता। जो भोले हैं, वे समझते हैं कि उन्होंने पाठक जी को जान लिया। वे यही समझें, इसी में पाठक जी की भलाई है। वे राजनीति के मदमस्त हाथी हैं, जिसको अन्धे टटोलते हैं और आपस में ही लड़ मरते हैं। एक टाँग कांग्रेस में, दूसरी जनता दल में तो सूँड़ लोक दल में—जिधर से टटोलो, उधर ही अलग मजा। वे गाँव की नाक हैं जिसमें राजनीति की नथ लटकी हुई है। वे गाँव के हाथ भी हैं, जिनसे वे बटोरते हैं, और लात भी, जो पंचायत से चलकर दिल्ली-यात्रा को उत्सुक हैं। उनके प्रमुख सहायक श्री टेकचन्दी जी यदि कहते हैं कि पाठक जी ही गाँव हैं और गाँव ही पाठक जी, तो गलत नहीं कहते। कल पाठक जी दिल्ली पहुँचेंगे, तब यही बात देश के सन्दर्भ में सही हो जाएगी। पाठक जी को ताकते रहना ही गाँव का तथा मेरा काम रह गया है। एक दिन आएगा, जब पाठक जी गाँव को प्रगति के ग्राफ पर टाँग देंगे। तब तक उन्होंने अपनी जाकिट ही वहाँ टाँग रखी है, ताकि सनद रहे।

मेरे राजनीतिक दर्शन का विकास पाठक जी के साथ-साथ हुआ। पाठक जी मेरे सहपाठी थे। राजनीति की बारहखड़ी उन्हें गणित के मास्टर श्री अब्दुल सत्तार जी से सीखने को मिली, जिनकी सीधी लड़ाई हेडमास्टर साहब से थी। यह लड़ाई अखबारबाजी द्वारा, दीवारों पर हेडमास्टर साहब की सेक्स लाइफ के गोपनीय मेडिकल तथ्यों को लिखकर तथा छात्रों से हल्ला मचवाकर लड़ी जा रही थी। जो छात्र हेडमास्टर जी की तरफ थे, वे सत्तार साब के हाथों मारे जाते और जो सत्तार जी के साथ होते, उनको हेडमास्टर साहब मारते। जो किसी तरफ न होते, वे दोनों से पिटते। गुट-निरपेक्षता की दुर्गति का राजनीतिक सूत्र यहीं से पाठक जी ने सीखा। गणित में सभी छात्रों का स्वास्थ्य जीर्ण-शीर्ण चल रहा था, विशेषतौर पर पाठक जी

तो मरणासन्न चल रहे थे, अतः प्रायः छात्र सत्तार मास्साब की तरफ थे। पाठक जी ने एक बार हेडमास्टर को परकार फेंककर मारी, दूसरी बार उन पर अँधेरे में लकड़ी के फुटे से वार किया और तीसरी बार कम्पास बॉक्स सिर पर मारा। चौथी बार के लिए न तो गणित का कोई अस्त्र बचा, न अवसर, क्योंकि पाठक जी स्कूल से निकाल दिये गए। परन्तु, टाँग खिंचाई ही राजनीति का प्रमुख शस्त्र है, यह सत उन्हें स्कूल से ही मिला।

इसके बाद, कुछ दिनों तक, मैं और पाठक जी राजनीति से दूर रहे। हम लोग निर्दलियों की तरह पिटे-तुड़े-से, गाँव के एक कोने में पड़े रहते। फिर कुछ दिन शाखा में भी गए तथा लाठियाँ भाँजना सीखकर हेडमास्टर को मारने की योजनाएँ बनाते रहे। तब, एक दिन, मेरे पिताजी ने बुलाकर सूचना दी कि यदि कल से शाखा की तरफ भी फटके तो चमड़ी उतार ली जाएगी और मुझको सरकारी नौकरी से निकलवाना है क्या? इस प्रकार, पिताजी ने हमें पुनः निष्क्रिय कर दिया।

तभी जगत पांडे जी ने हमें कम्युनिस्ट बनने का मधुर निमंत्रण दिया। जगत पांडे जी गाँव के पुराने गँजेड़ी थे। पाठक जी गाँव के नये गँजेड़ी थे। पांडे जी तथा पाठक जी को जोड़नेवाली कड़ी गाँजा थी। दरअसल, गाँजे के नशे में ही पांडे जी कम्युनिस्ट हो गए थे, वरना होश में भी भला कोई ऐसा काम करता है? बीच में वे पागल भी हो गए थे। इस बारे में अलग-अलग धारणाएँ थीं कि वे पागल होने के कारण कम्युनिस्ट हुए थे अथवा कम्युनिस्ट होने के प्राकृतिक परिणामस्वरूप पागल हुए थे। जो हो, हम कम्युनिस्ट हो गए। सभी कम्युनिस्ट नेता उन दिनों भी शहरों में ही, विश्वविद्यालयों में लेटे हुए गाँव से जुड़ते-जुड़ाते रहते थे तथा गाँवों में क्रान्ति के हरे सपने लाल काँच से देखते थे।

गाँव में कम्युनिस्ट आन्दोलन की पताका का बाँस हम तीनों ही थामे घूम रहे थे। पूरे गाँव में हम तीन ही कम्युनिस्ट थे, तीन ही वोटर थे, तीन ही सपोर्टर थे। खुद नारे लगाते, खुद ताली बजा लेते, एकदम पार्टीशुदा बुद्धिजीवियों की तरह की हरकत। हम खेतिहर मजदूरों का साथ देने को हमेशा तत्पर घूमते थे और वे हम से बचे-बचे फिरते थे। सर्वहारा तथा बुर्जुआ, इन दो शब्दों से हम जुओं की तरह चिपके रहते थे। हम खेतों में क्रान्ति के इरादे से घुसते और चने चुराकर खा जाते।

यह सब कुछ दिन और चलता, यदि पांडे जी नशे में आकर चढ़ी नदी में न कूद गए होते।

वे तैरना नहीं जानते थे, परन्तु, भारतीय कम्युनिस्टों वाली गलतफहमी उन्हें थी कि बिना हाथ-पाँव हिलाए ही क्रान्ति आ जाएगी, या तैर जाएँगे।

इस तरह पांडे जी तो बह गए और हम दो अनाथ कम्युनिस्ट पीछे छूट गए। जगत पांडे जी की याद में हमने सिर घुटा लिया तथा आस्था-प्रतिबद्धता के बाल

उसी नदी में बहा दिये, जिसमें आगे-आगे पांडे जी निकल गए थे। इसके बाद मेरा एडमिशन शहर के सनातन इंटर कॉलेज में हो गया और पाठक जी पुनः स्कूल में भर्ती हो गए। जब मैंने गाँव छोड़ा, तब तक पाठक जी हेडमास्टर को उसी नदी में धकेल चुके थे। परन्तु उन्हें तैरना आता था। वे नदी से बाहर आए और उन्होंने पाठक जी को स्कूल से बाहर धकेल दिया। पाठक जी ने तब गाँव में ही होम्योपैथी शुरू कर दी और सर्वहारा को पूँजीपति मानकर दवाइयों से मारने लगे। इधर मैं घुटा हुआ सिर लेकर शहर आ गया।

उन दिनों शहर में समाजवादियों की तूती पिनपिना रही थी। बन्दरों की भाँति, उनका भी प्रमुख हथियार उस्तरा था। वे दो ग्रुपों में बँटे थे—एक ग्रुप जब तक दाढ़ी और सिर के बाल बढ़ाता, तब तक दूसरा ग्रुप सिर घुटवाता। तत्पश्चात दूसरा ग्रुप बढ़ाता, प्रथम घुटवाता। किसी भी मुद्दे को लेकर बढ़ाई-घुटाई की यह सांस्कृतिक कार्यवाही शुरू हो जाती। बड़ा हल्ला होता, ढोल पीटे जाते और चीख-पुकार मचती, इस तरह हाँका करके समाजवाद को घेरने के प्रयास चल रहे थे। एक दिन मेरा घुटा हुआ सिर देखकर शहर के प्रखर टकले समाजवादी राधागोविन्द जी उर्फ बब्बू भैयाजी भाव-विभोर हो गए। बोले, "किस मुद्दे पर?"

"क्या?" मैंने पूछा।

"यही सिर...घुटाया न, किस मुद्दे पर?"

"ऐसे ही। कोई मुद्दा-शुद्दा नहीं गर्मी आ गई थी, सो घुटा लिया।"

"सच्ची?"

"सच्ची..."

"खा हमारी सौं।"

"तुम्हारी सौं।"

"चल भाग यहाँ से," बब्बू भैया क्रोधित हुए, "चले आते हैं बिना मुद्दे के सिर घुटा के। अबकी बार बिना मुद्दे के सिर घुटाते पाया, तो मैं अपना सिर इसी मुद्दे पर घुटा डालूँगा।"

तो एक मुद्दे के अभाव में मारा गया यारो, वरना अपना घुटा हुआ सिर भी वतन के काम आता, चार लोग चम्पी करते। मजा रहता।

इसके बाद मैं मेडिकल कॉलेज में घुस गया। वहाँ छात्रसंघ की राजनीति में जातिवाद का मजा लिया। अपनी बिरादरीवालों का नेता बना, दूसरी जातिवालों की टाँग खींचता रहा, यही सब चलता रहा, इससे आगे कुछ नहीं।

राजनीतिक दर्शन का अन्तिम सूत्र भी पाठक जी से मिला। विश्वविद्यालय के दीक्षान्त समारोह में प्रमुख अतिथि मान्यवर सन्तोष पाठक जी थे। उन्होंने हमें डॉक्टरी की डिग्री दी और स्वयं डी. लिट्. की मानद उपाधि पाई।

अकेले में मिला। पूछा, ''यह क्या गुरु?"

उन्होंने बताया, "कांग्रेस में आ गया हूँ। तुम्हारे गाँव छोड़ने के बाद ही कांग्रेस में घुस गया था। फिर जनता में चला गया, फिर वाया लोकदल पुनः कांग्रेस में आ गया।"

"यह सब क्या?"

पाठक जी ने सूत्र दिया, "मैंने राजनीति का सूत्र पकड़ लिया है। सत्ता सबसे बड़ी चीज है। वही कांग्रेस है, वही जनता, वही लोकदल। जो सत्ता में हैं, हम उसी के हैं।"

तो यारो, सच में, हम किसके हैं? उसी के, जिसके पाठक जी। यही बुद्धिजीवी का राजनीतिक सूत्र है। सच्ची कह रहा हूँ। आपकी सौं।

बाअदब, गुप्ता जी वैज्ञानिक बना रहे हैं

विज्ञान भी गाँव से जुड़ने के लिए, जिला शिक्षाधिकारी की जीप पर सवार होकर गाँव की तरफ चल दिया। मेरे ग्राम की बेसिक प्राथमिक शाला के श्री चिरंजीलाल गुप्ता के कर्तव्यों की सूची में वैज्ञानिक तैयार करना भी शामिल हो गया। यही गुप्ता जी आजकल गाँव में वैज्ञानिक बना रहे हैं।

अभी गाँव गया, तो गुप्ता जी मिले। अतिरिक्त भावुक होकर पूछने लगे कि क्या मुझे वे दिन याद हैं, जब वे मुझे भौतिक शास्त्र अथवा ऐसा ही ससुरा कुछ पढ़ाने की चेष्टा किया करते थे।

हाँ, मुझे वे लगभग सुनहरे दिन याद हैं।

उन दिनों मैं प्राइमरी स्कूल का छात्र था, ग्रामीण पाठशाला थी सब कुछ शान्तिपूर्ण। एकाएक, एक दिन स्कूल में तिलिस्म, रोमांच, रहस्य तथा प्रगतिशील वातावरण फैल गया। हम छात्रों की रोमांचित भीड़ को, हेडमास्टर रामसेवक जी ने प्रात: की प्रार्थना सभा में बताया कि अब स्कूल में विज्ञान आ गया है, जिसे साइंस भी कहते हैं।

"अब सबको विज्ञान पढ़ना पड़ेगा," ऐसा कहकर वे तेजी से गाँव की ओर निकल गए, जहाँ यही समाचार उन्होंने सरपंच, हलवाइयों, मोचियों, दर्जियों तथा मवेशियों को सुनाया।

सरपंच जी स्कूल के पास से गुजरे, तो चिरंजीलाल गुप्ता जी से इस सन्दर्भ में पता करने लगे, "गुप्ता जी, सुना कि विज्ञान आ गया, स्कूल में।"

"हाँ, साब, अभी हेडमास्साब ने बताया।"

"बहुत बढ़िया रहा, जे तो।"

"अब मजा आएगा, हा, हा, हा..."

"बहुत मजा आएगा, ही, ही, ही..."

"आप पढ़ाएँगे, गुप्ता जी?"

"और कौन ससुरा पढ़ाएगा? अपुन पढ़ाने से कभी पीछे नहीं हटे, सरपंच जी! अरे, यही न होगा कि न बनेगा पढ़ाते? सो न बने। नहीं बना, सो नहीं बना। अपने बाप का क्या गया। है के नई?"

"और क्या, बड़ा मजा आएगा, गुप्ता जी।"

"हाँ, बड़ा मजा तो आएगा, सरपंच जी।"

"गुप्ता जी, हा...हा...हा..."

"ही...ही...ही..., सरपंच जी।"

इसी शैली में बात पूरे गाँव में फैल गई। सभी लोग जान गए कि विज्ञान गाँव में आ गया है कि ढोर-डंगर चरानेवाले लड़के, अब न्यूटन के गति के नियम सीख कर ही खेत तथा ढोरों के पास लौटेंगे, कि अब लड़के आर्किमिडीज पढ़कर मजदूरी करने के नये तरीके ईजाद करेंगे, कि अब बड़ा मजा आनेवाला है।

इस तरह मेरे सर्वप्रथम विज्ञान शिक्षक गुप्ता जी ही बने। वैसे वे इतिहास विषय से बी.ए. थे परन्तु हर्ष का विषय यह था कि विज्ञान के बारे में भी उसका ज्ञान, इतिहास से कम न था। वैसे इतिहास उन्हें कतई नहीं आता था। विज्ञान तथा इतिहास में वे प्राय: भ्रमित हो जाया करते थे और बताने लगते थे कि किस प्रकार—अलाउद्दीन खिलजी आपेक्षिक घनत्व निकालते घूमा करता था। वे प्राय: कहा करते, "कुछ भी कहो, यह ससुरा विज्ञान है कठिन। समझ में तो एकदम नहीं आता। गोरे अंग्रेज लोग गिजा खाते हैं और सटासट समझते जाते हैं। हम ठहरे, ससुरे कलुवा। सूखी रोटी चबा रहे हैं और भैया विज्ञान पढ़ेंगे। वाह।"

इस प्रकार वे अपने को कलुवा कहकर गद्गद हो जाते और विज्ञान की कंटकाकीर्ण पगडंडी छोड़कर 'अंग्रेजी राज्य कितना अच्छा था' के हाइवे पर आकर बगटुक भागने लगते।

विज्ञान पढ़ाने का उनका अपना तरीका था। कक्षा में आते और मेरे से कहते, "ग्यानू, किताब निकालकर बर्नीयर-कैलीपर वाला पन्ना निकालो और जोर-जोर से पढ़ो। फिर शेष कक्षा की ओर मुँह करके बताते, "और तुम स्सालो सुनो।"

मैं पढ़ता, "वर्नीयर-कैलीपर एक स्केल की तरह होती है।"

वे मुझे रोककर सारी कक्षा को समझाते, "समझे, वर्नीयर-कैलीपर एक स्केल की तरह होती है।"

मैं आगे बाँचता, "इस पर एक घूमनेवाला पैमाना होता है।"

वे समझाते, "हाँ, समझे! इसमें एक घूमनेवाला...क्या होता है ससुरा...?"

"सा'ब पैमाना।"

"हाँ, पैमाना होता है, घूमनेवाला। समझे।"

"मास्सा'ब, समझ में नहीं आया।" कोई टोककर कहता।

"तो भैया, हमको कौन सा समझ में आ गया," गुप्ता जी जवाब में अपनी संवैधानिक स्थिति स्पष्ट कर देते, "ऐसे समझ में आएगा भी नहीं। विज्ञान है। ससुरी कठिन चीज है। बाप से कहो कि गिजा खिलाए, तब शायद कुछ समझ में आए। नहीं तो इत्ता ही समझो कि कोई कैलीपर-सैलीपर जैसी चीज होती है। इत्ता भी समझ

गए, तो भौत है। अरे, खाने को गिजा नहीं और कैलीपर पढ़ेंगे। 'सकल' सैलीपर, पढ़े कैलीपर। हम ठहरे—कलुवा..."

इसके बाद वे कलुवा, गिजा और अंग्रेजवाली शाश्वत कथा कहते। फिर बताते, "विज्ञान सीखना ही है, तो बाप से कहकर हमारी ट्यूशन लगवाओ। बिना हमसे ट्यूशन पढ़े पास होना चाहते हो, तो या तो तुम्हें पागल कुत्ते ने काटा है अथवा तुम हमसे जूते खाने के चक्कर में हो।"

इसी जायज कारण से, हम लोग गुप्ता जी के घर, ट्यूशन पढ़ने जाया करते थे। हम लोग, संध्या होते ही गुप्ता जी के घर पहुँच जाते। वे कहते, "तो, तुम लोग आ ही गए?"

"जी, मास्साब।"

"तो फिर निकालो किताब और पढ़ो वर्नीयर-कैलीपरवाला पाठ..."

मैं पारायण के लिए किताब निकालता, तब तक वे कहते, "सुनो ग्यानू, तुम तब तक बकरी दुह लो। छुपकर, नजर बचाकर दुहना क्योंकि बकरी पड़ोसवाले की है। तब तक वृजमोहन, बाँच लेगा किताब।" इसके बाद वे मुस्कराकर कहते, "अरे हाँ, बाँचना ही तो है ससुरी। समझ किसे आती है? विज्ञान ससुरी बड़ी कठिन विद्या है।"

जब तक किताब निकलती, तब तक आधे छात्र बकरी दुहने, सानी बनाने, कंदील साफ करने और मिट्टी का तेल लेने निकल जाते। शेष छात्रों को गुप्ता जी गिजा तथा कलुवावाली जातक कथा सुनाते। रात होने पर, हम लोग घर लौटते और रास्ते में गुप्ता जी की कमीज से मारी गई चवन्नी के पीछे मारपीट करते। इस प्रकार, विज्ञान की शिक्षा का तात्कालिक सुखद परिणाम यह हुआ कि हम, बकरी दोहने तथा कुत्ते आदि की बोली हूबहू बोलना तो सीख ही गए, साथ ही गुप्ता जी की व्यक्तिगत रुचि तथा कतिपय अप्रकाशनीय आदतों के कारण, चन्द ऐसी महत्त्वपूर्ण बातें भी सीख गए, जो कालान्तर में हमारे दाम्पत्य जीवन में बड़ी काम आईं।

विस्तार में इतना कहने के बाद, संक्षेप में कहूँ, तो विज्ञान शिक्षा हमारे अवैज्ञानिक व्यक्तित्व का बाल भी टेढ़ा नहीं कर पाई।

उसी स्कूल के एक कोने में, नाजायज बच्चे-सा तिरस्कृत एक कमरा था, जिसे हम लोग प्यार से प्रयोगशाला (घर का नाम 'लेबोट्री') कहते थे। उस कमरे में, एक आलमारी के अन्दर, आशंकित तथा भयभीत-सी कुछ काँच की चीजें पड़ी रहती थीं, जिन्हें कोई नहीं पहचानता था। गुप्ता जी, चटनी तथा अचार वगैरह रखने के लिए काँच के कुछ बर्तन अपने घर ले गए थे, जिससे नाराज होकर, बाद में हेडमास्टर सा'ब, आलमारी ही उठवाकर घर ले गए।

इधर देश के शिक्षामंत्री का यह मासूम विश्वास था कि हम छात्र, उसी कमरे में बैठकर इन काँच के अवशेषों को, जो विज्ञान के क्रियाकर्म के पश्चात शेष रही अस्थियों की तरह वहाँ फैले पड़े थे, बीनकर कोई ऐसा करतब करेंगे कि आनन-फानन

में, आपेक्षिक घनत्व से लेकर, लैंसों की 'फोकल लेंथ' तक हाथों-हाथ निकलने लगेगी। उनको इस बात का भी पक्का सन्देह था कि हम लोग, इसी एक कमरे में छुपकर, रसायन विज्ञान तथा जीवशास्त्र सम्बन्धी महत्त्वपूर्ण प्रयोग भी कर रहे हैं। वे अपने वक्तव्यों में प्रसन्नता व्यक्त करते कि गाँव-गाँव में गैसें बन रही हैं, मेढक चिर रहे हैं, तथा बालकगण 'टामस अल्वा एडीसन' बने (नाक बहाते) घूम रहे हैं।

प्रैक्टिकलवाले पीरियड में, गुप्ता जी, कभी-कभी हमें इस कमरे की सैर पर ले जाते। लड़के पिकनिक के उत्साह से कमरे में घुस जाते और तितर-बितर की भारतीय शैली में, शिक्षा पर 'एम्बुश' लगाकर छापामारों की तरह बैठ जाते। तब गुप्ता जी आलमारी से कोई डिब्बा निकालते।

डिब्बे में झाँकते हुए वे कहते, "न जाने क्या भरा है ससुरा, सुफैद पावडर सा।"

हम चुप रहते।

वे फिर कहते, "ग्यानू, जरा चखो तो..."

मैं चखकर बताता, "सा'ब, बहुत कड़वा है।"

तब वे सन्तोषपूर्वक कहते, "कड़वा है? मैं भी यही शक कर रहा था कि यह संखिया है। बड़ा तेज विष होता है। मुँह धो लो, नहीं तो मर जाओगे।"

मैं मुँह साफ करके आता, तब तक वे दूसरा डिब्बा निकालकर उसे चखवाते और यह पाकर कि यह नौसादर है, उसे अपने झोले में रख लेते। कहते, "नौसादर बड़े काम की चीज होती है। बर्तन पर कलई करने में काम आती है।" फिर वे झोला उठाते और घर चले जाते।

कभी-कभी, इस 'प्रयोगशाला' नाटक का दृश्य क्रमांक दो भी खेला जाता।

इसके अन्तर्गत, 'भौतिक शास्त्र' के प्लासी के मैदान में हम रणबाँकुरे एकत्र होते तथा लेंसों की 'फोकल लेंथ' निकालने के प्रश्न पर युद्ध होता। गुप्ता जी प्रयोग से पूर्व की समस्त तैयारियाँ करते अर्थात दस-बीस उत्साही छात्रों के मुँह पर झापड़ तथा पीठ पर लात जमाते और बाकी उदीयमान वैज्ञानिकों के सर फोड़ डालते। इसके पश्चात पूछताछ प्रारम्भ होती, "क्यों रामसेवक, वो लेंस कहाँ धरे हैं?" (रामसेवक 'प्रयोगशाला सहायक' के पद पर थे तथा वैज्ञानिक ढंग से हेडमास्टर साहब के घर सब्जी आदि लाने के प्रयोग किया करते थे)।

रामसेवक उक्त प्रश्न के उत्तर में एक प्रश्न पूछते, "कोन लेंस, सा'ब?"

"अरे, वही ससुरा काँचवाला।"

"वो लेंस तो हेडमास्साब ने अपने चश्मे में लगवा लिये।"

"हेडमास्साब की यही तो खराब आदत है। हम उस दिन कह रहे थे कि हमें अपनी अम्मा के चश्मे के लिए लेंस ले जाना है। सुन लिया होगा, तो खुदई ले गए। आँख फूट जाएगी, तब मालूम होगा। ईश्वर सब देखता है। घोर कलियुग आ गया है।"

इतनी भवबाधाओं को पार करते हुए हम परीक्षा में बैठे। सभी छात्रों ने 'एक्सटर्नल' साहब के नाश्ते-पानी के लिए चन्दा किया, जिससे कालान्तर में गुप्ता जी ने 'अंडरवीयर' आदि बनवा लिये। इस तरह उनके व्यक्तित्व में वैज्ञानिक टच आ गया। 'एक्सटर्नल' ने इतनी सुन्दर प्रयोगशाला होने पर गुप्ता जी को बधाई दी और हम सभी को प्रथम श्रेणी में उत्तीर्ण करके एक श्लोक पढ़ा। दरअसल, वे संस्कृत के शिक्षक थे।

इस प्रकार, मैं वैज्ञानिक बना और आपकी सेवा में उपस्थित हो गया। प्रसन्नता का विषय है कि परिस्थितियाँ बदली नहीं हैं। ग्रामीण परिवेश में, गुप्ता जी अभी भी लगातार वैज्ञानिक बना रहे हैं। भविष्य बुरी तरह उज्ज्वल है। मेरे जैसे बहुत से आ रहे हैं। बाअदब...।

प्रेम, परिवहन और पंकज बाबू

प्रस्तावना

प्रेम में परिवहन का स्थान प्राचीनकाल से ही महत्त्वपूर्ण रहा है तब प्रेमीगण घोड़े पर सवार होकर जंगल की तरफ निकलते थे और जान-बूझकर भटक जाते थे। प्रेम के नियम स्पष्ट थे, प्रेमिकाएँ जंगल में राक्षसों के चंगुल में कैद रहती थीं और भटकने वाले (सड़कछाप) प्रेमियों को प्राप्त हो जाती थीं। शहरों में केवल पत्नियाँ रहती थीं; पति भी आखेट के बहाने जंगल की तरफ निकल जाते थे और प्रेमिकाओं का अवलोकन करते लौटते में पत्नी को मूर्ख बनाने हेतु एकाध हिरन मार लाते।

तब घोड़ों द्वारा परिवहन होता था, गरीब प्रेमी खच्चरों से काम चला लेते थे जैसा कि अलीबाबा की कहानी से स्पष्ट है, शेष प्रेमी सर्वोदयी टाइप होते थे और पैदल ही जंगल-तरफ चल देते थे, चलते-चलते इन्हें समय लगता था और वे जंगल तक पहुँचते बुढ़ा जाते और विनोबा जी की तरह कुँवारे रह जाते। तत्कालीन प्रेमिकाएँ घोड़े वालों पर जान छिड़कती थीं तथा खच्चर स्वामियों को भी घास डाल देती थीं। पैदल वालों की स्थिति कांग्रेस अर्स जैसी थी, अर्थात उन्हें कुलटाएँ भी पास नहीं फटकने देती थीं।

प्रेम में परिवहन का वही महत्त्व वर्तमान में भी कायम रहा है, प्रेमिकाएँ अब जंगल के बजाय मकानों या गर्ल्स स्कूलों में कैद रहती हैं तथा राक्षसों का कार्य उनके पिता-भाई या हेडमास्टरनियाँ सँभाल रही हैं। घोड़ों का स्थान स्कूटरों ने ले लिया है, स्कूटर हो तो उसकी पीठ पर सवार होकर गतिमान प्रेमी बहुत से फारेस्ट तो कवर कर ही सकता है साथ ही राक्षस के आगमन पर भागकर अपनी जान भी बचा सकता है। गरीब प्रेमी अभी भी खच्चरनुमा सिटी बसों पर निर्भर हैं। इसमें घिचपिच अधिक है तथा एक बार में एक ही अभियान पर निकला जा सकता है। पदयात्रियों की इस जमाने में भी दुर्गत है। पदयात्रियों में प्राय: पति ही हैं, जिनकी वैसे भी दुर्गति है।

प्रस्तुत प्रेम कथा में, प्रेम-प्रसंग के लिए परिवहन व्यवस्था का महत्त्व दर्शाया

गया है, साथ ही समकालीन प्रेमियों की अन्य समस्याओं पर भी प्रकाश डाला गया है। कथा पंकज बाबू के माध्यम से कही गई है जो सड़कछाप प्रेमियों की शाश्वत कथाओं को प्रस्तुत करने के निमित्त मात्र हैं।

पात्र परिचय

1. कथानक

श्री पंकज बाबू सक्सेना, अपने बूढ़े बाप के सख्त खिलाफ जिन्होंने नाम में बाबू घुसेड़कर उसे गावदी बना दिया। आजकल छोटा नाम—पी.एस. या मात्र पंकज। रकीब अभी भी लड़कियों के सामने पूरे नाम से पुकार लेते हैं। पंकज बाबू की नजरों में उनके प्राय: असफल प्रेमों के पीछे यह भी एक कारण है।

शिक्षा : बी.ए. (द्वितीय वर्ष)

शौक : दो

प्रथम : बी.ए. (द्वितीय वर्ष) में पढ़ना, पिछले कई वर्षों से इसी लत में मुब्तिला।

द्वितीय : प्रेम करना और करते रहना।

दरअसल एक ही शौक : प्रेम करने के लिए ही बी.ए. करना,

हुलिया तथा अन्य विवरण (तर्ज : वैवाहिक विज्ञापन) : प्रतिष्ठित कायस्थ परिवार के आठवें चिराग, गेहुँआ रंग (क्योंकि विज्ञापन में कोई काला नहीं होता), खिचड़ी बाल (अधपकी खिचड़ी हो जाने से बीच-बीच में श्वेत चावल जैसे बाल), कद 173 से.मी., प्रिय वेशभूषा कत्थई रंग का पैंट तथा बनियाननुमा पीली शर्ट, यही वेशभूषा प्रिय क्यों : क्योंकि इकलौती है, दूसरों द्वारा दहेज लिये जाने के सख्त खिलाफ, स्वयं जब मिलेगा तब देखेंगे, प्रेम में जाति बन्धन का प्रश्न नहीं उठाते इसी सिद्धान्त को अपनाते हुए एक हरिजन बालिका के साथ एक बार आपत्तिजनक स्थिति में बरामद होने से बदनाम, बाकी जगह पकड़े नहीं गए।

नवीनतम शौक : मार्क्सवाद (मार्क्स को कभी पढ़ा नहीं, समझते भी नहीं केवल कत्थई पैंट की तरह फैशन के अन्तर्गत ग्रहण किया है, जैसा कि फैशन है भी) इसी कारण दाढ़ी बढ़ाने की दिशा में प्रयत्नशील।

वाहन व्यवस्था : सिटी बस तथा लखनलाल जी का लेब्रेटा स्कूटर (कृपया लखनलाल जी के परिचय के लिए आगे देखें)

2. कथानायिका

पूरा नाम : कुमारी नीलम बाला खन्ना

प्यार का नाम : नीलू रानी

कौन प्यार करता हैं : श्री पंकज बाबू सक्सेना।

शिक्षा : होम साइंस कॉलेज में किसी कक्षा में (आलू की टिकिया बनाने में प्रवीण, उन्हें खाने में और भी प्रवीण)

हुलिया तथा अन्य विवरण : गौर वर्ण, कस्बाई मापदंडों पर सुन्दर, कद 140 से.मी., कमर 117 से. मी., वजन 50 किलोग्राम। कमर की यह हालत किसने की? आलू की टिकियों ने।

प्रिय वस्त्र : गरारा सूट, यदा-कदा मैक्सी या हरम पैंट। साड़ी के विषय में आधुनिक (सच्ची)—हमें तो बाँधनी भी नहीं आती। अम्मी कहती है, बड़ी हो जाओ तो पहनना (क्या नीलू रानी बड़ी नहीं हुई हैं। घोड़ी हो गई है (सहेली का विचार)।

शौक : (अ) प्यार करवाना, प्रेम के विषय में प्रोत्साहन का वही जज्बा, जो सरकार का उद्योगों के लिए।

(ब) अंग्रेजी में बोलना, अंग्रेजी में हँसना-रोना-गाना, (हाय शीला, यू आर लुकिंग टेरीफिक...यार रियली। हम कल तुम्हारी साइड नहीं आ सके, सो सॉरी बिकॉज, तुम जानती हो रियली...)

वाहन व्यवस्था : सिटी बस, कभी-कभी पिताजी (डैडी) कार से छोड़ जाते हैं, शेष समय कार बिजी। तात्पर्य बड़े आदमी की कन्या।

3. लखनलाल जी पांडेय

पंकज बाबू के जिगरी दोस्त।

बी.ए. के वर्षों के सहपाठी। पंकज बाबू प्रेम से लेकर पढ़ाई तक में इनसे मार्गदर्शन लेते हैं। शाम को भाँग खाने तथा न्यू मार्केट चौराहे पर खड़े होने का शौक। सुबह क्या करते हैं? सुबह भी भाँग खाते हैं। प्रेम की फील्ड के सिद्धहस्त खिलाड़ी क्यों? क्योंकि एक अदद लैंब्रेटा के स्वामी हैं तथा प्रेमिका को घुमा सकते हैं।

लखन जी के पास स्कूटर क्यों है? क्योंकि बाप पी.डब्ल्यू.डी. में कुछ हैं।

पंकज जी के पास क्यों नहीं है? क्योंकि बाप पी.डब्ल्यू.डी. में कुछ नहीं हैं।

पंकज जी के पिता क्या करते हैं? झक मारते हैं अर्थात स्कूल में कुछ हैं।

4. अन्य सहयोगी पात्र

नीलू रानी के पिता, पंकज जी के पिता, नीलू रानी का भाई, सिटी बस, लैंब्रेटा, पुलिस, जूते।

इन पात्रों के परिचय की आवश्यकता नहीं है, ये सभी पात्र वही करेंगे, जैसा हमेशा प्रेम कथाओं में करते आए हैं।

मूल कथा

घटना-1 (संक्षेप)

सिटी बस की प्रतीक्षा में खड़ी नीलू रानी। उधर से कत्थई पैंट धारण किये हुए पंकज बाबू का आगमन। घूरा-घारी तथा नजरें उठने-उठाने, झुकने-झुकाने के चन्द रुटीन क्षण।

नीलू जी की नजरों के झुकने का कारण : वे मूँगफली छीलती जा रही थीं।

उठने का कारण : पंकज बाबू।

बस का प्रवेश, बस में नीलू रानी का प्रवेश, ठीक पीछे सही तालमेल के साथ पंकज बाबू का प्रवेश, भीड़-भाड़ में नीलू जी के शरीर का स्पर्श। भीड़ का बढ़ता जाना। स्पर्श की उसी अनुपात में प्रगति (पंकज बाबू का प्रगतिशील होना काम आया।)

घटना-1 (विस्तार से)

विस्तार से सुनाने वाले : पंकज बाबू सक्सेना

धैर्यवान श्रोता : लखनलाल जी पांडेय

कथा स्थल : भोपाल शहर का न्यू मार्केट चौराहा।

भोपाल के भावी, वर्तमान तथा भूतपूर्व प्रेमियों का चर्चा स्थल, तीर्थ स्थान तथा श्मशान घाट।

पंकज बाबू : आप तो जानते ही हैं पांडे जी, अपुन पैदल ही कॉलेज जाते हैं।

लखनलाल जी : ठीक फरमाया आपने। पदयात्रा से स्वास्थ्य बना रहता है और आड़े वक्त, पदयात्रा के ही काम आता है...आप भाँग का सेवन करेंगे?

(भाँग का प्रस्तुतीकरण पांडे जी द्वारा)

पंकज बाबू : तो पैदल ही कॉलेज जा रहा था कि दस नंबर स्टॉप पर नीलू रानी दिख गई। वही नीलम बाला...अरे भई, खन्ना साहब एक्जीक्यूटिव इंजीनियर की कन्या। हमने सोचा कि रहती तो स्विमिंग पूल के पास हैं, इधर कैसे? आपको स्विमिंग पूल की याद तो है—वहाँ चड्डी-बनियान में स्त्रियाँ स्नान करती हैं। अपुन ने वहाँ एक बार घुसने की ट्राई भी की थी खैर...बस का इंतजार कर रही थी वह।

लखनलाल जी : आप सीधे निकल तो नहीं गए? ऐसे अवसर पर रुकना चाहिए। स्टैंड पर रुकना था आपको। आप ऐसे मौकों पर घबरा जाते हैं। भाँग काम आती है, यह हिम्मत बँधाती है। आप थोड़ी सी ले लें।

(भाँग का पुनर्प्रस्तुतीकरण)

पंकज बाबू : (भाँग ग्रहण करते हुए) नहीं पांडे जी, मैं रुका। वो पद्मा शुक्ला वाले केस में घबराकर झोल खा गया था न तब से सोच लिया कि पंकज, हिम्मत से काम लेना है, घबराना नहीं।

लखनलाल जी : यही मेरा आपको हमेशा सुझाव रहा है। पद्मा रानी इसी चक्कर में आपके हाथ से निकल गई और चौहान साहब ले भगे, वह गीत बड़ा उत्तम था 'कि प्यार किया तो डरना क्या'...खैर...

पंकज बाबू : आप सुनिए तो। मैं रुका। नीली छतरीवाले की किरपा थी कि आज ही प्रेस कराई थी, कत्थई वाली पैंट, फॉल अच्छा जा रहा था। हमने हिम्मत करके उसकी तरफ देखकर एक मुस्कान फेंक दी। नीली छतरीवाले ने फिर किरपा की पांडे जी। नीलू रानी भी मुस्करा दी। भीड़-भाड़ थी, सो थोड़ी दबाकर ही स्माइल दी उसने वो लड़की शरीफ है और लोक-लाज से डरती है श्रीमान, पर रिस्पांस दिया, लखनलाल जी, लड़की ने रिस्पांस दिया।

लखनलाल जी : आप पुनः झोल खा गए, सक्सेना जी। उक्ति पुरानी है, पर सटीक है—हँसी सो फँसी, मुस्कराई सो हाथ में आई। वो मुस्कराई तो आपको लगे हाथों उससे बातचीत कर डालनी थी। अच्छा रहता है। प्रेम में आजकल फास्ट एक्शन माँगता है। बात करनी थी आपको। आप भाँग का नित्य सेवन करें।

(भाँग प्रस्तुतीकरण का एक और शो)

पंकज बाबू : आप मेरा प्वाइंट भी तो देखिए। पांडे जी समस्या थी। मैंने भी सोचा था कि बात करूँ। सोचा कि टाइम ही पूछ लूँ। वो कहें कि दस बजा है तो बात चल पड़े कि आपका कॉलेज कितने बजे से है? दस बजे से ही कैसी गर्मी हो रही है, वगैरह। आप तो स्वयं समझदार हैं प्रभु, पर अंग्रेजी के कारण झोल खा गए। श्रीमान, लड़की कॉन्वेंट टाइप की है, सो अंग्रेजी चाहिए थी। मन में अंग्रेजी बनाते रह गए हम कि टाइम क्या है—इसे अंग्रेजी में कैसे पूछें। तब तक बस आ गई।

लखनलाल जी : आप आंग्ल भाषा में कमजोर रहे, जो आजकल बड़ी समस्या है। एक जमाने में हिन्दी वाले भी एकाध स्त्री को प्रभावित कर लेते थे, पर आजकल अंग्रेजी होना, लड़की पटाने को अंग्रेजी होना ही होना। आप अंग्रेजी की ट्यूशन पढ़ लें, अपने मोहम्मद गनी साहब बढ़िया पढ़ाते हैं। उन्हीं को पकड़ लें। उनकी लड़कियाँ भी अच्छी हैं...और आप अपने बाल डाई करा लें, लड़कियाँ भड़क जाती हैं। ठीक नहीं रहता।

पंकज बाबू : मैं आभारी हूँ आपका। वैसे नीलू रानी इन बालों से भी नहीं भड़की। बस आई तो मैं नीलू रानी के पीछे ही चढ़ लिया। किरपा लाल लँगोटी वाले की भीड़ अच्छी थी और गाड़ी के ब्रेक मजबूत, सात नम्बर स्टॉप तक आते-आते मैंने उसके पैर पर पैर रख दिये।

लखनलाल जी : कन्या को चोट तो नहीं आई?

पंकज बाबू : नहीं पांडे जी कोमल तरीके से रखा था। फिर अपने भोपाल ताल का पानी तो आप जानते ही हैं, कन्याएँ स्वस्थ हैं। तो अपुन ने तो पाँव रख दिया कि भई रिस्पांस देती है तो दे, वरना जा भाड़ में। हटा ले अपना पैर। अपुन ने तो तीस

पैसे गाँठ के दिये हैं, सो यात्रा पूरी करनी ही करनी। पर पांडे जी किरपा आपके चरणों की, उसने अपने चरण नहीं हटाए, जब तक उसका स्टॉप नहीं आ गया।

लखनलाल जी : फिर अब क्या करने का?

पंकज बाबू : आप अपना स्कूटर दे दें। बिना वाहन के कठिनाई होगी। कल दस बजे स्कूटर दे दें दो घंटे के लिए। एकाध अंग्रेजी का नॉवेल भी ला दें। स्कूटर में सामने डाल लेंगे। मौके पर नीलू रानी के सामने हाथ में ले लेंगे। गॉगल शंकर प्रसाद गर्ग का ले लेंगे।

लखनलाल जी : आप चिन्ता न करें, थोड़ी भाँग और ले लें। आपके लिए जान हाजिर है, पर स्कूटर बारह बजे तक वापस ले आएँ तो ठीक रहे। सरोज अग्रवाल को रंगमहल में पिक्चर दिखाना है, सो बारह बजे स्कूटर होना...अरे वही पाँच नम्बर स्टॉप वाली सरोज।

घटनाएँ-2, 3, 4, 5 (संक्षेप में)

स्कूटर के माध्यम से प्यार का फर्स्ट गियर में आना। नीलू रानी के भाई के कारण स्टार्टिंग ट्रबुल। परन्तु लखनलाल जी के सहयोग से प्यार में गति पकड़कर टॉप गियर में पहुँचना। प्यार के चन्द फुटकर क्षण—चाट की दुकान पर, फिल्म के कोने की सीट पर। जन्माष्टमी की झाँकी की भीड़ में और कॉलेज के गेट पर।

पुलिस केस बनना।

पंकज बाबू का भागे-भागे फिरना।

प्यार का 'न्यूट्रल' में पड़ना, प्यार के विषय में पंकज बाबू के उद्‌गार, उपसंहार।

घटनाएँ-2, 3, 4, 5 (विस्तार से)

नायक-नायिका संवाद

(अ) स्कूटर पर :

बहुत तेज ड्राइव करते हैं, आप।"

"अरे ये तो बहुत धीमा है, हम डरते नहीं हैं खूब भगाते हैं।"

"नहीं, हमें डर लगता है।"

"डर काहे का, मैं जो साथ हूँ।"

"(स्वगत) साथ हैं, तो क्या सिर फूटते समय हाथ लगा लेगा? (प्रकट में चुप)"

"चुप क्यों हो?"

"डर लगता है," (ब्रेक लगाया जाना)

"उईऽऽऽ"

(कन्या का पंकज जी के पृष्ठ भाग से टकराना, यात्रा का सार्थक होना)

(ब) चाट की दुकान पर :
"हम तो गोलगप्पे खाएँगे।"
"हम तो आलू की टिक्की खाएँगे।"
"..."
"हम तो दही-बड़े, भजिए, समोसे, पकौड़े, कचौरी, चने और आलू, बंडे भी खाएँगे, हम पूरी दुकान खाएँगे।"
("तू मुझे खा ले"—पंकज जी का दर्द)
(स) टाकीज में सीट पर :
"तुम फिल्म देखो।"
"हमें नहीं देखेगा।"
"उई...हट...ओह वगैरह।" (चुप, क्योंकि व्यस्त)
"हम चिल्ला देंगे।"
"चिल्लाओ।"

सन्दर्भ नायिका का भाई

(1) (नायिका के पत्र का एक अंश) समाज हमारा दुश्मन हो चुका है। पंकज, कल मेरे भाई ने हमको टाकीज में फिर देख लिया। उसका कहना है कि तुम्हारी टँगड़ी तोड़ देगा। घर में तूफान मचा है, तुम मुझे भूल जाओ...तन से दूर हूँ पर मन से तुम्हारी हूँ।

कल से स्कूटर लेकर बस स्टैंड मत आना। मेरा भाई वहीं तुम्हारी प्रतीक्षा करेगा।

(2) लखनलाल जी के एक सदस्यीय सलाहकार बोर्ड की प्रतिक्रिया : आप दुखी न हों। आप भी जानते ही थे कि ऐसा होगा। अनीता रानी वाले केस में भी तो यही हुआ था, यदि आप याद करें तो। आप चिन्तित न हों, कल प्रेम कटारे जी को साथ ले जाएँगे। स्कूटर पर। आजकल जमानत पर बाहर ही हैं। वे उसके भाई को ठीक कर देंगे। आप घबरा जल्दी जाते हैं। इस फील्ड में घबराने का नहीं। भाँग लेकर जाने का।

उपसंहार

(1) पुलिस में दर्ज एफ. आई. आर. का अंश : वह लड़का जिसका नाम पंकज बाबू सक्सेना बताया जाता है मुझे कॉलेज के रास्ते में छेड़ता है। बस में परेशान करता है तथा जान से मारने की धमकी देता है। उसने मेरे भाई को भी अपने गुंडे साथियों के साथ मारा है, जो अस्पताल में भर्ती है...।

दर्ज कराने वाली—नीलू रानी।
रिपोर्ट दर्ज कराने की प्रेरणा—यह निष्ठुर समाज।

2. उवाच पंकज बाबू

पंकज बाबू : मुझे शुरू से ही शक हो गया था पांडे जी कि लड़की छिनाल है, पर तिरिया चरित्र का क्या कहें? ईश्वर ने इज्जत बचा ली और किरपा हनुमान टोरिया वाले की रही कि सर्किल साहब बाप के स्टूडेंट निकल आए, वरना कुतवाली में ही पिटवा दिया था हरामजादी ने।

लखनलाल जी : खैर सर्किल साहब अपने कटारे जी के मित्रों में से भी हैं। फिर भी पुलिस का भरोसा नहीं रहता है, सक्सेना जी। अब आप हमारा स्कूटर दे दें, तो सरोज बहिन जी को फिल्म दिखा ही दें। आप चिन्तित न हों। फिर देखेंगे। लड़कियों का अकाल नहीं है, बस आप जैसी पारखी निगाह चाहिए पंकज जी।

पंकज बाबू : आप स्कूटर ले लें। वैसे सात-आठ दिनों में मुझे इसकी पुनः आवश्यकता होगी, शायद इब्राहिमपुरा वाली सलमा रानी के लिए जरूरत पड़े।

लखनलाल जी : आपके लिए जान हाजिर है, आइए भाँग लें।

(कहानी का पर्दा गिरना, दोनों पात्रों का भाँग की दुकान की दिशा में प्रस्थान।)

एक फ्रैक्चर का सवाल है भाई!

उसे एक फ्रैक्चर चाहिए।

डॉक्टर के पास पचीसों फ्रैक्चर थे।

फिर भी फ्रैक्चर का सवाल उसके ऐन सामने जस-का-तस खड़ा था, स्वस्थ व सानन्द। बीमारी के नाम पर उसे बस जुकाम-बुखार था, परन्तु उसकी माँग थी कि सामने बैठा डॉक्टर उसे फ्रैक्चर का मारा घोषित करे।

डॉक्टर ने कहा, "आपको जुकाम है। मैं आपको जुकाम का पर्चा बनाए देता हूँ।"

उसने डॉक्टर को तर्क न करने की धमकीनुमा सलाह, 'को करि तर्क बढ़ावहिं साखा' नुमा निगाहों से घूर कर दी। डॉक्टर रामायण के मामले में अज्ञानी था, अत: अप्रभावित-सा रहा। तब उसने नजरों की बात साफ-साफ जबान पर लाकर कहा, "डॉक सा'ब, आप एकदम छोकरों-जैसी बातें मत ठेलो। आपके दिये जुकाम के पर्चे से रामलाल को जेल नहीं हो सकती। हाँ, अगर आप मुझे फ्रैक्चर लिख देने का वायदा कीजिए, मैं आज ही पुलिस में रिपोर्ट करता हूँ। बढ़िया मार-पीट का केस बनेगा। रामलाल जेल में होगा और आप नये स्कूटर पर।"

परन्तु डॉक्टर उस गाँव में क्या, अभी सर्विस में भी नया ही था, अत: नई पीढ़ी की थोड़ी-बहुत ईमानदारी की गन्दी आदत अभी भी उससे छूटी नहीं थी। उसने कहा, "कोई चोट न होने पर मैं फ्रैक्चर की बात कैसे लिख सकता हूँ?"

उसने 'बड़े नासमझ हो' की मुद्रा में समझाया, "फ्रैक्चर लिखने की तीन स्थितियाँ डॉक्टर के सामने आती हैं। एक तो जिसे सही मायने में फ्रैक्चर हुआ हो, उसे कभी-कभी फ्रैक्चर लिखना पड़ता है; दूसरा यह कि हड्डी नहीं टूटी है, परन्तु फ्रैक्चर के इलाज का पूरा खर्चा आपको देने को तैयार हूँ, तो भी मुझे फ्रैक्चर लिख दीजिए; तीसरा तरीका यह कि किसी को फ्रैक्चर होने पर भी उसे फ्रैक्चर न लिखना, क्योंकि जिसने उसे चटकाया है, वह पैसेवाला है।"

इसके बाद उसने डॉक्टर को बताया था कि वह अन्तिम दोनों स्थितियों में आ रहा था, अर्थात उसकी हड्डी नहीं टूटी थी, परन्तु उसे फ्रैक्चर का सर्टिफिकेट चाहिए था। साथ ही उसने मार-मारकर रामलाल की पचीसों हड्डियाँ चटका दी थीं, परन्तु उसकी हार्दिक इच्छा है कि रामलाल को केवल जुकाम का मरीज ही

सिद्ध किया जाए। उसकी इच्छा यही थी कि रामलाल बेकार में फ्रैक्चर के लम्बे इलाज से क्योंकर परेशान हो।

"मैं आपको लिख भी दूँ तो एक्स-रे कराने पर तो बात खुल ही जाएगी न?" डॉक्टर ने मासूमियत से भरा, बेईमानी की बारहखड़ी को तुतलाकर गलत पढ़ते प्राइमरी के छात्र-सा प्रश्न किया।

वह हँसने लगा। उसे चिन्ता भी हुई थी कि यदि ऐसे ही मूर्ख अब डॉक्टर बनकर आने लगे, तो फौजदारी के मुकदमों की तो ऐसी-तैसी हो जाएगी। फिर उसने सबकुछ खोलकर कह डालने की शैली में समझाया, "हम कोई पहली दफा फ्रैक्चर नहीं करा रहे। पचीसों फ्रैक्चर करा चुके। अगर हर बार एक्स-रे वालों से डरकर सचमुच में हड्डियाँ तुड़वाकर एक्स-रे कराते, तो आदमी के बजाय मांस का लोंदा होते अभी। आप एक्स-रे वालों को नहीं जानते। फ्रैक्चर बनाने के कई तरीके इन प्रतिभाशालियों ने निकाले हैं।"

"कैसे तरीके?"

"जैसे एक पतला-सा तार टेढ़ा-मेढ़ा करके हड्डी के साथ फोटो ले लेना।" ऐसा बढ़िया फ्रैक्चर आता है कि एक बार असली फ्रैक्चर भी सामने आए, तो शरमाकर जुड़ जाए। दूसरा तरीका यह कि किसी फ्रैक्चर के मरीज का एक्स-रे किसी तीसरे आदमी का बता देना, जिसे फ्रैक्चर न हो। यह समाजवादी भावना के अन्तर्गत आता है, क्योंकि इसमें एक आदमी का फ्रैक्चर पचासों के बीच बराबर-बराबर से बँट जाता है। अन्तिम तरीका थोड़ा झूठ बोलने का साहस व बहस करने का गूदा माँगता है। इसमें करना कुल यह होता है कि आप सत्यवादी हरिश्चन्द्र के मेकअप में जाइए और हड्डी के एक्स-रे में, जिसमें फ्रैक्चर न भी हो, किसी भी लाइन को फ्रैक्चर लाइन बता दीजिए और स्पेशलिस्ट को ही शोभा देनेवाले आत्मविश्वास के साथ अपनी बात पर अड़े रहिए।

इस तरह उसने डॉक्टर को समझा दिया कि वह एक्स-रे से निबट लेगा, बस वह फ्रैक्चर लिखकर एक्स-रे करवाने की सलाह लिख दे। वह किसी और डॉक्टर से लिखा भी नहीं सकता, क्योंकि इस थाने का डॉक्टर यही था और समस्या थी कि वह युवा डॉक्टर मूर्ख सिद्ध हो रहा था।

अभी तक के वार्तालाप से एक बात तो स्पष्ट हो चुकी थी कि डॉक्टर ईमानदार है और इसीलिए ही बज्र बुद्धू भी है। परन्तु वह ऐसे बहुतों को निबटा चुका है। उसने पिछले डॉक्टर का ज्वलन्त उदाहरण प्रेरणा प्रसंग के रूप में प्रस्तुत किया और बताया कि वे बड़े ही भले आदमी थे। एक बार उसने एक आदमी की कुल तीन हड्डियाँ तोड़ दी थीं, तो भी उसके कहने पर उन डॉक्टर साहब ने साधारण चोट लिखकर बच्चू को बिना प्लास्टर लगाए जाने दिया था। ''हजरत आज भी टेढ़ी

टाँगें लिये घूमते जब कभी सामने से गुजरते हैं, तो उन डॉक्टर साहब की याद मन में ताजा हो जाती है। आजकल तो इतना-सा काम करने के लिए डॉक्टर पहले से दुगना पैसा माँगते हैं।" ऐसा कहकर उसने समाज में बढ़ते जा रहे भ्रष्टाचार के बारे में अपना मत जाहिर किया, फिर 'ईमानदार की मौत है' का ब्रह्म वाक्य बोलकर पुन: डॉक्टर को समझाने में लग गया कि उसे फ्रैक्चर की सख्त आवश्यकता है।

डॉक्टर इतने पर भी नहीं माना।

तब उसने समस्या को दूसरी तरफ से सुलझाते हुए डॉक्टर को बताया था कि गाँव में डॉक्टर को अकेले ही रहना है और यहाँ कानून का वातावरण इतना खराब है कि डॉक्टर को कभी भी रात में कोई चार थप्पड़ जमा सकता है, उनके घर चोरी हो सकती है, जबकि थानेदार उनका साढ़ू भाई है। उन्हें कुत्ता काट सकता है, जबकि वह नगरपालिका का सदस्य है; उनके बाल नोचे जा सकते हैं; उन्हें नर्स के साथ पकड़ा जा सकता है; अखबार में उल्टा-सीधा छप सकता है, यानी बहुत कुछ हो सकता है और यह अभी तक केवल इसीलिए नहीं हुआ है कि इस गाँव के कुत्ते, थानेदार, गुंडे और पत्रकार आदि को अभी तक यही विश्वास है कि मौका पड़ने पर डॉक्टर उनके लिए फ्रैक्चर लिखकर दे देगा।

संस्कृतवाला युग होता, तो हम इस डॉक्टर को 'मनुष्यरूपेण मृगाश्चरन्ति' कहकर बात पूरी करते जो वह इतनी मधुर वाणी में इतनी मधुर धमकियाँ सुनकर भी फ्रैक्चर लिखने को तत्पर नहीं हुआ था।

गाँव भर में खबर फैल गई कि एक ऐसा शख्स डॉक्टर गाँव में आया है, जो गलती से भारत में पैदा हो गया वरना हरकतें तो एकदम विदेशी डॉक्टरों जैसी करता है।

फिर तो डॉक्टर को देखनेवालों की भीड़ लग गई। जिले से अधिकारी इनक्वायरी का बहाना लेकर दर्शनार्थ आए, काले झंडों की आड़ में गाँव की जनता उनके दर्शन कर गई। कुल मिलाकर गाँव में नौटंकी आने के मुकाबले का मजा आ गया।

अन्त वही 'राम रचि राखा' हुआ।

डॉक्टर गाँव तो क्या नौकरी ही छोड़कर भाग गया।

फ्रैक्चर का सवाल बाद में आनेवाले अनुभवी डॉक्टर ने चुटकियों में हल किया और सुखी रहा। इति!

ग्रहण और चूहे

मेरे अन्तर में एक वैज्ञानिक सुषुप्त अवस्था में स्थित है। वह जब-तब जाग जाता है और हो-हल्ला मचाने लगता है। मैं, प्राय: उसे डाँटकर पुन: सुला देता हूँ। समझा देता हूँ कि इस देश को वैज्ञानिक की आवश्यकता नहीं है। उसे साधु, तांत्रिक, ज्योतिषी, बड़े बाबू, सेक्रेटरी, जादूगर, जीप, फाइलें, मंच, माइक और बहुत-सी फालतू भीड़ की आवश्यकता है। वैज्ञानिक का एकमात्र प्रयोग यहाँ आत्महत्या के क्षेत्र में है, जिसमें उसकी प्रगति सन्तोषप्रद है। ये सारी सांसारिक बातें मैंने अपने वाले को हमेशा ही समझाई हैं। पर वह बापड़ा फिर अपनीवाली पर उतारू हो गया। इधर, सूर्यग्रहण के अवसर पर वह पुन: जाग गया और बोला कि—"मैं भी कुछ प्रयोग करूँगा। संसार भर के वैज्ञानिक कर रहे हैं, सो मैं भी करूँगा। ऐसा सूर्यग्रहण शताब्दियों में पड़ता है..." मैंने समझाया कि..."अपने देश में ऐसा नहीं है। यहाँ का राजनीतिक खगोलशास्त्र ऐसा है कि रोज ही सूरज चुराया जाता है, रोज ग्रहण देखने की सुविधा है।" वह न माना। मैंने फिर पूछा, "कीर्तन सुनने चलेगा हनुमान मन्दिर में? सूरज पर ग्रहण हो, या हम पर, हम कीर्तन करते हैं। तू भी चल। विचार कुछ पवित्र होंगे।" वह न माना। म्लेच्छ ने माँग की कि—"कुछ चूहे पकड़कर ला दो। सूर्यग्रहण का चूहों पर क्या प्रभाव होता है, यह देखेंगे।"

सो, इस वैज्ञानिक आत्मा के वशीभूत होकर, मैंने चूहों पर ग्रहण के अवसर पर कुछ प्रयोग करने का प्रयत्न किया है। उसके बाद क्या हुआ, यह अभी रहस्य रखते हुए मैं यहाँ पूरा विवरण दे रहा हूँ। कृपया कहानी का अन्त किसी को न बताएँ। जाहिर है। घटिया अन्त की बड़ी हवा बाँधनी पड़ती है।

प्रथम समस्या थी, प्रयोग के लिए चूहे प्राप्त करने की। चूहों की कमी नहीं है देश में। हाँ, उनको पहचानने में कठिनाई हो सकती है। कई बार चूहे भी ऐसा दहाड़ते हैं कि आम आदमी शेर का सम्मान देने लगता है। पैने दाँतों से, सर्वहारा की दासता की बेड़ियाँ काटने का दम भरते ये चूहे मौके पर सुविधा के बिल में घुस जाते हैं। सही चूहे पकड़ने की तरकीब पता लगाने के लिए मैंने स्थानीय युवा नेता से चर्चा की। उन्होंने बताया कि "एक मजबूत-सा रंगीन पिंजरा लेकर उसमें रोटी टाँग दो, रोटी के लालच में चूहा फँस जाएगा।" मैंने शंका प्रकट की, "हो सकता है, पिंजरा देखकर चूहा भड़क जाए। चूहा अपनी स्वतंत्रता क्यों खोएगा?"

उन्होंने बताया कि "भारतीय चूहा अब भी रोटी, या स्वतंत्रता में से रोटी को ही चुनता है, चाहे वह पिंजरे में ही क्यों न लटकी हो, फिर रंगीन पिंजरा हो, तो क्या कहने। चूहामारों को यह सुविधा दे रखी है, स्वयं चूहों ने।"

खैर, मैंने किसी तरह दो चूहों को पकड़ लिया और पिंजरे में बन्द कर लिया। उन दोनों में से एक बड़ा गुमसुम था। दूसरा (री) शायद उसकी पत्नी या प्रेयसी थी, क्योंकि वह बहुत चीं-चीं कर रही थी और चेहरे पर दीवार का चूना पोते हुए थी। यह पूँछ मटकाती चूहे के आसपास घूम रही थी और कुछ बड़बड़ा रही थी। मैंने समझने की कोशिश की। पता लगा कि वह राष्ट्रभाषा ही बोल रही थी। यह शायद ग्रहण के पूर्व का प्रभाव हो। या न हो। बहरहाल, मुझे हिन्दी का भविष्य उज्ज्वल दिखाई दिया। आज चूहे बोलने लगे हैं। कल शायद इस देश का आदमी भी बोलने लगे। इस भारतवासी नामक जीव का क्या भरोसा कि कल क्या करने लगे। फिर, ये ग्रहण जो न करा दे!

"सुनिए जी...," चुहिया ने पुकारा।

चूहा समझदार था, चुप रहा।

"सुनिए, यह मुआ हमें प्रयोग करने के लिए ले आया है। इस नासपीटे का मुँह जला दूँ मैं।"

चूहा पुनः चुप रहा।

"कुछ करो न जी! मेरा तो जी धक-धक करता है। पूँछ काँपती है।" चुहिया ने सहायतार्थ आर्तनाद-सा कुछ प्रस्तुत करने का प्रयास किया।

चूहे ने न तो ताली बजाई, न ही वह नाचा, उसने सीधे मौनव्रत तोड़ा और कहा, "मैं क्या कर सकता हूँ। हम चूहे अपने चूहत्व की सीमाओं में बँधे चिंचियाने के सिवाय और कर भी क्या सकते हैं? पिंजरा ही हमारी नियति है।" इसके बाद चूहा जैनेन्द्रीय मुद्रा में बैठ गया।

"फिर भी..." चुहिया बोली।

"मैं चूहा हूँ, एक आम चूहा।"

"कुछ कीजिए प्राणनाथ!" चुहिया ने अपील की।

"प्राणनाथ की बच्ची! कह दिया न कि कुछ नहीं कर सकता। मैं स्वयं परेशान हूँ ऊपर से तू परेशान कर रही है। अन्धा था, जो तेरे से शादी की।" विचारों की टेकरी से कूदकर आम सड़कछाप स्थिति को पकड़कर चूहे ने उसे डाँटा।

चुहिया तुनकी, "तब तो बिल में कूद-कूदकर, दिल पर पंजा रखकर चिंचियाते थे कि तू बहुत सुन्दर है और यदि शादी से इनकार किया, तो बिल्ली के सामने कूदकर आत्महत्या कर लूँगा।"

"बिल के अँधेरे में यही घपला होता है। चुहिया-जैसा मुँह भी चाँद-सा नजर आता है।"

इसके बाद की बातचीत दाम्पत्य जीवन के नितान्त व्यक्तिगत आक्षेपों पर उतर आई और चूहे द्वारा चुहिया की पीठ पर दो-तीन पूँछें रसीद करने पर ही पिंजरे में कुछ शान्ति हुई। चूहा पुनः गुमसुम होकर बैठ गया। चुहिया एक कोने में बैठकर रोती रही, फिर चूहे के कोई 'रिस्पांस' न देने पर चुप होकर रोटी कुतरने लगी।

मैं दुखी हुआ कि चूहा दम्पती में मनमुटाव का कारण मैं बना।

चुहिया के समक्ष चूहे के साहस-प्रदर्शन से प्रभावित भी हुआ कि यह पट्ठा उतनी हद तक चूहा भी नहीं है, जितना मैं समझता था। अवसर आने पर, वह अपनी चूहागीरी से ऊपर उठ सकता है, भोथरी सीमाएँ पारकर नये क्षितिजों को कुतर सकता है, संगीत की चिंचियाहट के नवीन नाद सुना सकता है, आदि-आदि। जी हुआ कि चूहे की प्रशंसा में एक भाषण ठोंक दूँ।

इसी बीच, चूहा पिंजरे की जाली के पास आकर खड़ा हो गया और मेरी ओर देखने लगा, फिर बोला, "आप ज्ञान चतुर्वेदी हैं?"

"वाह! कैसे पहचाना?"

"एक दिन रद्दी कुतर रहा था, तब आपकी एक रचना खा गया था। दस्त लग गए।"

"व्यंग्य पचाना चूहों के बस की बात नहीं," मैंने समझाया।

चूहा भड़क गया, "आप चूहों को क्या समझते हैं? हम सारे देश को कुतरकर खा रहे हैं और कभी डकार भी नहीं लेनी पड़ती। और आप हमारी पाचन-शक्ति पर आक्षेप लगा रहे हैं, यह उचित नहीं, अब समय आ गया कि मनुष्य चूहों को उचित सम्मान दे।"

"क्षमा चाहता हूँ। आपको गलतफहमी हुई। आदमी ने हमेशा चूहों को सम्मान दिया है। बल्कि प्रायः चूहों को ही सम्मान दिया है। मैं आपसे तथा श्रीमती चुहियाइन से क्षमाप्रार्थी हूँ।"

मेरी क्षमायाचना का प्रभाव हुआ। चूहा कुछ शान्त हुआ। श्रीमती चुहिया ने दूर से ही लजाई हुई नजरों से मुझे देखा। या, शायद मुझे ही ऐसा लगा हो, क्योंकि लजाई हुई चुहिया देखने का यह मेरा पहला चांस था। या, हो सकता है कि यह ग्रहण का प्रभाव रहा हो। या न रहा हो। जो भी हो।

चूहा थोड़ी देर पिंजरे पर पंजे टिकाए दूर कहीं ताकता रहा। किसी दुखान्त हिट चूहा-फिल्म के हीरो की तरह। उसने दूसरे पंजे को अपनी थूथन के नीचे टिकाया और मिचमिची आँखों से मुझे देखते हुए चेहरे को तिरछा किया (वाह रे चेहरे!)। इस प्रकार किसी आलोचक की मुद्रा पकड़कर उसने पूछा, "हमें क्यों पकड़ा है?"

मैंने वैज्ञानिक तथ्य देते हुए बताया, "आपके बिलों तक शायद खबर पहुँची हो—पूर्ण सूर्यग्रहण होने वाला है। सूरज पर खतरा है।"

"हाँ, अखबार कुतरते हुए यह मैंने भी पढ़ा था। पुरानी कहानी है कि राहु-केतु,

सूरज को खाने के चक्कर में रहते हैं, जबकि वैज्ञानिक तथ्य यह है कि यह चन्द्रमा की छाया है, यही न!" चूहे ने कहा।

"हाँ, यही।" मैं चूहे की अध्ययनशीलता से प्रभावित हुआ।

"फिर..."

"हम देखना चाहते हैं कि सूर्यग्रहण का आप पर, आपके व्यवहार पर क्या प्रभाव होता है।"

"क्या मतलब?" चूहा गरम हुआ।

उसे गरम देखकर मुझे गुस्सा आया। फिर यह सोचकर मैंने अपने क्रोध को दबा लिया कि इन चूहों के मुँह कौन लगे। या शायद यह ग्रहण का प्रभाव हो, या न हो। जो भी हो, बुद्धिजीवी हमेशा चूहों से लड़ने से कतराते रहे हैं।

मैंने तुरन्त गांधीवाद की ठंडी पट्टी उसके माथे पर रखी। उसे समझाया कि क्रोध पाप का मूल है। उसे कुछ समझ में नहीं आया। बोला, "तो हमें ग्रहण के समय क्या करना चाहिए।"

"यही तो देखना है कि आप क्या करते हैं!"

"मान लो कि क्रोध ही करें?"

"नहीं, वह तो पाप का मूल है!"

"वही, जो आपने अभी समझाया था?"

"हाँ, वही..."

"आप समझाते अच्छा हैं।"

"धन्यवाद।"

इस औपचारिकता-भरे वार्तालाप के बाद चूहा कुछ देर चुप रहा। निस्तब्ध-सा चूहा, कुछ देर तक ही निस्तब्ध-सा रहा, फिर बोला (बिना बोले कोई चूहा कभी रहा है, कमबख्त!), "अच्छा, यह बताइए, ग्रहण के समय आप क्या करेंगे?"

मैं लड़खड़ा गया, "क्या मतलब, तुम्हारा...?"

"मतलब यह कि इतने बड़े सूरज को ग्रहण लग जाएगा, तो आप भी कुछ करेंगे, या नहीं? आदमियों से यदि हम चूहे यह आशा रखें कि वह ऐसे महत्त्वपूर्ण अवसर पर कुछ उचित कदम उठाएँगे, तो गलत नहीं होगा। माना कि चूहों के भी कुछ कर्तव्य हैं, ऐसे मौकों पर परन्तु, जब सूरज पर ग्रहण लगे, तो आदमी ही कुछ राह सुझाएगा—चूहे यह अपेक्षा करते हैं। उन्हें रखनी चाहिए..." इतना बोलकर चूहा किसी नौसिखिए नेता की भाँति हाँफने लगा।

"हम क्या कर सकते हैं, सिवाय ग्रहण को देखने के?" मैंने पराजित स्वर में कहा। चूहे के लम्बे वक्तव्य का असर मुझ पर पड़ा। चुहिया अब उसे प्यार से देख रही थी, जैसा कि आम पत्नी ऐसे गर्वपूर्ण क्षणों में अपने पति को देखती है। फिलहाल उसने लजाई हुई नजरों से मुझे देखने का सांस्कृतिक कार्यक्रम रद्द कर दिया था।

"हम क्या कर सकते हैं?" मैंने पुन: कहा।

"सूरज पर ग्रहण लगेगा और आप लोग बस देखते रहेंगे?" चूहे ने आश्चर्यमिश्रित चिंचियाहट पैदा की।

"और क्या करें?"

"सूरज तो आपको प्रकाश देता है। सूरज तो आपकी स्वतंत्रता है। आप उसके प्रकाश में स्वतंत्र विचरते हैं। उसके प्रकाश में आपका जीवन है, लोकतंत्र है, सब कुछ है—उसी को कोई चुरा लेगा और आप बस देखते रहेंगे?" चूहा आश्चर्यचकित था।

"ग्रहण पड़ता है तो हम भारतीय कीर्तन करते हैं। वही करेंगे। ईश्वर ही हमारी रक्षा करेगा। हम तो आराम से लेटे रहेंगे। भगवान के भक्तों से प्यारवाली पुरानी बात तो तुमने सुनी ही होगी। वे ही बचाएँगे, प्यार में, प्यार किया तो डरना क्या! यही हमारी थ्योरी है, हर विपत्ति में।" मैंने चूहे को अध्यात्म के बिल में घुसेड़ दिया।

चूहा अभी भी आश्चर्यचकित था। उसने कभी भी बिल्ली के सामने पड़ जाने पर कीर्तन नहीं किया था।

सूर्यग्रहण में थोड़ी देर थी। मैं पानी पीने चला गया। पानी पीते हुए मैं चूहे की बातें सोचता रहा। सूरज क्या, धरती भी कोई चुरा ले, तो भी हम क्या करेंगे? कुछ और दान, कुछ और पूजा, हम और करें भी क्या—मैं स्वयं नहीं समझ पा रहा था। समस्याओं का सामना करने की बचकानी, सांसारिक मायापूर्ण बातें हमें नहीं छलतीं। इन सबसे दो-चार योजन ऊपर, आत्ममोह, अकर्मण्यता और चरित्रहीनता की एक शय्या है, जिस पर हम बिराजे रहते हैं।

ऐसे में आदमी क्या करे?

यही सब सोचते-सोचते सूर्यग्रहण का समय आ गया। मैं दौड़कर चूहों के पिंजरे के पास पहुँचा। सूर्यग्रहण हो रहा था। अँधेरा छा गया। चूहा डरा नहीं, उसने पिंजरे की जाली तोड़ दी और दौड़कर बाहर आ गया। वे दोनों छत की तरफ जाने-वाली सीढ़ियों पर दौड़ गए। शायद, उन्हें सूरज तक पहुँचने के लिए राह की तलाश थी।

मैंने सोचा, आदमी चूहे से कब सीखेगा? कब तक आदमी, ग्रहण के समय भी सूरज तक पहुँचानेवाली सीढ़ियों के नीचे अकर्मण्य बैठा, अँधेरा झेलता रहेगा। कब तक, दादू, कब तक?

पूज्य पिताओं से क्षमायाचना सहित

हिन्दी के कहानीकार सावधान हो जाएँ। वे दिन गए, जब मुहल्ले-पड़ोस के पिताओं पर मात्र कहानीकारों का अधिकार रहता था। धाँधलेबाजी के उस सुहावने वातावरण में, कलम के हर सिपाही-चोबदार तथा थानेदार ने पिता की मुश्कें बाँध लीं और बीसों कहानियाँ फटकारकर, साहित्य के अखाड़े में पड़ी गुरु हनुमान की कुर्सी पर अक्खड़ मुद्रा में बैठ गए। आज एक व्यंग्यकार ने पिता को पकड़ा है।

'पिता सीरीज' का प्रथम पुष्प क्षमायाचना सहित सादर समर्पित है।

भारत पिताओं का जंगल है। भारत एक कृषि प्रधान देश है, जहाँ पिताओं की फसल होती है। हर उदीयमान, उत्साही नागरिक अपने कर्तव्य से परिचित है तथा पिता बनने के प्रयास में पसीना-पसीना होता रहा है। पिता बनने से पूर्व वह जो कुछ भी करता रहा हो, परन्तु पिता बनने के बाद वह एक स्वीकृत आचार संहिता के तहत काम करता है। मुझे पुन: प्रसन्नता हो रही है कि मेरे पूज्य पिताजी इस संहिता के संस्थापकों के भी पिता थे। मुझे उनकी याद आ रही है।

उनकी याद आते ही मेरी वे तीन पसलियाँ दर्द करने लगी हैं, जिन्हें उन्होंने एक कन्या से मेरे प्रेम की प्रथम तथा अन्तिम वर्षगाँठ पर तोड़ दिया था। लड़की को केवल मुझे राखी बँधवाकर छोड़ दिया था। बाद में मैंने पाया कि हर भारतीय पिता अपने सुपुत्र को पीटने के अवसर खोजता रहता है। नहीं मिलते, तो बनाता है। पढ़ाई, खेल, नाटक, लोकतंत्र का भविष्य—किसी भी मुद्दे को लेकर पीट लेता है। मेरे पिताजी का विचार था कि बिना पिटे बच्चे आदमी नहीं बनते। काश, आज वे जीवित होते तथा अपनी आँखों से मुझे हिन्दी साहित्य में पिटता देखते, तब उन्हें मालूम होता कि पिटने की आदत भी क्या चीज होती है!

मेरे पिताश्री इस क्षेत्र में बेताज के बादशाह थे। पीटने पर आते थे तो हम तीन भाइयों के अलावा पड़ोस के बच्चों तक को कवर कर लेते थे। हमारे आँगन की हालत प्लासी के मैदान जैसी रहती। बरामदों आदि की स्थिति खैबर के दर्रे जैसी होती। बाद में जब पड़ोसी अपने बच्चे को पीटे जाने पर विरोध करने उनके पास आते तो उनको भी उसी मैदान में पीटा जाता। पड़ोसी तब घर लौटकर अपने बच्चों

को मारते। संक्षेप में बयान करूँ तो सारे मुहल्ले में प्रथम, द्वितीय व तृतीय मराठा युद्ध जैसी मार-काट मची रहती थी। अभी भी रहती है। वियतनामी बच्चे भी इतने आतंक में नहीं पलते होंगे, जिसमें भारतीय बच्चे बड़े होते हैं।

बच्चे को पीटा जाता है ताकि वह बिगड़ न जाए। पीटने से बचे समय में पिताजी यह पता लगाते थे कि लड़का बिगड़ तो नहीं रहा? उन्हें हर पल यह सन्देह रहता था कि हो-न-हो, लड़का लोफर होता जा रहा है—"देखो न पप्पू की माँ, आज पप्पू जोर से हँस रहा था" अथवा "पप्पू गाना गा रहा था", "पप्पू साँस ले रहा था", "पप्पू चाँद की तरफ देख रहा था", "पप्पू दो पैरों पर चल रहा था", "पप्पू सिर में ब्राह्मी आँवले का तेल डाल रहा था", "पप्पू सिर में तेल नहीं डालता", "पप्पू के दो कान हैं, आदि-आदि। वे कांग्रेसी कभी नहीं रहे अन्यथा मुझ पर डायनामाइट कांड जैसी कोई चीज का आरोप रोज लगाते।

पिताजी का यह आम विचार था कि बच्चों को ढंग के कपड़े पहनाने का सीधा सम्बन्ध उनको लोफर बनाने से होता है। कुछ ऐसी व्याकरणसम्मत स्थिति कि इधर अच्छे कपड़े पहने, उधर बर्बाद। उन्होंने मुझे अंडरवियर से ऊपर कोई और कीमती पोशाक (!) नहीं पहनने दी अलबत्ता दीपावली वगैरह के शुभ अवसर पर नया नाड़ा जरूर देते थे। पिताजी की पुरानी अंडरवियर तथा पाजामों से मेरे 'बाबा सूट' बनते रहे। माँ अभी बताती हैं कि ये मुझ पर फबते भी खूब थे! निश्चित फबते होंगे, क्योंकि अपने शुष्क जीवन का प्रथम प्यार भी, मैंने प्राइमरी स्कूल जानेवाली सड़क पर पिताजी का अंडरवियर पहने हुए ही किया। नायिका भी अपने पिताजी का अंडरवियर पहनकर स्कूल आती थी और खासी फबती थी। यह दो फबनेवालों का प्यार था। खैर, जो भी था, वह लम्बा खिंचते-खिंचते रह गया। नायिका के गणित ज्ञान की स्थिति मेरे अंडरवियर से भी चिन्ताजनक थी। वह फेल हो गई। उसके पिता ने स्कूल से छुड़ाकर उसकी शादी पाँचवीं कक्षा के एक प्रतिभाशाली छात्र से कर दी। आज उसकी याद आ रही है। न जाने आज कहाँ होगी, जहाँ होगी! अपने बच्चों के लिए पिता के पाजामे का सूट सिल रही होगी!

पर एक बात याद नहीं आ रही।

मुझे याद नहीं आता कि मैंने कभी पिताजी से बात कर पाई हो। जैसा कि मैंने आपको बताया था कि मैं बार-बार बताऊँगा, सो बता रहा हूँ कि पिताजी को डर रहता था कि लड़का बिगड़ न जाए। इसीलिए वे मुझे अपने 'मुँह नहीं लगाते थे।' सारे देश में पिता, अपना मुँह बचाए फिरते हैं कि कहीं पुत्र मुँह न लग जाए। हर पिता, एक चारों तरफ से कटा एक टापू है और हर पुत्र कोलम्बस नहीं है। मेरे पिता तो उस किस्म के खतरनाक टापू थे, जिनका जिक्र थ्रिलर उपन्यासों में होता है। मेरी उनसे कभी बात नहीं हो पाई। कभी बहुत लाड़ में आता तो जलेबी खाने के लिए पैसे माँग लेता था और जूते खा जाता था। इससे अधिक गम्भीर मसलों पर बातचीत

एक निश्चित पैटर्न पर होती थी। उदाहरणार्थ, फीस के लिए पैसे माँगने हैं। पिताजी अखबार पढ़ रहे हैं। दबे पैर मेरा प्रवेश। अनधिकृत सीमा अतिक्रमण जैसा समाँ—

"बाबूजी!"

"क्या है? क्यों कान खा रहा है?"

"जी...वो...फी"

"हाँ, हाँ बोल ना।"

"..."

"..."

"अबे, चुप क्यों खड़ा है?"

"अरे, बात क्या है? बोलता क्यों नहीं, सुअर के बच्चे!"

"बा...बू...जी...ई..."

"क्या ची-चीं कर रहा है, जबान को लकवा मार गया है क्या साले?"

"..."

"मत बोल तू! बोलना मत!! ले (उठाकर जमीन पर धड़ाम।) और ले..."

फीस से लेकर शादी-ब्याह तक, सारी समस्याएँ उपरोक्त संवादों के मध्य हल होती रही हैं, हो रही हैं, सारे देश में। हर भारतीय नौजवान का करियर उसका पिता तय कर रहा है। लड़का बाप से पूछता है—क्या बनूँ—अध्यापक, पटवारी, डॉक्टर या इंजीनियर? बाप तय करता है और बेटा डॉक्टर बन जाता है (अथवा अधिक योग्य हुआ तो पटवारी बन जाता है)। फिर पूछता है—अब फीस कितनी रखूँ? कहाँ नौकरी करूँ, पेशाब, दक्षिण दिशा में करूँ या उत्तर में, वोट जनता पार्टी को दूँ या खुद रख लूँ? बाप मृत्यु शय्या से सलाह देता है—"बेटा, तू अपनी जाति का ध्यान रखना। गैर-जाति वाले कम्पाउंडरों को फँसाना और सस्पेंड कराना। एकाध दुश्मन की हड्डी गलत जोड़ देना तो उधर परलोक में मेरी आत्मा को शान्ति मिलेगी।"

बेटे जीवन भर पिता की गलतफहमियों को ढो रहे हैं।

मुझे आश्चर्य होता है। सारे बच्चे अपने पिताओं का मुँह ताकते खड़े हैं। पूरी पीढ़ी, जिसे आगे देखना चाहिए, पीछे ताक रही हैं। वह पीछे रह गए लोगों से आगे की राह पूछ रही हैं। मुझे उस दिन का इंतजार है, जब पिता इन राहों पर पुत्र का सहयात्री होगा, बाधा नहीं। तथास्तु (यह रचना स्वर्गीय पिताजी को सादर : जो हमेशा मेरे सहयात्री रहे)।

प्रेम एक जासूसी कथा

"कटे सर वाली लाश का भेद" नामक पोथी आज पुराने ट्रंक से निकल आई तो तुम्हारी और पुराने दिनों की बड़ी याद आई। उन दिनों, जासूसी उपन्यास पढ़ना और प्रेम करना—ये दो ही मेरे शौक थे। मैं हर जासूसी उपन्यास को प्रेम से पढ़ता था और मेरा हर प्रेम किसी जासूसी उपन्यास-सा सनसनीखेज, हैरतअंगेज और घटिया होता था। हर प्यार को मैंने एक केस की तरह हाथ में लिया था और सन्देह से लबालब गली-गली घूमता था। हर लड़की को मैं शक की निगाह से देखता कि यह छुप- छुपकर मुझसे प्यार करने का षड्यंत्र कर रही है। प्रमाण एकत्रित करने के लिए मैंने शहर की हर लड़की के घर चक्कर मारे। इस अभियान में कई बार मौत के मुँह में जाते-जाते बचा। एक बार तो एक कन्या के पिता ने शायद बन्दूक चला भी दी थी पर मैं बिल्ली की तरह फुर्तीला और चीते-सा चालाक था (जो कि उन दिनों एक सफल जासूस की पहचान होती थी) सो बच निकला।

इस तरह प्रेम के कई छिटपुट केस मैंने बखूबी हल किये। कई मामलों में मैंने हाथ डाला और प्राय: सफल हुआ पर तुम्हारे जैसा पेचीदा और सनसनीपूर्ण केस मेरे करियर में पहली बार आया था। आज भी याद आती है तो रोंगटे खड़े हो जाते हैं जैसी कि उनकी आदत रही है। तुम्हारे मेरे प्रेम के केस में कई पेच थे, जो सारे मामले को भयंकर भेदिया की श्रेणी में लाते हैं। सबसे बड़ा पेच तो तुम्हारे पिता थे, जो किसी नकाबपोश खूनी से कम खतरनाक नहीं थे। सबसे पेचीदा बात उनके साथ यह थी कि वे भी बिल्ली की तरह फुर्तीले और चीते की तरह चालाक थे। उनके अन्दर छुपी बिल्ली और चीते ने मेरे वाली बिल्ली और चीते को कभी भी पसन्द नहीं किया। उनकी बिल्ली तो मेरी बिल्ली के अलावा मेरे चीते से भी नाराज रहती थी जो मेरे चीते के लिए आश्चर्य तथा क्षोभ का विषय था।

इसके अलावा खतरनाक पंजे की तरह बेआवाज, अचानक प्रकट हो जाने की उनकी आदत भी बड़ी संगीन थी। तुम्हें वह घातक क्षण अब शायद याद न भी हो, पर टाकीज में उस दिन उनका हमारी पिछली पंक्ति की सीट पर अचानक उपस्थित होकर मेरी गर्दन घोंटने का प्रयास करना किसी पेशेवर अपराधी की भाँति संगीन था। वे अपनी पुत्रियों का पीछा करने में सनदयाफ्ता जैसे थे, यह मैंने

उसी दिन जाना और आगे सतर्क रहा। मुझे पूरा सन्देह है कि शहर के हर जवान लड़के का नाम उनकी लिस्ट में था और वे उन पर कड़ी निगरानी रखते थे। हम तक पहुँचने वाले हरसम्भव रास्ते पर उन्होंने जबरदस्त नाकेबन्दी कर रखी थी। वे पंजों के निशान देखकर पता लगा लेते थे कि घर की गली से ग्यानेन्द्र निकला था या गोवर्धन।

वे तेज हवा में भी मेरी गन्ध पकड़ लेते थे। वे बिना आतिशी शीशे की मदद के, तुम्हारी कॉपियों पर मेरे फिंगरप्रिंट खोज लेते थे। प्रेम के क्षेत्र में तोड़-फोड़ करने के लिए वे कस्बे भर में कुख्यात थे। वे तुम्हारे प्रेमियों के लिए कनपटीमार बाबा थे। वास्तव में तुम्हारा सारा परिवार ही एक पेचीदा केस था जिसमें मैंने मूर्खतावश हाथ डाल दिया था। जासूसी पोथियाँ पढ़-पढ़कर आत्मघाती दुस्साहस भर गया था मुझमें। तुम्हारा परिवार एक खतरनाक टापू था, जहाँ तुम्हारे प्रेम की नाव खेता हुआ मैं पहुँच गया था। नरभक्षियों का डरावना आतंक छाया था वहाँ। इस टापू पर शहर के बहुत से युवक तुम्हारे भाइयों द्वारा मारे या घायल किये गए थे। तुम्हारा घर मुझे हमेशा ही एक रहस्यमय जजीरेनुमा अड्डा लगा, जिसमें तुम्हें कैद कर लिया गया हो। मैंने कई दफे सोचा कि तुम्हें छुड़ा ले जाऊँ, पर तुम्हारे कमरे तक मेरी हिम्मत का कोई पाइप नहीं जाता था।

सारी बाधाओं के बाद भी अहा क्या दिन थे वे भी? मैं तुम्हारे प्यार में लगा था। लोग मेरे पीछे लगे थे। हर शख्स मुझे अपना पीछा करता मालूम होता था। हर काली कार मुझे कुचलती-सी आती। कॉलेज का हर सहपाठी 'संगही' 'ब्लैक कोबरा' 'मैडम थारो (या तुम्हारे पिता) के गिरोह का सदस्य' लगता। मैं कॉलेज में दबे पाँव तथा सतर्क घूमता। कॉलेज ही हमारी कार्यवाहियों का प्रमुख क्षेत्र था। यहीं हम, गुप्त दस्तावेजों की भाँति नोट्स का आदान-प्रदान करते थे। मैं रात-रात भर जागकर तुम्हारे लिए नोट्स तैयार करता। नोट्स देते हुए मैंने हर बार तुम्हारी उँगलियाँ छुईं, उन्हें क्षणिक सहला भी दिया कभी-कभी। तुम्हारी उँगली छू जाती तो जैसे कोई गोली सनसनाती-सी कनपटी के पास से गुजर जाती। बारूद की कोई सुरंग-सी फटती। ऐसी कँपकँपाहट होती, जैसी अँधेरी सुरंग में कोई पीठ पर पिस्तौल तान दे तो होती है। मैं काँपता, मैं थरथराता, पर तुम किसी लाश-सी भावनाहीन बनी रहतीं, 'सर कटी लाश-सी'। उस स्थिति में मैं सिवाय थरथराने, कम्पायमान होने और तेज-तेज साँस लेने के और क्या करता? और यह सब मैंने खूब किया, पर तुम कुछ भी न समझीं, या शायद समझ गईं। मैं तय नहीं कर पा रहा था कि उँगलियाँ छोड़कर तुम्हारा पहुँचा पकड़ने के अपने प्रोग्राम का क्या करूँ?

मैं रोज कॉलेज के गेट पर घात लगाए खड़ा रहता। तुम आतीं। मुझे देख एक विजयी मुस्कान फेंकतीं हुई अपनी निश्चित अदा में शरमातीं और अदा से पैडल मारकर निकल जातीं। मैं तुम्हारा पीछा करता साइकिल स्टैंड तक पहुँच जाता।

तुम पुनः मुस्करातीं। मैं उन मुस्कानों में प्रेम के क्लू पकड़ता, तुम पुनः शरमातीं और क्लास की तरफ निकल जातीं। मैं क्लू एकत्रित करता हुआ पीछे-पीछे आता। जासूसी उपन्यासों में पीछा करने की बातें पढ़-पढ़कर मैं खासा ट्रेंड हो चुका था। मैं पीछे ही लगा रहता। मैं तेज चलकर, धीमे कदमों से, कॉलेज के बरामदे में, गर्ल्स कॉमन रूम के बाहर के खम्बों के पीछे से, बॉटनिकल गार्डन की सूखी घास में रेंगकर—यानी हर स्थिति में तुम्हारे पीछे लगा रहता। मेरे कपड़े घिस गए, पतलून तार में फँसकर फट गई और कोहनियों पर से कमीज फट गई, खाल छिल गई, पर मैं किसी कर्तव्यपरायण जासूसी कुत्ते-सा तुम्हारे पीछे लगा रहा। कक्षा में तुम्हारी सीट के ठीक पीछे बैठकर मैंने कुत्ते की आवाजें भी निकालीं, जिससे तुम्हारा मनोरंजन हुआ और मैं कक्षा से निकाला गया। पर मैं पीछे लगा रहा।

धीरे-धीरे तुम्हारे केस में मुझे छोटी-मोटी सफलताएँ भी मिलने लगीं। तुम मुझसे अपने और ज्यादा नोट्स बनवाने लगीं। मेरी अपनी पढ़ाई बन्द हो गई। मेरे हाथों तुमने चॉकलेटें स्वीकार कीं। मुझसे एक-दो बार कॉलेज के बरामदे में रुककर बातें भी कीं। तुमने मेरी कॉपियों पर अपना नाम भी गोद डाला जिसे कोई भी हस्तलेख विशेषज्ञ पकड़ सकता था। तुम्हारी गली से मेरे गुजरने पर, अपनी खिड़की पर भी आने लगीं तुम। कुल मिलाकर बहुत से अकाट्य प्रमाण मिल गए थे मुझे पर जब तुमने पिक्चर दिखाने की बात की, तब तो जैसे अन्तिम अध्याय-सी सनसनी छा गई। रहस्य खुल गया, नकाब उलट गया और विजय ने कहा—सेठ पुरुषोत्तमदास तुम... तुम खूनी हो, मैं स्वयं चकित रह गया। तुम्हारे मेरे प्यार पर से पर्दा उठ गया। नकाब गिर गई, अँधेरा छँट गया। मैंने तय कर लिया कि पहुँचा पकड़ने का क्लाइमेक्स आ गया है और मैंने तुम्हारा पहुँचा पकड़कर अपने प्रेम का रहस्य तुम पर प्रकट भी कर दिया होता, पर जैसा कि मैंने अभी याद किया था कि तुम्हारे पिताजी, तब तक पिछली सीट पर प्रकट हो गए। इसके बाद जो हुआ, वह पूरी तरह याद नहीं आ रहा है क्योंकि शायद मैं उनके दूसरे झापड़ में ही बेहोश हो गया था।

होश आने पर मैंने पाया कि सारा शहर ही दुश्मनों के अड्डे में बदल गया है, जहाँ मैं किसी देशभक्त जासूस-सा यातना पा रहा हूँ। कुछ दिनों तक मेरे पिटने का दौर-सा चला। बाँध-सा टूट गया। तुम्हारे पिताजी के ठीक बाद मुझे मेरे पिताजी ने मारा। फिर तुम्हारे भाइयों ने मुझे पीटा। अगले दिन तुम्हारे अन्य प्रेमियों ने पीटा। फिर प्रिंसिपल ने पीटा। इसके बाद एक बार फिर तुम्हारे पिताजी से बाजार में मुलाकात हो गई और अपने पिताजी को तुम जानती ही हो। सो यही सब चलता रहा। पर हद तो तब हो गई जब तुमने भी उस दिन मुझे यह कहकर पीटा कि मैं तुम्हें बदनाम कर रहा हूँ। मुझे ऐसा झटका 'खूनी खजाना' पढ़कर भी नहीं लगा था, जिसमें अन्ततः हजारवें पेज पर यह रहस्य खुला था कि खजाना वास्तव में था ही नहीं।

अब जासूसी उपन्यास पढ़ने की आदत कब की छूट गई है परन्तु प्रेम करने का मेरा चाव ज्यों का त्यों बरकरार है। तुम्हारे बाद भी मैंने प्रेम किये और उनका नतीजा ठीक-ठाक ही रहा पर तुम्हारे बाद अभी भी स्वागत है। 'कटे सर वाली लाश का रहस्य' की पोथी देखकर भावुक हूँ। अभी भावुक ही चलूँगा। यदि तुम इस लेख को कहीं पढ़ रही हो, तो इस विषय में शीघ्र निर्णय लो। इस उम्र में कितने दिन तक भावुक चल सकूँ, कहना कठिन है। जल्दी करना, मैं प्रतीक्षारत हूँ!

विष यह राजनीति

(स्वर्गीय दुष्यन्तकुमार के खंडकाव्य 'एक कंठ विषपायी' की सीधी, सट्ट यह नकल उनको सादर समर्पित है, क्षमायाचना सहित। पात्र लगभग वही हैं। स्थितियाँ भी। उनकी कथा में दक्षराज द्वारा शंकर को यज्ञ में आमंत्रण न मिलने पर, सती जीवन त्याग देती हैं और शंकर इसका बदला लेने के लिए विनाशलीला करते हैं। अन्ततः विष्णु सारी स्थिति सँभालते हैं। आज देखिए, भाई लोग क्या कर रहे हैं।)

पात्र

दक्षनारायण प्रसाद जी : राजा, मुख्यमंत्री।
शंकरलाल : प्रमुख असन्तुष्ट मंत्री।
वीरिणी देवी : एक महिला मंत्री, दक्ष जी की 'खास'।
ब्रह्मालाल जी : पार्टी अध्यक्ष, शंकरलाल की जाति के और गुट के।
इन्द्रमल जी : दक्ष जी के दाएँ हाथ, विशेष दूत, प्रमुख गोटीबाज।
वरुण शेष, कुबेर : इन्द्र के साथी।
विष्णुनारायण जी : अलकापुरी, दिल्ली के विशेष पर्यवेक्षक। (किसके पक्षधर—पता नहीं, बहुत गहरे व्यक्ति।)
केकराक्ष, शक्कर्ण, वीरभद्र, भूत, पिशाच, गुंडे, जेबकट : शंकरलाल के अनुयायी, गण।
गुप्तचर, पुलिस अलकापुरी, दिल्ली : प्रमुख पात्र।

एक

स्थान : प्रजापति, मुख्यमंत्री श्री दक्षनारायण का राजकीय गौरव के अनुरूप सुसज्जित निजी कक्ष। दीवारों पर, कोनों में, ऊपर, नीचे तथा अन्य सम्भव स्थानों पर देश के

नेता की विभिन्न मनमोहक मुद्राओं में छवियाँ अंकित हैं। प्रायः समस्त चित्रों में, दाएँ-बाएँ अथवा पृष्ठभूमि में दक्ष जी अतिविनीत मुद्रा में दृष्टिगोचर होते हैं। एक चित्र में मात्र उनकी धोतिका का एक अंश ही आ सका है, परन्तु यह भी पर्याप्त है उनके पापी अहम के लिए।

(दक्षनारायण जी, अपनी महिला मित्र तथा मंत्री श्रीमती वीरिणी देवी के साथ किसी अत्यन्त गम्भीर प्रश्न पर विचार-विमर्श कर रहे हैं)

दक्ष : शंकर।
शंकर!!
शंकर, जिसने प्रतिपल मेरी टाँगें खींचीं,
शंकर, जिसने जड़ें खोद दीं मेरे गुट की।
जिसने
अखबारों में मेरा नाम उछाला
तुमको लेकर,
जिसने
वह पोस्टर निकाला
कमला वाला।
वह, जिसके कारण मेरी कुर्सी हिलती है,
मैं ही
उसे टिकिट बँटन की बैठक में आमंत्रित करता!
कैसी विक्षिप्तों-सी बातें करती हो?

वीरिणी : राजनीति में रहकर
कब तक बैर करोगे विक्षिप्तों से?
विक्षिप्तों के बूते ही तो
राजनीति है।
मैं हूँ, तुम हो।
वोटर यदि विक्षिप्त न होते
होती बुद्धिमती यह जनता—
तुम न होते
हम न होते।
भाड़ झोंकते, बोझा ढोते,
बीड़ी बनाते।
सोचो,
सम्पूर्ण सत्य को साक्षी रखकर सोचो।
सोचो, तुम मुख्यमंत्री न होते

तब क्या होते?
क्या करते तब?
तुच्छ बुद्धि, मन्थर क्षमताएँ, कुन्द चेतना
क्या करते तुम?
यदि सब कुछ नियमों से होता इसी देश में
क्या करते तुम?
क्या करते हम?
प्रजा अगर होती सचेत
तब होता क्या?

दक्ष : *(खिसियाकर)*
देवि!
तुम्हें असमय ही परिहास याद आते हैं?
क्यों ऐसी बातें करती हो?
कैसे वचन बोलती हो तुम?
प्रजा अगर सचेत हो जाए?
हाय।
सहसा बैठे-बैठे मेरा जी अकुलाया
अभी-अभी
मेरे हृत्कम्पन की गति
कैसे तेज हो गई?
आँखों के समक्ष
अँधेरा-सा घिर आया—
देवि, ऐसी अमंगल बातें न बोलें।
प्रजा जगे—ऐसा सोचें तक न।
सुनकर भय लगता है
हालत होती पतली।
देवि तुम ऐसा न बोलो
भय लगता है।
मूर्ख प्रजा है मूर्ख,
जानता हूँ मैं, फिर भी भय लगता है।

वीरिणी : क्षमा करें।
मेरा यह तात्पर्य नहीं था।
प्रजा सजग हो
छल-प्रपंच को समझे

हम नग्न हैं कितने, यह जाने वह
कौन चाहता है यह सब?
विशेषाधिकार के इस हमाम में नग्न सभी हम।
सत्ता या विरोध पक्षी सब।
...
नहीं, नहीं
परिहास नहीं था यह।
...
पर...
प्रभु अचरज होता है।
मन होता है
फिर-फिर पूछूँ
शंकरलाल जी को क्यूँकर नहीं बुलाया?
वे भी टिकिट कमेटी में आ जाते
तो क्या हो जाता?

दक्ष : असन्तुष्ट है पापी है वह।
उसको स्थान
और मान
और यथायोग्य भाग-भोग
सब दिया मैंने।
फिर भी वह तुष्ट नहीं है।
फिर भी
एक नहीं, मुझको अनेक आघात लगे हैं
शंकर जी से।
यदि कोटा, परमिट की बात कहीं थी
सीधे मुझसे कहते।
मदिरालय के ठेके
बेनामी जमीन या
सुपुत्र को उच्चासन
—पर मुझसे कहते।
मुझसे कहते किसे
किधर
किस निगम-विगम का बॉस
बना दूँ, या फिर

नया निगम बनवा दूँ
किस भ्रष्टाचारी को बचवाना था
मैं बचवाता।
मुझसे कहते।
दिल्ली के उस देवलोक में
इतनी परिचर्चा का, ज्ञापन, बयान का
क्या मतलब था?
क्या आवश्यकता थी बोलो
इस रूपक के आलम्बन की?

वीरिणी : शंकर भोले हैं।
मैं पक्ष नहीं ले रही।
मात्र इतना है स्वामी
—अपना यह आयोजन
शासन यह
लूटपाट, अन्धेर, गदर सब
अबाध, निर्विघ्न चले
औ, चले अनवरत।
सबको मंगल योग प्राप्त हो
सबका भाग-भोग हो इस लूटमार में।
इसीलिए शंकर भी
रह जाते अपनी ही लॉबी में
अच्छा होता।

(गुप्तचर का प्रवेश। प्रकट में शासकीय भ्रत्य की धज में, परन्तु वास्तव में गुप्तचर।)

गुप्तचर : बुरी खबर है।

दक्ष : बोलो।
अब शंकर ने नया कौन-सा कदम उठाया?

गुप्तचर : शंकर जी ने
निजी कक्ष के द्वार बन्द कर
अभी पाँच अपने गुट वाले
विधायकों को बन्दी बना लिया है।
पटा लिया है, लगता है यह।
भय है अन्य ढुलमुलों को भी
शंकरलाल खेंच न बैठें।

भय है स्वामी।
बेदर्दी इस राजनीति में सब सम्भव है।

दक्ष : अच्छा सर्वहते। तुम जाओ!
(गुप्तचर का प्रस्थान)

दक्ष : *(वीरिणी से)*
देखा तुमने।
शंकर ने अपहरण किया है।
मैं निश्चित ही इसको अपहरण कहूँगा।
क्या अबोध मन को फुसलाकर
मंत्रीपद का माल दिखाकर
लाख रुपये का भाव लगाकर
विविध प्रलोभन देकर
मेरे गुट को तोड़ विधायक लेते जाना।
—अपहरण नहीं है?

वीरिणी : शंकर को समझाकर देखें।
कल तक वह अपने गुट का था।
चाहे विद्रोही हो कितना भी
किसी भाव पर बिकता ही है
आप मनाएँ मान जाएगा।

दक्ष : देवि!
उसको अपने दिल्ली सम्बन्धों पर
बड़ा दर्प है।
मेरी कूटनीति भी देखें।
पानी तक को तरसा दूँगा।

वीरिणी : फिर भी प्रभु।

दक्ष : बस करो अब।
अब तो
सारे भद्रलोक से
उसे बहिष्कृत करके छोड़ूँगा मैं।
मेरे शासन
आयोजन में
शंकर का कोई स्थान नहीं हो सकता।
सुन लो मेरा दृढ़ निश्चय है—
मेरे मंत्रिमंडल से

वह कल ही त्यागपत्र दे देगा।
मैं माँगूँगा।
उसको देना होगा।

वीरिणी : फिर सोचें प्रभु
क्रोधातुर हैं अभी आप।

दक्ष : फिर-फिर कर वही प्रश्न।
फिर उसका तिक्त बोध।
फिर-फिर कर वही रोध।
(जाते हुए)
शंकर अब जाएगा अपने मंत्रीपद से।

(दक्ष का प्रस्थान। वीरिणी असमंजस में खड़ी रहती है। गुप्तचर का प्रवेश)

वीरिणी : शीघ्र कहो।
सर्वज्ञाता, सबके पीछे लगैया!
क्या हुआ?
क्या किया दक्ष ने?

गुप्तचर : सब कुछ हो गया अभी पल भर में।
क्रोधातुर महाराज का पत्र वाहक मैं
शंकर जी तक पत्र लिये जाता हूँ उनका।
त्यागपत्र तुरन्त माँगा है शंकर से।

(वीरिणी भूमि पर बैठ जाती है। गुप्तचर खड़ा रहता है। पर्दा गिरता है)

दो

(शंकरलाल कैलाश कुटीर के निजी कक्ष में। चारों ओर उनके विशिष्ट गण, भूत-प्रेतनुमा चमचे तथा असन्तुष्ट साथी। त्यागपत्र ले लिये जाने तथा स्वीकार होने की सूचना शंकर को मिल चुकी है। शंकर अपार शोक में मग्न, विभ्रान्त से, दुख में निमग्न, किंकर्तव्यविमूढ़, पिटे-पिटे।)

शंकर : पदविहीन संसार
और मैं देख रहा हूँ?
ध्वजविहीन वह कार
और मैं देख रहा हूँ?

त्यागपत्र स्वीकार
और मैं देख रहा हूँ?
दक्षराज से मेरे गुट की हार
और मैं देख रहा हूँ?
उस तट पर है कुर्सी
और मैं चित पड़ा इस पार
—और मैं देख रहा हूँ?

(समस्त चमचे, साथी चुप)

शंकर : तुम चुप हो
तुम सब हो निष्क्रिय
न ज्ञापन
बयान
न हलचल
बस, मेरी चीत्कार
और तुम देख रहे हो?
तुम सब पर धिक्कार
कि बस तुम देख रहे हो।

केकराक्ष, शंक्कर्ण, वीरभद्र, भूत, प्रेत, शाकिनियें, डाकिनियें तथा अन्य : *(आगे हम इन्हें असन्तुष्ट साथी कहेंगे)*
हे परब्रह्म
सौ दंडी सम
तिकड़मप्रवीण
लौहपुरुष, अष्टनाम
अति कमीन
अति दुष्ट
पाखंड गुणात्मा
हे सकल मतदाताओं के साथ
रास के रचैया
लीला के करैया
आदेश हो।
आदेश हो।

शंकर : ये सारे सम्बोधन
सर्वनाम ये सब त्यागो
और करो कुछ ठोस।

कुर्सी हथियाने का विधान हो।
कुछ तुम्हें भी खाने को मिले।

असन्तुष्ट साथी : हाँ, हम बुभुक्षित हैं।
हम सब भूखे हैं।
हमको भी खाना है।

शंकर : ज्ञात है मुझे।
तुम सब बुभुक्षित हो।
मैं भी बुभुक्षित हूँ।
हम सब बुभुक्षित हैं।
राजनीति की
इस पंगत में
एकत्रित हैं सब भूखे।
खाओ, यहाँ सब कुछ है
—महल हैं, कुर्सी हैं, जीपें हैं
चन्दा है।
कलश हैं, नियम हैं
कँगूरे, संविधान
कानून, राजमार्ग
गरीब का पेट, फाइल
मजदूर की रोटी, परमिट
आदिवासी की लड़की, वन
हरिजन, पुष्पहार,
किसान का खेत
—इन सबको खा डालो।
खा जाओ देश यह
परिवेश यह
निवेश सब।
पर मुझे कुर्सी दो।
मुझे कुछ बनाओ
फिर तुम सब खाओ।

असन्तुष्ट साथी : धिक, हम सबको नाथ
कि हम चुप हैं कायर से।
धिक, तिकड़म हम सबकी
जो पिचकी टायर-सी।

धिक, वे साथी भाग दिये जो
छोड़ अधूरा।
धिक, यह प्रजातंत्र जिसमें
सन्तोष अधूरा।
धिक, यह प्रजातंत्र
कि जिसमें कम हैं कुर्सी।
धिक यह प्रजातंत्र
गर हमको मिले न कुर्सी।
धिक, यह देश
मनाओ इसकी मातमपुर्सी।
सम्प्रति बस कुर्सी, कुर्सी, कुर्सी
औ कुर्सी।

(त्यागपत्र फड़फड़ाते हुए)

शंकर : जिस भाषा में
मिला मुझे यह प्रश्न भयंकर
टाँग खींचकर दक्षराज की
उस भाषा में दूँगा उत्तर।
सम्प्रति बस प्रतिकार
दक्ष जी के गुट से।

असन्तुष्ट साथी : जनता जाए नाली में
अति आनन्द है ताली में।
हम सब मस्त हैं गाली में।
गाली हम उनको देंगे
वे गाली हमको देंगे।
गाली की नाली होगी
चहुँतरफा नाली होगी।
नाली का उत्सव होगा
गाली का उत्सव होगा।
गाली का उत्सव है यह
कीचड़ का आयोजन है
नाली का उत्सव है यह।
राजनीति की नाली है
कीचड़ उछले दसों दिशा।
नाली के कीड़े हैं हम

कीड़ों का यह उत्सव है।

शंकर : *(प्रसन्नतापूर्वक)*
मैं प्रसन्न हूँ।
सम्प्रति केवल बल की भाषा।
विधानसभा में शक्ति प्रदर्शन।
सम्प्रति केवल
युद्ध, दिल्ली यात्राएँ,
व्यूह-रचनाएँ
उठापठक
अरिमर्दन
सम्प्रति, डाकू का संरक्षण और विरोध
सम्प्रति, दंगों का संरक्षण और विरोध
सम्प्रति, भ्रष्टों को प्रोत्साहन और विरोध।
दक्ष ने रची यह
दुरभिसन्धि विरुद्ध
और इसका अर्थ
केवल युद्ध
केवल युद्ध।
...
...
आओ हम शपथ लें।

असन्तुष्ट साथी : आओ हम शपथ लें।
मतदाता सिर धुनें
छाल खाएँ भूखे।
हमें डिनर राजनीति
मरें भूखे, भूखे।
देश जले यहाँ-वहाँ
हम जाएँ दिल्ली।
ठप्प रहे प्रशासन
दक्ष भगें दिल्ली।
चूहे हम, भाग-भाग
पहुँचे बस दिल्ली।
दिल्ली की बिल्ली के
आगे भीगी बिल्ली।

होवे तांडव त्रिलोक में
यदि मिले न कुर्सी
तो हिल जाए दिल्ली।
रोटी की बात
किसी और दिन करेंगे।
मतदाता यहीं रुकें
हम जाएँ दिल्ली।

(नारों, हो-हल्ले के साथ आवाज धीरे-धीरे मन्द होती है। पर्दा गिरता है)

तीन

(पार्टी अध्यक्ष ब्रह्माप्रसाद जी के भवन का एक कक्ष। इसमें ब्रह्मा जी के साथ बिराजे हैं श्री इन्द्रमल जी, जो दक्षराज के विशेष सहायक, प्रमुख गोटीबाज, दाहिने हस्त हैं। वे अपने साथियों, शेषनारायण, वरुणप्रसाद, कुबेरदत्त इत्यादि के साथ हैं। उद्देश्य है ब्रह्मा जी से शंकरलाल जी के विरुद्ध कार्यवाही तथा युद्ध की माँग। बात चल रही है।)

इन्द्र : हाँ! युद्ध के सिवा
अब कोई भी विकल्प अवशेष नहीं।
त्यागपत्र को लेकर
शंकर के चमचों ने
अनुचरों
गणों ने
जो आचरणहीन व्यवहार किया
दक्ष जी के घर।
उसका अपराधी ठहरा
शंकर को उचित दंड दिया जाए।
आप आज्ञा निकालें इस आशय की।

(ब्रह्मा जी शंकर गुट के पक्षधर के रूप में बदनाम रहे हैं। आगे की कार्यवाही इसके सन्दर्भ में।)

ब्रह्मा : देवराज!
विश्वास नहीं होता।
कल्पनाफलक पर शंकर की
शालीन छवि ही

उभरती है बार-बार।

इन्द्र : आपको क्यों होगा?
शंकर कुछ भी करें
पर आप...
किन्तु हमारा ऐसा मत है—
—जहाँ आप ही शह देते हों
असन्तुष्ट को,
जहाँ आपके संरक्षण का बल
उस गुट को
—वहाँ धैर्य का दुर्ग अन्ततः ढह जाएगा
लात, बात, घूँसा, ज्ञापन ही रह जाएगा।

ब्रह्मा : *(किंचित क्रोधित होकर)*
गुटबाजी में कृपया मुझको नहीं घसीटें।
मैं गुटबन्दी से ऊपर हूँ
ऊपर सकल विवादों से मैं।
स्वच्छ राजनीति
गुटविहीनता का मैं हामी।
और हाँ
लातों, घूँसों की बातें कर धमकाएँ न।
मेरे गुटवाले भी हैं
लातों वाले
घूँसों वाले।

इन्द्र : राजनीति में गुट हों
गुट 'अ' गुट 'ब' में लात चलें
घूँसे, जूते हों
स्वाभाविक है।
हम भ्रष्टन के
भ्रष्टाचारी
गुटन गुटन में
इक दूजे के भ्रष्ट-भ्रष्ट में
नैतिकता बघारने का
सार्वजनिक दंगल हो
स्वाभाविक है।
सारा देश बँटे

इस गुट, उस गुट में।
फूटें सर
हो मार-कुटाई
लुटें नगर औ' गाँव साथ में लोग-लुगाई।
बच्चे भूखों मरें
खाएँ हम दूध-मलाई।
—राजनीति की यह स्वाभाविक दुर्गति परिणति
स्वाभाविक है।...
पर शंकर ने सारी सीमाएँ तोड़ी हैं।
विधानसभा में
दक्षराज की टाँग खींचने
उन्हें गिराने
तत्पर हैं वे।
आप बताएँ
युद्ध के सिवाय और क्या रह जाता है?
पार्टी से निष्कासन का आदेश आप दें।

ब्रह्मा : देवराज!
तुम कृत निश्चय हो?
सब परिणाम विचार लिये हैं?

वरुण : हानि-लाभ के सन्दर्भों में
कुर्सी के प्रश्न नहीं परखे जाते।
आप उन्हें कर दें निष्कासित पार्टी से
या भोगें कोप हमारा।
हिन्दुस्तान हमारा
जय-जय हिन्दुस्तान हमारा।
भारतमाता की जय।
जय फलाने की।
ढिकाने की जय।

ब्रह्मा : तुम सब संयम की सीमाएँ लाँघ रहे हो।
सोख लिया है यदि शंकर का ज्ञान
कुर्सी वियोग ने
तो तुम भी क्रोधान्ध हुए हो।
विश्वास करो
मैं कुछ न कुछ

कार्यवाही करूँगा शंकर विरुद्ध
आश्वस्त रहें।

इन्द्र : आश्वासन?
हम प्रजा नहीं जो बहलें केवल आश्वासन से।
यह केवल युद्ध का समय है।
आप अगर ढुलमुल होंगे
तो आप पिटेंगे।
जहाँ हमारे गुट की हत्या हो
औ' शंकर जीतें
—आप पिटेंगे

(साथियों का आह्वान करते हुए)

आओ बन्धुओ
आओ युवाओ
आओ धुन दें ब्रह्मा जी को।

(इन्द्रमल जी तथा साथी ब्रह्माप्रसाद जी से गुत्थमगुत्था होकर उन पर पद प्रहार करते हैं, केश नोचते हैं तथा उनकी धोतिका छिन्न-भिन्न कर देते है। इसी बीच, अलकापुरी दिल्ली से भेजे गए पर्यवेक्षक, दिल्ली पूत श्री विष्णुनारायण जी प्रवेश करते हैं।)

विष्णु : ऐसा प्रतीत होता है
किसी गहन प्रश्न के
समाधान की खोज चल रही यहाँ
परम्परागत गति से।
मैं तो यूँ ही कोलाहल सुनकर खिंच आया।

(संघर्षरत पार्टियाँ अलग-अलग हो जाती हैं तथा विष्णु जी को प्रणाम करती हैं।)

ब्रह्मा : आप समय पर आए।
बन्धु!
आप ही समाधान हैं।
दिल्ली से भेजा बालक भी।
बाप हमारा।
स्वागत है।
मैं नई धोतिका पहिन तुरत प्रस्तुत होता हूँ।
परेशान हूँ।

नित नई धोतिकाएँ फटवाते
समाधान में प्रश्नों के।

(ब्रह्मा का लड़खड़ाते हुए प्रस्थान)

विष्णु : प्रश्न देश के समक्ष
हजारों
आगे-पीछे
ऊपर-नीचे प्रश्न।
समाधान में उन प्रश्नों के
फटें धोतिकाएँ करोड़, हम सब प्रस्तुत हैं।
कहो क्या कठिनाई है?

(विष्णु आसन ग्रहण करते हैं)

इन्द्र : प्रभु!
विदित आपको
शंकर जी का केस...
वे अब विधानसभा की सीमाओं में घुस आए हैं
असन्तुष्टों की सेना लेकर।
बजट सत्र है।
कहर बरपा करने को कटिबद्ध हैं शंकर।
और आपके सहयोगी ब्रह्मा।
उनको निष्कासित करने को
तत्पर नहीं!

विष्णु : वह समझदार है।
खेला खाया।
कब तक निष्कासन कर सकते हैं हम?
राजनीति में?
हो सकता है कल को तुम असन्तुष्ट हो।
नहीं।
निष्कासन से कुछ न होगा।
फिर।
जनता क्या सोचेगी?
—यह भी हमें ध्यान है।

इन्द्र : उफ!
कमबख्त यह
जनता

मतदाता
आम आदमी!
इनका कोई इलाज नहीं क्या?
बन्द करो जेलों में इनको।
पीटो थाने पर ले जाकर।
वोट हमें दें।
चुपकर बैठें।
या दंडित होने को तत्पर रहें हमेशा।

विष्णु : बालक हो तुम।
देश तुम्हारा खुली जेल है।
जंगल के कानून यहाँ पर।
हर दफ्तर, अफसर थाना है।
हर मतदाता कैद यहाँ पर।
उनको मत देकर।
चुनना होता है जेलर।
वे तुम्हें चुनें या हमें या और किसी को।
—जेलर ही मिलने हैं उनको।
राजनीति का विष।
हँसते-रोते पीना है उनको
...
पर चिन्तित न हों।
धीरज रखो
न्याय करूँगा।
चाहे शंकर मेरे कितने निकट मित्र हों।
न्याय करूँगा।

इन्द्र : फिर क्या आज्ञा है?

विष्णु : *(एक लिफाफा निकालकर वरुण को देते हैं)*
शंकर तक
यह मेरा
प्रणामबाण ले जाओ।
कहना, अलकापुरी से निर्देश है उसमें।
मुझे ज्ञात है जो
इस त्रिलोक में ज्ञात सभी को।
शंकर जी भी दिल्ली के पत्रों का मतलब जान चुके हैं।

अब या वे चुपचाप रहें
या निष्कासित हों।
झेलें कोर्ट केस।
पुराने गड़े-गड़ाए मुर्दे उखड़ें।
पुलिस उखाड़े बलात्कार का केस पुराना।
जब मंत्री थे वे।
कह दें उनकी पूरी फाइल दिल्ली में रखी है।
समझ जाएँगे।
बुद्धिमान हैं शंकर।

(इन्द्र, अन्य देवता तथा ब्रह्मा जी, जो सब नवीन धोतिका में हैं। विष्णु की अभ्यर्थना में दिल्ली की तरफ मुख करके झुक जाते हैं। प्रकाश व्यवस्था द्वारा मंच पर सरकारी रंगमंच से भव्य वातावरण की सृष्टि होती है। नेपथ्य में आकाशवाणी व दूरदर्शन के समाचार वाचन व समाचार-पत्रों के हॉकरों इत्यादि के स्तोत्र गायन के स्वर मुखर हो उठते हैं, जिनके ऊपर सहसा मुनादी की-सी शैली में उद्घोषक का स्वर उभरता है)

उद्घोषक : सुनें सब प्रजाजन।
अब आप नवीनतम समाचार सुनें।
सिर धुनें प्रजाजन।
सुनें सुनें सुनें।
शंकरलाल जी का आरोप है।
बयान है।
कि समाचार-पत्र मिथ्या हैं।
यक्षराज में उन्हें पूर्ण विश्वास।
जनसेवा में ही उनकी है आस।
फँसी है साँस पार्टी में।
वे असन्तुष्ट नहीं।
वैसे वे जा रहे दिल्ली कल।
निजी कार्यवश :
शेष सब शुभ है।

(परदा पहले ही गिर चुका है)

हमारा राष्ट्रीय खेल! चोर-सिपाही

सुन्दर कन्याओं से मेरा कोमल निवेदन है कि वे पढ़ाकू किस्म के तथा जनरल नॉलेज में रुचि रखने वाले लड़कों से प्यार करने की चेष्टा न करें, क्योंकि उनका कोई भरोसा नहीं। मान लो तुम उनके साथ चाँदनी रात में नौका विहार कर रही हो। चाँदनी का मीठा या मादक रस जैसा भी समकालीन रोमांटिक साहित्य में रिवाज हो टपक रहा है। शीतल मन्द बयार हस्बमामूल ड्यूटी पर तैनात है और माँझी रात्रि में भी गाने पर डटा हुआ ओवर-टाइम कर रहा है, अर्थात कुल मिलाकर प्रेम का वह विशुद्ध आई. एस. आई. मार्का वातावरण, जिसमें शेख चिल्ली प्रेमी संयम के घड़े पर लात मारकर गृहस्थी के सत्तू में सन जाने को तत्पर हो जाता है। तो ऐसा वातावरण, परन्तु जनरल नॉलेज की पोथी काँख में दबाए पतवार थामे राँझे का क्या कहना? हो सकता है, वह प्यार से चाँद की तरफ देखे और तुमसे कहे—हे विमला, (प्रेम में सम्बोधन का यही रिवाज कथा साहित्य में चला आ रहा है) उस चाँद की ओर देखो और हृदय पर हाथ रखकर बताओ...क्या बताऊँ? पूछो राँझे...बताओ, कि चाँद का क्षेत्रफल क्या है, चाँद से पृथ्वी की दूरी क्या है और यह भी बताओ कि चाँद पर बाक्साइड मिलता है या नहीं? (समस्त प्रश्न अनिवार्य हैं)।

जी में आता है कि गला मसक दें या प्रेम की नाव में यहीं एक छेद करके ढंग के माँझी का अँगोछा पकड़ लें। मैंने प्रारम्भ में, तट पर ही कोमलकान्त वार्निंग प्रस्तुत कर दी थी कि इन ससुरों का कोई भरोसा नहीं। पर आपने सुना नहीं, इनके लिए नौका विहार आर्किमिडीज के तैरने के सिद्धान्त की पुष्टि करने के लिए किया गया प्रयोग मात्र है। चाँद केवल एक उपग्रह है और चाँदनी मात्र एक सामान्य सा वैज्ञानिक तथ्य और प्यार...? यह सिलेबस में नहीं दिया गया है। कोर्स के बाहर की चीजें कृपया न पूछें बहन जी, सिलेबस के सिवाय इनका किसी पर बस नहीं।

मैं स्वयं इन जनरल नॉलेजियों से त्रस्त रहा हूँ। कल ही किसी ने मुझसे पूछ लिया, बताइए अपना राष्ट्रीय खेल क्या है?

देश स्वतंत्र होने के बाद यह प्रश्न तथा ऐसे ही दीगर प्रश्न बड़े आम हो गए

हैं। देश स्वतंत्र हुआ तो राष्ट्रकवि, राष्ट्रीय खेल, राष्ट्रीय पशु, राष्ट्रीय ऐरा, राष्ट्रीय गैरा, राष्ट्रीय पक्षी, राष्ट्रीय लल्लू, राष्ट्रीय पंजू, राष्ट्रीय पिता, राष्ट्रीय माता, राष्ट्रीय भाई, राष्ट्रीय भतीजा, राष्ट्रीय घूरा, राष्ट्रीय 'क', राष्ट्रीय 'ख', राष्ट्रीय 'ग', 'घ', 'ड़'—सब चुन लिए गए। बड़ी मेहनत-मशक्कत हुई। कमेटियाँ बनीं इनके लिए। देश स्वतंत्र हुआ तो कमेटियों के लिए अफसरों की खूँटियाँ गड़ीं, बजट के तम्बू अलॉट हुए, ओवर ड्राफ्टों की रस्सियाँ खिंची—राष्ट्रीय कमेटियाँ बनीं, यह सब करके राष्ट्र पुरुष फैलाकर बैठ गए कि यारो बहुत थक गए हम तो इस सब में। अब देश के शेष काम, रोटी-कपड़े के प्रश्न बाद में। तो ये बैठ गए। उधर राष्ट्रीय पक्षी मोर जंगल में नाचने लगा और कौवे शहर में कला परिषद के मंचों पर, शेर राष्ट्र-पशु का तमगा, कार-बँगला पाकर सुविधा के वन में वातानुकूलित माँद में चला गया और गीदड़ों की हुवा-हुवा से सारे लाउड स्पीकर गूँज उठे, राष्ट्रीय कवियों ने राष्ट्र की तरफ से पीठ करके अन्तरराष्ट्रीय मंच पकड़कर खूनी परचम वगैरह लहराने जैसी सुरक्षित बातें कहीं और राष्ट्रीय आदमी प्रतीक्षा कर रहा कि शायद ये लोग किसी दिन राष्ट्रीय रोटी भी तय कर लेंगे।

मैं बहक गया। पूछा गया था कि हमारा राष्ट्रीय खेल क्या है।

मैंने इस विषय पर चिन्तन किया है, क्योंकि चिन्तन करने में अपनी गाँठ का कुछ जाता नहीं और नींद बढ़िया आ जाती है। मैंने चिन्तन किया है। पिछले दिनों जहाँ अवसर मिला, मैंने किया। जहाँ खड़ा था वहाँ खड़े-खड़े किया, वरना बैठ या लेटकर किया। पिछले दिनों यही स्थिति रही कि जहाँ मौका मिला, वहीं चिन्तन कर डाला और एक नींद ले ली। मैं चिन्तित हुआ बाकायदा कि अपना राष्ट्रीय खेल क्या है, क्या होना चाहिए, क्यों होना चाहिए? मैंने खुद ही प्रश्न उठाए और उनको लादे-लादे घूमता रहा, घूमते-घूमते चिन्तन करता रहा, परेशान हो गया। अब आपको परेशान कर रहा हूँ। आप भी अपना चिन्तन निकालें। आइए चिन्तनों का लँगड़ लगाएँ।

पहले हमारा राष्ट्रीय खेल हॉकी था।

राष्ट्र खेलों में आगे बढ़े यह कौन नहीं चाहता? आप कहेंगे कि सभी चाहते हैं (क्योंकि इसके सिवाय और कुछ कहकर आप अपनी फजीहत नहीं करवाना चाहेंगे)। हॉकी में यह सुविधा थी कि राष्ट्र इस खेल में आगे बढ़ सकता था, इस गोल से उस गोल की तरफ बढ़ सकता था। हॉकी खेल ही ऐसा खेल है कि खिलाड़ी को बढ़ना पड़ता है। खड़े-खड़े काम नहीं चलता। इस तरह यह खेल हमारी आकांक्षाओं के अनुकूल था कि हम खेलों में आगे बढ़ें, खिलाड़ी गेंद लेकर आगे प्रगति करता हुआ दौड़ता, बढ़ता और हम, चीखकर आसमान सिर पर उठा लेते कि देखो प्यारो हम हॉकी में बढ़ गए। हम बढ़ गए खाँ, निकल गए आगे भाई मियाँ, चढ़ गए मुंडी

पर प्यारे, मार लिया तीर दोस्त (अपनी ही छाती पर) ऐसा हो-हल्ला हो जाता सिर पर टँगे खेलों के बदरंग आसमान में हम अपने अहं की एक टाटनुमा थिगली लगा लेते थे, मजे रहते थे।

मौज चल रही थी।

तभी खेल अधिकारियों की बॉल टप्पे खाती मैदान में आई। फिर क्या था बहार आ गई थी—विदेशी दौरे बनने लगे। अपने गाँव के खिलाड़ियों को लम्बे सटीक पास दिये गए, टी.ए.डी.ए. के ऊँचे स्कूप उछाले गए, एकदम भारतीय शैली की परम्परावादी खींचतान की हॉकी शुरू हो गई। ठोस इरादों की पोली गेंद और असुरक्षा की टेढ़ी-मेढ़ी सँपोली हॉकी, खिलाड़ी शॉट भी मारते तो गेंद अपने सम्पूर्ण पोलेपन के साथ खेल अधिकारियों के गोल पोस्ट से टकराकर वापस आ जाती और खिलाड़ी के सिर पर गिरती। टूटे हुए सिर पर रिटायरमेंट की गेरुआ पट्टी बाँधकर खिलाड़ी रोते रह गए।

यही सब चलता रहा था, हम हॉकी में बढ़ते-बढ़ते मैदान से बाहर आ गए।

तब ये प्रश्न उठा कि अब हमारा राष्ट्रीय खेल क्या कहलाए? यूँ तो हमने राष्ट्रीयता को भी एक खेल की तरह ही लिया है हमेशा। फिर भी एक अदद राष्ट्रीय खेल भी साथ-साथ हो जाए हमारी ऐसी इच्छा रही। क्योंकि राष्ट्रीयता से खेलने वाले सन्तन की ऐसी भीड़ दिल्ली के घाटों पर लगी रहती है कि हर एक को खेलने का अवसर प्राप्त नहीं हो पाता। एक राष्ट्रीय खेल और हो जाए तो सही जनतंत्र आ जाए। शेर एक घाट पर खेलें, बकरियाँ दूसरे पर, बीच में जनतंत्र (?) की कर्मनाशा नदी बहती रहे। जनतंत्र के घाट पर हमारे यहाँ सभी को समान अवसर है—शेर को बकरी खाने का तथा बकरी को शेर खाने का। नदी बीच में है ही। खाने के बाद पानी पियो, मस्त रहो। और खेलो।

मैंने इस विषय पर गहराई से अध्ययन किया है और पाया है कि 'चोर-सिपाही' ही हमारा राष्ट्रीय खेल होना चाहिए।

जो समग्रता अपने चोर-सिपाही के खेल में है वह और किसी खेल में नहीं।

जैसा कि स्पष्ट है, इस खेल के नाम में चोर पहले आता है। चोरी की क्रिया में भी चोर ही पहले आता है, सिपाही बाद में आता है (और चोर से जो चीजें छूट गई थीं उन्हें ले जाता है)। चोर न हो तो सिपाही नहीं आता। कभी-कभी सिपाही न आए तो चोरी भी नहीं होती। चोर-सिपाही, चोरी, चोरी-सिपाहीगीरी, सब कुछ आपस में जुड़ा है। द्वंद्व समास टाइप। इस नाम में आपने एक चीज और देखी होगी। 'चोर-सिपाही' बीच में एक डंडे द्वारा जुड़े हैं, पति-पत्नी टाइप। दाम्पत्य जीवन का रहस्य है डंडा या जूता! चोर-सिपाही के बीच डंडा भी है और स्टोर द्वारा सप्लाई किया गया सरकारी जूता भी, सो ये सम्बन्ध भी स्थायी तथा मधुर चलते रहे हैं।

यह खेल देश के बालकों का प्रिय खेल है और दमे की तरह बुढ़ापे तक मजा

देता है। इसे बच्चे दो समूहों में बँटकर खेलते हैं। आधे चोर बनते हैं शेष सिपाही। चोर भागते हैं। सिपाही पीछा करते हैं, झूठ-मूठ चोर को खोजने का खेल करते हैं, झूठी-मूठी आपसी मार-पिटाई करते हैं और रात होते ही घर वापस चले जाते हैं। अगले दिन जो खिलाड़ी पिछली बार चोर बने थे वे सिपाही बन जाते हैं और सिपाही चोर, खेल चलता रहता है। पता ही नहीं चलता कि असल में चोर कौन और सिपाही कौन? बस वर्दी का अन्तर बाल बराबर। सब गड्डमड्ड मामला!

यह खेल राष्ट्रीय खेल के पद के लिए उपयुक्त है। बस कुछ सुधार करने होंगे नियमों में यदि निम्नलिखित नियम भी जोड़ दिये जाएँ तो चोर-सिपाही का राष्ट्रीय स्वरूप निखर आए—

1. खेल में एक तीसरा ग्रुप भी बनाना होगा, जिसे चोर तथा सिपाही दोनों मारेंगे। यह ग्रुप जनता कहलाएगा। चोर-सिपाही आपस में झूठ-मूठ पिटाई करें परन्तु यह पिटाई सच्ची होगी।

2. जनता वाले ग्रुप से किसी को भी सिपाही नहीं बनाया जाएगा, सारे सिपाही उन्हीं खिलाड़ियों में से चुने जाएँगे जो पिछले टूर्नामेंट में चोर खेल का अच्छा प्रदर्शन कर चुके हों। एक खाकी रंग का बिल्ला बाँटा जाएगा। जिसे कमीज के कन्धे पर टाँकने पर सिपाही तथा दाडी में खोंसने पर चोर बना जा सकेगा।

3. सिपाही खिलाड़ी खाकी हाफ पैंट पहनेंगे और चोर, खादी का बास्कट-पाजामा। जहाँ तक जनता बननेवाले खिलाड़ियों की ड्रेस का प्रश्न है, उन्हें लँगोटी मिलेगी। खेल के अन्तिम क्षणों में सिपाही उनकी यह लँगोटी भी उतारकर ले जाएगा। इसी एक्शन पर खेल समाप्त होगा और संयोजक इसी क्षण, जनता खिलाड़ियों के नंगेपन तथा शर्म को ढकने के लिए मतपत्र के साइज का एक कपड़े का टुकड़ा उनमें वितरित करेंगे।

4. सिपाही बननेवाले खिलाड़ी को संयोजक जेबखर्च का एक धेला भी नहीं देंगे। अपना जेब-खर्च उन्हें जनता तथा चोरों के ग्रुप से निकालना होगा।

5. रेफरी का पद उसे दिया जाएगा जो चोर खिलाड़ी के रूप में देश में झंडे गाड़ चुका हो। वही सारे विवादों की सरकारी जाँच करेगा। जाहिर है, उचित निर्णय देगा।

तो दोस्तो मेरा प्रस्ताव यही है कि पहले ही बहुत देर हो चुकी है। अब और समय बर्बाद न करके नियम बना लिये जाएँ, मिल-बैठकर। इस खेल का एक राष्ट्रीय पीनल कोड तैयार कर लिया जाए, तो ठीक रहे। मुझसे लिखवा लिया जाए, तो और अच्छा। भत्ता अच्छा ही देंगे, सो मंजूर। देश के लिए भत्ता भी ले लेंगे।

सभी लोग सुझाव दें। राष्ट्र का प्रश्न है, यारो अभी सुझाव दे-दा लो। बाद में मत कहना कि भत्ते का कुछ हिस्सा हमको भी दो। राष्ट्रीय समस्याओं पर मेरे सिद्धान्त स्पष्ट हैं। एक कानी कौड़ी भी नहीं दूँगा बाद में। आमीन।

इक्कीसवीं सदी की बाल भारती

जैसा कि अब तक आप जान ही गए होंगे, हम लोग इक्कीसवीं सदी की तरफ जा रहे हैं। यह ठीक भी रहा। पता तो चला, कम-से-कम वरना स्वतंत्रता के बाद छत्तीस वर्ष तक तो इधर पता ही नहीं चल रहा था कि हम किस तरफ जा रहे हैं। अब सबको पता है। बात फैल गई है। हर ऐरा-गैरा जानता है। पूछिए और फटाकदेनी से बता देगा कोई भी, क्योंकि अब सबको पता है। बात खुल गई है। पोल की तरह। एक दिशा प्राप्त हो गई है, चापलूसों की रेवड़ को। कल तक जो गरीबी हटाने में लगे थे, वे आज गरीबी को रास्ते में ही पटककर चल दिये हैं इक्कीसवीं सदी की ओर। नेता बदल गया है। दिशा बदल गई है। सब चले जा रहे हैं। ठुम्मक-ठुम्मक। जनवासे वाली चाल। हम भी चल रहे हैं भैया। हम न रह जाएँ पीछे। गांधी बब्बा का चरखा खटिया के नीचे खिसका दो प्यारो। दकियानूसी न कहला दिये जाएँ। भैया, हम भी लगे हैं पीछे-पीछे, तेज-तेज न चलो यार। रेवड़ चली जा रही है इक्कीसवीं सदी की तरफ। दूसरों के लिए ऊन लादकर चलने के लिए अभिशप्त भेड़, जनता। उसे भी चलना है पीछे-पीछे। जहाँ जाए रेवड़, वहाँ जाए भेड़। जिन्हें पीने का पानी नसीब नहीं, दो टेम रोटी नहीं जिनको, जिनके गाँव तक टूटी सड़क भी नहीं पहुँची, जिनकी धोती हर दिशा में फटी है, उन्हें घसीटकर इक्कीसवीं सदी की दिशा में ले जा रहे हैं कम्प्युटरी बच्चे। शरारती बच्चे, जो जानवरों की पूँछ में पटाखे बाँधकर किसी दिशा में दौड़ा देते हैं और खुश होते हैं।

हमारे एक मित्र हैं। ऐसी कोई राष्ट्रीय समस्या उठ खड़ी हो तो चिन्तित हो जाते हैं। समस्या जोरदार हो, तो इन्हें बड़ा मजा आता है चिन्तित होने में। अभी उस दिन इक्कीसवीं सदी को लेकर चिन्तित थे। बोले, "भई, हमारी तो निकल गई जैसे-तैसे। परन्तु हमारे बच्चे किस तरह इक्कीसवीं सदी से पार पाएँगे? उनकी शिक्षा में आमूल परिवर्तन की आवश्यकता है ताकि वे इक्कीसवीं सदी के लिए तैयार हो सकें।"

मुझे बात लग गई।

मेरे साथ एक बात बड़ी बुरी है। बात एक बार मुझे लग भर जाए, फिर मत पूछिए। दास मलूका टाइप तड़पता हूँ (पता नहीं कि दास मलूका तड़पते थे अथवा नहीं, परन्तु उनका नाम इस तरह का है कि लगता है, तड़पते होंगे।)। तो मैं इस

निष्कर्ष पर पहुँचा कि बच्चों के लिए एक ऐसा प्राइमर, बाल-भारती तैयार करूँ जिसे पढ़कर इक्कीसवीं सदी के भारत की झलक देश के भावी कर्णधारों को मिल सके। मैं इन दिनों इसी में लगा हूँ। कुछ पाठ तैयार भी कर लिये हैं। वे पाठ यहाँ प्रस्तुत कर रहा हूँ। पूरी पुस्तक भी जल्दी ही तैयार हो जाएगी।

पहला पाठ है 'राम घर चल।' उसमें राम नाम के बालक को इक्कीसवीं सदी चलने के लिए कहा जा रहा है तथा वहाँ जल्दी पहुँचने के फायदे बताए गए हैं। पाठ के अन्त में कुछ प्रश्न किये गए हैं अभ्यास के लिए। पाठ इस प्रकार है :

राम घर चल।

राम इक्कीसवीं सदी में चल। राम नाड़ा कस। फटी कमीज डाल। सूखी रोटी चबा और चल।

राम जल्दी चल। बाप मारेगा। बाप मारता है। हर सदी में बाप राम को मारता है।

राम घर चल। सबको इक्कीसवीं सदी चलना है। सरकार का आडर। जल्दी चल।

इक्कीसवीं सदी में जल्दी पहुँच। जगह पकड़। वहाँ अच्छी जगह देख। झुग्गी बना।

राम झुग्गी बना। राम इक्कीसवीं सदी में पहुँचकर झुग्गी बना। राम हर सदी में झुग्गी बनाता है। राम इक्कीसवीं सदी में भी झुग्गी बनाएगा।

राम एक अच्छा लड़का है। राम इक्कीसवीं सदी में जाएगा। राम वहाँ रिक्शा चलाएगा।

राम वहाँ भी भीख माँगेगा। राम की झुग्गी इक्कीसवीं सदी में भी तोड़ी जाएगी क्योंकि राम एक अच्छा लड़का है।

अच्छा लड़का हर सदी में पिटता है। राम इक्कीसवीं सदी में भी पिटेगा।

राम जल्दी चल। इक्कीसवीं सदी में चल। चलकर जूते खा।

इस पाठ के अन्त में अभ्यास के लिए कुछ प्रश्न हैं :

(1) राम क्यों जाए इक्कीसवीं सदी में? उसके लिए बीसवीं सदी क्या बुरी है?

(2) राम कब तक अच्छा लड़का बना रहेगा? वह बुरा लड़का क्यों नहीं बनता?

(3) अच्छा लड़का हर सदी में क्यों पिटता है? तुम अच्छे क्यों हो—पिटना है क्या?

दूसरा पाठ है—'चमकीली सदी।' इसमें कोई सज्जन सोहन नामक बालक को दूर से इक्कीसवीं सदी दिखाकर झाँसा दे रहे हैं कि इक्कीसवीं सदी में पहुँचकर देश का कैसा कायापलट होगा। वे ऐसा क्यों कह रहे हैं, यह बात पाठ की अन्तिम पंक्तियों में स्पष्ट होगी। पाठ इस प्रकार है :

देखो सोहन वह इक्कीसवीं सदी है।

यह बीसवीं सदी के बाद आती है।

इसे कांग्रेस पार्टी लाती है।

चलो वहीं चलें। वह सदी बड़ी चमकीली लगती है। उसमें परियाँ उड़ती हैं। इक्कीसवीं सदी में सारे बच्चे प्रसन्न हैं। सारे बच्चे हँसते हैं। सारे बच्चे नाचते हैं।

इक्कीसवीं सदी के बच्चे अजीब हैं। इनमें कोई भूखा नहीं है। उनके कपड़े फटे नहीं हैं। इनका बाप दारू पीकर इनकी माँ को मारता नहीं। ये स्कूल जाते हैं। इनके बदन पर झुर्रियाँ नहीं।

सोहन इसी चमकीली सदी में चल।

चलना है तो कांग्रेस को वोट दे।

अच्छे बच्चे कांग्रेस को वोट देते हैं।

कल मोहन को भी इक्कीसवीं सदी बताना। वह भी कांग्रेस को वोट देगा।

अभ्यास के लिए प्रश्न इस प्रकार हैं :

(1) सोहन ने इक्कीसवीं सदी में क्या-क्या देखा?

(2) सोहन को क्यों उल्लू बना रहे हो?

(3) परियाँ बीसवीं सदी में ही क्यों नहीं उड़ीं, जबकि उड़ाने वाले लोग वर्षों से देश पर शासन कर रहे हैं?

तीसरा पाठ एक छोटी सी कविता के रूप में है। पाठ का शीर्षक है—'शोर मचाओ'। इसमें इस बात को गा-बजाकर बच्चों को बताया गया है कि देश में हर तरफ किस प्रकार इक्कीसवीं सदी के आने का शोर मचा हुआ है और सभी जन काम-धाम छोड़कर उत्सव मना रहे हैं उसके आने का।

पाठ इस प्रकार है :

बड़े सवेरे मुर्गा बोला, चिड़ियों ने अपना मुँह खोला।
आसमान पर सूरज बोला, नेता बोला, चमचा बोला।
अफसर बोला, घोड़ा बोला, चारों ओर शोर का गोला।
ठंडी हवा बही सुखदायी, सभी पहाड़ा पढ़ते भाई।
गिनती पाँच तलक न आई, पर बोले सब लोग-लुगाई।
इक्कीसवीं सदी आई, इक्कीसवीं सदी आई।

पाठ के अन्त में अभ्यास के लिए प्रश्न तथा निर्देश दिये गए हैं :

(1) सारे छात्र तथा शिक्षक मिलकर 'इक्कीसवीं सदी आई' वाला गीत गाओ।
(2) एक वाद-विवाद आयोजित करो, जिसमें इक्कीसवीं सदी के आने न आने पर झगड़ा करो।
(3) सभी लोग-लुगाई क्या चीख रहे हैं? क्यों चीख रहे हैं?
(4) इक्कीसवीं सदी की उस भेड़िये से तुलना करो, जिसके आने का झूठा शोर मचानेवाला लड़का अन्त में भेड़िये द्वारा ही मारा गया था?
(5) जो लोग-लुगाई गिनती भी नहीं जानते, उन्हें किसी भी सदी में ले जाकर खड़ा कर दो—वे कैसे जानेंगे कि यह इक्कीसवीं सदी है?

चौथा पाठ फिर राम नामक बालक के नाम है। इसमें यह समझाया गया है कि हर ऐरा-गैरा इक्कीसवीं सदी में नहीं जाने वाला। इक्कीसवीं सदी में कौन-से बच्चे जाएँगे, यह बताया गया है ताकि राम जैसे आम बच्चे बेकार में स्वप्न देखने में न बैठे रहें बल्कि लोगों के जूतों की पालिश, होटल की जूठी प्लेटों की सफाई, सिर पर सामान लादकर कुलीगीरी आदि देश के महत्त्वपूर्ण कामों में जी-जान से जुटे रहें क्योंकि देश को इक्कीसवीं शताब्दी में जाने की जल्दी मची है।

पाठ का शीर्षक है, 'राम घर मत जा।'

राम घर मत जा। काम कर।

सूरज निकला। धूप हुई।

गोपाल इक्कीसवीं सदी में गया। उसका पिता चीफ इंजीनियर है।

भूषण भी इक्कीसवीं सदी में जाएगा। उसका बाप नेता है।

सोहन, मोहन, ग्यानू, ध्यानू, धीरू—सब इक्कीसवीं सदी में गए।

इनके बाप ठेकेदार, दलाल, डॉक्टर, वकील, व्यापारी और डकैत हैं।

सब इक्कीसवीं सदी में जाएँगे।

राम, तू यहीं रह जाएगा।

जग्गू भी यहीं रह जाएगा।

कल्लू, वीरू, शनीचरा, घसीटे, गोबरधन यहीं रह जाएँगे।

तुम लोगों के पिता मजदूर, कुली, चपरासी, रिक्शाचालक और क्लर्क हैं।

इन पिताओं के बच्चे कहीं नहीं जाते।

ये अभी बीसवीं सदी में भी नहीं पहुँचे हैं।

ये इक्कीसवीं सदी में भी नहीं जाएँगे।

राम तू भी नहीं जाएगा।

राम तू उठ।

यहीं उन्नीसवीं सदी में खेल।

घर मत जा।

घर पर बाप है।

राम घर मत जा। बाप तुझे काम पर भेजेगा। बाप मारेगा।

राम घर मत जा।

अभ्यास के लिए प्रश्न इस प्रकार हैं :

(1) राम का बाप मजदूर है, तो उसमें राम का क्या अपराध है?

(2) यह किसका अपराध है?

(3) इक्कीसवीं सदी में जाने के लिए कैसा बाप चाहिए?

पाँचवें पाठ में फिर से सोहन को पकड़ा गया है और उसे बताया जा रहा है कि टी. वी., वायुदूत आने का मतलब यह है कि देश इक्कीसवीं सदी में जा रहा

है। सोहन को बहलाकर ये चीजें दिखाई जा रही हैं। सोहन का मन इन खिलौनों में लग भी गया है। पर सोहन को भूख लगी है। उस पाठ में समझाया गया है कि तू भोजन की बात मत कर, कम्प्यूटर से खेल।

पाठ का शीर्षक है, सोहन देख, मोहन देख।

सोहन, टी. वी आया,
टी. वी. देख।
मोहन वायुदूत आया,
वायुदूत देख।
रामू टेलीटेक्स्ट आया
टेलीटेक्स्ट देख।
भूषण कम्प्यूटर आया
कम्प्यूटर देख।
जग्गू, चमचमाती दिल्ली देख।
नई-नई कारें देख।
बड़े-बड़े स्टेडियम देख।
सोहन, मोहन, रामू, श्यामू उठ।
यह सब देख।
तुझे इक्कीसवीं सदी में जाना है तो यह देख।
अपनी फटी टाटपट्टी मत देख।
टूटा श्यामपट्ट
अकालग्रस्त गाँव
भूखा पेट
बेकार बाप मत देख।
तू यह सब मत देख।
इक्कीसवीं सदी में जाने वाले यह सब नहीं देखते
इक्कीसवीं सदी में ले जाने वाले यह सब नहीं देखते।
तुझे इक्कीसवीं सदी में ले चलेंगे।
तू यह सब मत देख।
फालतू खटपट मत कर।
यह सब देखना है तो घर पर ही रह।

अभ्यास के लिए प्रश्न इस प्रकार हैं :

(1) सोहन भूखे पेट क्या-क्या देखे?

(2) केवल दिल्ली ही क्यों चमचमाती है?

(3) इक्कीसवीं सदी की टाटपट्टी कैसी होगी? यह और कितनी फट जाएगी?

कितनी टाट-पट्टी खाई जाएगी?

(4) इक्कीसवीं सदी में ले जाने वाले लोग क्या निपट अन्धे हैं? यह सब क्यों नहीं देखते वे?

अन्तिम पाठ परम्परागत अन्धे और लँगड़े की कहानी पर है। इसका परिचय देने की आवश्यकता नहीं। हम सभी ने यह कहानी पढ़ी है और हम सब अन्धे या लँगड़े हैं। पाठ इस प्रकार है :

एक देश था। उसमें दो वोटर रहते थे।

एक अन्धा था। एक लँगड़ा था।

ग्रामप्रसाद अन्धा था। गरीबचन्द लँगड़ा था।

देश में खबर हुई कि मेला लगा है।

ग्रामप्रसाद और गरीबचन्द भी मेला जाना चाहते थे।

ग्रामप्रसाद देख नहीं पाता था और उसकी लाठी शहर प्रसाद ने छुड़ा ली थी।

गरीब चन्द चल नहीं पाता था। शहर प्रसाद ने लाठी से टाँगें तोड़ दी थीं।

पर दोनों मेला देखना चाहते थे।

सारा देश इक्कीसवीं सदी के मेले में जा रहा था।

लँगड़ा अन्धे के कन्धे पर बैठा।

लँगड़ा राह बताता था।

अन्धा चलता जाता था।

वह चलता रहा। पर वह मेला कभी नहीं आया।

अन्धा गुस्सा हो गया। उसने लँगड़े को पटक दिया। दो लातें जमाईं।

लँगड़े ने झापड़ मारा।

दोनों लड़ते हुए नाली में घुस गए।

कारों पर चढ़कर इक्कीसवीं सदी में जाने वालों ने यह देखा।

सभी ने कहा कि ये ऐसे ही दारू पीकर धमाल करते हैं साले!

सभी हँसे, हा हा हा।

अभ्यास के लिए प्रश्न नीचे दिये हैं :

(1) वोटर अन्धे क्यों हैं?

(2) अन्धा इक्कीसवीं सदी में क्या देखेगा?

(3) इक्कीसवीं सदी का मेला लगाने वालों को पहिचानो।

(4) अन्धों तथा लँगड़ों के लिए कार क्यों नहीं है?

(5) मेला इतनी दूर लगाने का षड्यंत्र किसका है? वे क्यों नहीं चाहते कि सभी मेले में पहुँच सकें और मजा लें?

तो ये कुछ पाठ तो तैयार समझिए। कुछ पाठ लिखे जा रहे हैं। एक ऐसा पाठ लिखने

की सोच रहा हूँ जिसमें बालक अपनी माँ से (जिसके पीछे गांधी जी की तस्वीर टँगी है) गा-गाकर कह रहा है कि माँ, मुझसे यह खादी की चादर ले ले, कहीं मैं गांधी न बन जाऊँ, वरना ये लोग मुझे इक्कीसवीं सदी से मार भगाएँगे। एक अन्य पाठ में छात्र द्वारा अपने मित्र को पत्र लिखकर इक्कीसवीं सदी के लाभ गिनवाए जाएँगे। इस प्रकार पुस्तक लगभग तैयार समझिए। परन्तु अभी मैं इसे छपवाऊँगा नहीं। हवा का रुख देखकर लिखने वाले हैं, हम तो। अभी कुछ दिन दिल्ली के तेवर देखेंगे। भारत की राजनीति का कुछ ठीक नहीं। कल को उन्नीसवीं सदी पर जोर देने वाले आ गए तब? सब देखकर चलना पड़ता है भाईसाहब। बाल-बच्चों वाले लेखक हैं हम। अपने पास उन्नीसवीं सदी की बाल-भारती भी तैयार रखी है। वैसे भी कौन सा अन्तर है उन्नीसवीं सदी तथा इक्कीसवीं सदी में हमारे देश में?

अहं के अष्टावक्रों के बीच एक ज्ञान-विनम्र दोस्त

प्रभु जोशी

प्रशंसाओं, आलोचनाओं और उपेक्षाओं में स्वाहा हुई प्रतिभाओं की राख इतिहास के भुतैले खँडहरों में हमेशा यहाँ-वहाँ उड़ती रहती है। कई बार उन पर इनका पवि-प्रहार सा पाला भी पड़ता है और वे उसमें झुलस भी जाती हैं। क्योंकि, वे अपने उदयकाल में इतनी शीत-सहिष्णु कहाँ होती हैं? बहरहाल, कहना न होगा कि प्रतिभाओं की अकाल मृत्यु की अनगिनत घटनाएँ हैं, जो साहित्य की दुनिया में सिर्फ एक करुण हादसे की तरह दर्ज हैं। यदि कोई चाहे तो महज थोड़े-से ही जतन से एक ऐसी लम्बी फेहरिस्त बा-आसानी तैयार की जा सकती है, जब आलोचना के ऐरावतों ने पहले अपनी सूँड़ में लपेटकर किसी प्रतिभा को अपने माथे पर बिठाल लिया और फिर जब पता चला कि वहाँ बैठने के बाद उसने महावत की ही अर्हता अर्जित करना शुरू कर दी है तो उन्होंने अपनी उसी सूँड़ से उसे नीचे जमीन पर फेंक दिया। न केवल फेंका बल्कि उसे बेरहमी से कुचलने का कर्मकांड भी पूरा कर दिया। साहित्य के इलाकों में ऐसे दारुण आख्यान चौतरफा फैले पड़े हैं। वहाँ से धीमी-धीमी एक मृत्यु-गन्ध उठती रहती है।

बहरहाल, जब भी मैं अपने दोस्त लेखक ज्ञान चतुर्वेदी को याद करता हूँ तो लगता है कि उसकी मुश्किलें दो तरह की रही आई हैं। मसलन उसे प्रशंसाओं के साथ ही साथ उपेक्षा के आयुधों से भी हताहत करने की कोशिशें की जाती रही हैं। वैसे प्रशंसाओं से उसका सामना तो तब से ही शुरू हो गया था, जब वह माँ के पेट से बाहर आया था। क्योंकि, एक कस्बाई भारतीय मध्यवर्गीय परिवार में, घर में लड़की के जन्म के बाद आया था। आते ही उसने नौ महीनों से चली आ रही यह आशंका कि 'कहीं फिर से लड़की न हो जाए' को ध्वस्त कर दिया था। हो सकता है, उसकी फितरत में जन्म के साथ ही यहीं से ये जुड़ गया हो कि वह अपने बारे में की जाने वाली तमाम आशंकाओं को लगे हाथ भग्नावशेष में बदल देता है।

कुल मिलाकर, जन्म लेते ही कुलदीपक होने की 'श्लाघ्य-स्थिति' वह शायद अपनी जन्म कुंडली में ही लिखा लाया था, जबकि इसमें उसका हाथ कतई नहीं

था। यह तो स्पष्टतः एक किस्म का प्राकृतिक चयन था। लेकिन, जब थोड़ा पढ़ने-पढ़ाने के लिए स्कूल में दाखिल किया गया तो जैसा कि माई बताया करती थीं, प्रतिभाशाली होने के खिताब उसे धड़ाधड़ मिलने लगे, जबकि उसके हाथ तब तक ठीक से किताबें सँभालने के लायक भी नहीं हुए थे। मसलन उसे वे तमाम बातें सहज रूप से याद थीं, जिन्हें अमूमन आजकल के माता-पिता बच्चों को स्कूल में भर्ती कराए जाने के पूर्वाभ्यास के रूप में रटा-रटाकर बेदम हो जाते हैं। तब स्कूल से लेकर घर-मुहल्ले में उसकी इन अर्हताओं पर ओले और गोले गिरना शुरू हो गए थे। पता नहीं, माई ने उसकी नजर कैसे और कितनी-कितनी बार उतारी। पर सभी माँएँ भीतर ही भीतर इससे डरती जरूर हैं। खैर!

कभी-कभी मुझे यह सोचकर तनिक-सी तसल्ली भी होती है कि चलो अच्छा ही हुआ कि ज्ञान चतुर्वेदी ने जब लिखना शुरू किया तब साहित्य में आज की-सी दुरवस्था नहीं थी। आज लेखक आलोचक की ऑक्सीजन पर जिन्दा रहता है। वहीं से उसका जीवन-मरण तय होता है। क्योंकि उसकी टोंटी आलोचक के हाथ में रहती है। नतीजतन, उसकी गर्दन दबोच लेने की जरूरत नहीं होती, सिर्फ नॉब को कम-ज्यादा करने से ही काम चल जाता है। पिछले दिनों की हिन्दी कविता की नर्सरी को हम देखें तो यह दृश्य बहुत स्पष्ट हो जाता है कि वे तमाम हरे-भरे दिखाई देते पौधे, 'पाठकों से प्राणवायु' नहीं पा रहे हैं। उनका खाद-पानी वहाँ है ही नहीं। वे आलोचकों के आश्रित हैं। यह खुले और खड़े खेत या बड़े बाग की फसल नहीं, आलोचक की उद्यानिकी है। आलोचकों की अनुपस्थिति में वे साहित्यिक अनाथ की तरह कातर हो उठते हैं। उनका पत्ता-पत्ता, बूटा-बूटा पानी की माँग करने लगता है। अन्ततः आलोचक उनकी कातर तथा करुण पुकार सुनकर उन्हें फिर से पानी पर चढ़ाने लगता है।

लेकिन, व्यंग्य में स्थिति दूसरी रही आई है। यहाँ सुखद स्थिति यह है कि आलोचक इधर त्रुटिवश भी प्रवेश नहीं करता। गौर कीजिए परसाई पर आलोचकों ने कभी कोई कृपा नहीं की। उनके लिए आलोचना का कोई भी 'लाइफ-सपोर्ट' बरामद नहीं होता। अपने लिए उन्होंने स्वयं ऑक्सीजन पैदा की। अपनी जड़ों से खुद ही जीवनरस एकत्र किया और अपने रचनात्मक कद को बढ़ाया। मुझे याद नहीं आता कि हिन्दी के कभी किसी बड़े आलोचक ने परसाई, शरद जोशी या श्रीलाल शुक्ल के लिखे पर लिखा हो। ज्ञान को व्यंग्य के अपने पूर्वजों के प्रति आलोचना की इस अन-उपचारित उपेक्षा ग्रंथि का पूरा पता था। अतः पिछले चालीस वर्षों में वह चुपचाप ये देखता रहा कि कविता में बौनों का नित-नवीन महा-मस्तकाभिषेक हो रहा है और व्यंग्य के कद्दावरों की क्रूर होकर किरकिरी की जा रही है।

बहरहाल, यह अच्छा ही है कि ज्ञान चतुर्वेदी का नाम आलोचना के कृपासाध्यों की डायरी में दर्ज सूची में कहीं भी और किसी भी तरह शामिल नहीं है। और इस

सबसे बड़ी बात यह है कि आलोचकों की प्रशंसाओं का पाला उस पर नहीं पड़ा। हालाँकि, यह अलग बात है कि उसका पाठकों तथा आलोचनाओं से पाला खासतौर साहित्य में लगातार पड़ता रहा। शायद यह भी एक महत्त्वपूर्ण बात रही होगी कि ज्ञान ने इनका सामना करते हुए, चुपचाप अपना लिखना जारी रखा और आज उसको देखते हुए मुझे एक जर्मन चित्रकार का बनाया हुआ, वह चर्चित तैलचित्र याद आता है, जिसमें एक बहुत ऊँचे पठार पर केवल एक नितान्त अकेला दरख्त है। उसे देखकर मुझे ऐसा लगता है, जैसे वह कह रहा है, "है किसी की हिम्मत जो इतने सन्नाटे में अकेला खड़ा रह सके?" वहाँ, उसी सन्नाटे और अकेलेपन में रहते हुए उसने मौसमों के अनुकूल-प्रतिकूल का चुपचाप अपनी रचनात्मक निरन्तरता के जरिये सामना किया।

आज ज्ञान को लिखते हुए लगभग चार दशक हो रहे हैं। मुझे याद आता है कि मैंने और ज्ञान ने लगभग एक साथ ही लिखना शुरू किया था। मैंने आखिरी कहानी सन् 1977 में लिखी थी। बाद इसके मैं लिखने की निरन्तरता को जीवित नहीं रख पाया। लेकिन एक पर्याप्त सन्तोष सिर्फ इस बात का है कि इतने वर्षों में मैंने पढ़ा खूब, और उसी के बलबूते पर मैं दावे के साथ यह कहना चाहता हूँ कि दुनिया की किसी भी भाषा के साहित्य में इतना पावरफुल एसेइस्ट नहीं हुआ जितना कि आज ज्ञान चतुर्वेदी है। वह हमारे समय का सर्वाधिक प्रतिभाशाली गद्यकार है और पाठकों की प्रशंसाओं और आलोचकों की उपेक्षाएँ उसकी प्रतिभा को कोई क्षति नहीं पहुँचा पाईं। आज वह इस विधा की प्रसिद्धि के पठार पर अकेला है। दूर-दूर तक उसके आसपास कोई नहीं है। लेकिन, अपने ऐसे होने और अकेले होने के लिए उसने किसी के सामने कभी कोई रुदन नहीं किया, ना ही किसी से कहा कि कोई उसके लिए स्तुति पाठ करे। वह इन चालीस सालों से रेशम के कीड़े की तरह लगातार, चुपचाप 'अपने में से निकाल अपने' को बुनता रहा। आज उसका बुना हुआ ही उसे ओढ़ाकर उसका सम्मान किया जा सकता है। उसे किसी अन्य के 'उत्तरीय' की जरूरत नहीं है। उसका अपना 'उत्तरीय' उसका लेखन है। उसे अपने कन्धे पर डालकर वह ऊँचाइयों की एक अनवरत यात्रा पर है। कभी-कभी उसका वह उत्तरीय ध्वजा की तरह लहरा भी उठता है। लेकिन, जय-विजय के घोष-उद्घोष का शोर वहाँ नहीं है।

जब ज्ञान; जिसे हम सब दोस्त 'ज्ञानू' कह के पुकारते हैं; नौकरी के सिलसिले में हृदयरोग विशेषज्ञ की हैसियत से भोपाल आया था तो मुझे लगा था, वह यहाँ के बहुतेरे टुकड़ों में बँटी साहित्यिक बिरादरी के बीच फँस जाएगा। साहित्य में वर्चस्व के शीतयुद्ध के चलते तब तक भोपाल शरद जोशी को बाहर भगा चुका था। बहरहाल, जब एक व्यंग्यकार को भोपाल द्वारा पहले ही प्रदेश-बदर किया जा चुका हो तो फिर वह दूसरे के आगमन को कैसे बर्दाश्त करेगा? फिर ऐसे

व्यंग्यकार को जो देश की एक बड़े सर्क्युलेशन वाली पत्रिका में बहुत सम्मान के साथ छप रहा था। इससे साहित्य के अधिपतियों को अपनी अवज्ञा लगती थी कि भला कोई कमबख्त हमसे बिना अनुमति और बिना सहारा लिये कैसे बाला-बाला बड़ा बनता जा रहा है?

दरअसल, भोपाल उन दिनों खासा साहित्यग्रस्त हो रहा था। वहाँ दिल्ली की साहित्यिक सल्तनत की तर्ज पर एक नई प्रतिसत्ता सरकारी सांस्थानिकता के सहारे सिर उठा रही थी। वहाँ कई सारी चलती-फिरती कुतुबें थीं। साहित्यकारों के घर, घर नहीं थे वे उनके अपने-अपने शक्तिपीठ थे। कविता-कर्म के अलावा तमाम अन्य विधाएँ लगभग कुकर्म की तरह ही कलंकित थीं। हालाँकि व्यंग्य लेखन को परसाई पहले स्वयं ही साहित्यिक शूद्रता के खाते में डाल चुके थे। लेकिन वहाँ कविता तो लगभग पहले से ही विप्रों की ब्रांड थी। वहाँ सारे समय श्रेष्ठ और सर्वश्रेष्ठ के बीच निर्णय किये जाने का ही सारा घमासान मचा रहता था। बाकी सब तो उनके लिए सिर्फ मीडियोकर्स थे।

बहरहाल, अहं के अष्टावक्रों से भरपूर भोपाल भूमि दिन-ब-दिन काव्य का कुरुक्षेत्र बनती जा रही थी। कविता किसी भागी हुई लड़की की तरह घर लौट रही थी। चौतरफा उसकी वापसी की खबरें फैल रही थीं। पर ज्ञान ने व्यंग्य लेखन करते हुए एक विनम्र उपस्थिति की तरह रहना शुरू कर दिया। और चुपचाप खुद को अपने लेखन से नाथे रखा। वह कभी भोपाल के किसी साहित्यिक जलसे में कोहनी और कन्धे भिड़ाता देखा नहीं गया। इसके उलट वह करुणा और कातरता के बीच हर साँस के लिए संघर्ष करते मरीजों में ही अपने भरोसे के पात्रों को खोजता रहा, उनकी पसलियों के नीचे पेसमेकर लगाता और केथेट्राइजेशन से हजारों रोगियों की कोरोनरी एंजियोग्राफी करता रहा, तब मध्य प्रदेश में एक भी हृदय रोग विशेषज्ञ यह काम नहीं कर रहा था। यह उसकी एक शून्य साहित्यिक उपस्थिति थी।

कभी-कभी, जब मैं उससे मिलने भोपाल जाता था तो मैं उसको लेकर अक्सर उदास हो जाया करता था। ऐसा नहीं था कि जहाँ वह काम कर रहा था, वह कोई सम्मानजनक जगह नहीं थी। लेकिन, ज्ञान तो अपनी प्रतिभा के पंखों से और बहुत ऊँचे आसमानों की उड़ानों के लिए जन्मा था। सभी विषयों में स्वर्ण पदक हासिल करने वाले मेरे मित्र डॉ. अपूर्व पौराणिक के बाद कदाचित ज्ञान चतुर्वेदी उन दिनों के चिकित्सा विज्ञान का मध्य प्रदेश का ऐसा दूसरा छात्र था। दोनों का ही लोक सेवा आयोग से मेडिकल कॉलेज के व्याख्याता पद के लिए मेडिसिन विभाग में चयन हुआ था। लेकिन, ज्ञान ने पता नहीं क्यों इरादतन मेडिकल कॉलेज ज्वाइन नहीं किया। मुझे लगता है यदि किया होता तो वह अपने समय के सर्वाधिक सफल शिक्षकों में होता। सोचता हूँ उसने ऐसा न करके उन हजारों अनाम छात्रों का नुकसान कर दिया, जो ज्ञान से पढ़कर निश्चय ही बहुत परिपूर्ण और सफल डॉक्टर बनते।

मुझे याद है कि जब वह मेडिकल कॉलेज में पढ़ रहा था, तभी उसने अपने कई क्लासमेट्स को पढ़ाने का काम अपने हाथ में ले लिया था। वे प्रोफेसर से कहीं ज्यादा ज्ञान के पढ़ाए पर भरोसा रखते थे। अंजनी चौहान, जो कि ज्ञान से कॉलेज और साहित्य दोनों में ही सीनियर की तरह डटे हुए थे, ने मुझे चिट्ठी लिखी थी, "प्यारे प्रभु, अब तुम्हें क्या बताएँ, यदि ज्ञानू मेडिकल कॉलेज में पूरे चार साल से अपने सभी विषयों में अंकों और पुरस्कारों की लूट की वारदात में, सबसे अव्वल है। ये कमबख्त पुराना स्वर्ण-चोर है। लगता है, स्साले का जन्म ही सोने के पाए में हुआ होगा। हम तो लोहे के पाए के हैं और लोहा से लोहा ले रहे हैं। किसी दिन लोहे की नोक दिखाकर ही सोना ला पाएँगे। कमबख्त कलम से यह काम अपने से तो होने से रहा। जबकि, इस हरामी की हैसियत और हाल ये है कि यदि प्रोफेसर पीरियड पढ़ाने की पूरी तैयारी करके नहीं आई है और यदि ज्ञानू क्लास में प्रेजेंट है तो बेशक उस दिन क्लास कैंसल। तीन दिन की छुट्टी। समझ लो इसका पीरियड शुरू...और इधर जो इसकी ताजा रचना 'धर्मयुग' में छपी है जिसे तुम निश्चय ही अभी तक पढ़ ही चुके होंगे 'शेर पर निबन्ध लिखो' इसने मेडिकल वार्ड की इमरजेंसी ड्यूटी के दौरान अस्पताल के रजिस्टर के पन्नों पर बाएँ हाथ से रगड़ दी है। मैं तो कहता हूँ जब मेडिकल की पढ़ाई से फारिग होकर ये बाहर निकलेगा तो साहित्य के जंग लगे तालों को तोड़कर आलोचना के गार्डों के हाथ में धर देगा—लो बोलो, क्या करते हो? इतिहास में आलोचकों से गेट-पास लेकर जाने वाली नामुराद नस्ल का नहीं है ये। मैं तो कहता हूँ, निरबंसिए रह जाने वाले परसाई की विरासत का ये ही असली वारिस होगा। बाकी के लोग बाउंड्री के बाहर, घुसने के लिए सेंध लगाने की जुगाड़ में पैर घसीटते मिलेंगे। देखना सिंहासन तो ये ही सँभालेगा।"

बहरहाल, ज्ञान के बारे में ये तमाम भयप्रद सूचनाएँ अपने खतों में अंजनी चौहान ने मुझे तब दे दी थीं, जबकि ज्ञान से मेरी विधिवत मुलाकात होना शेष थी। लेकिन, आज इतने सालों बाद हकीकत और मजाक के बीच से वक्त का पर्दा उठ गया है। मजाक छिलके की तरह उतरकर अलग पड़ी है और 'ज्ञानू' भविष्यवाणियों के अमूर्तन से बाहर निकलकर अपनी कद्दावर कीर्ति के साथ खड़ा है। निश्चय ही यह इतिहास में ईर्ष्या की तरह दर्ज होगा कि पिछले दो दशकों में उसने खासी अच्छी तादाद में सिर्फ अच्छा-अच्छा ही लिखा है। जब उसने कॉलम लिखने शुरू किये तो नईम साहब ने उसे कहा था, "कॉलम कब्र है मियाँ। अभी से क्यों दफ्न होने की तैयारियाँ कर रहे हो? लेकिन ज्ञानू ने खुदी हुई कब्रों में और गहरे उतरकर किसी गगनचुम्बी के कॉलम डाले और आज उसके गद्य का गौरव गगनचुम्बी हो रहा है। इसलिए मैं कहा करता हूँ, ज्ञान के पास आकाश का एकान्त है। वहाँ कोई काँव-काँव नहीं है। बस छाँव ही छाँव है। उन नक्षत्रों की जो बरसों पहले साहित्य के कसाईखाने में हलाक कर दिये गए थे।

मुझे अच्छी तरह याद है। सन् 1973 के फरवरी में बाईस साल की उम्र में 'धर्मयुग' में मेरी कहीं भी छपने वाली पहली कहानी प्रकाशित हुई थी और मार्च के अंक में ज्ञान की रचना।

जीवनसिंह ठाकुर ने रचना के साथ छपी ज्ञान की तस्वीर देखकर कहा था, "कैसा जीनियस लुक है यार डॉक्टर, इस लड़के का।" मुझे मालूम था कि उन्हें कॉलेज के वे तमाम लड़के आमतौर पर तथा लड़कियाँ खासतौर पर जिनकी आँखों पर चश्मा होता था, 'जीनियस लुक' वाले ही लगते थे। उन्होंने हँसते हुए कहा था, "देह से एकदम छरहरा और सिर पर इतने घने बाल। डॉक्टर! मैं कहता हूँ एक तो ये कभी गंजा नहीं होगा और दूसरे इसे कभी तोंद नहीं निकलेगी।" लेकिन मैंने कहा था—"ये तो ऐसा लगता है जैसे माँ के पेट से नहीं किसी पुस्तकालय की अलमारी से निकलकर आया है।" हो सकता है, ऐसी उक्तियों की वजह मेरा कॉलेज के पुस्तकालय में नौकरी करना रहा होगा। लेकिन मुझे लगा हो न हो यह तय है कि एक दिन इससे मेरी दोस्ती होकर ही रहेगी। फिर वह मेडिकल का छात्र भी था। मैं अपने व्यक्तिगत जीवन में मेडिकल कॉलेज में प्रवेश के अवसर के बावजूद आर्थिक विवशताओं के चलते बाहर रह गया था। मुझे लगा, यह दोस्ती मेरा 'अल्टर ईगो' बन जाएगी। यह तो बाद में पता चला कि ज्ञानू भी मुझे ढूँढकर दोस्त बनाने के लिए बेताब था।"

बहरहाल, हमने एक-दूसरे के पते ढूँढ़कर खत लिख-लाख कर सम्पर्क बनाया। और फिर तो खतों का दैनन्दिन ऐसा शुरू हुआ कि प्रेमिकाओं और पाठिकाओं से ज्यादा प्रतीक्षा एक-दूसरे के खतों की रहने लगी। निश्चय ही उसके वे खतम भी किसी रचना से कम नहीं थे।

इसी बीच मैं अचानक गम्भीर रूप से बीमार हुआ। अंजनी-ज्ञानू के पत्र पर पत्र आते रहते कि लिखो तुम्हारा लाइन ऑफ ट्रीटमेंट क्या है? बुखार लम्बा कैसे खिंचता जा रहा है? अभी तक इनवेस्टीगेशंस क्या-क्या कराए हैं? रिपोर्ट लिख भेजो। तब फोटोकॉपी का युग आया नहीं था। और एक दिन छह फीट का सफेद दुर्दान्त बैंक डकैत-सा लगने वाला लड़का एक छोटे-से ब्रीफकेस के साथ देवास में था। मुझे इलाज के लिए रीवा मेडिकल कॉलेज ले जाने के लिए। यह अंजनी चौहान था, जिसने अपनी उम्र की धमकी देकर पहले ही हम दोनों के बड़े भाई होने के सर्वाधिकार सुरक्षित कर लिये थे। उसने कहा, "ज्ञानू ने भेजा है। मैं घड़ी बेचकर पैसे जुटाकर यहाँ पहुँचा हूँ। तुम्हें बिना कोई बहस किये मेरे साथ चलना है।" हालाँकि, बाद में ज्ञानू ने बताया कि यह बात सही है कि उन्होंने पैसे के लिए घड़ी बेची, लेकिन ये बात कहाँ से उठती है कि घड़ी उनकी ही थी। निश्चय ही घड़ी किसी अन्य मेडिकल छात्र की थी। अंजनी चौहान ने उसकी कलाई पर घड़ी देखी और कहा कि—"वक्त तुम्हारे कमजोर हाथों में बँधकर नहीं रह सकता। वक्त

का इसी में भला है कि वह मेरे साथ रहे और उसके हाथ से महँगी घड़ी उतरवा ली और बेचकर इन्दौर के लिए रवाना हो गए।"

बहरहाल, अंजनी चौहान ने देवास से मुझे और मेरी एक पेंटिंग को लिया और रीवा की यात्रा शुरू कर दी और अन्त में मुझे सीधे ज्ञानू के घर गुलफाम हाउस ले जाकर छोड़ दिया गया, जहाँ किराये के एक शिकस्ता मकान में ज्ञानू अपनी विधवा माँ, एक अविवाहित छोटी बहन और दो छोटे भाइयों के साथ पढ़ रहा था। पिता की बेवक्त हुई मृत्यु ने पूरे परिवार को 'डि-क्लास' कर दिया था। पिता की पेंशन और भारतीय गृहिणी द्वारा बचा ली जाने वाली थोड़ी-बहुत पूँजी के साथ माई अपने लगभग अनाथ हो चुके परिवार को सँभालने में जुटी हुई मध्यवर्गीय ब्राह्मण परिवार की ऐसी भारतीय स्त्री थीं, जो एक महाआख्यान के केन्द्रीय पात्र का-सा जीवन जी रही थीं। वहाँ उन पर समय से पहले आ जाने वाली वृद्धावस्था का आधिपत्य था। बात करते हुए वैधव्य के दुख की धूसर छाया उनके चेहरे रह-रहकर डोल उठती थी। लेकिन जब ज्ञान की बात निकलती तो आँखों में इतनी खुशी भर आती कि यह सोचने तक में दिक्कत पेश आती कि इनमें कभी दुख भी रहे होंगे।

ज्ञानू को मैंने तब ही निकट से जानना शुरू किया। एक पितृविहीन प्रतिभाशाली युवक की तरह जिसे एक असामयिक रूप से जर्जर हुए घर को आगे लेकर जाना था।

शायद उसके यहाँ मेरा महीने भर से कुछ ऊपर ही रहना हुआ। दिन-रात मेडिकल, राजनीति, साहित्य सबकी जमकर लानत-मलामत होती रहती। ज्ञानरंजन, हरिशंकर परसाई, श्रीलाल शुक्ल के लिखे हुए का कभी भी पाठ शुरू हो जाता। कमलाप्रसाद पांडे से मेरी पहली मुलाकात यहीं हुई थी। उन्हें प्रगतिशील हुए को जुम्मा-जुम्मा कुछ ही वक्त बीता था। वे अंजनी चौहान के चंगुल में फँसे रहते थे। अंजनी चौहान पीछे पड़े रहते थे इस बात के लिए कि—"पांडे जी जब तक आप अपना ये सरनेम हटाएँगे नहीं तब तक तो मैं आपको प्रगतिशील नहीं मानूँगा। ब्राह्मण मानूँगा और आपकी हमारी 'ब्राह्मण-ठाकुर' वाली लड़ाई चलती रहेगी।"

बहरहाल, मैंने वहाँ रहकर लगभग बारह-तेरह कहानियाँ लिखीं और दो पेंटिंग्स बनाए। देखा जाए तो मैंने पहली बार इन लोगों के बीच ही खुलकर हँसना सीखा। उस अवसाद से जो मेडिकल कॉलेज में चुने जाने के बाद भी न जा पाने की वजह से मुझसे बुरी तरह लिपट गया था, उससे भी इन्हीं के साहचर्य से मुक्त हुआ। तब मुझे ज्ञान की अद्‌भुत प्रतिभा के आकलन का इतने निकट का अवसर मिला।

इसलिए, कभी-कभी जब ज्ञानू को भोपाल के कस्तूरबा अस्पताल में काम करते देखता था, तो लगता जैसे वह अन्तरिक्ष में प्रदक्षिणा करने के लिए तैयार कोई सेटेलाइट है, जो एक सरकारी आउटहाउस में साठ वर्षों तक प्रदर्शनार्थ रखा है। उसके प्रोफेसर्स और मेडिकल कॉलेज के डीन डॉ. एम.एम. अरोरा ने अतिरंजना में

नहीं, उसकी प्रतिभा का अन्दाज लगाकर कहा था—ही हैज विंग्स ऑव एन ईगल। यदि यह अमेरिका चला जाएगा तो यह लड़का वहाँ के हार्वर्ड मेडिकल स्कूल में प्रोफेसर हो जाएगा। लेकिन, ज्ञानू ने पता नहीं क्यों एक वक्त के बाद अपने प्रोफेशन में करियरिस्ट की तरह जीने की ख्वाहिश को स्थगित करके, चुपचाप भोपाल में रहना स्वीकार लिया। वहाँ रहकर ज्ञान ने अपने विषय की ज्ञान-सम्पन्नता में लगातार इजाफा किया। इसके लिए वह कुछ समय के लिए फ्रांस भी गया। नतीजतन, उसका नाम मध्य प्रदेश के पाँच-दस बड़े और चर्चित हृदय रोग विशेषज्ञों की सूची में सम्मान के साथ लिया जाने लगा।

बहरहाल मैं फिर उन दिनों को खँगालना चाहता हूँ—जब मैं कुछ वर्षों बाद आकाशवाणी में आया तो मैंने अपना स्थानान्तरण रीवा माँग लिया। तब ज्ञानू के गहरे आत्म-संघर्ष का दौर अपने दारुणता के चरम पर था। वह जनरल मेडिसिन में एम.डी. कर रहा था। दोनों भाई भी जेनेटिकली प्रतिभाशाली थे और वे भी पी.एम.टी. में पास होकर मेडिकल की पढ़ाई में आ गए थे। मैंने सरकारी क्वार्टर में जाना चाहा तो माई ने कहा, "हमारे रहते तुम सरकारी क्वार्टर में काहे रहोगे?" नतीजतन, अब ज्ञानू के साथ, ज्ञानू के घर में ज्ञानू के बड़े भाई के सम्मान से मुझे परिवार में जगह दी गई। माई से हम सभी डरते थे। अंजनी जैसा अक्खड़ और बेलिहाज आदमी भी, जिसको लोग 'मेडिकेटेड गुंडा' का दर्जा दिये हुए थे—माई के सामने निहत्थे की तरह निरीह होते। दिन भर ज्ञानू के यहाँ दोस्त आते रहते। उसकी देर रात की इमरजेंसी ड्यूटियों, और एक वर्गच्युत परिवार की पीड़ा और प्रश्नों के बीच साँस लेते हुए तीनों भाई अपने-अपने स्तर पर एक ऐसी जंग में शामिल थे, जिसकी आखिरी जय-विजय के मानचित्र का किसी को कोई पता नहीं था। सब अपनी-अपनी उन पगडंडियों को ढूँढ़ रहे थे; जिनका पता ही नहीं था। वेदू का एम.बी.बी.एस. होने को था। सबसे छोटा बिन्नी भोला और प्यारा-सा था। अपने में मगन रहता था। वेदू ने घर सँभाल लिया था। वह मुखर भी हो रहा था। यह घर में सहमतियों-असहमतियों का बहुत कठिन दौर था। माई के पास की पूँजी बच्चों की पढ़ाई के इस मुकाम तक आते-आते लगभग समाप्तप्राय-सी थी।

मैं खुद गहरे संशय-असंशय के बीच था। ज्ञानू से मेरे संवाद छोटे और चुने हुए रह गए थे।

तब मुझे ज्ञानू को देखकर अक्सर लगा करता था, यों तो ज्ञानू के सभी दोस्त हैं, लेकिन हकीकतन उसका कोई दोस्त ही नहीं है। वह भीतर से अकेला ही है। और वह अपने अकेले का ही दोस्त है। उसने अपने 'आत्म' को जैसे 'इंसुलेटिड' कर लिया है। भीतर कितना ही कुछ खौलता रहे, उफनकर बाहर कुछ भी नहीं आएगा। उसके भीतर खौलता हुआ गुस्सा भी होता जो प्रेसिपिटेट होकर गाढ़े लावे में बदल जाता है। वह दुख बाँटता ही नहीं था। दुख के बारे में जब मैं उससे बात

करना चाहता तो वह मुझे बस एक कपटहीन-सी पारदर्शी हँसी में हिस्सेदार बना लेता। और फिर बात बदल जाती या उसका सन्दर्भ।

इसी बीच उसके घर में चहककर बात करने वाली मेडिकल कॉलेज में उसके साथ पढ़ रही एक शशि नाम की पंजाबी लड़की आती। बात करती तो लगता हँसी उसके हर शब्द के साथ है। उसे शायद लगने लगा था कि वह उसके भीतर पहुँच चुकी है। उसे बहुत मुमकिन हो कि यह यकीन हो गया हो कि वह ज्ञानू की आत्मा के सर्वाधिक निकट है। शायद उसने यह भी देख लिया हो कि वहाँ उसकी ही मौजूदगी है। लेकिन, मेरा अभी भी खयाल था कि ज्ञानू के उस 'आत्म' को शायद अभी तक कोई भेद नहीं पाया है। जिस तरह वह लड़की उसके भीतर स्वयं की मौजूदगी की खात्री कर चुकी है—दरअसल, उसने उसके 'आत्म' के ऊँचे दर्जे इलेक्ट्रोप्लेटिंग में अपना रिफ्लेक्शन भर देख लिया है। जबकि बुनियादी रूप से वहाँ, ज्ञानू के उस 'आत्म' में, कहीं कोई सेंध नहीं लगी है। वहाँ ज्ञानू, ज्ञानू और सिर्फ ज्ञानू ही है। अपनी आत्मा के कालपात्र में बन्द। दिक्कत तो ज्ञानू के व्यवहार की यह भी है कि जो उससे एक बार मिल ले तो वह मिलते ही स्वयं को ये दावा करने की स्थिति में पाने लगता है गालिबन वही उसके सबसे निकट है। और ज्ञानू के पुराने मरीज तो उसके लगभग रिश्तेदार होने का भ्रम पाल लेते हैं, जबकि उसके निकट उसके अलावा कोई नहीं है।

कुछ दिनों बाद यह साफ हो गया कि ज्ञानू ने उस लड़की के साथ जीवन जीने का तय कर लिया है। इस सूचना से घर-परिवार और जीवन में घमासान का एक नया अध्याय खुल गया। मुझे लगता था, पंजाबी लड़की है तो ज्ञानू को बहुत दुनियादार बना देगी। हो सकता है, यह बहुत बड़ा डॉक्टर बन जाए। परन्तु लेखक की तरह शायद हम उसे खो दें। निकट दोस्तों और साथ ही साथ अन्य यारों की राय थी, "क्या यार, एक ही लड़की से प्यार हुआ और लो उसी से शादी करने की ठान ली।" लेकिन, शायद ज्ञानू की यह जन्मजात दिक्कत थी कि वह 'लड़की और सचाई' दोनों में से किसी से भी फ्लर्ट नहीं कर सकता था। फ्लर्ट करना उसकी फितरत का हिस्सा नहीं था। इसलिए शशि नाम की उस लड़की से उसका रिश्ता वक्तकटी का कतई नहीं हो सकता था। तब आज की तरह कस्बाई परिवेश में फ्रेंडशिप के फंडे के लिए तो कोई जगह ही नहीं थी। इसी बीच छोटे भाई वेदू का चयन सेना में शॉर्ट सर्विस कमीशन में हो गया। वह पी. जी. का मोह छोड़कर आर्मी में चला गया।

बहरहाल, ज्ञानू को ठीक इस घमासान के बीच छोड़कर मैं एक दिन स्थानान्तरित होकर इन्दौर आ गया। पता नहीं ज्ञानू अपने स्तर पर वहाँ किस-किस ऊहापोह और भीतरी यातना के कितने योजन के वर्ग क्षेत्र में बदहवास-सा अकेला भागता रहा। मैंने इन्दौर पहुँचकर तय कर लिया कि अब कहीं जाना नहीं है। आते ही शादी भी

कर ली। उधर ज्ञानू एम.डी. करके खाली बैठा था। शायद एम्स से डी.एम. करने की सोच रहा हो। एक बार डॉ. एम.एम. अरोरा ने ज्ञानू के बारे में मुझसे पूछा तो मैंने कहा कि मैं उसे आई.ए.एस. में बैठ जाने की सलाह देने वाला हूँ तो वे तपाक से बोले थे, "फॉर गॉड्स सेक, उसको यह सलाह कभी भूलकर भी न दे दीजिएगा। जीनियस गुंडई में चले जाएँ तो वे वहाँ भी प्रथम श्रेणी के ही होंगे। फिर आई.ए.एस. उसके लिए कोई मुश्किल बात नहीं होगी।"

इस बीच वह बन्दी—बिन्दास-सी, खिलखिलाने पर हरदम उतारू रहने वाली लड़की भी अपनी हँसी खो चुकी थी। उसकी हँसियाँ शायद अब सिर्फ एलबम की तसवीरों भर में रह गई थीं। उसने खुद को सँभालकर पढ़ाई में जोत दिया। और एम.एस. की पढ़ाई पूरी करके विलिंगडन हॉस्पिटल, दिल्ली में आर.एम.ओ. हो गई। और ज्ञानू ने भी शायद नासिक के बैंक नोट प्रेस के किसी अस्पताल में नामहीन-सी जिन्दगी शुरू कर दी। वहाँ से उसके कभी-कभी खत भी आ जाते थे। जिनमें छोटे वाक्य और बड़े पूर्ण विराम हुआ करते। उसका लिखा-छपा 'धर्मयुग' में दिखाई देना लगभग बन्द-सा ही हो गया था। बन्दी—बिन्दास-सी शशि के खत भी परेशान से आते थे। उसके सामने भी जीवन और भविष्य के प्रश्न विकराल होते जा रहे थे। मैं ज्ञानू और शशि के बीच एक हस्व-मामूली कड़ी की तरह था। काफी कुछ असहाय-सा भी।

लेकिन, इसके पहले ज्ञानू, अंजनी और मेरे जीवन में एक बड़ा किरदार शामिल हो गया था। वह थीं, दिल्ली की सरला भाभी। वे सत्यवती कॉलेज, दिल्ली के हिन्दी विभाग में प्राध्यापक थीं, हालाँकि, हम लोगों से उम्र में कोई ज्यादा बड़ी नहीं थीं, लेकिन मिलने के बाद ही बहुत जल्दी उन्होंने बड़ी बहन, या भाभी की हैसियत के बजाय 'भाभी-माँ' की जगह का स्वामित्व हासिल कर लिया था। वे गार्जियन की जगह आ गई थीं। उनकी एक दफा की 'ओपन हार्ट सर्जरी' हो चुकी थी, लेकिन वे खूब खुलकर हँसती थीं। वह दिल्ली के 'भारतीय रेल' के सम्पादक रामचन्द्र तिवारी जी की बेटी थीं। पढ़ाकू भी खूब। भाषा से भाषा में क्रीड़ा करते हुए संवाद की सहज सामान्यता में से निर्मल-विनोद को आविष्कृत करने में वे किसी व्यंग्य लेखक से कम दक्ष नहीं थीं। अलबत्ता, ज्ञानू और अंजनी पर भी व्यंग्य करने की अमोघ युक्तियाँ और सूक्ष्म सलाहियतें उनमें थीं। मजेदार बात यह थी कि ये दोनों सरला भाभी को जानते थे, लेकिन भाई को नहीं। पहली बार जब सरला भाभी के घर ज्ञानू-अंजनी पहुँचे तो उन्होंने कहा कि "तकिए की जरूरत हो तो कहना।" ज्ञानू ने कहा "अंजनी चौहान हैं तो।" भाभी बोलीं, "मसनद की दरकार हो तो लल्लन आने वाले ही हैं।" जवाब सुनकर अंजनी ने लगे हाथ कहा, "भाभी, अब आप हो गईं हमारी यूनिवर्सल भाभी। रिश्ता जान के साथ लगा है, जनाजे के साथ ही जाएगा।" लल्लन भाई दिल्ली में डेसू में इंजीनियर थे। आर.एस. शर्मा। उनके आने

के बाद तो तीनों की गैंग बन गई। हो गई तमाम औपचारिकताएँ झार-झार। लगने लगा, रिश्ता रक्त सम्बन्धियों से भी कहीं ज्यादा बन चुका है।

बहरहाल, शशि जो पढ़ाई करके विलिंगडन हॉस्पिटल में आ गई थीं—सरला भाभी से मिलीं और भाभी का दिल जीत लिया। भाभी ने मुझे चिट्ठी लिखी, "प्रभु, ज्ञानू के दिल के दुर्ग के द्वार तोड़कर वह सुकन्या भीतर दाखिल हो चुकी है और अब 'रानी हूँ मैं इस घर की' का लेजिटिमेट दावा करने की हैसियत भी हासिल है, उसे। तुम और अंजनी मय अपनी फौज के आओ तो ज्ञानू पंडित की 'कुर्यात् सदा मंगलम्' की कार्यवाही निबटा दी जाए। क्योंकि लड़की ज्ञानू के अलावा सिर्फ ज्ञानू के ही भाँवर पड़ सकती है। लल्लन ने बारात के लिए गाजे-बाजे, गाड़ी-घोड़ों सबका इंतजाम कर लिया है। शादी अम्बाला के आर्य समाज में होगी। लड़की के माँ-बाप की आसन्दी हमारे पास होगी।"

मैं, पत्नी अनिता, अंजनी चौहान और उमा भाभी के साथ दिल्ली पहुँचा।

एक लम्बे गैप के बाद ज्ञानू को देख रहा था। बकौल जीवनसिंह ठाकुर के ज्ञानू एम.डी. पास करने के बाद वाकई 'जीनियस लुक' में आ गया था। पतली फ्रेम का चश्मा। सामान्य-सी धूसर रंगों की पोशाक। उसके सर पर बालों की कुछ लटें सफेद हो चुकी थीं। मुझे लगा, जेनेटिक्स के साथ-साथ, यह ज्ञान के जीवन में एक लम्बे संघर्ष का पहचान-पत्र था, जिसे उसने शिरोधार्य कर रखा है। अंजनी चौहान और सरला भाभी पीछे पड़ गए कि "ज्ञानू तुम्हें हम बाल काले किये बगैर शादी नहीं करने देंगे।" ज्ञानू ने अन्ततः बाल रँगना स्वीकार कर लिया। पता नहीं कनाट प्लेस का वह कौन सा नाई था, जिसे यह सौभाग्य हासिल हुआ। भाभी ने जब ज्ञानू को देखा तो बोलीं, "अब हम आर्यसमाज वालों को कह सकेंगे कि दूल्हे को हम तब से जानते हैं, जब इसके बाल सफेद थे।"

नहाकर ज्ञान बाथरूम से बाहर निकला तो मैंने देखा उसकी आँखें लाल थीं। निश्चय ही यह साबुन और शैम्पू की हरकत नहीं थी। हर बार खुद के भीतर खौलते को उफनने से बचाकर, उसे हँसियों के नीचे छुपा ले जाने में, यह ज्ञानू के असफल हो जाने की सूचना थी। वह शायद अपने एकान्त में रोया था। क्योंकि वह अपने दोनों छोटे भाइयों और माई को बहुत प्यार करता था। लेकिन, यह कमजर्फ वक्त का कोई निष्करुण तंज था कि वह शादी करने जा रहा था और उनमें से कोई भी यहाँ मौजूद नहीं था।

आज ज्ञानू ने उसी चहकने वाली लड़की जिसका नाम शशि है, के साथ कस्तूरबा अस्पताल की डॉक्टरी करते हुए उम्र के साठ वर्ष पूरे कर लिये हैं और अस्पताल को धन्यवाद कहकर दोनों बाहर आ गए हैं। निश्चय ही ज्ञान की तरह उस लड़की में भी आशंकाओं को ध्वस्त करने का पुख्ता माद्दा था। उसने अस्पताल में मरीजों के लिए जान झोंककर काम करने वाले ज्ञान के लिए न केवल संस्था के शीर्ष पद

पर जाने के लिए मार्ग को निर्विघ्न बनाया, बल्कि उसके अपने समय के सर्वाधिक सशक्त व्यंग्यकार बनने में भी अपनी कई-कई कुर्बानियाँ दीं। क्योंकि लेखन के लिए आखिरकार वक्त तो उन्हीं चौबीस घंटों में ही से निकलेगा।

बहरहाल, उस खूब हँसते रहने वाली लड़की ने ज्ञान को एक बेटा और एक बेटी भी सौंपी। बेटा दुष्यन्त तो ज्ञान की ज्ञान-परम्परा से अलग होकर इंजीनियर बन गया, लेकिन उसने बेटी नेहा को जन्म देकर, ज्ञान का जीवन भर पीछा करने वाले एक टीसते पश्चातताप पर विराम लगा दिया। क्योंकि, बेटी ने ऑल इंडिया टॉप करके ऑल इंडिया इंस्टीट्यूट ऑफ मेडिकल साइंसेज, दिल्ली से अपना पोस्ट ग्रेजुएशन पूरा करके वहीं रजिस्ट्रार के पद का कार्यभार सँभाल लिया है। उम्मीद है आकाश की वह शेष उड़ान जो ज्ञानू ने भरनी थी—एक दिन वह भरे।

मुझे याद आ रहा है ज्ञानू ने पिछले तीस सालों में उसकी पेशेगत और लेखन की उपलब्धियों के लिए देश भर में कई सम्मान हासिल किये। लेकिन, उसने कभी भी बेताबी से इसकी कोई सूचना मुझे नहीं दी। उस दिन रात को शायद बारह बजे के आसपास उसका फोन आया। उसने कहा, "प्रभु, अभी खबर मिली तो लगा इतनी रात गए यार मैं यह तुझसे शेयर कर लूँ। तुझे बता रहा हूँ, बेटी बुलबुल का एम्स में रजिस्ट्रार के पद पर सेलेक्शन हो गया है।" मैंने महसूस किया जैसे उसकी आवाज में काफी गहरी और जैसे कोई बहु-प्रतीक्षित तसल्ली थी। वह पिता की तसल्ली भी थी, और उसके भीतर छुपे उस मेडिकल छात्र की भी, जिसके बारे में उसके प्रोफेसर्स का कहना था, "ही हैज विंग्स ऑव एन ईगल...वह बहुत ऊँची उड़ानें भर सकता है।" मुझे लगता है, वह लेखक बड़ा है, और भीतर से वह लेखक ही है—लेकिन, लगता है कि उसके भीतर तो डॉक्टर ही बड़ा है और प्राथमिक रूप से तो वह शत-प्रतिशत डॉक्टर ही है।

अलबत्ता, वह अन्दर से पहले डॉक्टर ही है, लेखक बाद में। शायद यही वजह रही आई कि साहित्य में उसने आलोचना की रुग्णता को बहुत अच्छे से समझ लिया था और इसलिए कभी उसका 'संक्रमण' अपनी रचनात्मकता को नहीं होने दिया। वह प्रशंसाओं के संक्रमण को भी जानता था, और इसीलिए दोनों से दूर रहने की सावधानियों को उसने अपना आदतन और इरादतन कवच बना लिया। वह और उसका साहित्य आलोचना के कुरुक्षेत्र में अबध्य है। हालाँकि, आलोचना के आर्यावर्त में कई-कई चाणक्य हैं और उनके अपने-अपने चन्द्रगुप्त हैं जिनका दूर तक न मौर्य से रिश्ता है न किसी तरह के रचनात्मक शौर्य से। फिर भी वे कवच पहने घूम रहे हैं और सम्राट हो जाना चाहते हैं। जबकि उन्हें नहीं मालूम कि समय सबसे बड़ा सम्राट है और उसके कलिंग में सब खेत हो रहते हैं। तब किसी शिविर में उनकी परिचर्चा नहीं होती। वहाँ कोई फर्स्ट-एड नहीं है। रिसते घावों के साथ घूमना उनकी नियति हो जाती है। इतिहास स्तुतियों के कवर-वर्जन को नहीं स्वीकारता।

बहरहाल, ज्ञानू ने शायद इस तथ्य को बहुत पहले ही जान लिया था कि यदि साहित्य में इतिहास के सबसे ऊँचे झरोखे से झाँकना है तो सीढ़ियों पर भरोसा जरूरी है। वहाँ कोई लिफ्ट नहीं। नतीजतन, थोड़ी सी लिफ्ट कराने वाले मौलाओं से दूर रहते हुए, उसने सिर्फ ईमानदारी से लिखने को ही अपना अभीष्ट बनाकर रखा। ज्ञान ने चालीस वर्षों के इस लम्बे कालखंड में इस सच को बहुत सहजता के साथ स्वीकार लिया था।

आज, जबकि कविता की चार चिन्दियों को लेकर शॉपिंग माल खोलने वालों की रेवड़ के दरमियान इतिहास के पीले मस्टर में अपना नाम दर्ज करवाने के लिए धक्का-मुक्की मची हुई है, तब ज्ञान अहं के अष्टावक्रों से दूर अपनी एकाग्रता के साथ अपनी कलम की नोक को महाआख्यान के उस पात्र की तरह खामोशी से धार देने में लगा है, जो अपने शस्त्र को तीक्ष्ण किये जाने में इतना निमग्न है कि निकट से राजा का पूरा लवाजमा गुजर जाता है और उसे उस तरफ देखने की जरूरत ही अनुभव नहीं होती। मुझे लगता है उसकी एकाग्रता और उसका अकेलापन प्रकारान्तर से एक ही है। यह अकेलापन इसी तरह का है, "हम हैं सब माँहि सब हैं हम माँहि हमहिं बहुरि अकेला।" ज्ञान ने अपनी उम्र के साठ वर्ष पूरे कर लिये हैं। यह केवल जन्म-कुंडलियों और नौकरियों के कागजों के लिए महत्त्वपूर्ण है। वह जब सौ वर्ष पूरे करेगा, तब कहा जाएगा—वन हंड्रेड ईयर्स ऑव सॉलिट्यूड...। अपने 'आत्म' और 'रचना' के एकान्त के सौ वर्ष...। मेरी अपने इस ज्ञान-विनम्र दोस्त को जीवन के साठ वर्ष पूरे कर लेने पर अनगिनत शुभकामनाएँ...

(यह आलेख ज्ञान चतुर्वेदी के साठ वर्ष का होने पर लिखा गया था)